•안병규 중·단편 소설•

광주리

광주리

초판 1쇄	2025년 10월 2일
지은이	안병규
발행인	김재홍
교정/교열	김혜린
디자인	박효은
마케팅	이연실
발행처	도서출판지식공감
등록번호	제2019-000164호
주소	서울특별시 영등포구 경인로82길 3-4 센터플러스 1117호 (문래동1가)
전화	02-3141-2700
팩스	02-322-3089
홈페이지	www.bookdaum.com
이메일	jisikwon@naver.com
가격	17,000원
ISBN	979-11-5622-948-3 03810

ⓒ 안병규 2025, Printed in South Korea.

- 이 책은 저작권법에 따라 보호받는 저작물이므로 무단전재와 무단복제를 금지하며, 이 책 내용의 전부 또는 일부를 이용하려면 반드시 저작권자와 도서출판지식공감의 서면 동의를 받아야 합니다.
- 파본이나 잘못된 책은 구입처에서 교환해 드립니다.

※이 도서는 강원특별자치도, 강원문화재단 후원으로 제작되었습니다.

● 차례 ●

짓고땡	4
광주리	140
어느 날 점프	205
진화대원 김기경의 어느 봄날	331
짧은 서평	422

짓고땡

◇◇◇◇◇◇

　나른한 봄 햇살이 부동산 중개소 사무실의 안팎 유리문을 따뜻이 덥히는 한낮이었다. 점심 직후여서 커피를 내려 두어 모금 마실 즈음 책상 위에 내려놓았던 휴대전화의 벨이 울렸다.
　"저기, 거기가 그전에 방동리에 살던…… 뭣이냐, 영훈이 친구가 한다는 복덕방 맞지유?"
　목소리에도 나이테처럼 연륜이 묻어 있게 마련이라 언뜻 떠오른 생각에도 연세가 퍽 드신 안노인의 목소리임이 확실했다. 나는 예, 하고 짧게 대답하고 다음 말을 기다렸다. 예전 서면 방동리에서 살았었고 부동산중개업을 하는 영훈이 친구가 맞다고 굳이 부연하지 않아도 예, 짧은 한마디면 충분한 답이 되리란 짐작에서였다.
　"내가 영훈 에미유. 영훈이 친구라니까 허는 얘긴데 메칠 전 우리 집을 팔려고 시내 복덕방에 내놨다우. 헌데 내가 늙었다고 세상 물정도 모르는 허깨비로 뵜는지 흥정하는 놈하고 사겠다는 놈들이 나타나 거저 처먹으려고 수작을 부리지 뭐겠수. 육시럴 놈들 같으니. 마을회관에 와 동네 양반들헌테 얘길 꺼냈더니 누가 그럽디다. 우리 옆집에 살던 영훈이 친구가 시내서 복덕방을 한다구. 그래 내가 전화번호를 알아내 그리루 전화를 한 거라우. 그래두 아는 사람이 낫겠지. 두말 않겠수. 얼른 우리 집 좀 팔아주시우."

부동산 업자들과 한바탕 말싸움이라도 벌였던 모양으로 영훈 어머니의 목소리는 아직 분기가 가라앉지 않은 상태였다. 팔려고 내놓은 집 주소지와 원하는 가격대를 묻고 답할 기회도 주지 않은 채 영훈 어머니는 집을 팔아달라는 부탁만을 남기고 전화를 뚝 끊었다. 심지어 안녕하시냐고 안부를 물을 기회도 주지 않은 채였다.

서면에서 이사 나온 뒤 동창 모임에서 두어 차례 영훈이를 본 적이 있기는 했지만 이후 얼굴 본 지 10년도 훨씬 넘은 듯했다. 간간이 친구들로부터 소식이 들려오기는 했다. 정선은 물론 동남아로 원정까지 해가며 카지노를 제 집처럼 들락거리다 아버지가 물려준 옥토 전답을 몽땅 팔아먹었다는 소식이었다. 그게 풍문인지 사실인지 알 수 없으나 영훈 어머니가 집을 팔겠다는 이유도 그의 도박과 무관치 않아 보였다.

거센 태풍이 휩쓸고 간 들판처럼 코로나 팬데믹이 남긴 상처는 깊었다. 부동산시장은 특히나 경기에 민감한 업종이다. 코로나 종식이 선포된 이후에도 얼어붙은 부동산시장의 매기는 좀처럼 살아날 기미가 보이지 않았다.

나는 20년 전쯤 서면 방동리에서 전답을 팔고 이사 나오면서 시내 변두리에 서른 평 크기의 2층 건물 한 채를 매입했다. 세월이 지나면서 황량하기만 했던 변두리 나대지에 아파트들이 들어설 즈음 나는 학원을 들락거린 지 한 해 만에 공인중개사 시험에 합격했고 열다섯 해 전부터 이 건물 아래층에 내 이름을 걸고 부동산 중개 사무실을 열었다. 매달 건물주에게 꼬박꼬박 가겟세를 내야 하는 다른 업체에 비하면 그나마 나는 형편이 좀 나은 축에 속했다. 건물 임대료조차 낼 수 없어 문을 닫아걸고 휴업에 들어가거나 정부에서 지급한 재난지원금으로 근근이 버티는 업체들이 한두 곳이 아니었다. 하지만 단지 건물주란 이유 하나만으로 코로나 사태라는 그 엄청난 회오리를 벗어날 수는 없는 노릇이었다. 장기간 매기가 끊기고 보니 한 곳에서 오랜 시간 다져놓은 인맥도 소용없는 일이어서 매매 중개는 고사하고 한 달에 아파트 월세 한두 건 계약하면 그나마 다행일 정도였다.

게다가 요즘에는 똘똘한 젊은 세대들이 부동산시장을 비집고 들어왔다. 드론으로 매물을 촬영해 유튜브와 SNS에 공개하고 인터넷으로 전국 각지의 매물을 한눈에 볼 수 있게 그물망을 쳐놓아 아날로그 세대 중개사들의 입지가 점점 비좁아지는 추세였다. 나 역시 젊은 세대의 변화와 흐름을 따라잡으려는 노력보단 예전부터 운영해 온 중개 방식을 고수해 온 터라 고객층도 주변 아파트에 거주하는 주민이거나 그동안 관리해 온 인맥의 수준을 벗어나지 못하고 있었다.

어쨌거나 집을 팔겠다는 전화를 받은 이상 자세한 매물정보 수집이 필요했다. 집을 팔고 말고는 나중 문제였다. 비록 각기 떨어져 살기는 해도 외아들인 영훈이가 호주이자 집 주인일 터인데 무슨 연유로 영훈 어머니가 직접 집을 팔겠다고 나선 것인지 방동리로 들어가 자세한 내막을 들어보는 게 일의 순서였다.

나는 〈지금은 외출 중〉이라는 표지판을 바깥 유리문 손잡이에 걸어 두고 사무실을 나섰다. 봄 햇살이 유난히 화사했다. 약산 동대 진달래꽃은 한 송이만 피어도 모두 따라 핀다는 진도 아리랑의 노랫말처럼 길가 벚꽃이 한두 그루만 피는 듯싶더니 어느새 너도나도 모두 따라 피어나는 중이었다.

나는 옆 건물 마트에서 캔으로 포장된 식혜 한 상자를 사 차에 싣고 서면으로 향했다. 춘천은 동남부와 서북부로 양분된 지형이다. 소양강 하류 협곡에 의암댐이 건설된 이후 시내 중심엔 마치 거대한 허파처럼 호수가 들어앉아 사철 쉬지 않고 출렁였다. 춘천 의암호수 건너 서북향 지대에 높고 낮은 산을 끼고 기다랗게 형성된 촌락이 서면이다. 안보리, 당림리, 현암리, 덕두원리, 방동리, 금산리, 월송리, 신매리, 서상리, 오월리 골짜기 끝자락에 터를 잡은 마을 사람들은 볼일이 생겨 춘천을 오가려면 위험을 무릅쓰고라도 뱃길을 이용해야 했다. 눈앞에 빤히 건너다보이는 거리임에도 마을마다 사람들이 걸어서 오가던 지름길을 호수가 뚝 끊어놓는 바람에 도리없이 정해진 시간에 배를 타고 시내를 드나들어야 했다. 마을 사람들은 호수가 주는 낭만적 이미지와는 상반되게 줄곧 피해의식을 달고 살아야 했다. 뱃길을 이용하는 건 비단 사람뿐만이 아니었다. 사람 사는 시골 동네가 대개 그러하듯 집집이 소나 돼지 닭 등 가축을 기르는 경우가 흔했고 그중에서도 집채만 하게 덩치를 키워 소장수에게 고삐를 넘긴 소들도 어쩌다 사람과 함께 배를 타고 호수를 건너게 마련이었다. 어느 해 한번은 섬으로 변한 중도에서 대형 참사가 발생했다. 승객 쉰아홉 명과 소 세 마리를 싣고 막 기착지를 떠날 즈음 배에 탄 소가 갑자기 배설하기 시작했다. 사람들이 소의 배설을 피해 한쪽으로 우르르 몰리기 시작했고 배가 기울면서 소 세 마리도 사람이 모인 쪽으로 미끄러졌다. 배는 순식간에 뒤집혀 의암호수 속으로 가라앉고 말았다. 마냥 평온해 보이기만 하던 호수가 서른한 명의 목숨을 앗아갔다. 그로부터 두 해가 지난 어느 여름날엔 춘천에서 서면 현암리와 강촌을 향해 달리던 버스가 의암호로 추락해 스물여섯 명의 생사람 목숨을 집어삼키기도 했다. 이런저런 끔찍한 사고가 아니어도 호수가 마을 전부를 섬처럼 외딸게 고립시킨 것도 모자라 너희는 단 한 발자국도 강 건너 도시 땅을 밟지 말라고 쳐놓은 경계선인 것만 같아 바로 코앞 강만 건너면 닿을 수 있었던 시내가 아득히 멀게만 보였고 그곳엔 성공한 사람들만의 도시, 미래가 보장된 사람들만이 도시처럼 인식되기까지 했다.

    내가 고등학교 졸업 직전까지 살았던 방동리도 그중 한 곳이었다. 천하에 둘도 없는 명당으로 알려진 신숭겸 장군 묘역이 병풍처럼 등 뒤를 지켜주는 마을이다. 진종일 마을을 달구던 해가 서녘으로 떨어지고 농밀한 어둠이 꾸역꾸역 밀려와 자리 잡을 즈음 농사일에 지쳐 파김치가 된 몸으로 겨우 저녁상을 물린 시골 사람들 눈엔 호수 건너편에서 뿜어내는 휘황하고 매혹적인 불빛에 그만 주눅이 들고 마는 것이었다. 건너편 도시는 오로지 성공한 사람들만의 땅이고 그들만의 궁전처럼 느껴졌다. 어둡고 후미진 오지 마을에서 평생 농사꾼으로 늙는 처지가 뼈저리고 한스러워 부모들은 이를 악다물고 당대에 가난의 고리를 끊겠노라 다짐했다. 가난을 대물림하지 않기 위해 벌처럼 개미처럼 악착같이 일해 자식들을 공부시켰다. 어릴 적부터 부모의 거친 손마디와 땀방울과 한숨과 눈물을 보고 자란 아이들도 향학열이 끓어올라 학교를 졸업한 후에는 시청 도청의 공무원이 되고 교사가 되고 장교가 되고 대기업 사원이 되고 변호사가 되고 의사가 되어 호수 건너 환한 세상의 구성원이 되었다. 몇 집 건너 하나씩 박사가 배출되어 그 수가 자그마치 이백을 넘고 보니 서면은 전국 유일의 박사마을이라는 영예로운 명칭까지 얻게 되었다. 박사마을 인재들은 각 분야에서 두각을 나타내 어떤 이는 고위직 공무원이 되고 어떤 이는 장·차관이 되고 어떤 이는 국무총리까지 오를 정도였다. 세상 제아무리 높은 권좌라 해도 대통령 빼곤 다 나왔을 정도로 걸출한 인재들이 배출되어 마을을 빛내 온 것이다.

  내가 팔고 나간 집터엔 이미 오래전 외지인이 들어와 전원주택을 짓고 살았다. 현대식 콘크리트 구조물로 지어진 전원주택은 우리 가족 삼대가 살았던 삶의 흔적을 모조리 지워버리고 말았다. 잠시라도 눈을 감고 옛 시절을 돌아보면 무수한 추억들이 떠오르는 고향 집이었다. 하지만 집이 헐린 그 자리에 현대식 전원주택이 들어선 이루론 옛 추억의 출발점이자 가족사의 중심지이기도 했던 집이 송두리째 사라졌다는 상실감 때문인지 주변에 혹간 볼일이 있어 다녀가다가도 무심결에 그냥 휙 지나쳐 버리게 되는 것이었다.

이날도 나는 몇 그루의 정원수와 잔디가 덮인 옛 집터를 흘끔 돌아보곤 별다른 생각 없이 곧바로 영훈네 집으로 들어섰다. 대문 안에서 줄에 매인 검은 개 한 마리가 사납게 짖어댔다. 줄이 풀리기라도 하는 날엔 껑충 달려와 내 종아리에 송곳니라도 박을 기세여서 잠시 멈칫거리던 나는 짧게 매어놓은 목줄을 확인하고서야 빼꼼히 열린 대문 안으로 발을 들여놓았다.

지은 지 수십여 해가 지난 영훈네 집은 기대보다 낡고 허름해 일견 궁상스러워 보이기까지 했다. 연로한 영훈 어머니 홀로 거주하는 집이라 해가 지날수록 허술해지는 집을 일일이 손보기가 어려웠던 모양이었다. 낡음에서 느껴진 선입견 때문인지 한때 마을에서 큰 기와집 하면 떠오르던 예전의 영훈네 집이 아니었다.

그 무렵 새로 지어진 영훈네 집은 뭇사람들로부터 부러움을 샀다. 당시 가세의 형편을 상징하듯 방 안을 가로지른 굵고 미끈한 대들보가 엄숙하리만큼 기운찼고 새털구름이 덮인 듯 포근하게 이은 기와지붕과 처마 밑으로 뻗어 내린 서까래들은 하나같이 고르고 늘씬늘씬하였다. 초석 위에 꼿꼿한 자태로 서 있는 사각기둥과 처마의 유려한 곡선은 웬만한 풍상 따윈 끄떡도 없을 것처럼 위용을 뽐냈다. 하지만 너무 오랫동안 손보지 않은 티가 곳곳에서 드러났다. 수키와 끝에 붙어 있어야 할 아귀토가 군데군데 떨어져 나가는 바람에 기왓장이 어긋나 아래로 흘러내리기 직전이었고 지난해 지붕 기왓장 틈새에서 자라다 말라죽은 바랭이풀까지 넝쿨째 얹혀 있는 게 보였다. 균열이 생긴 행랑채 외벽은 곧 허물어질 듯 너덜거렸고 한 해도 거르지 않고 들기름을 먹여 알밤껍질처럼 반질반질 윤기를 내뿜던 마루도 세월을 비켜 가지 못한 채 먹물을 입힌 듯 검게 바래가고 있었다.

개 짖는 소리를 들었는지 오종종해 보이는 영훈 어머니가 안방 문을 활짝 열어젖히곤 밖을 내다보았다. 나는 문 앞으로 다가가 허리를 척 수그려 인사를 하곤 준비해 간 식혜 상자를 건넸다. 제가 옆집 살던 영훈이 친구라고, 알아보시겠냐고, 요즘 건강은 어떠시냐고, 영훈이는 집에 자주 다녀가냐고 이것저것 묻다가 집은 왜 팔려는지 에둘러 물었다.

"얘기가 길다우. 집 보러 왔다니 찬찬히 살피고 가시우."

영훈이 어머니가 내게서 시선을 거두곤 긴 한숨을 내쉬었다. 퍽 오랜만에 본 영훈 어머니의 키는 예전보다 더 작아 보였다.

아리잠직한 용모라 가녀려 보이긴 해도 당차고 억척스러워 안일이건 바깥일이건 보이는 대로 닥치는 대로 수걱수걱 해내던 여인네였다. 하지만 팔려고 내놓은 묵은 집처럼 영훈 어머니도 세월을 비켜 가지 못한 채 까무잡잡하고 쪼글쪼글한 시골 노파로 늙고 있었다.

밖에서 보는 외관과는 달리 사람이 사는 안채만큼은 보존 상태가 괜찮아 보였다. 집을 떠받치고 있는 사각기둥과 처마 끝까지 나란히 뻗은 서까래는 숱한 시간 때가 끼고 먼지가 앉아 나무 고유의 색채를 잃긴 했어도 꼼꼼히 살필수록 아직은 한옥다운 기품을 유지하고 있었다. 무엇보다 목조주택을 상징하는 구조물이자 집주인의 위상을 말해주는 대들보가 한눈에 들어왔다. 집 구조와 격에 맞는 적당한 크기의 목재를 구해와 야문 손끝으로 다듬고 깎고 뚫고 밀어 등골 격인 보를 얹은 뒤 가지런히 서까래를 얹은 솜씨가 군더더기 없이 단아하면서도 집안의 기세를 가늠케 하는 위용이 엿보였다. 집에 든 이들이 장수하며 복된 삶을 누리도록 축원하는 의미로 한문으로 거북 구(龜)와 용 용(龍) 자를 써넣고 어느 날 초석 위에 기둥을 세우고 그로부터 며칠 후 대들보를 얹었다는 유려한 필체로 써 내려간 상량문이 단 한 자도 훼손되지 않은 채 선명하게 남아 있는 것도 이채로웠다. 하지만 하필이면 날짜로 보이는 문구에 손바닥 크기만 한 누런 종이 부적을 몇 장 붙여놔 어느 해 건축되었는지 알아보기는 어려웠다. 그 무렵 손재주 좋기로 소문난 목수를 데려다 많은 돈을 들여 지은 집이었다.

보통의 경우 지은 지 수십 해가 지난 가옥은 집값이 매매가에 반영되지 않는 경우가 다반사였다. 매입자들이 전통 한옥이란 이유로 불편을 감수하고 사느니 차라리 구옥을 헐어내고 그 자리에 자신의 취향에 맞게 설계한 새집을 짓고 살길 원했다. 하지만 이렇듯 오래된 한옥을 찾는 구매자가 간혹 있었다. 안목 있는 임자가 나타나 목조에 낀 세월의 때를 말끔히 벗겨내 나무 본연의 색을 살리기만 해도 전통 한옥의 멋과 정취가 금방 되살아날 듯했다. 오래된 한옥을 찾아 나선 구매자가 눈썰미까지 갖추었다면 집 안팎을 돌아보자마자 군침을 삼키고도 남을 매물이 확실했다.

"어디 따로 사실 집은 준비해 두셨어요?"

나는 블로그에 올릴 매물 사진을 여러 장 찍은 뒤 내가 가져간 식혜 하나를 불쑥 건네는 영훈 어머니를 향해 물었다.

"내 꼴을 보시우. 이제 몸뚱이가 폭삭 삭아 하루 세 끼 밥 끓여 먹기도 귀찮고 집 안팎 쓸고 닦기도 벅차다우. 나야 뭐 집 없으면 으때서. 요즘 늙은이들 다 가는 요양원에 가 살다 병들어 가뻐리면 그만이지."

"집 등기가 영훈이 앞으로 돼 있겠죠?"

"등기가 영훈이 앞으로 돼 있었더라면 벌써 골백번도 더 팔아먹었을 거유. 우리 시아버님 살아생전에 정빈 애비 노름벽을 미리 알아보시곤 일찌감치 이 집 등기를 내 앞으로 돌려놨다우.

늘그막에 남의 집 쪽방살이 면하려면 관에 들어가기 전까지 이 집만큼은 꼭 지키고 살아라, 하고 유언까지 남기셨는데……."

정빈 애비는 아마도 영훈이를 말하는 듯했다. 영훈이가 해외 원정까지 해가며 카지노를 드나든다던 말이 헛소문이 아닌 모양이었다. 나는 짐짓 영훈 어머니 앞에서 금시초문인 것처럼 눈을 휘둥그레 뜨며 놀라는 척하였다.

"노름빚 때문에 집을 파신다고요?"

영훈 어머니의 표정이 금방 시무룩해졌다.

"정빈 애비가 노름에 미친 뒤 유산으로 물려받은 만 평도 넘는 땅을 해마다 빈대떡 떼어 먹듯 뚝뚝 잘라 팔아먹더니 이제 거덜이 난 모양이우."

노름으로 1만 평 넘는 땅을 팔아먹었다면 집을 팔아준들 밑 빠진 독에 물 붓는 격이고 언 발에 오줌 누기가 아니던가. 영훈이는 그렇다 쳐도 백발이 성성한 안노인네의 처지가 더 쓸쓸하고 안쓰러워 보였다.

"할아버님 유훈대로 끝까지 집을 지키시지요. 어차피 어머님 돌아가시면 집은 영훈이가 물려받을 텐데요."

"여북하면 내가 집을 내놨겠수. 툭하면 찾아와 집 팔아달라고 떼를 쓰고 통사정하니 내가 더는 배길 재간이 없수. 죽을 때 등때기에 지고 갈 집도 아니고, 얼른 팔아주고 요양원에나 들어가 살까 하우."

도박에 빠져 가산을 탕진하고 집안을 풍비박산 내는 사람들이 세상에 어디 한둘이랴. 사람도 그렇거니와 시대 또한 오늘이나 과거가 다르지 않다. 과거 영훈네 집 역시 가장의 노름으로 지옥과 천당을 오간 적이 있었다.

집이 코앞처럼 가까워서일까, 우리 집과 영훈네 집과는 이웃집 이상으로 친밀한 사이였다. 묘하게도 두 집의 할아버지는 할아버지끼리, 아버지는 아버지끼리 동년배의 친구였고 영훈이도 나와 같은 또래로 눈만 뜨면 밖에 나가 삽살개처럼 들로 산으로 뛰어다니며 노는 옆집 친구였다.

영훈이는 어릴 적부터 유달리 동작이 재고 잡기에 능했다. 무엇을 걸고 내기할 때는 구름 사이로 빠져나온 햇빛처럼 눈알이 뙤록뙤록 빛을 뿜었다. 또래끼리 어울려 짤짤이나 구슬치기, 딱지치기, 동전 던지기를 해도 이기는 쪽은 언제고 영훈이였다. 심지어 우리 또래보다 서너 살이나 연배가 높은 동네 형들과 어울려 짤짤이를 할 때도 눈을 깜짝깜짝한 뒤 내뿜는 예리한 눈빛이 마법을 부리기라도 하듯 지는 법이 거의 없었다. 녀석이 두둑이 딴 동전을 주머니에 넣고 송아지처럼 겅정겅정 뛰어 들어올 땐 동전 쩔렁거리는 소리가 우리 집 안방까지 들려올 정도였다. 돈을 잃은 형들이 저 새끼가 노름 좋아하는 즈 할아버지와 아버지 피를 물려받아 내기만 하면 돈을 따간다고 투덜대곤 했다.

노름 좋아하는 영훈 할아버지 이야기는 그 무렵 마을 사람 둘만 모여도 입에 오르내릴 만큼 화젯거리였다.

어느 해 겨울 영훈네 할아버지가 한 해 농사지은 곡물을 내다 판 목돈으로 송아지 두 마리를 사 매기 위해 시내 우시장에 나갔다가 이틀 뒤 빈손으로 돌아와서는 끙끙 앓아누웠다. 우리 할아버지께서 찾아가 연유를 물은즉 격 없이 술술 속내를 털어놓았는데 장바닥 노름 패거리의 꼬임에 넘어가 전대에 차고 갔던 소 살 돈을 몽땅 잃고 돌아와 울화가 치밀어 누웠다는 거였다. 침침한 사랑방에서 나누는 두 노인의 대화가 진중하면서도 심각했다.

"재작년 겨울 금산 나루 주점 봉놋방에서 짓구땡 판이 벌어졌잖은가. 그날 저녁에 두둑이 따온 돈으로 논 네 마지기 장만하는 거 자네도 지켜봤었지?"

"아무렴. 지켜봤고말고. 자네가 기분 좋다고 나한테 개평도 한 줌 쥐여줬었네. 그날 저녁 자네 손에 들어오는 패가 마치 귀신이 집어주는 손떠퀴 같았잖은가. 시내서 자네 돈 노리고 왔다는 노름꾼들이 탈탈 털려 돌아갔었지."

"지난 장에 나갔다가 길거리에서 당시 나한테 털린 노름꾼 하나와 눈이 마주쳤다네. 그놈이 대번에 나를 알아보곤 느물느물 다가와 옷소매를 잡아끌었네. 저잣거리 후미로 나를 데려가더니만 마침 돈 많은 시내 미곡상 패거리들이 짓꾸땡에 미쳐 제정신이 아니라는 거야. 내 재주면 하룻저녁에 돈 한 자루씩 따오는 일쯤은 식은 죽 먹기라나. 내친김에 가 보자기에 못 이기는 척 사내 뒤를 따라갔다네."

우리 할아버지도 한때 노름에 빠진 적이 있었다. 하룻저녁에 논 두 마지기를 잃고는 하도 황망하여 며칠을 드러눕기까지 했었다. 자다가도 잃어버린 논 두 마지기가 떠올라 벌떡 일어나 앉아 땅을 치셨다. 당장 투전판으로 달려가 봉창해 오고 싶어도 가진 돈이 없어 누워 끙끙 앓기만 하셨다. 결국엔 분을 삭이지 못하고 몇 날 누워 궁리한 끝에 자리를 털고 일어나 길을 떠나셨다. 6·25 동란 당시 우리 집에 피난 나와 몇 달 신세를 지고 살았던 친척 집을 찾아가는 길이었다. 친척에게 빌린 돈을 밑천 삼아 노름으로 잃은 돈을 봉창할 생각이셨다. 가는 길이 멀어 두어 시간 족히 버스를 타고 가는데 운전기사가 그만 깜빡 졸았던 모양이었다. 차선을 벗어난 버스가 논물이 쿨렁쿨렁 고인 논바닥으로 굴러떨어졌다. 사고 직후 비몽사몽간에 갑자기 오래전 돌아가신 증조부께서 눈앞에 나타나 준엄한 목소리로 꾸짖기를 잃은 것이 얻은 것이거늘 무엇을 더 탐하려 드느냐, 하시고는 두 눈을 부릅뜨시더란 거였다. 깜짝 놀란 할아버지께서 정신을 차리고 보니 아수라장이 된 버스 안에서 운전기사가 정신을 잃고 쓰러져 있는 승객들을 부축해 가며 한 사람 한 사람 밖으로 끌어내는 중이었다. 다행히 승객이 많지 않은 데다 버스가 물 고인 논바닥에 떨어져 경상자만 몇 있었을 뿐이었다. 할아버지 또한 말짱하셨다. 잃은 것이 얻은 것이라는 증조부의 말씀을 새겨 본즉 논 몇 마지기 잃은 걸 되찾자고 또 노름에 손을 댔다간 더 큰 화를 입을 수 있다는 교훈으로 받아들이고는 곧

장 집에 돌아와 이후 두 번 다시 손에 화투장을 잡지는 않으셨다. 하지만 화투장 만져봤던 노인네가 옆집 친구 노름 뒷얘기까지 마다할 필요는 없었던 모양이었다. 노름으로 땅을 내다 버리게 된 뼈 아린 심정을 어찌 모르랴 싶었던지 할아버지께서 귀가 솔깃해 눈을 껌벅이며 한 무릎 더 가까이 다가가 그래서, 하고 되물었다.

"노름을 모른다면야 헛기침이나 두어 번 내뱉고 물러설 참이겠으나 짜장 나도 명색이 사내고 노름으로 금싸라기 같은 땅까지 서너 마지기 장만한 이력까지 있는데 쉽사리 발이 떨어지겠냔 말이야. 견물생심이라고 노름판에 쌓인 돈더미를 보자니 웬 떡이냐 싶어 눈이 홱 돌아가고 목구멍으로 도리깨침이 꿀떡꿀떡 넘어가더라 이 말이네."

영훈 할아버지는 자리를 차지하고 앉기만 하면 노름꾼 앞앞이 그들먹하게 쌓여 돌아가는 판돈을 단박 그러모을 자신이 생겼다. 주정뱅이가 술 거르는 소리 달가워하듯, 호색한이 치마깃 흘러내리는 소리에 애간장 녹아내리듯 영훈 할아버지도 산더미처럼 그러모은 돈을 자루에 꾹꾹 눌러 담아 어깨에 메고 투전판 문지방을 벗어나고픈 생각에 좀이 쑤셔왔다.

무거운 돈 자루를 걸머메고 집으로 돌아올 때의 걸음을 한 차례도 경험해 보지 못한 무지렁이들이 어찌 그 달뜨는 마음을 알겠는가. 돈이 제아무리 무거워도 마른 솜을 진 듯 가뿐하고 돌아가는 길이 백 리 천 리 길이라 해도 지루할 겨를 없이 한

걸음인 것을.

　노름판에서 따온 돈으로 논 네 마지기를 장만했던 영훈 할아버지는 묵직한 돈 자루를 어깨에 메고 집에 돌아가는 자신을 떠올리다가 더는 뭉그적거릴 필요 없이 패가 돌아가는 짓고땡 판에 냉큼 어깨를 들이밀었다. 밤이 깊도록 돈더미가 누구 한 사람에게 몰리는 법 없이 이 사람 앞에 쌓이는가 싶다간 저 사람 앞으로 옮겨가고 저 사람 앞으로 쏠리는가 싶다간 또 다른 이에게로 흘러가는 등 내내 오락가락하였다. 밤이 깊어 어디선가 모가지가 꺾이도록 거푸 새벽닭이 울기 시작하자 영훈 할아버지의 손에 쥔 화투패에 화끈화끈 끗발이 달아오르는 거였다. 이삼오 짓고 사땡, 니니육 짓고 가보, 심심새 짓고 육땡, 알구장 짓고 오땡…… 쥐었다 하면 가보요 땡이었다. 보통 운수가 아니어서 몇 번씩이나 노가 났고 돈더미가 무르팍 앞으로 그들먹하였다.

　(도리짓고땡은 1부터 10까지 상징하는 총 스무 장의 화투로 앞앞이 5장씩 패를 나누어 가진 뒤 끗수가 높은 패가 이기는 게임. 주어진 다섯 장의 화투패 중에서 세 장의 숫자를 합해 열이나 스물을 만들고 남은 두 장의 수를 더해 끝 숫자가 높은 패를 쥐었을 때 이김. 특히 세 장의 화투로 열이나 스물을 만든 뒤 남은 두 장 중 그림이 같은 쌍둥이 패를 땡이라 하며 그 중 10의 수를 가리키는 단풍잎 두 장이 장땡이다. 운수 퍽 좋은 일이 생겼을 때 장땡을 잡았다는 말이 도리짓고땡 노름판에서 유래했다.)

　그날 새벽녘 영훈 할아버지는 자루에 꾹꾹 눌러 담고도 남을 돈을 땄다. 애초 생각대로 이쯤에서 자리를 털고 일어섰더라면 또다시 땅 서너 마지기쯤은 장만하고도 남았으련만 그놈의 욕심이 화근이었다. 사나흘 밤을 더 새우고 나면 촌 동네 논밭이 아니라 부자들만 살고 있다는 시내 서부시장 옆 기와집 골에 으리으리한 집 한 채를 사고도 강 건너 펑퍼짐하게 드러누운 우두벌 논 수십 마지기를 장만해 의기양양 돌아갈 수 있겠다 싶었다.

하지만 그날 저녁 영훈 할아버지는 전날 땄던 한 자루에 담고도 남을 돈은 몽땅 잃었고 부룩송아지 두어 마리 사다가 겨릿소로 키우겠다고 차고 간 돈마저 탈탈 털리고 말았다. 그 심경이 돌망치로 가슴을 짓이기는 듯이 아리고 허탈하여 집에 돌아오기 무섭게 자리에 눕고 만 거였다.

우리 할아버지께선 웃지도 못하고 그렇다고 같이 통탄할 일도 아니어서 허어, 허어, 아쉬워하며 혀를 차고는 그래도 하룻저녁에 한 자루 넘는 돈을 손에 쥐었었다 하니 그걸로 만족하라 이르고는 집으로 돌아오셨다.

한데 이튿날 영훈 할아버지는 날이 밝기가 무섭게 자리를 털고 일어나 일찌감치 집을 나섰다. 그리고 며칠이 지나도 집에 돌아오지 않았다. 사나흘쯤이나 지나서야 영훈 아버지가 씨근벌떡 할아버지를 찾아왔다. 장롱에 보관하고 있던 땅문서들이 몽땅 사라졌다며 자초지종을 설명하곤 두 분이 며칠 전 무슨 이야기를 나누었는지 물었다.

"허허, 이 사람이 노름 밑천으로 땅문서를 꺼내 간 모양일세."

할아버지로부터 자세한 내막을 전해 들은 영훈 아버지는 땅문서가 노름판 밑천으로 판돈에 섞이는 걸 어떻게든 막아야겠다면서 부랴부랴 시내로 향했다. 그리고 이틀 저녁 무렵이 되어서야 두 부자가 함께 마을에 나타났다. 축 처진 솜바지를 뒤뚱이며 빠릿빠릿 걸어오는 영훈 할아버지의 표정은 골이 잔뜩 나 붉으락푸르락했고 영훈 아버지는 석 달 열흘 풀죽만 먹은 사람처럼 매가리라곤 없는 시르죽은 걸음으로 돌아오는 거였다.

영훈네 집 일화는 여기서부터가 시작이다. 집에 들어서기가 무섭게 영훈네 할아버지가 찾아간 곳이 사랑채 옆 헛간이었다. 마당으로 쪼르르 달려 나와 잘 다녀오셨느냔 영훈이의 인사를 들은 둥 만 둥 외면한 노인네가 헛간에 들어가 숨을 시근덕거리며 날이 허옇게 갈린 도끼를 들고나왔다. 저만치 뒤따르던 영훈 아버지도 파김치가 된 걸음으로 막 집 안마당을 들어서는 중이었다.

"이놈의 집구석이 망조가 들어도 단단히 들었다. 이참에 도끼로 집 기둥부터 잘라내야겠다. 아비가 밖에 나가 잠시 투전에 빠졌기로서니 어딜 감히 찾아와 판을 뒤엎는단 말이냐. 이 불효막심한 놈. 이제 내 체면이 땅바닥에 떨어져 낯바닥 들고 밖에 나댕길 수 없게 되었다."

머리끝까지 치솟은 화를 채 삭이지 못한 영훈 할아버지가 마침 집 안으로 들어서는 아들을 향해 역정을 내며 입술을 파르르 떨었다. 화를 참지 못하고 두 손으로 도낏자루를 야무지게 감아쥐고는 안채 기둥을 향해 힘껏 내리찍는 것이었다. 바싹 마른 기둥이 도끼날에 한 번 두 번 찍힐 때마다 바람벽이 들썩였고 도끼에 찍힌 기둥 살점들이 혓바닥만 하게 떨어져나와 인적에 놀란 개구리처럼 이리 튀고 저리 튀었다. 식구들은 영훈 할아버지의 퍼런 서슬에 기가 죽어 이러지도 저러지도 못한 채 발뒤축만 아기작거리며 서성였다. 그러나 안마당에 들어서기가 무섭게 눈앞에서 벌어진 노인네의 도끼질을 바라보는 영훈 아버지의 눈빛은 가족들의 겁에 질린 눈빛과는 사뭇 달랐다. 식구들이야 힘 좋은 영훈 아버지가 어서 달려들어 노인의 손에 쥐어진 도낏자루부터 빼앗아 눈에 보이지 않는 후미진 곳에 얼른 숨기고는 잘못했다고 무릎이라도 꿇기를 바라는 눈치였지만 천만의 말씀이었다. 눈 깜짝할 사이에 아무도 예상치 못했던 일이 벌어지고 만 것이다. 영훈 아버지가 도끼로 집 기둥을 찍고 있는 노인에게로 성큼성큼 다가가는 것까지는 식구들의 바람대로였다. 그러나 영훈 할아버지 손에서 도끼를 빼앗기가 무섭게 영훈 아버지의 태도가 싸늘히 바뀌었다. 황소바람에 떠는 문풍지처럼 영훈 아버지의 입술이 부르르 떨렸다.

"생각 잘하셨소. 어차피 가산은 이미 거덜이 났고 가세도 서산에 떨어진 해처럼 기울었으니 이깟 여염집 잿간만도 못한 초가삼간 남겨두어봤자 남의 웃음거리밖에 더 되겠소. 어차피 무너질 집이니 도끼로 기둥서껀 대들보서껀 다 찍어 무너뜨립시다. 노인네가 분수도 모르고 땅문서 잡히고 노름하다가 문전 텃밭에 고래실 상답까지 몽땅 털려 식솔들이 길거리로 나앉게 생겼거늘 이깟 초가삼간 남겨 무엇에 쓰려오. 도끼로 찍어 쓰러뜨린 뒤 활활 불태워 버리고 뿔뿔이 흩어져 동냥질이나 하고 삽시다."

아들의 기세에 눌린 영훈 할아버지가 엉거주춤 물러서며 숨을 할딱거렸다. 영훈 아버지는 빼앗아 든 도낏자루를 발 앞에 세워두고는 겉저고리를 훌렁 벗어 마당 밖으로 휙 내던졌다. 내처 도끼를 들어 황소도 때려잡을 듯한 기세로 사랑채 기둥을 향해 달려들었다.

기진맥진 지친 노인네가 퍽, 뭔 힘이 남았다고 퍽, 손수 집 기둥을 퍽, 찍어 쓰러뜨린단 말이오 퍽, 팔팔하게 젊은 내가 퍽, 이놈의 집구석 기둥에 퍽, 도끼날을 찍어 퍽, 요절내리다 퍽, 노인네는 퍽, 저쪽 마당 밖에 나가 퍽, 기둥이 제대로 꺾이는지 퍽, 구경이나 하시오 퍽.

노기등등한 영훈 아버지의 목소리가 벼락이 떨어지듯 마당 밖까지 쩡쩡 울려 퍼졌고 도끼가 내리꽂힐 때마다 집 안마당이 들썩들썩하였다. 거미줄처럼 실금이 간 바람벽에선 흙먼지가 일었고 기둥 끝자락 처마 밑에 틀었던 묵은 제비집이 땅바닥에 후두둑 떨어졌다. 영훈 할아버지 도끼날에 찍힌 기둥의 살점들이 강아지 혓바닥처럼 자잘했다면 영훈 아버지의 도끼날에 나뒹구는 기둥의 살점들은 황소 혓바닥처럼 쩍쩍 떨어져나와 안방 문지방으로 튀고 외양간으로 튀고 안마당으로 튀고 심지어 영훈 할아버지 가슴팍까지 튀었다. 영훈이와 영훈 엄마가 달려들어 허리춤에 매달리고 팔뚝에 매달리고 발목까지 잡고 늘어지지만 않았더라면 그날 영훈네 초가는 도끼날에 찍힌 기둥이 꺾이면서 바람벽도 서까래도 대들보도 털썩 주저앉고 말았을 일이었다.

이 사달이 입에서 입으로 동네 안팎으로 퍼져나가지 않을 수 없었다. 영훈 할아버지가 노름으로 전 재산을 하룻저녁에 몽땅 탕진하고 돌아와서는 아들이 노름판까지 찾아와 판을 뒤엎는 바람에 가장 체면이 땅바닥에 떨어졌다고, 이제 집이 망조가 들었으니 집 기둥을 쓰러뜨려야겠다고, 도끼를 들고나와 퍽퍽 집 기둥을 찍더라고. 이 꼴을 지켜보던 아들이 하도 기가 차 노인에게 달려들어 도끼를 낚아채서는 노인네가 뭔 힘으로 기둥을 찍어 쓰러뜨리겠냐며 힘 좋은 내가 대신 찍어 쓰러뜨리겠다고 다가가서는 도끼로 기둥을 퍽퍽 찍더란 소문이 파다하게 돌았다. 자기 얼굴에 똥칠한 듯 체면이 땅바닥까지 떨어진 영훈 할아버지는 어디서건 노름 이야기만 나오면 금방 우기지상이 되어 에헴, 에헴, 헛기침부터 쏟아내곤 휭하니 자리를 떠버렸다.

영훈 할아버지의 노름 끝은 허망했다. 노름으로 장만했다는 땅은 물론이고 가지고 있던 논밭을 죄다 날려 거리로 나앉을 판이었다. 집 한 채만 덩그러니 남았으나 실상은 집문서까지 넘어간 것을 영훈 아버지가 무릎 꿇고 사정사정해 겨우 개평으로 얻어왔다는 뒷말이 돌았다.

영훈네 일화는 여기서 끝이 아니다. 두문불출로 달포쯤 방 안에 들어앉아 끙끙거리던 영훈 아버지는 며칠 후 자리를 털고 벌떡 일어나 앉았다. 단박에 식구들을 불러 앉혀 놓고 입술을 깨물며 다짐을 주는 거였다. 1년이 될지 2년이 될지 그 시기를 장담할 수 없으나 반드시 큰돈을 벌어 집에 돌아올 터인즉 그때까지 죽지 말고 살아 있기만 하란 당부였다. 골짜기에 가 가재나 개구리를 잡아먹든 초근목피 진잎죽으로 목구멍에 풀칠하며 연명하든 자신이 돌아오는 날까지 악착같이 버티라 일렀다. 그리곤 옆집인 우리 집을 찾아와 아버지께 청했다. 두 해 안에 갚을 터이니 장리로 쌀 두 가마만 꾸어달라는 거였다. 평소 신의를 저버릴 만큼 허술한 적이 없었던 데다 행실이 듬쑥하고 어기차 우리 아버지는 일고의 망설임도 없이 부탁을 들어주었다. 쌀 두 가마를 꾸어 식구들 먹을 양식을 급하게 장만해 두고서야 영훈 아버지는 홀로 집을 나섰다.

그리고 그는 오래도록 마을에 나타나지 않았다. 어디서 무얼 하며 지내는지는 고사하고 도대체 목숨이 붙어 있는지 생사조차 알 길이 없었다. 집에 남은 식구들은 영훈 할아버지가 우시장에 나가 흥정이나 해주고 얻어온 푼돈으로 겨우 연명하며 살았다.

부동산을 중개하기 위해서는 매물정보를 시시콜콜한 내용까지 속속들이 파악하고 있어야 했다. 영훈 어머니에게 대지가 몇 평이고 집이 몇 평인지, 집값으로 얼마를 원하는지, 집이 팔리면 즉시 요양원으로 가실 계획인지, 생각해 둔 요양원이 있기는 한지 등을 물은 뒤 미리 다녀간 다른 부동산업체가 어떤 수작을 부렸는지도 캐물었다. 부동산업체에서는 공시지가를 들먹인 모양이었다. 사겠다는 사람과 중개업자가 계약금을 들고 찾아와 당장 계약하자 다그치면서 공시지가보다 높은 가격에 팔면 훗날 세금폭탄을 맞아 팔은 금액 절반을 물어내야 한다고 그럴싸하게 둘러댔다. 하지만 얼마 전 노인정에 갔다가 뉘 집 땅이 얼마에 팔렸다는 소식을 들었던 영훈 어머니는 턱없이 헐값에 계약하려는 그들의 속내를 이내 알아채고 불같이 역정을 냈다.

  이야기가 나오자 영훈 어머니는 아직 노기가 가라앉지 않았던지 이맛살을 잔뜩 찌푸리며 언성을 높였다.

  "여북하면 내가 욕바가질 퍼부었을까, 이 육시랄 놈들, 이 집이 빈집 담벼락에 주렁주렁 매달린 아무나 따가도 되는 애호박인 줄 알았더냐. 앞으론 내 집 내 눈앞에 얼씬도 말거라. 네놈들한텐 이게 약이다. 이러고는 소금 한 바가지를 퍼다가 두 사내 낯바대기를 향해 냅다 뿌리곤 쫓아버렸다우."

  나는 껄껄 웃어넘기고는 영훈 어머니에게 내 명함 한 장을 건네고 영훈이 전화번호를 알아내 휴대폰에 저장했다. 매매에 필요한 정보 몇 가지를 더 묻고 이 주변에서 거래된 토지 실거래가가 얼마인지를 휴대폰에서 검색해 직접 보여주었다. 이전 부동산 업자들이 찾아와 제시한 가격대보다는 곱절 이상 높은 금액이란 사실이 밝혀지자 영훈 어머니의 얼굴에 잠시 화색이 돌았다.

"집값은 남들 받는 만큼은 받아주시우. 내 이 집이 팔리면 절반을 뚝 떼어 정빈 애비헌테 줘뻐리고 냉거지 반은 요양원에 가 있다가 죽을 때쯤 맏손주 정빈이헌테 줄라우."

대지가 2백 평 남짓 되는 데다 집 위치가 방동리 마을 초입의 도로변이고 가격대도 적당해 매수 대기자들을 여기저기 수소문하면 어렵지 않게 매매가 성사될 듯했다. 조만간 춘천에서 금산리를 잇는 춘천대교가 건설된다는 소식까지 들려 적당한 투자처를 찾지 못해 전전긍긍하는 사람들에겐 구미가 당기는 매물이었다. 나는 집을 사겠다는 사람이 나타나면 구매자와 함께 찾아오겠노라는 답을 남기고 사무실로 돌아왔다.

우선 법원에 가 등기부 등본을 떼고 시청 민원실에 가 가옥대장과 토지대장, 지적도 등 관련 서류를 떼어보았다. 혹시라도 등기부에 근저당권이라도 설정되어 있는지, 아직 명의가 영훈 할아버지 앞으로 남아 있는지 등을 살폈으나 다행히 등기부 등본은 깨끗했고 명의도 영훈이 어머니 앞으로 되어 있어 딱히 매매에 걸림돌이 있어 보이지는 않았다.

영훈이가 전화를 걸어 온 건 그로부터 이틀이 지난 뒤였다.

휴대전화로 들려온 영훈이의 첫마디가 뜬금없고 퉁명스러워 나는 잠깐 어리둥절했다.

"너 우리 어머니 만났다며?"

오랜만이란 인사는커녕 불퉁스러운 목소리로 툭 던진 말이었다. 내 어감으론 왜 한마디 상의도 없이 불식간에 찾아와 자기 어머니를 만났느냐고 따지는 말투로 들렸다.

너희 어머니께서 어디서 내 전화번호를 알아내셨는지 며칠 전 내게 전화를 거셨고 집 좀 팔아달라고 부탁하시기에 매물을 돌아볼 겸 서면에 가 잠깐 네 어머니를 뵙고 왔노라고 자초지종을 설명했다. 그제서야 삭정이처럼 뻣뻣하고 퉁명스럽던 그의 목소리가 직수굿이 수그러드는 것이었다. 그는 잠깐 얼굴 좀 보자고 말한 뒤 내 사무실 위치를 물어 곧 오겠다는 말을 남기고 전화를 끊었다.

한 시간이 채 지나지 않아 그가 사무실 안으로 불쑥 들어섰다. 예전의 얼굴 윤곽이 그대로 남아 있어 10년도 훌쩍 지난 뒤의 만남임에도 그가 영훈이임을 첫눈에 알아볼 수 있었다. 번득이는 눈빛이 예전과 다를 바 없었으나 마땅한 거처가 없어 여관방이나 전전하며 살아가는 사람처럼 행색이 궁해 보였다. 봄이 한창임에도 겨울 점퍼를 걸친 옷차림이 추레한 데다 낮술로 소주 두어 병쯤 비우고 온 듯 얼굴에 술기운이 불콰했다.

우리는 오랜만에 만난 반가움에 두 손이 으스러지도록 수인사를 나누고 커피를 내려 함께 마셨다. 그동안 어떻게 지냈느냐, 아이들은 몇이냐, 건강은 어떠냐 한참을 이것저것 묻다가 돈은 많이 벌었냐고 묻자 잠시 시무룩해지는가 싶더니 그가 거침없이 주절거렸다.

"누가 그러더라. 첫 노름에 돈을 따면 악마가 도운 것이고 첫 노름에 돈을 잃으면 하늘이 도운 거라고. 마치 우리 집 애기라고 콕 찍어 하는 말 같더라. 너도 우리 집안 도박 내력을 잘 알고 있잖아. 우리 할아버지께서 투전해 논 네 마지기 장만한 게 우리 집을 노름 집안으로 만든 계기가 됐다는 사실 말이야. 자고로 조부전손자전이 아니겠냐."

"조부전손자전? 그 말이 뭔 뜻이야."

"그 아버지에 그 아들, 그 할아버지에 그 손자란 말이다. 우리 아버지가 내게 남긴 마지막 부탁이 늘 귀에 생생한데 그 간절한 당부를 한쪽 귀로 듣고 한쪽 귀로 흘렸다가 내 꼴이 이 지경이 됐다. 다른 건 무엇이든 다 해도 좋으나 딱 하나 노름은 절대 하지 말아라, 하셨거든. 좋은 직장 다니다가 도박에 빠져 가진 재산 다 털어먹고 이제 그나마 어머니 앞으로 돼 있는 집 한 채만 달랑 남았다."

"나도 어릴 적에 너랑 같이 컸잖니. 네가 우리 집 사정 알고 있듯이 나도 너희 집 사정 대강은 들으며 컸다. 지금이라도 멈추고 남들처럼 평범한 가장으로 돌아가 성실히 살면 되잖아."

영훈이가 피식 웃고는 주머니에서 담배 한 개비를 꺼내어 입에 물었다.

"술 끊어야지, 술 끊어야지. 이 쓸데없는 말, 주정뱅이가 아침에 일어날 때마다 지껄이는 헛소리 아니냐. 나도 카지노에 가 돈 잃고 나올 때마다 손모가지 발모가지 다 자르고 다시는 도박장 드나들지 말아야겠다고 수없이 다짐했지만 니미랄, 주머니에 돈 들어오면 금방 나무아미타불이 되고 말더라. 이놈의 노름벽 죽어야 끊지."

영훈이가 내뿜는 희뿌연 담배 연기 속에 예전 그의 가족들이 겪었던 두 해에 걸친 수난사가 어릿어릿 떠올랐다.

그 무렵 가장이 사라진 영훈네 식구들은 하루하루가 고되고 길었다. 영훈 할아버지는 집안을 거덜 내고 풍비박산 나게 한 장본인이라 사람들 앞에 떳떳이 고개 들고 나다닐 처지가 못 되었다. 마을에선 노름으로 집안 말아먹은 늙은이라고 손가락질 당하고 욕감태기가 되어 사람들 앞에 얼굴 내놓고 나다니기가 어려울 정도였다. 그 비루한 심경이 극에 달해 어느 날 사랑방에 누워 밤새껏 끙끙거리던 노인이 새벽녘 뒤란으로 가 늙은 대추나무 가지에 밧줄을 걸고 목을 매기까지 했으나 요행히 영훈 엄마 눈에 띄어 살아나기도 했다.

영훈 아버지가 집을 나간 지 한 해가 지난 뒤에는 집안에 양식이 바닥났다. 이때부터 영훈네는 아버지가 떠날 때 당부한 대로 봄에는 산나물 죽으로 아침을 해먹은 뒤 골짜기로 가 가재를 잡아 왔고 산비탈마다 지천인 찔레를 따 먹었고 산뽕나무 가지마다 까맣게 익은 오디를 따먹었다. 여름엔 개울에 나가 잡아 온 피라미로 매운탕을 끓여 먹었다. 가을엔 산에 가 도토리를 주워 오거나 머루 다래를 따 먹었고 추수한 남의 논밭을 찾아다니며 이삭줍기를 해왔다. 겨울엔 밭둑에서 저절로 자란 뚱딴지를 캐 먹거나 골짜기에 들어가 꽁꽁 언 얼음을 깨고 개구리를 잡아다 끓여 먹으며 허기를 껐다. 이때부터는 영훈이 할아버지도 정신을 차리고 식구들 생계를 책임지기 시작했다. 산에 올라 메토끼며 오소리며 너구리 등을 잡아 와 네발짐승 고기로 식구들 배를 채우게 하거나 벗겨 말린 짐승 가죽을 장에 내다 판 돈으로 쌀을 사 왔다. 영훈 엄마는 쌀독이 바닥나는 게 두려워 느루 먹을 궁리를 하느라 늦은 밤까지 잠을 설친 채 끙끙거렸다.

영훈 엄마의 시련과 고초는 여기서 끝이 아니다. 어디서 굴러왔는지 마을에 홀아비 하나가 들어와 오두막을 짓고 살았다. 홀아비는 오며 가며 남의 일이나 거들어 주고 주인이 건네는 됫박 품값을 받아다 먹고 사는 처지였다. 처음 보는 사람에게도 실실거리며 다가가 농지거리를 일삼는 사내였다. 이 사내가 남의 입을 통해 영훈네 집 사정을 주워들었던지 어느 날부터 영훈네 집 주변을 기웃거리기 시작했다. 딱 보아도 영훈 엄마에게 흑심을 품고 있는 게 확실했다. 그는 키를 웃돌게 자란 옥수수밭 고랑에 엎드려 영훈 엄마가 집에서 나오기만을 기다렸다. 때마침 영훈 엄마가 세숫대야에 빨랫감을 한가득 담아 머리에 이고 집을 나와 빨래터로 향하는 중이었다. 옥수수밭에 웅크리고 있던 사내가 짐승처럼 뛰어나와 영훈 엄마의 손목을 낚아챘다. 질겁을 하고 놀란 영훈 엄마는 비명을 지를 겨를도 없이 빨랫감이 든 세숫대야를 길바닥에 떨어뜨린 채 옥수수밭 한가운데로 끌려가고 말았다. 사내는 왼손으로 영훈 엄마의 입을 틀어막았고 오른손으론 허리를 끌어안은 채 숨을 헐떡이며 노려보았다.

입을 벌려 비명을 지르거나 사지를 뒤틀며 반항하면 목을 비틀어 죽이겠다고 으름장을 놓고는 알겠어? 하고 눈알을 부라렸다. 어금니를 앙다문 영훈 엄마는 행여 죽을지도 모르겠단 공포감에 사로잡혔다. 몸을 뻗대봤자 힘으로 당해낼 재간이 없었다. 다리에 힘이 빠지면서 몸이 사시나무 떨듯 부들거리는 걸 참고 견디다가 머리를 끄덕였다. 사내는 일을 서두를 기세였다.

"홀아비 사정 과부가 알아줘야지. 서로 손해 볼 일 없으니 우리 속궁합이나 맞춰보자."

사내는 영훈 엄마를 바닥에 꿇어앉혔다. 다 자란 옥수수 잎줄기들이 마침 불어온 바람에 흔들거렸다. 영훈 엄마는 축축 늘어진 옥수수 잎줄기가 칼로 변해 사내의 목이라도 베었으면 싶었지만 소용없는 일이었다. 굶기를 부잣집 밥 먹듯 해 진종일 허기가 져 거죽만 남은 데다 사시랑이처럼 야윈 아녀자 몸으로 사내를 감당하기가 힘겨웠다. 우선 사내를 안심시킨 뒤 기회를 봐야겠단 생각에 틀어막은 입부터 풀어달라는 시늉을 했다. 어림도 없을 것 같던 사내가 바위처럼 내리누르던 손을 풀었다.

"내 몸이 탐나거든 맘대로 하슈."

자포자기라도 한 듯 맥살을 잃은 영훈 엄마가 사시나무처럼 떨리는 몸을 가라앉히려 애썼다. 다소곳이 돌아앉아 엉클어진 머리숱을 매만지는데 씩씩거리던 사내가 갑자기 고분고분해진 영훈 엄마를 내려다보곤 입이 터진 팥 자루처럼 웃으며 성급히 허리띠를 풀었다. 사내의 맨살 아랫도리가 적나라하게 드러났다. 사내가 영훈 엄마의 저고리 옷소매를 풀어 헤치기 위해 이글거리는 눈빛으로 다가앉는 순간이었다. 영훈 엄마가 사내의 불끈불끈한 팔뚝을 한입에 덥석 물었다. 살을 베어먹을 듯 악다문 이빨을 돌덩어리같이 딱딱한 살에 박아 이리 흔들고 저리 흔들었다. 사내의 팔뚝에서 벌건 피가 흘러나와 영훈 엄마의 입에 흥건히 고였다. 사내가 비명을 내지르며 영훈 엄마의 머리채를 잡아 흔들었지만 영훈 엄마의 악다문 입은 팔뚝에서 떨어질 줄 몰랐다. 나약한 몸에 웬 오기가 그리도 당찼던지 앙세게 문 이빨이 사내의 단단한 팔뚝 살점을 뜯어지기 직전까지 물고 늘어졌다. 입에 한가득 고인 피를 옥수수밭에 후루룩 내뱉은 영훈 엄마가 이번엔 사내의 얼굴을 향해 시뻘건 침을 뱉으며 고함쳤다.

"이 개불상놈아. 사지 멀쩡하면 행실도 멀쩡해야지, 아무리 할 짓이 없기로서니 벌건 대낮에 남의 집 아녀자를 겁탈하려 덤벼드냐? 내 짐승만도 못한 네놈 아랫도리마저 뚝 떼다가 가마솥에 삶아 개 먹이로 던져주겠다."

이러고는 아랫도리마저 떼어낼 듯 달려들자 혼비백산한 사내가 팔뚝에 난 상처를 방치한 채 얼른 아랫도리부터 수습하느라 허둥거리고 옥수수밭 한가운데서 정신없이 갈팡질팡하였다. 밭 한복판에서 두 사람이 이쪽으로 쓸리고 저쪽으로 쓸리고 하면서 옥수숫대를 몇 폭이나 짓밟아 놨던지 주변이 멧돼지 쑤시고 지나간 밭처럼 어수선했다.

때마침 집에 돌아오던 영훈 할아버지가 사내의 비명을 듣고는 옥수수밭으로 뛰어가 현장을 목격했다. 대충 사태를 파악한 영훈 할아버지가 사내의 손을 묶고 개 패듯 패 초주검을 만들어 쫓아내고서야 두 사람이 집으로 돌아왔다. 영훈 엄마는 안방에서 섧게 울고 영훈 할아버지는 사랑방에서 모든 게 자신 탓이라 한탄하며 피를 토하듯 울었다.

그다음 날 영훈 할아버지가 영훈이를 불러놓고 신신당부했다는 말이 있다.

"너는 이다음에 크거든 죽을 때꺼정 절대루 손에 화투장 잡지 말거라. 내 죽어서도 너를 지켜볼 것이다. 만일 네가 튀전판 기웃거린단 소리가 들리면 내가 무덤에서라도 뛰어나와 네 녀석 손모가지를 비틀어 놓을 것이다."

그리고는 다짐을 받겠단 투로 알겠느냐? 하고 영훈이의 얼굴을 뚫어지게 바라보았다. 이때 영훈이가 네, 하고 대답하길 바랐지만 그렇지 않았다.

"할아버지는 아직도 투전하시잖아요."

"난 이제 끊었다."

"쿨쿨 주무시다가 별안간에 이삼오 짓구 갑오다. 옳다구나! 이번엔 오칠팔 짓구 장땡이로다, 이렇게 잠꼬대하시던데요."

영훈 할아버지는 그만 말문이 막혔다. 자식이고 며느리고 자신의 하룻밤 노름으로 패가망신시킨 것도 모자라 이제는 손자 앞에서 노름 꿈을 꾸다 함부로 잠꼬대까지 내뱉고 있으니 이 노릇을 어찌할꼬, 막막할 따름이었다.

회한이 밀려오는지 거푸 한숨을 내쉬며 담배 연기를 뿜어대던 영훈이가 피우다 남은 꽁초를 재떨이에 비며 끄고는 나를 향해 몸을 틀었다.

"어머니 명의로 돼 있는 집이라도 팔아 요즘 유행하는 성인오락실이나 하나 개업할까 생각 중이다."

"성인 오락실?"

나는 하도 의아해 그의 눈을 멀뚱히 바라보았다. 요즘 성인들이 아무리 할 일이 없기로서니 실내에서 오락이나 하고 앉아 있단 말인가? 영훈이가 입꼬리를 늘어뜨리며 히죽히죽 웃었다.

"예전 우리 한창 시절에 장례식에 가면 떼거리로 앉아 밤새도록 고스톱 치고 포커 치던 사람들 다들 어디에 가 처박혀 있는지 너 알고는 있냐?"

그야 코로나로 장례문화가 바뀌면서 사행성 논란이 끊이지 않던 고스톱 문화가 우리의 인식 속에서 점차 지워졌던 것이 아닐까 싶었다.

"그 사람들이 전부 성인 오락실에 가 있단 얘기야?"

"그렇지! 우리 시대를 살던 사람들은 물론이고 요즘 한창 젊은 애들조차도 성인 오락실에 들어와 시간 가는 줄 모르고 게임에 빠져 산다 이 말이다. 우리 아버지처럼 도박으로 망한 집안을 도박으로 흥하게 했듯이 나도 도박으로 망가진 인생 늦게라도 도박산업으로 흥해볼까 한다."

길거리를 오갈 때 가끔 성인 오락실 간판이 눈에 띄기는 했지만 정작 도심 한복판 오락실 안에서 사람들이 사행성 게임을 하리라고는 미처 생각지 못한 일이었다.

"그거 바다 이야기 사태 이후 모두 없어지지 않았어? 전부 불법 아니야?"

"어딜 가든지 눈 똑바로 뜨고 봐라. 전국에 성인 오락실 간판이 수없이 걸려 있는데 그게 다 불법이면 경찰들 눈 감고 다니냐."

그의 이야기만 듣자면 나름 사업성이 충분했다. 한 시간에 만 원씩 투입되는 기계가 보통 열두 시간 풀로 돌아간다는 가정 하에 대당 하루 매출을 십이만 원으로 잡고 백 대의 오락기 중 오십여 대만 돌아가도 하루 오백 이상의 매출이 발생할 거란 얘기였다. 이 중에 고객에게 돌려줘야 할 당첨금액과 바지사장을 비롯해 직원에게 줄 월급 등 모든 경비를 지출하고도 하루 백만 원 이상의 수익이 너끈해 오락실을 기반 삼아 재기하고야 말겠다는 야심을 드러냈다.

"네가 사장인데 굳이 바지사장은 왜 고용하는 건데. 그게 불법이기 때문이야?"

"그게 말이야. 약간 편법을 동원해야 하거든. 현행법상 당첨금을 직접 현금으로 지급하는 게 불법이라고. 그래서 잭팟이 터진다거나 하면 당첨금을 줘야 하는데 눈속임해 가며 은밀히 지급하는 거야. 이때 재수 없이 경찰에게 발각되거나 누가 신고라도 하는 날엔 오락기기를 압수해 가고 사업주가 구속까지 될 수 있다고. 그런 돌발사태에 대비하기 위한 수단이지."

말로만 오락실일 뿐 상시 불확실성이 도사리고 있는 도박 사업이었다. 어머니 집을 팔아 고작 벌인다는 사업이 성인 오락실이라니, 나는 옆집 고향 친구로선 사업을 재고하거나 안전한 쪽으로 눈을 돌려보라고 권하고 싶었다. 하지만 이미 그는 마음을 굳힌 듯했다. 예전엔 가까웠을지 모르나 이미 수십여 해 떨어져 각자의 삶을 살아온 마당에 내가 친구랍시고 나서서 해라 말아라, 간섭할 입장은 아닌 성싶었다. 자기 의지대로 아버지처럼 도박으로 거덜 난 집안을 도박으로 다시 일으키길 바랄 뿐이었다.

그의 아버지가 도박으로 망한 집안을 도박으로 일으켰다는 말은 숨길 수 없는 엄연한 사실이다. 서면에는 노인들 입에서 아직도 회자되는 전설과도 같은 이야기다.

집 나간 지 두 해가 막 다가올 무렵 설을 앞둔 추운 겨울날 해거름에 집 나간 뒤 아직 소식이 없던 영훈 아버지가 무거운 등짐을 지고 집 안으로 불쑥 들어섰다. 하도 오랜만이어서 잠시 낯설기도 하였으나 식구들은 안마당으로 들어선 나그네가 집 나갔던 가장임을 단박에 알아보았다. 그 반가움이 오죽했으랴. 가족들은 얼굴 마주하자마자 부둥켜안고 울음부터 터뜨렸다. 사람이 어찌 그리 매정할 수 있느냐, 영훈 엄마의 푸념이 이어졌고 미안하다고 식구들 모두 살아 있어 다행이라고 영훈 아버지가 다독였다. 울음은 쉬 그치지 않았다. 그동안 가슴에 쌓였던 설움이 울컥 복받쳤던지 영훈 엄마가 손바닥으로 영훈 아버지의 가슴팍을 치며 섧게 울었다. 그래도 남편이 살아서 돌아왔다는 안도감에 눈물 끝엔 환한 미소가 번졌다. 울음이 잦아들자 영훈 아버지가 지고 온 등짐을 풀어헤쳤다. 열린 가마니 안에서는 마치 흥보네 박이 열리듯 쌀자루가 나왔고 옷과 신발이 담긴 설빔 보따리가 나왔고 쇠고기가 나왔고 자반고등어가 나왔다. 그뿐이 아니었다. 성기게 짠 가마니 속에는 자루 두 개가 더 들어있었다. 꾹꾹 눌러 담은 돈 자루였다. 방 안에 들어앉자마자 영훈 아버지가 자루를 번쩍 들어 안에 든 돈다발을 방바닥 위에 홀홀 쏟아놓았다. 띠로 묶은 뭉칫돈이 몇 다발인지 헤아리기조차 어려웠다. 묶지 않은 지폐들도 방바닥 위에 두둑하게 쌓였다. 이게 꿈인지 생시인지, 눈이 어지러워 어찌할 바를 모르던 영훈 엄마는 허벅지를 몇 차례나 꼬집었고 굼뜨게 방에 들어선 영훈 할아버지도 눈을 허옇게 치뜨고는 헤벌어진 입을 한동안 다물지 못했다. 겨우 정신을 차린 후에야 어디 부잣집에 몰래 들어가 도둑질해 온 돈인지 금광에 가 노다지를 만났는지 자초지종을 묻는 것이었다. 영훈 아버지는 그동안 객지로 나가 열심히 노력해 벌어온 돈이라고만 답할 뿐 속 깊은 얘기는 꺼내지 않았다.

며칠 뒤부터 영훈 아버지는 사부작사부작 마을을 나돌기 시작했다. 우리 집에 찾아와 두 해 뒤에 갚겠다고 약속했던 장리쌀 값을 후하게 갚았다. 달포쯤 뒤엔 영훈 할아버지가 이태 전 노름으로 날렸던 전답을 비싼 값을 쳐주고 모두 되샀다는 소문이 돌았다. 그러고도 아직 여윳돈이 있어 마을 입구 양짓녘에 하루갈이나 되는 밭 한 떼기를 더 사들였고 장에 나가 일소로 쓸 암소 두 마리를 사다 외양간에 맸다. 다음 해 봄이 되어 농사를 시작할 즈음 어디선가 머슴 부부까지 데려와 잿간 같은 집 한 채를 지어주곤 먹이고 재우며 일을 시켰다. 이제 동네에선 영훈네가 어엿한 땅 부잣집으로 등극해 있었다. 며칠 전만 해도 쌀 한 톨 구경하기 힘겨워 뱃가죽이 등가죽에 붙을 정도로 허기에 익숙해 있던 영훈네였다. 영훈네 가족은 가장이 돌아오고부터 겨울이 지나 이듬해 초봄 즈음이 되어서는 얼굴이 물가에 핀 버들처럼 뽀얗게 살이 오르기 시작했다. 내내 몸에 걸쳤던 누더기들도 몽땅 벗어 아궁이에 태워버리고는 어딜 나서거나 새 옷에 새 신만 신고 다녔다. 찢어지게 빈궁했던 살림이라 거지꼴로 나다니던 행색은 이제 어디서도 찾아보기 어려웠다. 두 해전 도끼로 기둥을 찍어 쓰러뜨리려 했던 낡은 집 역시 모두 허물고 터를 넓혀 새로 집을 지었다. 그해 가을이 오기 전 영훈네는 넓게 다진 터 위에 칸이 널찍널찍한 기와집을 지었고 넓은 마당 옆에 기와를 덮은 행랑채도 지었다. 잿간처럼 쓰러져 가는 외딴집에 살던 머슴 내외도 대문 옆에 지어진 행랑채로 들어와 함께 살았다.

거지꼴로 나돌던 영훈네 식구들은 가장의 귀가와 더불어 하루아침에 팔자가 피었다. 마을 사람들 그 누구도 예상치 못했던 일이었다. 노름으로 집안이 폭삭 망해 사철 배를 곯던 영훈네 가족들은 남들이 부러워할 만큼 호사를 누렸다. 영훈 할아버지도 신수가 훤해졌다. 죄지은 사람처럼 마을 사람들을 멀찍이 피해 다니던 노인은 이제 그럴 필요가 없어졌다. 사람을 만나면 어깨에 힘을 주고 우두커니 서 있다가 마주 오던 사람이 한두 걸음 거리로 가까워질 즈음엔 고개를 빳빳이 치켜들어 상대를 노려봤다. 아마도 마을 사람들에게 그동안 투전에 미쳐 집안 말아먹은 늙은이라고 괄시당했던 노여움을 서늘한 눈빛으로 되갚는 모양이었다. 어쩌다가 먹거리라도 챙겨주고 말이라도 점잖았던 이웃을 만나면 에헴, 에헴 큰기침을 내뱉은 뒤 길을 딱 막아 세우곤 한참 침을 튀겨가며 땅을 사고 소를 사고 머슴까지 들였다고 뻐겨댔다.

영훈 아버지가 그동안 어디에 가 무슨 재주로 떼돈을 벌어왔는지 내막이 알려지는 데는 그다지 오랜 시일이 걸리지 않았다. 노름 덕분이었다. 부전자전이라고 영훈 아버지도 손재주 하나는 타고난 모양이었다. 노름으로 망한 집안 노름으로 일으켜 보겠다는 오기로 사방객지 투전판을 기웃거리던 어느 날 그야말로 화투장 놀리는 솜씨가 경지에 오른 노름꾼 하나가 눈에 번쩍 띄었다. 마른 체구에 강단이 쇠꼬챙이 같고 범처럼 눈빛이 예사롭지 않은 사내였다. 산도 떠멜 듯 배포 또한 큰 사내였다. 화투장 섞는 솜씨가 바람에 하늘거리는 나뭇잎처럼 부드럽고 제비 날갯짓처럼 잰 데다 패를 돌리기 전부터 벌써 상대 패를 훤히 꿰뚫었다. 마음 내키는 대로 돈을 풀었다가 쓸어모았다가 쥐락펴락하다가는 새벽녘이 되어서야 판돈을 몽땅 따 앞앞이 개평을 건네준 뒤 남은 돈을 챙겨 어딘가로 가버렸다. 영훈 아버지는 사내가 사는 집을 알음알음 수소문해 찾아가 무릎을 조아린 뒤 자초지종을 고하고는 수하로 받아주기를 청했다. 처음엔 어림없다고 소 닭 보듯 하며 곁을 두지 않았다. 하지만 영훈 아버지는 그가 죽으라 하면 죽는시늉까지 해가며 찰거머리처럼 따랐다. 눈치 보아 시중도 들어주고 먼 길 떠날 땐 삐질삐질 비지땀을 쏟아가며 무거운 짐도 들어주었다. 다행히 군말 없이 먹여주고 재워주기는 했다. 석 달 이상 지나고 보니 더 박절했다간 자칫 해코지라도 당하지 않을까 싶었던지 사내가 영훈 아버지를 방으로 불러들여 술을 권했다.

"자넨 노름이 뭐라 생각하나."

영훈 아버지는 사내의 갑작스러운 질문에 말문이 막혀 잠시 멈칫거리다가 겨우 답했다.

"노름하는 자신은 정신이 팔려 모를 터이나 주변 사람 여럿을 파멸시키는 게 노름이요."

사내가 물끄러미 영훈 아버지의 눈을 살폈다.

"싸움 중 가장 추악한 싸움이 좁은 방구석에서 벌어지는 투전이야. 똥구덩이 속에서 아귀다툼하는 게 노름이라네. 돈을 잃어 환장하면 사돈의 팔촌까지 찾아가 손 벌리고 마지막에 놀음 밑천 떨어지면 신줏단지나 마누라까지 팔아먹는 자들이 노름쟁이지. 이처럼 뒤끝이 불 보듯 뻔하거늘 뭐 할 짓이 없어 노름판을 기웃거리나."

"내 똥통에서 한평생을 구더기로 살아도 좋고 손모가지가 잘려도 좋으니 부친이 하룻저녁에 내다 버린 농토를 내 손으로 찾게만 도와주시오. 그게 내 평생 원이외다."

사내가 방 안에서 담배를 피워 물고 우두커니 앉았다가 한참이 지난 뒤에 입을 열었다.

"노름 인생이란 자고로 들어갈 때 비단옷 걸치고 갔다가 나올 때 열에 아홉은 누더기 차림이요, 운이 다하면 수의를 걸치고 나오는 법이지. 흔히들 부자가 삼대를 못 간다고 하나 노름꾼 집안은 용케 돈을 따 벼락부자가 된들 한낱 검불에 붙은 불이고 마른 나무에 핀 꽃이라, 자식들한테 금싸라기땅을 물려준다 해도 삼대를 이어가기는커녕 삼대가 빌어먹는 법이라네. 초가삼간일지언정 한뎃잠 면하고 살아가는 것만도 삼대가 공을 쌓은 덕이려니 생각하면 남의 눈에서 피눈물이나 빨아먹고 살아가는 노름꾼 주제에 제 집안 잘되기를 어찌 바라겠는가."

그러나 사내가 크게 생각해 들려주는 말이긴 해도 영훈 아버지의 귀에 쏙쏙 들어와 박힐 리 없었다.

"내 눈을 똑바로 보시오. 피눈물이 보이지 않소? 내 속이 타고 타 검은 숯덩이가 되었소. 내 한숨 소리에서 뜨거운 불기운이 느껴지지 않소? 물러가라 하면 내일 아침에 이 집 서까래에 목을 걸 것이니 너무 나무라지 말고 송장이나 거두어 주시오."

사내가 영훈 아버지의 눈을 뚫어져라 쳐다보았다. 길게 내뱉는 한숨도 놓치지 않았다. 골똘히 생각에 잠겼던 사내가 한참 지나서야 입을 열었다.

"그 정도 뚝심과 결기라면 됐네. 내가 자네 부친께서 하룻저녁에 짓구땡으로 내다 버렸다는 전답을 언젠가는 꼭 되찾게 해 줌세. 허나 내 허락이 떨어질 때까지 노름판에 끼어들거나 손에 화투장 쥐는 일은 없도록 하게. 진중히 참고 기다리면 적절한 시기에 한 번 기회를 주겠네. 만일 운이 좋아 벌충이 되거든 뒤도 돌아보지 말고 집에 돌아가 먹고 살 만큼 땅 몇 뙈기 장만하고 더는 노름판 기웃거리지 마시게."

얼마나 기다려 온 화답이던가. 집에서는 식구들이 입에 풀칠이나 하고 사는지 아궁이에 불이나 지피고 자는지 생각할수록 목에 조갈이 들고 숨이 턱턱 막혀오는 처지였다. 일각이 여삼추라고 주머니만 두둑해진다면야 잠시라도 지체할 필요 없이 당장 집으로 달려가고 싶은 생각이 굴뚝같았다. 하지만 딱 부러지게 어느 달 어느 날이라고 답하지 않고 진중히 기다리라 하니 하루 해가 질 때마다 한숨이요 날이 밝을 때마다 시름이 쌓여갔다. 그래도 달리 어찌할 방도가 없었다. 사내가 멍든 가슴에 헛바람이나 불어넣는 날건달 모리배가 아닌지라 이제나저제나 처분만 바라고 사내 곁을 지킬 따름이었다.

  어느 날 부잣집 머슴 하나가 한 해 새경으로 받은 돈을 들고 와 노름판에 끼었다. 글을 알고 셈을 할 줄은 알아도 주인집 농사일에만 매달려 온 젊은 사내가 노름꾼 틈바귀에서 돈을 따기는커녕 밑천이나 지키면 천만다행이었다. 아니나 다를까, 한 해 고생해 받은 새경을 들고 와 투전판에 끼었다가 하룻저녁에 몽땅 털리고 무일푼으로 나앉게 되었다. 낙심천만하고 돌아간 사내가 원통하고 허망한 심경을 유서로 남기고 행랑채 안에서 목을 매 죽었다. 유서에는 함께 노름했던 몇몇 투전꾼들의 신상이 적혀 있었다. 주인이 주변에 꽤 알려진 유지였는데 착한 머슴을 잃고 격분해 유서를 들고 직접 경찰서장을 찾아가서는 노름꾼을 모조리 잡아 요절을 내라고 진정하였다. 형사들이 눈을 벌겋게 뜨고 노름꾼들을 잡으러 다녔다. 하지만 유서에 적힌 이름만으로 노름꾼을 잡아들인다는 게 쉬운 일이 아니었다. 왈짜 건달에 사방객지 떠도는 노름꾼의 이름이 호적에 등재된 이름과 같을 리 없었다. 어떤 자는 하룻저녁 노름판에서 아홉 차례나 장땡을 잡았다 해서 구장땡이라 불리고 어떤 자는 낯바대기가 말상이어서 말낯바대기로 불리고 나잇살이나 먹어 보이는 점잖은 노름꾼에겐 선생이나 사장이란 호칭을 붙여 예우해 주는 척하다가도 눈에 털끝만큼이라도 거스르는 행동을 보이면 서로 으르렁거리며 무작스러운 왈짜 패거리 근성을 금방 드러내고 마는 망골 무뢰배들이었다.

영훈 아버지가 따르는 사내 역시도 얼마간 몸을 피해 다녀야 했다. 이날도 이 고을 저 고을 전전하다가 시골 동네 주막에 들어서니 늦은 저녁 봉놋방에서 노름판이 벌어지고 있었다. 실오라기만 한 그믐달조차 뜨지 않은 심야에 노름방으로 망꾼 하나가 숨을 헐떡이며 뛰어 들어왔다.

"어느 얼빠진 작자가 경찰에 밀고해 밖에 순경들이 떼거리로 몰려오고 있소. 영창으로 끌려가고 싶지 않거든 어서들 몸을 피하시오."

화투장을 쥐고 끗발을 재던 노름꾼들이 하나같이 벼락이라도 떨어지는 듯 어깨가 오그라들었다. 가뜩이나 단속이 심한 터에 같은 노름꾼 중에 밀고자까지 섞였다 하니 멀뚱히 넋 놓고 앉았다가 잡혀가기라도 하는 날엔 몇 해 감옥살이 신세를 져야 할 판이었다. 노름꾼들이 어디 한두 번 겪는 일이던가. 옆 사람 눈치 볼 겨를도 없었다. 저마다 앞앞이 쌓였던 판돈을 전대에 둘둘 말아 허리춤에 차고는 댓돌 위에 어질어질 섞인 신발부터 찾아 신은 뒤 뒤란으로 향하는 쪽문으로 허겁지겁 뛰쳐나갔다. 돈을 땄건 잃었건 일단 몸을 피하고 보는 게 상책이었다. 또 보자며 건성건성 인사말을 주고받은 패거리들이 몰이꾼에 쫓기는 노루처럼 껑정껑정 뛰다가 농익은 어둠을 뚫고 앞다투어 어둠 속으로 내뺐다. 어둠이 짙기는 해도 영훈 아버지는 행여 사내의 뒤를 놓칠세라 악착같이 뒤따랐다. 사내가 솔가지 울타리에 머리를 쑤셔 넣고 울 밖으로 빠져나올 때도, 옥수수밭 고랑을 벗어나 제법 물살 사나운 내를 건널 때도, 서로 앞서거니 뒤서거니 거리 차이가 고작 서너 걸음 사이였다. 두 사람은 내를 건너 자갈밭을 지나 신작로로 들어섰다. 읍내로 향하는 지름길이었고 굽이진 고갯길 초입이었다. 숨을 헐떡이며 신작로 굽이를 막 돌아서려는데 긴 불빛이 번득이는가 싶더니 두 사람 앞을 스치고 지나갔다. 플래시 불빛이었다. 아마도 현장 급습에 실패한 경찰이 벌써 마을 입구 길목을 봉쇄한 모양이었다. 두 사내는 가슴이 철렁 내려앉았다. 캄캄한 길바닥에서 엉거주춤 멈춰 섰다가 주변 동태를 살폈다. 언뜻 스친 불빛 속에서 벌써 심상찮은 낌새를 알아차린 경찰이 신작로 한가운데로 불빛을 겨누는 중이었다. 눈이 부셔 손바닥으로 이마를 가리고 몸을 웅크리던 영훈 아버지는 길바닥에 털썩 주저앉는 사내의 손목을 얼른 낚아채 잡목 창창 우거진 길옆 수풀 속으로 몸을 감추었다.

"앗, 저놈들이다. 잡아라!"

망설이거나 주저할 여유가 없었다. 사내의 손목을 끌고 죽을 둥 살 둥 언덕을 향해 기어올랐다. 뒤따라오는 경찰이 곧 발목이라도 낚아챌 것 같아 등줄기에서 식은땀이 줄줄 흘러내렸고 숨이 모질게 차올라 목구멍에서 게거품을 한 바가지씩 뿜어낼 것만 같았다. 칠흑 같은 어둠 속에서 앞을 가로막는 싸리나무며 다복솔이며 가시덤불을 들짐승처럼 쑤시고 올라갔다. 정신없이 한참을 오르자니 고갯마루로 뚫린 신작로가 두 사람을 반겼다. 산 굽잇길 아마득하게 먼 아랫동네에서 여러 점의 불빛이 아물거렸다. 산마루에서 내려다보이는 불빛이 여인네 가슴처럼 아름답고 포근해 보였다. 두 사람은 반가워 어서 불빛 속으로 뛰어들고 싶은 생각이 간절했다. 땀으로 범벅이 된 목덜미로 선선히 불어오는 바람이 달았지만 앉아 쉴 겨를이 없었다. 경찰이 언제 뒤따를지, 신작로 어딘가에서 길목을 지키고 있을지 모를 일이어서 서로 간 귀엣말조차 삼간 채 무작정 걸었다. 그러나 아무리 평탄한 신작로라 해도 깜깜한 밤길이었다. 한참을 앞서 걷던 사내가 그만 돌부리에 걸려 모로 쓰러지고 말았다. 짧은 비명을 내지른 사내가 다리를 부여잡고 앉아 쩔쩔매었다.

"오늘 재수가 염병일세. 어여 몸 성한 자네나 멀찌감치 달아나시게."

영훈 아버지는 사내를 길바닥에 팽개치듯 버려두고 홀로 고개를 벗어날 수 없었다. 여기까지 와 혼자만 살겠다고 사내와 결별한다는 건 가당치도 않은 일이었다. 의지하고 뒤따른 시간이 아까웠고 더군다나 이심전심 고락을 함께하기로 약조한 사이인데 혼자만 살겠다고 자리를 뜬다는 건 천부당만부당한 일이었다. 상대가 위험에 빠졌을 때 앞뒤 잴 필요 없이 돕고 보는 게 대장부의 길이고 도리였다.

영훈 아버지가 사내를 등에 업고는 산허리로 구불구불 돌아나간 깜깜한 고갯길을 중간중간 몇 참 쉬어가며 걸어 내려왔다. 다행히 고개를 다 내려올 때까지 경찰이 길을 막아서거나 뒤쫓지는 않았다. 두 사람은 때마침 지나가는 택시를 잡아타고 제천으로 갔다. 여관방에서 하룻밤을 묵고 이튿날 영훈 아버지가 사내를 한약방에 데려가 퉁퉁 부은 발목에 침을 맞게 했다. 부기가 빠질 때까지 제천 여관방에 머무르는 동안 영훈 아버지는 사내를 극진히 간호했다. 저녁마다 세숫대야에 따뜻한 물을 받아와 발을 씻기고 담배를 구해다 불까지 붙여주고 목이 헛헛하면 술도가에 가 막걸리를 받아와 함께 마셨다. 사내가 나 몰라라 하지 않았다. 애초에 지나가는 소리로 약속은 하였으나 사내가 빈말이나 내뱉는 실없는 사람이 아니란 믿음을 갖고 진중하게 옆을 지켜온 영훈 아버지였다.

두 사람이 집에 돌아온 다음 날 사내가 영훈 아버지를 불러앉혔다.

"내 여태껏 자네 행동거지를 찬찬히 지켜보았네. 내 수하로 받아들여도 될 재목인지, 심지가 굳고 의리는 있는지, 때를 기다릴 줄 아는 참을성과 두둑한 배짱을 지녔는지 두루두루 살폈다네. 노름판 기웃거리는 숱한 왈짜패거리 한두 번 겪어본 내가 아닌지라 입때껏 자네 행동거지를 지켜보았는데 이제 그만하면 됐네. 오늘부터 내 보는 앞에서 화투장에 손을 대시게."

얼마나 기다리던 답이던가. 누군가로부터 이토록 고마운 감정을 느껴본 적이 없었다. 영훈 아버지는 목덜미가 뻣뻣해지면서 눈시울이 뜨거워졌다.

"내 일찍이 독자로 태어난 탓에 위아래로 형제가 없어 외로이 지냈소. 비록 가진 거 없고 철이 없고 복이 없어 눈 벌겋게 뜬 처자식을 나 몰라라 내팽개치고 객지로 떠도는 뜨내기 신세가 되었소만 허락하신다면 죽는 날까지 피붙이 친형님처럼 모시고 싶소이다."

사내도 고개를 주억거렸다.

영훈 아버지는 천하를 다 얻은 기분이었다. 이제껏 음으로 양으로 돌봐준 것도 모자라 이렇듯 손꼽아 기다리던 답을 주다니 벌써 손아귀에 천금을 얻은 듯 가슴이 들떴다.

사내는 즉시 영훈 아버지를 수하로 받아들였고 의형제로 지내자는 제의를 흔쾌히 받아들였다. 당장 그날 저녁부터 방바닥에 담요를 깔고 화투 몇 목을 가져다 손기술을 전수하기 시작했다. 낮이고 밤이고 착착착착 화투패 섞는 소리가 먼 문밖까지 흘러나왔다. 노름 좋아하는 영훈 할아버지의 피를 이어받아서였을까, 동네 친구끼리 모여 민화투로 닭서리 몇 번 해본 게 전부였던 영훈 아버지는 상대방 패를 읽어내는 셈법이 누구보다 빠르고 눈썰미 또한 뛰어나 한 가지씩 가르칠 때마다 유심히 지켜보던 사내가 혀를 차곤 했다. 일명 타짜들이 써먹는 손기술을 느린 동작으로 하나씩 보여주면 하룻밤이 가기 전에 유연한 손기술로 막힘없이 익혀나갔다.

매일 화투패를 잡기 전 노름판에서 명심해야 할 대목을 한참 훈시하는 것도 잊지 않았다.

노름방에 도사리고 있는 몇 가지를 꼭 기억해라. 노름이 시작되거든 내가 얼간이인지 상대가 얼간이인지 간부터 봐라. 기다리던 사냥감이 나타났다면 아낌없이 밑밥을 던져라. 얼굴은 장승이 되고 속은 뱀이 돼라. 막 떠벌리는 말 한마디라도 진다면 지고 이긴다면 이기는 게 노름이다. 손기술이 모자라거든 언변으로, 언변이 딸리거든 눈빛이라도 살아있어야 이긴다. 패 쥔 자가 거듭 노가 나거든 그 끗발에 함부로 덤비지 말고 의심부터 해라. 한 번 불붙은 끗발은 사그라들 때까지 조심하라. 기술은 자주 쓰지 말고 꼭 필요할 때 한두 번만 써라. 패를 섞기 전 바닥에 깔린 화투장은 눈으로 확인하고 돌리는 패는 귀로 확인하라. 돈 잃은 자의 눈에 살기가 느껴지거든 얼마간 개평을 쥐여 주고 돌려보내거나 얼른 털고 일어나 자리를 떠라. 개평은 반드시 판이 끝난 후에나 줘라……

앞앞이 화투패를 돌려 어떤 놈에겐 갑오를 주고 어떤 놈에겐 따라지나 망통을 주고 자신은 장땡을 잡게 하는 기술은 짓구땡의 기본이었고 쥐도 새도 모르게 손아귀에 숨겼던 화투장을 창호지 밖으로 튕겨 내보내는가 하면 마술을 부리듯 유연한 손길로 엉덩이를 긁는 척하다가 바지춤에서 화투장을 뽑아 오고 바닥에 있어야 할 화투장을 귀신같이 겨드랑이에 숨기는 기괴한 손기술 하나하나까지 선보이며 전수하였다. 어디 그뿐이랴. 때마침 하늘에 둥근 보름달이 떠오른 날이었다. 사내가 영훈 아버지에게 따라오라 이르고는 보름달을 등진 채 깊은 숲속을 향해 무작정 걷는 것이었다. 목적지에 도착하니 무덤들이 가득 들어찬 공동묘지였다. 이슥한 밤 공동묘지 한가운데로 데리고 가 상석에 담요 한 장을 깔고 그 위에서 밤새껏 짓고땡을 치라 이르고는 시도 때도 없이 원하는 패를 주문했다.

"이번엔 자네가 세 끗을 갖고 내겐 삼땡을 줘보게."

귀신이 곡을 하듯 풀벌레 우짖는 공동묘지 한가운데서 영훈 아버지가 사그락사그락 패를 돌리면 사내는 성냥을 그어 불을 켠 뒤 자신이 주문한 대로 패가 돌았는지를 일일이 확인했다.

"이번엔 내게 구땡을 주고 자넨 망통을 쥐게."

영훈 아버지가 패를 돌리자 사내가 성냥을 그어 불을 밝혔다.

"구땡을 이기는 망통이렸다?"

"이 패를 원하신 거지요? 형님은 니니뉵에 구땡이고 나는 삼팔구로 짓고 망통이요."

영훈 아버지가 장 두 장을 담요 위에 나란히 깔았다. 장땡이었다.

"놀라운 일이야. 내가 이제껏 투전판에서 숱한 노름꾼과 패를 섞어봤으나 자네처럼 손길이 잰 데다 눈썰미 뛰어나고 셈 빠른 자를 아직 본 적이 없네. 석 달 열흘 봉놋방에 쭈그리고 앉아 날밤을 팬대도 한 치 흐트러짐이 없도록 정신 수양만 쌓는다면 노름산 도깨비나 투전산 신령님과 겨룬다 해도 결코 지는 법이 없을걸세."

"겨우 부등깃이나 달싹거리는 애송이요. 아직 노름판에 무릎도 끼어보지 못한 하룻강아지 아닙니까."

"그래! 당장 노름판으로 뛰어가 자네 춘부장께서 잃어버린 땅문서부터 찾아오고 싶겠지만 때를 기다리시게. 같은 쇠라 해도 담금질 거친 쇠가 더 단단하지 않던가. 낟알 채울 곡간 크기는 담금질에 달렸으니 조바심 난다고 너무 서두르진 마시게."

"농사꾼은 하늘이 동업자라지요. 농사꾼이 제아무리 비지땀 흘리고 바지런을 떨어도 제때 비 뿌려주지 않고 햇볕을 주지 않으면 낟알 수확이 어려운 법이죠. 내 형님과는 동업자라 믿고 의지할 것이니 늘 곁을 지켜주시오. 무슨 일이든 형님 결정에 따르리다."

사내가 흡족히 웃으며 고개를 주억거렸다.

영훈 아버지는 사내의 집에 들어앉아 장장 일곱 달 동안 밤이고 낮이고 오로지 화투장 하나만 손아귀에 쥐고 살았다.

사내는 마침내 결단을 내린 듯했다. 무작정 서울로 가 큰 노름판 기웃거리기보단 한적한 소도시를 유람하듯 떠돌며 슬슬 기회를 엿보자고 말을 꺼낸 뒤 떠날 채비를 서둘렀다.

"이제 곧 겨울이네. 들판에 눈발이 나부끼고 처마 끝에 고드름이 열리면 손이 근질거려 좀이 쑤신 노름꾼들이 전대에 목돈을 두르고 장거리로 쏟아져 나올 거야. 우리도 슬슬 거동을 시작하세."

마침내 두 사람이 집을 나섰다. 출정을 나서는 장수처럼 어깨에 힘이 불끈 솟구치고 보무가 당당하였다. 마음이 들썽였던 탓에 영훈 아버지의 걸음이 의형보다 자꾸 앞섰다. 그 껑충 솟구치는 의기를 모를 리 없는 의형이었다. 얼마간 걷다가 잠시 쉬어가자며 의형이 신작로 바로 옆에 박혀 있는 검은 너럭바위로 올라가 앉았다. 앞서 걷던 영훈 아버지도 되돌아와 의형 옆에 나란히 앉았다.

"그동안 많이 굶주렸을 텐데 걸음이 씽씽한 걸 보니 몸이 후끈 달았구먼. 자네도 농사꾼이라 논밭에 나가 일하던 중 새참 때가 되면 아무리 배가 고파도 밥 한술 떠 고수레부터 하지 않았던가?"

"그랬지요."

의형의 뜬금없는 말에 영훈 아버지가 고개를 주억거리곤 다음 말을 기다렸다.

"만일 벼 몇 섬 매상한 돈 들고 와 앉았거나 자식 가르칠 요량으로 기르던 소 한두 마리 팔은 돈 손에 들고 와 앉은 자라면 그 돈을 따더라도 자네 부친 일을 생각해 다시는 노름판에 뛰어들지 못하게 엄히 꾸짖고 돌려주세. 가난뱅이 눈에 피눈물 고이는 건 명약관화한 일, 어찌 뒷짐 지고 모른 체 한단 말인가. 허나 삼 대 이상을 부자로 산 자식이 노름판에 끼었다면 이미 그자의 가솔들은 조상복을 충분히 누렸을 터, 얼마간 쌀 몇 섬 잃어주는 척 눈속임하다가 천 섬지기 농토 절반쯤은 우려먹고 나오세."

노름꾼 대개가 너나없이 왈짜에 개망나니들이라지만 나름 지킬 도리를 다하자는 의형의 말을 거역할 영훈 아버지가 아니었다. 의형의 말뜻을 알아차린 영훈 아버지는 단박에 무지개라도 잡을 듯 들뜬 마음을 애써 누그러뜨렸다. 급한 마음에 찬밥 더운밥 가릴 필요 없이 허겁지겁 달려들어 허기부터 끄려던 게 아닐까 돌아보게 되는 거였다.

두 사람은 다시 일어나 길을 걸었다. 들판을 휘젓는 거친 바람조차 내 편인 듯 다정했고 길을 막고 우뚝 솟은 가파른 고갯길을 오를 때나 까마득히 휜 구부렁길을 질러가기 위해 수풀을 헤칠 때, 늦은 밤 헤엄쳐 차디찬 강을 건널 때도 고생이란 생각이 눈곱만치도 들지 않았다. 세상에는 부자들이 많기는 하되 노름판 기웃거리는 자들치고 헛똑똑이 아닌 자가 있던가. 외양간에 매인 황소도 뒷걸음치다 쥐를 잡고 눈먼 고양이도 운이 닿으면 땅바닥에 떨어진 생선 한 토막쯤 주울 수 있는 법이었다. 노름판 떠돌다가 때맞춰 어리숙한 부자 하나만 낚는다면 한몫 단단히 잡는 일이 결코 꿈은 아닐 성싶었다. 고래 등 같은 기와집에 벌판처럼 누운 전답이 곧 손에 잡힐 것만 같았다. 오매불망 가장이 돌아오기만을 고대하고 있을 식구들을 생각하면 가슴이 미어졌다. 그동안 어깨에 메고 다닌 쇳덩이처럼 무거운 등짐을 곧 내려놓을 수 있겠다 싶었다.

그러나 그해 겨울이 가고 이듬해 봄이 지나 여름과 가을이

올 때까지 두 사람은 뜻을 이루지 못한 채 허송세월했다. 한곳에 오래 머무는 법 없이 방방곡곡을 떠돌다 보니 어느새 눈앞엔 다시 겨울이 와 있었다. 노름판에서 그들이 찾던 부잣집 헛똑똑이는 눈을 씻고 찾아다녀도 나타나지 않았다. 어리숙한 촌 늙은이들이 자식 공부시킬 요량으로 혹간 자식 혼례식에 보태려고 기르던 소 한두 마리 내다 팔거나 코딱지만 한 논밭 한두 떼기 판 돈을 밑천 삼아 크게 불려볼 욕심에 기웃기웃 넘보다 노름판에 끼어든 자들이 대부분이었다. 몇 날 곤한 단잠 한 번 들지 못하고 날밤을 패도 자리에서 일어설 땐 빈 주머니였다. 처지가 딱한 자들이 돈을 잃고 끙끙거릴 땐 애초 약조했던 대로 따로 불러내 다시는 노름판에 끼지 못하게 혼쭐을 내곤 잃은 돈을 돌려주는 일이 다반사였다. 때론 투전판에서 홍길동이나 임꺽정이라도 되는 듯 나름 의기가 충천하였으나 노름방 고리에 떼이고 심부름해 준 중노미에게 몇 푼 건네고 가산을 탈탈 털린 것처럼 엄부럭 심한 자에게 얼마간 개평 떼어주고 하다 보면 변변한 여흥 한 번 즐길 여유조차 없었다. 둘이 한뎃잠 자지 않고 밥 굶지 않는 게 그나마 요행이었다.

두 사람은 각지를 떠돌다 대전까지 내려와 있었다. 벌써 한겨울이었다. 주점과 여관방 담벼락에 붙은 꼬질꼬질 때가 탄 월력이 보였다. 열한 장이 뜯기고 마지막 한 장만 덩그러니 남은 달력이었다. 이 해가 저물고 그럭저럭 한 달이 더 지나가면 양력으로 2월이요 그 초입에 설이 끼어 있었다. 추석이고 설이고 명절이 다가올 즈음이면 매번 두고 온 가족 생각에 밤잠을 이루지 못했다. 돌아갈 수 없단 절망감에 코끝이 찡하고 가슴이 먹먹하였는데 제발 이번 설만큼은 집으로 돌아가겠단 다짐이 공염불이 되지 않기를 바랄 뿐이었다.

그 간절한 바람, 두고두고 기다리던 기회가 마침내 두 사람에게 찾아왔다. 설피 배운 노름에 재미를 붙인 사내 하나가 불쑥 노름판에 끼어들었는데 겉보기에도 돈푼이나 있음직한 신수가 훤해 보이는 중년 사내였다. 얼굴이 희멀겋고 허우대가 멀쩡해 보이는 데다 어쩌다 내뱉는 말투도 점잖았다. 얼굴에 분 바른 여인들이 노름방까지 찾아와 무릎 위에 냉큼 올라앉고 팔에 매달리며 쇠도 녹일 듯 나긋나긋한 목소리로 갖은 교태를 부렸다. 분명 집에 처자식이 있을 법한데 한창나이에 난봉이 난 모양으로 이래도 허허요 저래도 허허였다. 여자가 찾아와 애교를 떨어대면 돈 한 움큼을 덥석 쥐여주며 허허거렸고 논 서너 배미나 됨직한 돈을 잃어도 싱글싱글 웃기만 할 따름이었다. 두 사람은 쾌재를 불렀다. 신수가 훤한 데다 가진 게 풍족해 평생 방석집 드나들며 여자 옷고름이나 풀어도 좋을 상팔자 인생인데 어쩌다 노름에 손을 댔는지, 이것이야말로 천지신명이 두 사람을 위해 보낸 귀인이려니 싶었다. 몇 사람 건너 들려온 풍문도 구미를 당기게 했다. 사내의 부친이 자식들 평생 쓰고도 남을 재산을 물려주고 이태 전 죽었다고 했다. 근방에 몇 채의 건물과 전답이 있고 대전엔 증조부 때부터 내려온 수십 정보의 땅까지 물려받아 평생 돈을 물 쓰듯 쓰고 살아도 다 못 쓰고 죽을 팔자인 사내라고 부러워했다.

"홍진비래요 권불십년이라더니 저자의 집안도 이제 운이 다한 모양이네. 우리가 아니라도 누군가가 곶감 빼먹듯 저자의 곳간을 축낼 터인즉 측은지심은 뒤로하고 저자를 통해 그간 품었던 우리의 뜻을 이루세."

"그럽시다. 이제나저제나 얼마를 기다렸는지, 내 그간 오장육부가 쪼그라들고 똥끝이 탈 지경이었소."

두 사람은 수소문해 당분간 묵을 오두막 한 채를 빌렸다. 개미 한 마리 얼씬거리지 않는 외진 곳이었다. 세 끼 끼니는 밖에서 해결하고 어쩌다 들어오는 날엔 잠만 자고 허리춤에 차거나 지고 온 돈 자루를 숨겨둘 집이었다.

처음 얼마간은 투전판에 막 뛰어든 얼치기 행세로 자리에 앉을 때마다 돈을 잃는 척했다. 허허실실인 점잖은 사내까지도 두 의형제의 노름 실력이 신통찮다며 혀를 찰 정도였다. 초장에 돈이 모이는가 싶다간 좀 지나면 주머니가 거덜이 나고 운이 좋아 두어 번 노가 났다간 얼마 지나지 않아 빈털터리로 나앉는 것이었다. 하지만 며칠이 지나고 모여든 노름꾼들과 어느 정도 친밀해지기 시작하고부터는 판의 흐름이 바뀌었다. 쥐꼬리만큼 잃다가 개 꼬리만큼 따왔고 개 꼬리만큼 잃다가 쇠꼬리만큼 쓸어왔다. 이때부터는 밤새워 딴 돈을 자루에 그러모아 와 하루는 오두막집 장독에 감추고 하루는 마루 밑에 감추고 하루는 아궁이 속, 천장 속에 쟁여두었다.

  영훈 아버지 의형은 거침없는 입담으로 노름판 분위기를 압도했다. 어느 날엔 돈푼이나 따게 되면 방석집으로 달려가 첩이나 하나 둬야겠다고 큰소리쳤고 어느 날엔 평소 사모하던 여인과 정분을 텄는데 첫 옥문을 연 날 여인이 입었던 고쟁이를 훔쳐 입고 왔노라며 밤새 돈을 따게 된다면 얼른 제자리에 가져다 놔야 한다고 너스레를 떨었다.

  이날 역시도 자리에 앉자마자 지난밤에 꾸었다는 금까치 꿈 이야기를 들려줬다.

  "참 살다 보니 별 희한한 꿈을 꾸게 되는구려. 엊저녁 노름으로 밤을 새우고 집에 가 잠깐 눈을 붙였는데 문밖이 하도 시끄러워 뭔 일인가 싶어 나가봤더니 글쎄 대문 앞에 웬 까치가 떼거리로 나타나 짖더라 이 말이오. 생김새는 영락없는 까치인데 몸뚱이가 누런 황금빛이 아니겠소. 이것들이 나를 보자마자 가슴팍으로 떼거리로 날아와 안기기에 깜짝 놀라 눈을 떠보니 꿈이었소. 까치가 길조이고 그것도 황금까치라니, 이는 오늘 노름판에서 돈을 그러모을 길몽이 아니겠소? 어느 양반이 꿈해몽을 좀 해주시구려."

  누군가가 피식 웃고는 핀잔을 주었다.

  "몸뚱이 노란 새라면 그게 금까치가 아니라 꾀꼬리요. 꾀꼬리는 창부타령이란 소리에도 나오는 새라 여흥을 뜻하는 새가 확실하오. 지난번에 돈을 따면 첩을 두겠다더니 태몽을 꾸셨구려. 그것도 길조라면 길조가 아니겠소. 궁금하거든 얼른 방석집으로 달려가 태기가 있는지 첩에게 직접 물어보시구려."

가만 듣고 있던 영훈 아버지가 건너편에 앉아 있는 의형의 의중을 금세 알아채고는 반색을 하며 제안했다.

"형씨, 그 꿈을 혹 내게 팔 의향이 있으시오?"

"그야 물론이오. 내 꿈을 사시겠다 그 말씀이요?"

"오늘 노름이 파하고 나면 품 안으로 날아들었다는 금까치 꿈이 돈을 딸 길몽이었는지 아닌지를 우리 눈으로 확인할 수 있는 것 아니겠소. 내가 사겠으니 그 꿈을 내게 파시구려."

영훈 아버지가 앞에 쌓인 판돈 중에서 한 움큼을 집어 의형 앞으로 불쑥 내밀었다.

"이거면 되겠소?"

"허허, 내 형씨가 노름판에서 너무 점잔을 떨어 남산골샌님으로 봐왔는데 그게 아니었구려. 좋소. 이제 금까치 꿈은 형씨 것이요. 돈 많이 따시거든 개평이나 두둑이 건네시구려."

이날 꿈을 사고판 결과가 어땠을지는 짐작대로다. 돈을 그러모을 구실을 찾게 된 영훈 아버지는 까치꿈이 천하의 길몽이라 너스레를 떨어가며 다음 날 새벽까지 노름판에 나도는 돈이란 돈을 빗자루로 쓸어 담듯 싹싹 그러모았다.

대전 부자란 사내는 하룻저녁도 거르지 않고 노름판을 찾았다. 투전판에 들어설 때마다 집에 화수분이라도 숨겨놓은 듯 빳빳한 고액권 현찰을 몇 다발 가져와서는 이튿날 날이 밝기도 전에 탈탈 털리고 돌아갔다. 대전 부자 돈은 보는 사람이 임자란 소문이 퍼지면서 투전꾼들이 여기저기서 모여들기 시작했다.

이즈음 노름판엔 두 의형제를 고까운 시선으로 바라보는 사내 하나가 섞여 있었다. 이 사내 역시 중년 신사의 돈을 노리고 끼어든 노름꾼이 확실한데 사나흘에 한두 번씩 판돈을 쓸어가는 의형제가 눈엣가시로 보인 모양이었다. 처음엔 대전 부잣집 아들의 돈을 따 트럭으로 싣고 간대도 관심조차 두지 않을 것 같던 사내가 시샘이 났던지 본심을 드러냈다. 의형을 불러내서는 자신이 차려놓은 잔칫상인데 배곯은 객들이 너무 많이 꼬여 더는 방치할 수 없다고 은근히 압박을 해왔다.

"오랜 준비 끝에 차려놓은 잔칫상이건만 주인은 떡고물이나 핥고 객으로 온 자들이 상을 차지하고 앉아 주인행세를 하고 있어 내 더는 두고만 볼 수가 없게 되었소. 대체 얼마나 더 머물 작정이요. 그만큼 쓸어갔으면 조용히 물러설 때가 되셨잖소."

더는 욕심내지 말라는 으름장이 분명했다. 사내의 눈매가 예사롭지 않은 데다 뒤에 건달로 보이는 건장한 사내 서넛까지 따르는 꼴로 보아 더 눌러앉아 뭉텅뭉텅 판돈을 쓸어갔다가는 낯선 객지에서 졸지에 변을 당할 것 같은 불길한 예감이 들었다. 그러잖아도 수일 내 자리를 뜰 생각이었노라고 사내를 구슬려 안심시키고 돌아온 의형이 영훈 아버지를 불러 앉혔다.

"우리가 노름판에서 티 안 나도록 애는 썼네만 그동안 뭉텅이 돈 그러오는 일이 잦지 않았나. 노름꾼 중 우리 둘을 시샘하고 마뜩잖아하는 자가 있었네. 내 진즉부터 그자의 언행이 유별나다 싶어 유심히 살폈네만 오늘 그자를 만나 속내를 엿본 결과 이제 대전 땅을 벗어날 시기가 된 듯싶네."

영훈 아버지는 의형의 말이 일견 반갑기도 하고 일견 아쉽기도 하여 얼마간 말을 잇지 못하고 멀뚱멀뚱하다가 겨우 입을 열었다.

"워낙에 큰 부잣집이라 돈을 잃었다고는 하나 이제 겨우 서까래 몇 개 뽑힌 격이 아닐지요. 기둥서껀 대들보서껀 아직 남은 재산이 그들먹하잖아요?"

"그렇긴 하지. 허나 대전 부자 돈은 보는 사람이 임자라고 소문나면서 낯 모르는 노름꾼들이 사방에서 꼬이고 있네. 이제 대전 부잣집 기둥뿌리 뽑히고 대들보 주저앉아 파락호 집안으로 거리에 나앉을 날이 머잖았네. 그간 챙겨온 돈이 자네나 나나 원 풀을 정도는 되고도 남을 터, 이제 욕심 내려놓고 이쯤에서 대전 땅을 뜨세."

"형님, 나는 이제 죽어도 여한이 없소. 지금이라도 집에 돌아가 식솔들 주린 배 채워주고 남의 것이 된 농토만 되살 수 있다면 품었던 뜻을 이룬 셈이요. 발을 빼라면 빼고 눌러앉아 기둥뿌리를 뽑으라 하면 뽑겠소."

"그간 따온 돈이 얼만지나 아는가? 꾹꾹 눌러 담은 돈이 열 자루가 넘네. 식구들 주린 배 채우고 남의 손에 넘어갔다는 농토 몇 배 되살 수 있는 큰돈이네. 이걸로 충분하니 좌고우면하지 말고 당장 서로의 몫을 나눈 뒤 헤어지세."

 그 길로 두 사람은 오두막으로 갔다. 그동안 감춰두었던 돈을 꺼내다 방 한가운데 풀어놓았다. 손때가 하도 타 가랑잎처럼 오그라든 꼬질꼬질한 종이돈부터 노끈으로 묶은 다발에, 금방 은행에서 찾아온 듯한 신권 지폐들이 방 안을 한가득 채웠다. 비록 오두막 안방이 좁기는 하였으나 방 안을 가득 채운 돈이 허리춤을 넘어섰다.

 "나는 처자식이 없어 이 돈을 어디에 쓸까 생각한 바가 없네. 돈이 더 필요하거든 이 돈을 자네가 모두 가져가도 좋네."

 영훈 아버지가 펄쩍 뛰었다.

 "아니요. 나를 거두고 가르치고 이렇게 한을 풀게 해주셨으니 나는 반의반만으로도 족하우. 나머지는 형님이 다 알아서 하시오."

 "아닐세. 나는 죽을 때까지 투전꾼으로 살 팔자야. 돈이 있으면 노름하고 싶어 좀이 쑤시지. 역마살까지 끼어 전국 방방곡곡을 떠돌다가 노름판 기웃거릴 테고 몇 달 지나지 않아 무일푼으로 거리를 떠돌겠지. 자네라도 이 돈 챙겨가 이제부터 정신 바짝 차리고 사시게. 그리고……"

 잠깐 머뭇거리던 의형이 점퍼 주머니에서 담배 한 개비를 꺼내어 문 뒤 성냥불에 붙여 길게 한 모금 빨았다. 희뿌연 담배 연기가 회한과 섞여 방안으로 몽실몽실 퍼져나갔다.

 "하늘이 무너지고 세상이 갈라지는 한이 있더라도 식솔들만큼은 꼭 지키시게. 식구들을 짓구땡 판 망통이나 따라지 취급하면 나같이 말종 꼴 못 면하네."

"나도 짐작은 하고 있었소만 형님도 이날 이때까지 혈혈단신이니 필경 말 못 할 곡절이 있으셨구려."

"나라고 왜 가정이 없었겠나. 마누라에 아들 하나까지 두었네만 노름에 정신이 팔려 이리저리 떠돌다가 어느 해 겨울 니나노 집에서 야리야리한 작부 하나를 만났다네. 요것이 알랑살랑 갖은 애교를 부려가며 애간장 녹이는데 그만 내 눈에 머렁태가 끼어 분수도 모르고 닝큼 첩으로 들였지. 한데 고것이 어찌나 영악하던지 단박 안방에 들어와 본마누라 자리를 빼앗곤 곡간 열쇠까지 차지하더군. 착해빠진 본마누라는 뒷방으로 쫓겨나 내 처분만 바랐네만 니미랄, 노름으로 달포쯤 집을 비운 사이 작은마누라와 심하게 다투곤 주룩주룩 쏟아지는 비를 맞으며 뒷산에 올라가 목을 맸다네."

의형이 고개를 떨구곤 짧은 한숨을 내쉬었다.

"아이가 있었다구요?"

"그래서 하늘이 두 쪽 나도 가정만큼은 꼭 지키란 말일세. 자식놈은 제 어미 장사 치른 뒤 채 열흘이 지나지 않아 집에 불을 싸지르고 어딘가로 가버린 뒤 안적 기별이 없네. 난 마을을 떠나 작은마누라와 살림을 차렸네만 노름하느라 집 비우는 날이 태반 아니었겠나. 한창나이 젊은 여자가 뭔 호사를 누리겠다고 수절하고 앉았겠어. 두어 달 노름하고 돌아왔더니 이웃집 홀아비와 야반도주를 했다더군."

서로 겸양을 떨며 상대 앞으로 돈더미를 밀어냈지만 잠시 생각에 잠겼던 영훈 아버지가 의형의 손목을 덥석 잡았다.

"형님이야말로 당장 집안일부터 챙기셔야겠소. 아이가 홧김에 불을 지르고 객지로 떠났다 하나 부자지간에 핏줄 그리운 걸 어찌 잊겠소. 언젠간 부자간 상봉할 날이 꼭 올 것이니 형님도 훗날을 대비해 몫을 챙기시오."

두 사람은 결국 돈을 반씩 나누어 갖고 헤어졌다. 영훈 아버지는 절반 이상을 은행으로 가져가 맡기고 나머지 돈을 가마니에 담아 집으로 돌아왔다. 영훈 할아버지가 노름으로 탕진한 땅보다 훨씬 더 많은 논밭을 소유하게 된 영훈 아버지는 몇 해 동안 집 밖을 나돌지 않고 오로지 들일만 하고 지냈다. 그러나 그에게 노름을 가르쳐주었다는 의형이 몇 차례 찾아오고부터는 영훈 아버지의 바깥출입이 부쩍 잦아지기 시작했다. 한 번 집 밖을 나가는 날엔 보름이고 한 달이고 기약 없이 나돌다가 야심할 때나 어둑새벽 불쑥 돌아오곤 했는데 이후 두 해 만에 돌아올 때처럼 등에 돈가마니를 지고 오는 날은 한 차례도 없었다. 다만 노름에 빠지긴 해도 자신이 되산 전답은 끝까지 지켜내고 있었다.

이 무렵 영훈 아버지가 바깥출입을 끝내고 죽기 직전까지 농사일에만 매달렸다면 이야기가 좀 싱겁게 끝날 수 있겠지만 그럴 리가 없었다. 영훈 아버지는 한 해 절반 이상을 밖으로 나돌

앉다. 가장이 집을 비워도 영훈네는 아직 기력 정정한 할아버지가 있었고 허우대 값은 너끈히 해내는 건장한 머슴이 있었다. 영훈네 논밭에서는 절기에 맞춰 여전히 씨앗이 뿌려지고 작물이 자랐다. 여름엔 밭이랑에 기를 쓰고 올라오는 풀이 호미질에 뽑혀 나갔고 가을엔 추수한 알곡 가마니가 마당 밖에 몇 더미나 수북수북 쌓였다.

이제 영훈네는 큰 욕심 부리지 않고 농사만 지어도 해마다 농토 몇 마지기는 늘려갈 수 있었다. 보릿고개 즈음 곤궁한 이웃들이 더러는 장리쌀을 구하기 위해 더러는 급전을 빌리기 위해 근사하게 새로 지은 영훈네 집 대문을 드나들었다. 영훈 할아버지와 머슴이 진종일 들일을 하러 나가 큰 기와집에는 영훈네 모자만 남았을 뿐인데 이따금 공작새 울음처럼 삐이걱 삐이걱 나무 대문 열리고 닫히는 소리가 몇 집 울타리 너머까지 들려왔다. 워낙에 심성이 착한 영훈 엄마였고 한때 찢어지게 가난한 시절 겪었던 고생이 채 가시지 않은 때라 없는 이들이 청해 오는 부탁을 거반 들어주었다. 신수가 활짝 피어 있는 집 안주인 티를 내고 한껏 뻐기며 살아도 좋았을 때였다. 매일 호의호식하면서 떵떵거리고 거드름을 피운다 한들 뒷구멍에서 쑤군대는 몇이야 있겠으나 이 또한 부러움에 배알이 뒤틀린 자들의 투정이라 무시해도 좋은 시절이었다. 그런데 살다가 하늘이 무심도 하고 야속도 하다고 애통해할 때가 어디 한두 번인가. 영훈 엄마의 갑작스러운 죽음이 그러했다. 어려운 이웃들에게 알게 모르게 선행을 베풀어 심성 고운 여인네란 소문이 자자해질 무렵 곧게 자란 나무가 목수 눈에 띄어 먼저 잘려 나가듯 너무 젊은 나이에 하늘의 부름을 받은 것이다. 저녁에 고구마를 쪄먹고 잠자리에 든 영훈 엄마가 한밤중 급체해 머슴 등에 업혀 시내 병원으로 나갔으나 이튿날 싸늘한 시신이 되어 돌아왔다. 마을 사람들은 시신이 집에 돌아온 날부터 장삿날 산에 묻히는 순간까지 슬픔을 함께했다. 시간이 지나자 영훈 엄마에게 장리쌀을 얻어가고 급전을 꾸어간 마을 사람들이 은연중 쾌재를 불렀다. 쌀을 얻어가고 돈을 빌려 간 이들을 일일이 장부에 기록하지 않아 뉘 집에 쌀을 얼마를 내주고 뉘 집에 돈을 얼마를 꿔주었는지 통 알 길이 없다는 거였다. 양심 곧은 사람이야 보릿고개에 식솔들 주린 배 채우려고 구해간 장리쌀이며 한 푼이 아쉬워 이리 뛰고 저리 뛰다 꾸어간 돈을 어찌 떼어먹겠냐고 자기 발로 찾아와 갚는 이도 있기는 했지만 한두 달이 지나고 계절이 몇 번 바뀌어도 도무지 채근하는 기미가 없으면 갚지 않아도 되는 쌀이요 돈이었다. 마을 사람들은 우물가에서 혹은 빨래터에 모여 영훈 엄마가 죽어서까지 선행을 베풀었다고 칭송하였다.

  아내가 죽었다는 소식을 하루가 지나서야 투전판에서 듣게 된 영훈 아버지는 한걸음에 달려와 장사를 치렀다. 불쌍한 사람이라고 살만하니 죽었다고 서방이 그간 어지간히 속을 썩여 고개 들 낯이 없다고 곡지통을 터뜨렸다. 장사가 끝나고도 사나흘 곡기를 끊고 식음을 전폐했다. 하지만 노름을 가르쳤던 의형이 찾아와 얼마간 묵고 간 뒤부터는 아내 잃은 슬픔을 대강 추스르고 다시 집을 나섰다.

일 년이 채 되지 않아 영훈네 집엔 몸매가 야리야리하고 얼굴이 곱상한 여인네가 들어와 살았다. 영훈이 새엄마였다. 여인은 집에서나 밖에서나 얼굴에 분을 발라 곱디고왔고 입술도 익은 딸기처럼 붉게 치장해 화사한 꽃과 같았다. 얼굴과 차림새가 마을 여인네들과는 확연히 달라 첫눈에도 대갓집 아낙이나 영화에서나 나오는 배우처럼 화사해 보였지만 마을엔 벌써 소문이 파다했다. 처음엔 기생이란 말이 돌기도 했는데 기생은커녕 어린 나이에 아비의 노름빚에 팔려 와 아잇적부터 대폿집에서 굴러먹은 닳고 닳은 여자라는 거였다. 술만 팔던 여자가 아니라 돈푼이나 던져주는 남정네들에게 아낌없이 몸을 팔던 여자라는 소문도 돌았다. 소문이야 어떻든 영훈 아버지가 밖에 나돌다 돌아온 날엔 여인네가 술을 받아와 함께 주거니 받거니 마셔대다가 흥에 겨우면 명주바람처럼 간드러진 목소리로 노들강변 봄버들을 부르고 창부타령을 부르고 태평가를 불렀다. 수양버들처럼 낭창낭창한 노랫가락이 영훈 아버지의 애간장을 충분히 녹이고도 남았다. 채 몇 달 지나지 않아 술집에서 정분이 나 데려온 여자란 풍문이 사실로 드러났다. 영훈 아버지가 외지로 떠도는 날이 태반이고 보니 집 안에 틀어박혀 이제나저제나 한 남자 돌아오기만 바라고 있을 팔자가 못 되었던 모양이었다. 방 안에만 들어앉았던 여자가 화장한 얼굴을 드러내고 동네를 여기저기 돌아다니다간 들에서 일하는 아무 남자에게나 말을 걸며 새들새들 웃었다. 개미허리처럼 가느다란 몸매를 하늘거리며 거리낌 없이 다가와 코맹맹이 소리로 농을 건네고 까르르 웃는가 하면 할미새처럼 엉덩이를 낭창낭창 비틀어대기까지 했다. 마을 남정네들 누구라도 흑심만 품으면 꼬리치는 여인을 허리춤까지 우거진 들깨밭 안으로 끌고 가 대번에 눕히고픈 마음이 왜 없었으랴. 생전 처음 보는 남자를 향해 발정 난 암캐처럼 꼬리치고 새들새들 눈웃음치다가 한쪽 눈을 잘근 감았다가 나중에는 돼지주둥이처럼 화장한 입술을 내밀며 벌름거렸다. 며칠 겪어본 독수공방이 평생 이어질 것 같은 두려움 때문일까. 더는 집을 비우지 말라는 영훈 아버지에 대한 도발일까. 아니면 정말 미치도록 외간 남자 품이 그리워서였을까. 하여튼 마을 아낙들은 저것이 마을 사내들을 꾀려고 벌건 대낮 별별 흉한 몸짓으로 길거리를 배회하며 알랑방귀를 뀌어댄다고 쑥덕였다. 순박한 시골 남정네들이긴 해도 화류계에 있던 여자가 한 번 품어달라는 듯 코앞에서 꼬리치며 가슴을 녹이는데 요동치지 않는 게 이상한 일이기도 했다. 그러나 영훈 아버지를 생각하면 어림도 없는 일이었다. 나네 기네 하는 주먹 패거리들이 이리떼처럼 우글거리는 노름판을 휘젓고 다니는 사람이 영훈 아버지였다. 영훈 아버지가 돌아와 여자가 마을 어느 남정네와 정분이라도 났다는 소리를 듣는 날엔 뼈도 못 추리리란 지레짐작에 마을 사람 누구도 쉽사리 여인을 넘보지 못했다. 마을 남정네들이 데면데면하고 하나같이 무심한 눈길을 보내자 여자는 며칠 뒤 밤이 농익은 이슥한 시간에 홀로 집을 나가 영영 돌아오지 않았다.

영훈 아버지가 집에 돌아와 집 떠난 여인을 확인하고는 허탈해했다. 사나흘 대문 밖 마당 끝에 쭈그리고 앉아 진종일 목을 빼고 동구 밖을 주시했지만 이미 마음이 변해 떠나간 여자는 끝끝내 돌아오지 않았다. 그러나 영훈 아버지는 본처가 죽었을 때처럼 식음을 전폐하며 슬퍼하지는 않았다.

낮술이나 한잔하자며 옷소매를 잡아끄는 영훈의 제의를 나는 단호히 뿌리쳤다. 대낮부터 무슨 술이냐고, 출출하면 점심시간 맞춰 막국수나 먹자는 내 제의에 그는 내키지 않는다는 듯 고개를 내젓다가 체념하며 자리에 앉았다.

"집 위치가 무난하고 대지가 반듯한 데다 매번 선거 때마다 도는 이야기지만 몇 해 뒤 다리가 놓인다니 여기저기 소개하면 오래가지 않아 집이 팔릴 테지. 좀 기다려 봐."

팔려고 내놓은 영훈네 집은 매물로 손색이 없었다. 굳이 흠이라면 이미 몇 해 전부터 춘천과 서면을 잇는 다리가 착공된다고 소문만 떠들썩 나돌았던 탓에 부동산 가격이 거품이다 싶게 선반영된 점이었다. 그렇지만 이 또한 크게 문제 될 일이 아니었다. 부동산이 최고의 투자처라 믿고 있는 사람들은 당장에 연연하기보다 훨씬 미래를 내다보기 때문이다.

"그래서 하는 말인데, 내가 오랜만에 만난 친구 앞에서 쪽팔리는 이야기 좀 해야겠다."

"쪽팔린 이야기를 왜 나한테 해. 안 하면 그만이지."

그는 완고했다.

"사실 말이야. 며칠 전 우리 어머니를 찾아간 부동산 업자들이 내 친구들이야. 내가 돈이 급하고 필요한 금액도 꽤 되는데 노인네가 집이 팔리면 꼭 절반만 주겠다는 거야. 그래 내가 꾀를 내어 부동산 중개인 친구에게 부탁했던 거라네. 집값은 시가로 받아주되 노인네가 주변 시세를 알 턱이 없을 테니 반값에 팔아 반을 어머니께 주고 나머지 시세로 팔린 금액을 전부 내게 달라고 말이야."

그러니까 이 친구의 말인즉 집값이 시가로 4억을 받게 되면 어머니한테는 2억에 거래된 것으로 서로 작당하고 그 절반인 1억만 건네고 자신은 3억을 가로채겠다는 속셈이었다. 노인네가 귀라도 어두워 뉘 집이 얼마에 팔렸다는 소식을 듣지 못했더라면 감쪽같이 속아 넘어갈 일이었던 셈이다. 오랜만에 만난 친구에게 정말 쪽팔린 이야기를 듣게 된 나는 에라 이 빌어먹을 놈, 내 눈앞에서 당장 꺼지라고 불같이 성을 낼 수도 있었을 테지만 오랜만에 만난 친구를 앞에 두고 그렇게 모질게 대한다는 게 쉽지 않아 고개만 주억거렸다.

"그래도 집이 팔리면 노인네 머무실 곳은 준비해 둬야지."

"네가 알고 있듯이 친모도 아니잖니. 그렇다고 내가 모시고 살 형편도 못 된다. 다행히 노인네가 선뜻 요양원엘 가시겠다니

보내드려야지."

　영훈이에게 새엄마가 생긴 건 여인이 집을 나가고 몇 달 뒤의 일이다. 이번엔 키가 작고 얼굴이 곱상하면서도 갸름해 뵈는 앳된 여자였다. 몸매가 예전 술집 여자처럼 호리호리하지 않았고 웃음이 헤프지도, 얼굴에 분을 바르지도 않은 수수한 여자였다. 여자는 집에 들어서기가 무섭게 영훈 할아버지께 큰절로 정식 인사를 올렸다. 행동거지가 차분하고 야무졌다. 벌써 열두 살이던 영훈이의 손도 덥석 잡았다.

　"새엄마라 부르기 거북하거든 누나나 아줌마라고 부르거라."

　영훈 아버지가 가만히 듣고만 있지 않았다.

　"누나도 아니고 아줌마도 아니다. 오늘부터 엄마라고 부르거라."

　여인네는 이미 집에 들어오기 전 영훈 아버지로부터 집안 내력이나 안주인으로서 해야 할 일을 세세히 전해 들었던 모양이었다. 새로 온 집을 낯설어하지 않았고 식구 응대도 무난했다. 성격도 까탈스러운 구석이 없는 데다 목소리도 싹싹하고 붙임성도 좋았다. 영훈 할아버지도 처음 며칠간은 새아가, 하고 부르다가 아가야, 하고 고쳐 부르는 게 금방 익숙해졌고 영훈이도 새엄마로 부르다가 며칠 지나지 않아 망설이는 기색 없이 엄마로 부르기 시작했다. 팥쥐 엄마처럼 식구가 여럿 모인 곳에서는 언행이 지고지순하다가 영훈이가 혼자 있을 때 사악하게 돌변하는 일도 없었다. 팥쥐 엄마처럼 씨 다른 아이를 데려오지도 않았고 무엇보다 그녀는 나이가 서른 즈음임에도 처녀처럼 곱고 행실이 차돌처럼 야무졌다. 식구들이 모두 모인 자리에서 대뜸 영훈 아버지께 작심하고 물었다.

"제가 이 댁으로 시집온 게 맞지요?"

여인의 두 눈동자가 옥구슬처럼 반짝였다.

"물론이요. 임자가 이 집의 안주인이요."

"아버님께도 삼가 여쭐게요. 제가 이 집 며느리 맞지요?"

당돌한 물음에 영훈 할아버지가 헛기침을 두어 번 쏟아내며 아들 눈치를 살핀 뒤 답했다.

"이미 아가로 부르지 않더냐."

"그럼 됐어요. 제가 이 집 안주인이라면 꼭 하나 들어주셔야 할 청이 있어요."

식구들이 주저주저하자 영훈이 새엄마가 아금받겠단 의기로 일고의 주저함도 없이 청을 고했다.

"대체 집에 닭이 들어와 헤집어 놓은 것인가요, 도둑이 든 것인가요. 얼마나 어질더분한지 혼이 빠질 지경이에요. 부엌은 부엌대로 광은 광대로 세간 간수가 되지 않아 밤낮으로 쥐들이 들끓고 집 안 어디에나 피난 나간 집처럼 오방 난장이에요. 저를 안주인이라 여기신다면 살림살이를 제대로 챙길 수 있게 저에게 곳간 쇳대를 맡기세요."

영훈 아버지는 정신이 번쩍 들었다. 듣고 보니 그동안 본처가 죽은 뒤 집안 꼴이 말이 아니었다. 머슴 아낙이 밥은 차려주고 있었으나 데데한 구석이 있어 밥술 뜰 때마다 본마누라 얼굴이 떠오르곤 했었다. 부엌이며 광이며 뒤란이며 헛간이 온갖 세간들로 어지럽혀져 있는 것도 사실이었다. 식구들이 몸에 걸치고 있는 옷가지도 언제 빨아 입었는지 기억하기도 어려워 밤이고 낮이고 한유한 때면 남 눈 안 띄는 곳에 앉아 퉁퉁 살찐 수퉁니를 잡아 엄지손톱으로 꾹꾹 눌러 죽이는 게 일이었다. 영훈 아버지는 여자가 키는 작달막해도 살림살이 하나만은 딱 부러지게 할 것 같단 생각에 두말없이 곳간 열쇠를 찾아다 여인네 손에 넘겨주었다.

"우리 집에 복덩이가 들어왔구나."

곳간 열쇠를 손에 쥐고 생글거리는 며느리의 앳된 표정을 멀뚱히 지켜보던 영훈 할아버지도 고개를 젖히고 껄껄 웃었다.

영훈네 새엄마는 새벽에 일어나 밥을 짓고 부엌과 광을 들락거리며 안살림을 꼼꼼히 살폈다. 걱실걱실한 성격에 근실함이 몸에 배어 논이 어디냐 밭이 어디냐 물으며 전답 한 바퀴를 휘휘 돌아보고 와서는 식구들에게 밥을 차려주고 텃밭에 나가 김을 매는 등 안주인 행세를 톡톡히 해냈다. 혹이라도 예전 여자처럼 영훈 아버지가 집을 비운 사이 이슥한 밤을 틈타 집을 나가지는 않을지 은연중 걱정하는 사람들이 있기는 하였으나 모두가 기우였다.

이 시절엔 시골집 남정네들이 한 해 농사가 끝나면 별반 할일이 없었다. 볏짚을 추려 새끼를 꼬고 앉았거나 이엉을 엮어

지붕을 해 덮고 방구들 식지 않게 산에 가 땔나무를 해오는 일 빼곤 낮이고 밤이고 심심하여 다들 오금이 쑤실 지경이었다. 이웃 사랑방에 가 늦도록 놀다가 속이 헛헛해져 뉘 집 닭서리라도 해오겠다고 죽이 맞으면 닭장으로 갈 자를 가리느라 겨우 화투장을 잡아보는 게 고작이었다. 어쩌다 장삿집에나 가야 왁자지껄 벌어지는 노름패를 구경이나 해보는 정도였다.

영훈 아버지는 노름깨나 하는 사람들에게 이미 타짜로 소문이 나 있었다. 영훈 아버지가 행여 노름판에 끼어들기라도 하는 날엔 눈치 빠른 이들은 벌써 엉덩이를 빼고 뒷걸음치다가 다른 곳으로 자리를 떠버렸다. 하지만 아직 영훈 아버지의 정체를 모르는 얼간이들은 많고 많았다. 이날도 영훈 아버지는 우시장 단골 대폿집에 들어갔다가 이전부터 알고 지내던 흥정꾼을 만나 근래 솟값이 어떠한지 금을 알아보는 와중에 옆에서 짓고땡 판이 벌어졌다. 마침 사람이 모자란다면서 누군가가 영훈 아버지의 팔을 잡아끌었다. 낯이 익은 사내였다. 듣기론 소장수랍시고 장에 나오기는 하되 노름에 빠져 거덜이 났다던 사내였다. 오며 가며 한두 번 이상은 마주친 얼굴이었으나 수인사라도 나누거나 말 한마디라도 섞은 적 없는 사이였다. 사내 역시 어디서 영훈 아버지가 타짜란 소문을 듣기는 했던 모양이었다.

옆자리에서 노름판이 벌어지거나 말거나 함께 앉았던 흥정꾼이 산 성애술 한 대접을 벌컥벌컥 들이키는데 화투판에 앉았던 소장수가 재차 팔을 잡아끌었다.

"이보시우. 내 돈엔 대관절 똥이 묻었수 된장이 묻었수. 같은 돈 걸고 한 판 놀자는데 뭘 자꾸 재시우. 어디 오늘 형씨 패 돌리는 솜씨나 좀 구경합시다."

영훈 아버지가 사내의 손에서 옷소매를 떼어내며 핀잔을 주었다.

"나도 눈이 있고 귀가 있소. 형씨 돈은 보는 자가 임자라고 우시장에 소문이 자자하던데 뭘 믿고 또 노름이요. 아직 주머니에 투전할 밑천이 남았거든 암송아지라도 몇 마리 사다 외양간에 매시구려."

비위가 상했던 모양으로 소장수가 발끈했다.

"장바닥에서 어중이떠중이들이 지껄이는 소문을 들었던 모양인데 내 형씨하고 노름하다 행여 밑천이라도 바닥나면 기꺼이 목숨이라도 내놓겠소."

영훈 아버지가 가관이다 싶어 실소를 머금고 주모를 불러 막걸리 한 되를 시켰다.

"말 같지 않은 소리 그만하고 대포나 한 잔씩 합시다. 사람 목숨이 여름 내내 뜯어 먹어도 다시 기어 나오는 대파 같은 줄 아시는 모양인데 소장수건 진시황이건 한 번 가면 그만인 게 목숨이요. 게다가 난 사람 죽이는 망나니가 아니외다."

잔을 건네자 소장수가 외면하며 언성을 높였다.

"됐수. 돼지 불알 까는 것도 포자라더니, 화투패 좀 돌린다고 장바닥 투전꾼을 장기판 졸로 아는 모양이구려. 싫으면 관두시우."

 영훈 아버지가 한바탕 허허 웃음을 쏟아냈다. 앉은자리에서 대포 한 대접을 거푸 비우곤 소장수 옆으로 끼어들었다.

 "정말 돈이 떨어지면 목숨을 걸겠소?"

 "거 실없는 양반. 소장수 입이 아무리 가볍기로서니 여럿이 지켜보는 면전에서 객쩍게 한 입 가지고 두말하겠소? 칠 테거든 어여 들어앉고 말 테거든 아뭇소리 말고 돌아앉아 시켜 놓은 대포나 자시구려."

 "좋소이다. 돈 떨어지면 목숨이라도 걸겠다는데 화투장에 미친 노름꾼이 짓구땡 마다하겠소. 내게도 패를 돌리시요."

 어처구니없게도 영훈 아버지가 차지한 복은 이렇게 제 발로 굴러서 들어왔다. 아직 노름판에서 서로 무릎 맞댄 적 없기에 뭔 꿍꿍이속이 따로 있는지 슬쩍 의심이 들기는 했다. 그러나 화투패 돌리는 솜씨부터가 서툴고 어설펐다. 화투패 돌리는 손놀림 하나만 보아도 상대의 노름 재주 가늠하는 일쯤은 한눈에 꿰뚫고도 남는 일이었다. 손기술이라기보단 우연한 끗발이나 바라고 대드는 동네 노름꾼임이 금방 드러났다. 판돈이라 해봤자 하룻저녁 소 두어 마리 값 오가는 좀스러운 노름판이었다. 가랑비에 옷이 젖고 좀도둑이 날 새는 줄 모른다고 좀스런 노름판에 끼었다가 자산을 탕진한 소장수임이 확실했다.

 투전에 목숨을 건단 말을 아무렇지 않게 내뱉는 사내의 같잖은 태도가 가소롭고 안쓰럽기까지 했다. 하지만 같은 타짜끼리 창으로 찌르고 방패로 막는 치열한 승부가 아니었다. 애초부터 격이 맞지 않았다. 고양이가 구석빼기로 쥐를 몰아넣고 죽지 않을 만큼 혼을 빼놓는 꼴이었다. 이슥한 밤 등골 오싹해지는 공동묘지 한가운데서 사락사락 화투패를 돌려가며 익힌 손기술이 아니던가. 이런 허접한 하룻강아지 돈 몇 푼 먹자고 이골이 난 손기술을 선보일 필요도 없었다. 결과는 너무 뻔해 간을 보고 자시고 할 일도 아니었다.

주모에게 시켰던 막걸리 한 주전자가 채 비워지기도 전에 소장수 무르팍 앞에 놓였던 지폐 다발이 금방 영훈 아버지 앞으로 쏠렸다. 같이 자리를 차지하고 앉았던 일행도 영훈 아버지에게는 배길 재간이 없다고 혀를 차곤 자리를 떠버렸다.

"자, 이제 가진 돈이 바닥났으니 짜장 목숨을 내놓겠소?"

전대에 차고 있던 돈을 탈탈 털려 당장 소 살 걱정에 속이 쓰릴 터이련만 소장수는 뭔 배짱인지 오기가 충천했다.

"좋소이다. 행색은 궁색하고 꼴은 처량하나 나도 명색 사내요. 여럿 보는 앞에서 꺼낸 말을 어찌 거두겠소. 약속대로 목숨을 맡길 것이오. 죽일 테면 죽이고 살릴 테면 살리구려."

소장수가 영훈 아버지 앞으로 다가와 목을 들이미는데 몽짜를 부리거나 시비조는 아닌 게 확실했다. 노름에 눈이 멀어 소 살 돈을 투전판에 남김없이 들이밀고 그것도 모자라 목숨까지 맡기는 사내가 영훈 아버지 눈에는 천둥벌거숭이로 보일 수밖에 없었다. 눈빛을 바라본즉 본바탕이 선하여 서슴없이 각통질이나 해대는 허접한 소장수 같지도 않았고 평생 남에게 피해 줄일 저지르고 살아온 망나니 또한 아닌 성싶었다. 노름에 재미를 붙여 영악한 소장수들 틈에 끼었다가 애면글면 모았던 자산을 허랑방탕 축내고 있는 게 확실했다.

"그만합시다. 난 소장수 뒷골이나 빼먹는 무뢰한이 아니외다. 돈을 돌려줄 테니 두 번 다시 투전판에 목숨 거는 어리석은 짓은 하지 마시오."

영훈 아버지가 무릎 앞에 쌓였던 지폐 더미를 소장수 앞으로 밀어주고는 미련 없이 자리를 털고 일어섰다. 돈을 돌려준다는 말에 소장수가 어쩔 줄 모르고 허둥거렸다.

"나갈 때 내가 시킨 대폿값이나 대신 치러주시구려."

한 치의 망설임도 없이 영훈 아버지가 자리를 떴다. 황소 눈을 뜨고 어정거리던 소장수가 주섬주섬 지폐를 모아 전대에 두르고는 영훈 아버지 부탁대로 주모에게 술값을 대신 치렀다. 소장수는 부리나케 밖으로 뛰쳐나와 인파 속으로 사라지는 영훈 아버지 뒤를 따라붙었다. 한낮이었지만 장은 이미 파장 무렵이어서 팔린 소들은 바뀐 주인 손에 끌려 어딘가로 사라진 뒤였고 아직 거래되지 않은 소 몇 마리가 말뚝에 매인 채 섧게 울고 있었다.

우시장을 빠져나와 한 해 농사지은 곡물을 내다 팔던 싸전에 들려 쌀 금이나 알아볼 요량으로 쉬엄쉬엄 걸어가는데 뒤에서 소장수가 영훈 아버지를 불러세웠다.

"이보시오. 이대로 그냥 가면 대체 내 체면은 무엇이 되오."

옷소매를 잡아끄는 통에 뒤를 돌아보니 서리 맞은 떡잎처럼 맥살이 꺾인 소장수가 긴 한숨을 쏟아냈다.

"내 대폿값은 제대로 치르셨소?"

소장수가 고개를 주억거린 뒤 긴히 할 말이 있다는 듯 말을 꺼내려다 말고 몇 번이고 머뭇머뭇하였다.

"내게 무슨 할 말이라도 있는 것이요?"

소장수가 큰 눈을 껌벅이며 고개를 끄덕였다.

"내 집이 여기서 멀지 않은 증리요. 내 긴히 형씨와 할 말이 있으니 걸어서 내 집까지 같이 가주면 어떻겠소."

싸전에 볼일이 있어 이만 가봐야겠다고 돌아서도 소장수는 한사코 자기 집까지 가주기를 애원하였다. 할 말이 있거든 이 자리에서 하라고 재촉하며 뿌리쳐도 소용없었다. 결국 못 이기는 척 발걸음을 돌려 남춘천 우시장 뒷길을 돌아 증리로 향하는 지름길로 접어들었다. 소장수 집은 우시장에서 십 리쯤 떨어져 있었다. 두세 걸음 앞서 집을 향해 걷는 동안 자신이 그동안 소장수 한답시고 우시장 오가며 노름에 재미를 붙였다가 예순 마지기나 되는 농토를 다 털어먹었다고 실토했다. 이제는 집안에 붙은 손바닥만 한 터알 한 뙈기와 초막 한 채만 덩그러니 남았을 뿐 집에 가도 보여줄 게 없다고 거푸 한숨을 쏟아내었다. 집에 도착하자 아내와 예닐곱쯤 되는 아이들이 올망졸망 마당까지 쏟아져나와 귀가한 가장을 맞아들였다.

아이들이 물러가고 두 사람이 사랑채에 들어가 앉자마자 영훈 아버지가 거두절미하고 할 말이 무엇이냐 물었다. 소장수가 한참을 숙고한 뒤 밖에다 대고 큰애야, 하고 불렀다. 작은 키에 얼굴이 곱상하면서도 앳된 처자 하나가 사랑채 방문을 열고 들어왔다. 소장수가 자신의 큰 여식이라며 소개했고 잠깐 다소곳이 앉았다가는 자리를 떴다.

"올해 서른이오. 몇 해 전 출가했으나 아이를 못 밴다고 소박을 맞았소. 아이를 갖지 못해 돌아왔다지만 실상은 사위가 정미소를 차린답시고 급전을 청해왔는데 내 그사이 노름에 미쳐 전답을 탕진한 때라 부탁을 들어줄 수 없었다오. 이후부터 사위를 비롯해 시댁 식구들이 허구한 날 딸아이에게 구박을 일삼더니 아이 못 밴단 이유를 구실 삼아 친정으로 돌려보냈지 뭐겠소. 어릴 적부터 됨됨이부터 가르친 아이거늘… 이게 모두 이 못난 애비 탓이오."

소장수가 손바닥으로 자신의 가슴팍을 두어 차례 치고는 영훈 아버지 앞에서 신세타령을 늘어놓았다. 소박맞고 온 아이라 친정집에서 영영 붙어살기도 남부끄럽고 그렇다고 연 닿는 타관에 처녀라고 속여 혼삿길을 터보는 일 역시 운이 좋아 성사된다 한들 훗날 과거가 있었단 사실이 드러나기라도 하는 날엔 미칠 화가 두려워 언감생심 꿈도 못 꿀 일이라는 거였다. 하여 두루두루 알아본 바로 영훈 아버지가 비록 노름꾼이긴 해도 예전에 상처를 당해 안주인이 없는 데다 가산이 넉넉해 딸 데려다

밥 굶길 일은 없을 터인즉 자기 여식과 혼사를 치르지 않겠냐는 제의였다. 화들짝 놀란 영훈 아버지가 손사래를 쳤다.

"이보시요. 내 나이 올해 마흔 하고도 다섯이오. 딸자식과도 같은 어린 처자를 데려다 마누랄 삼으란 말이오? 가당찮은 말씀이외다."

이렇게 큰소리치며 사양은 하였으나 금방 사랑방에 불려와 앉았던 곱상한 소장수의 여식이 벌써 눈에 어른거리는 거였다. 벌겋게 달아오르는 얼굴을 눈치챈 소장수가 다시 딸을 불러들였다.

"그동안 내가 면면이 살핀 바로는 이분이 네 배필로 어지간하다. 나이 차가 있기는 하나 우리 형편에 과분한 분이니 깊이 생각하고 결정하거라."

전후 사정 무시한 채 여식을 불러 외간 남자 앞에 세우고 느닷없이 신랑감으로 결정하라 채근하자 소장수의 딸은 황망히 놀라며 얼굴을 붉혔다.

영훈 아버지도 소장수가 됨됨이부터 가르쳤다는 말이 언뜻 마음에 와닿았으나 난감하기는 마찬가지였다. 어디 쥐구멍이라도 찾고 싶은 심정에 소장수의 말을 막으려는데 두 눈을 말똥거리던 딸이 영훈 아버지의 체구를 위아래 살피며 제 의중을 당돌하게 쏟아내는 거였다.

"아버지와 어울리는 사람이라면 필경 노름꾼이겠군요? 난 아버지한테 맞아 죽으면 죽었지 노름꾼한텐 시집가지 않을래요."

주저하거나 에두르는 기색 없이 즉석에서 쏟아낸 여식의 말에 행여 영훈 아버지가 무안을 느끼기라도 할까 싶었던지 소장수가 얼른 딸의 말을 되받았다.

"네 분수를 알면 분에 넘치고도 과한 분이시다. 이분이 비록 노름꾼이긴 해도 애비처럼 가산 탕진할 만큼 어리숙한 분이 아니시다. 더는 애비 말에 토 달지 말고 속히 마음 다잡은 뒤 이분을 따르거라."

영훈 아버지가 소장수의 딸을 데리고 시내로 향했다. 쌩 돌아선 마음이 쉬 돌아오지 않았고 신랑감으로 영 탐탁지 않다는 듯 얼마간 걷다가 틈을 타 냅다 줄행랑이라도 칠 의중인 듯 샛길이 나타날 때마다 몸이 움찔움찔하였다. 하지만 작은 고갯마루를 넘기 전 늙은 소나무 아래 처자를 앉혀 놓고 내 팔자가 이토록 기구했노라, 살아오며 겪었던 인생사를 한 토막씩 들려주자 소장수의 딸도 슬픈 대목에서 눈시울을 붉혔다가 돈을 자루에 한가득 담아 어깨에 둘러메고 집으로 돌아왔다는 대목에서는 배시시 웃으며 점점 사이를 좁혀왔다.

"정말 땅문서 걸고 노름은 안 할 거죠?"

하늘이 무너지고 땅이 꺼지는 한이 있더라도 그럴 일은 없을 거라고 몇 번이고 다짐을 줄 때에서야 처자는 안도하는 기색이었다. 몇 마디를 더 나누다가 나름 믿음이 갔던 모양인지 영훈 아버지께로 바짝 다가와 앉으며 어깨에 몸을 기대었다.

영훈 아버지도 비록 나이 차가 있어 부담스러운 건 매한가지였으나 처자가 당차고 야무져 큰 집안 살림을 도맡아 하기에 부족함이 없어 보였다. 무얼 더 생각하고 잴 필요도 없었다. 영훈 아버지가 아리잠직한 처자를 앞세우고 시내 금방에 가 닷 돈짜리 금가락지 하나를 사 손가락에 끼워주고는 소장수네 집으로 가 둘이 혼약하였음을 알렸다. 혹여 여자가 다른 맘을 먹을까 염려됐던지 영훈 아버지는 당일치기로 혼사를 마무리 짓기로 작정했다. 그날 저녁 택시를 타고 공지천 인근 산장으로 가 아늑한 방 하나를 빌린 뒤 정화수 한 대접을 떠 놓고 첫날밤을 치렀다.

화투장 다루는 재주 하나로 풍전등화에 빠진 집안을 일으켜 세우고 꽃다운 나이의 젊디젊은 새색시까지 들이게 된 이 일화는 당시 투전깨나 한다는 노름꾼들에겐 신화처럼 전해지던 이야기였다.

영훈이 새엄마는 이후 남편과 생이별하는 아픔을 겪기도 했지만 흔들림 없이 가정을 지켰고 훗날 시아버지 임종 시까지 병구완을 도맡았다. 이웃의 보통 엄마처럼 영훈이가 대학까지 마치도록 뒷바라지했고 하나뿐인 아들이 장가들 무렵엔 혼주의 역할도 너끈히 해냈다.

점심시간에 맞추어 나는 영훈이를 차에 태우고 춘천 근교의 꽤 유명한 막국수 집으로 향했다. 매년 여름철에 열리는 막국수 축제에서 대상을 차지해 막국수 명가 소릴 듣게 된 집이었다. 자리에 앉자마자 그는 소주부터 시켰다. 대낮에 소주잔을 기울인다는 게 옆 테이블에 앉은 손님들 보기 민망하고 나 역시 다른 사람들 시선을 의식하는 게 영 불편했지만 영훈이는 개의치 않았다. 소주 한 병을 시켜 술잔을 비워대는 횟수가 내가 막국수에 젓가락을 가져가는 횟수보다 빨랐다. 아직 막국수가 절반도 더 남았건만 그는 벌써 술병을 비우고는 한 병을 더 주문했다. 금방 술이 오르자 내게 하고픈 말을 거침없이 술술 쏟아냈다.

"내 인생은 말이야, 역 대합실에 멍하니 앉아 언제 올지 모를 부귀영화로 가는 기차를 기다리며 살아온 기분이야. 그런데 중요한 게 뭔지 알아? 아무리 기다려도 그놈의 기차가 나타나지 않더란 거야."

영훈이가 소주잔을 비우고 긴 한숨을 쏟아냈다.

"누가 그러더라. 인생은 누군가를 돌보는 거라고. 자신을 돌보고 가족을 돌보고. 이웃을 돌보고 그렇게 두루두루 돌보며 사는 게 인생이라고."

"가슴이 뜨끔 하네. 내가 도박에 빠져 살다 보니 가까운 사람들을 돌보기는커녕 주변 사람들에게 피해를 주고 밥 먹듯이 거짓말을 하게 되더라. 친구야. 너한테는 내가 거짓말하지 않고 솔직히 말할 테니 날 좀 도와줘라."

옆자리에 앉았던 손님이 듣거나 말거나 그는 술잔을 탁자에 탁탁 내려놓으며 큰 소리로 떠들어댔다. 무슨 부탁일지 모르지만 만일 부탁을 들어주지 않기라도 했다간 한바탕 소동이라도 날 것 같은 분위기였다. 나는 젓가락으로 막국수를 들었다 놨다 하다가 채 반도 먹지 못한 채 서둘러 막국숫집을 나왔다. 그가 들어달란 부탁은 부동산 하는 제 친구들이 꾸민 음모와 별반 다르지 않았다.

"친구 말이라면 우리 어머니도 찰떡같이 믿을 거 아니냐. 세무서에 내야 할 양도세가 집값의 절반이 넘는다고 잘 말씀드려라. 그리고 계약 후 잔금 치르는 날 절반만 우리 어머니께 드리고 나머지 절반은 명의 이전을 위해 영훈이가 당장 세금부터 내야 한다고 그럴싸하게 둘러댄 뒤 그 돈을 내게 넘겨주면 되는 거야. 어렵지 않지? 일만 잘되면 내가 입 쓱 닦고 가만 있겠냐. 주머니에 복비를 두둑이 챙겨 줄 테니 제발 나 좀 도와줘라."

아무리 발등에 불이 떨어지고 돈이 급하기로서니 제 어머니까지 속이려 드는 건 내 양심상 어림도 없는 일이었다. 이미 도박도 도박이려니와 낮술에 취해 해롱거리는 꼴을 계속 지켜보는 게 영 마뜩잖았다. 마치 말기 노름병자의 민낯을 보는 듯 역겹기까지 했다.

언뜻 얼마 전 지방지에 실린 어느 소설가의 세상 비틀어보기란 기사가 떠올랐다.

정부 산하 기관의 모 간부가 근무시간에도 출장 명령을 달아놓고 스물여섯 차례나 강원랜드를 드나들었고 강원대학교의 모 교수 역시 야외지질조사를 구실 삼아 출장 신청한 뒤 무려 46차례나 카지노에 가 도박을 해왔다는 거였다. 비슷한 사례가 한둘이 아니었다. 어디 교수뿐이겠는가, 갖가지 명목을 앞세워 자리를 비우고 도박장으로 달려간 고등학교 교장 선생님이 있었고 읍면 동장이 있었고 정부 산하단체 공무원들이 수두룩했다. 기사엔 최근 감사원이 465명이나 되는 도박중독 공직자들을 적발했다는 소식까지 이어졌다. (강원도민일보 2011년 10월 15일. 도박장에 몰려드는 부나비들 기사 일부 인용)

 도박은 신문에 보도된 공직자들만의 문제가 아니었다. TV에서 본 정선 카지노 현장 르포는 더 심각했다. 직장 잘 다니던 성실한 사원도 사업 잘하던 전도유망한 기업의 사장도 가정 잘 지키던 어느 집의 엄마이자 아내인 가정주부도 한 번 빠져들면 이성을 잃고 도박꾼으로 전락하고 마는 게 카지노 세계였다. 그동안 제 위치에서 성실히 일해 알뜰살뜰 모아두었던 돈을 순식간에 탈탈 털린 사람들이 잃은 돈을 복구하겠단 일념으로 카지노를 떠나지 못한 채 주변을 방황하고 있었다. 다니던 직장을 때려치우고 한평생 일군 회사를 포기하고 단란했던 가정의 울타리를 벗어난 중독자들이 하는 일 없이 카지노 안팎을 매일 기웃거리는 게 하루의 일과처럼 보이기도 했다. 요행히 지인이라도 만나 주머니에 돈 몇 푼 생기면 아직 눈가에 맴도는 환상을 좇아 또다시 카지노 정문을 들어서는 것이었다. 이들이 타고 다니던 자동차는 인근 전당포에 맡겨진 지 오래여서 주변 도로마다 찾아가지 못해 방치된 고급 자동차들로 장사진을 이루고 있었다. 이를 증명하듯 번호판이 사라진 채 장시간 방치된 차량

범퍼에 죽지 말고 집으로 돌아가자는 짠한 글귀가 사진과 함께 기사화되어 나돌기까지 했다. 카지노 동네가 죽음과 사건이 다반사로 벌어지는 곳이다 보니 한두 사람쯤 죽어 나가도 주변 사람들이 예삿일처럼 받아들인다는 씁쓸한 기사도 인터넷 공간을 떠돌고 있었다.

뿐만이 아니라 요즘엔 어린 청소년들까지도 인터넷 도박에 빠져 훗날 심각한 사회문제로 부상할 수 있음을 경고하고 있었다.

청소년 도박 검거 건수가 4년 만에 72건에서 184건으로 2배 이상 늘었다는 소식과 더불어 2024년엔 최근 4개월 동안 무려 176건이나 적발됐다는 아찔한 기사까지 등장하고 있었다. (아시아경제, 2024년 8월 17일)

도박과 관련된 기사는 끝도 없이 넘쳐났다. 도박에 중독되어 심각성을 인식해 스스로 정신과 치료를 받은 젊은이들이 한 해 이천여 명이나 된다는 수치와 함께 도박 피해를 방비하고 부작용을 예방해야 할 관련 부서에서도 손을 놓은 채 수수방관하고 있다는 비판적 기사도 눈에 띄었다.

막국숫집을 나서자 얼근하게 취한 영훈이가 까마귀 울음처럼 카악카악 가래침을 내뱉으며 내 뒤를 따랐다. 이미 그는 예전의 영훈이가 아니었다. 친구라 생각하고 찾아온 그였으나 가까이하기엔 부담스러운 존재였다. 나는 절연을 각오하고 그가 다가오기를 기다렸다가 단호하게 말했다. 네 어머니 집은 내가 중개하지 않겠노라. 그따위 파렴치한 요구를 부탁이랍시고 떠벌이려거든 더는 내 앞에 나타나지 말아라. 엄포를 놓고 그에게서 돌아서 홀로 주차장으로 가 차 문을 열려니까 녀석이 헐떡헐떡 달려와 차 앞을 가로막았다.

"미안하다. 내가 미친놈이다. 우리 어머니 뜻대로 네가 양심껏 중개해라."

술에 취한 영훈이의 행실로 보아서는 설령 그의 어머니가 집 판 돈을 선뜻 내어주더라도 성인 오락실을 운영해 재기에 성공할 것 같단 확신이 서지 않았다.

노름꾼 인생의 끝이 어떠한지는 영훈이 아버지 스스로가 답해주고 갔다. 그걸 모르는 영훈이가 아니었다. 투전판에서 노름 중독자의 허랑방탕한 삶을 두루 지켜보고 두루 겪은 영훈 아버지였다. 부친의 노름벽과 정신 나간 대전 부잣집 자식만 보더라도 노름꾼의 생각이 얼마나 짧고 뒤끝이 얼마나 허망한지 절실히 느낀 영훈 아버지였다. 몸서리쳐지는 이런 고통을 자식에게만큼은 물려줄 수 없다는 단호한 의지에서 집 떠나는 길에 아직 어린 자식을 끌어안고 너 하고픈 일이 무엇이건 다 해도 좋으나 노름만큼은 절대 손을 대서는 아니 된다고 마지막 당부의 말을 들려주었던 것인데 어찌 노름에 손을 댔다가 이 지경까지 이르렀는지, 어찌 보면 그는 자기 아버지가 우려했던 대전 부잣집 아들이 걸어간 길을 그대로 따라 걷고 있는지도 모를 일이었다. 성인 오락실이 마지막 희망이라고는 하나 어머니의 집을 팔려고 급히 서두르는 것도 모자라 잔꾀를 부려가며 자기 노모까지 속이는 행실로 보아 그의 심리상태가 폐인 직전까지 와 있거나 낙조처럼 노름 인생이 저물고 있다는 사실을 예고하는 것처럼 보였다.

여기에 더하여 영훈 아버지와 관련된 노름의 대단원이 아직 남아 있다. 세월이 퍽 지났음에도 영훈 아버지와 노름을 전수해 준 의형과의 인연은 계속 이어졌다. 어느 해 겨울 강추위가 몰아치던 날 의형이 영훈 아버지를 찾아왔다. 의형은 자신의 예견 대로 노름에서 따간 그 많은 돈을 소중히 지켜내지 못한 채 노름판에 죄다 꼬라박고는 시골 장거리나 전전하는 신세로 전락해 있었다. 영훈 아버지는 의형의 남루한 행색이 하도 딱해 보여 집에 들이고 얼마간 기거하기를 청하였다. 하지만 의형은 영훈네 집에서 며칠 묵을 생각이 없어 보였다.

"난 한가한 처지가 못 되네. 방방곡곡 떠돌다가 우연히 아는 사람을 만났는데 솜씨 좋은 기술자를 찾더군. 물이 좋건만 나는 이미 글렀고, 자네가 꼭 필요한 자리야. 나랑 동행할 뜻이 있거든 어서 떠날 채비를 서두르시게."

헛기침만 하여도 상대가 무얼 원하는지 모르는 바가 아니었다. 척 하면 삼천리에 눈치코치가 번갯불처럼 빠른 사이라, 어디로 가잔 얘기는 필경 어딘가에 물 반 고기 반의 노름판을 봐두었단 뜻이리라. 행색이 초라하기로서니 누구 명이라고 감히 거부한단 말인가. 노름 밑천으로 논밭 한두 떼기쯤 팔아달라고 부탁을 해와도 선선히 팔아줄 사이였다. 영훈 아버지가 군말 없이 안식구를 불러 외출복을 찾아달라 일렀다. 영훈 엄마는 두 사람이 동행하는 이유가 노름하러 떠나는 길임을 금세 직감했다. 그러나 몇 해를 지켜봐도 남편이 노름판에 땅문서를 걸지 않는다는 약속을 지켜왔기에 어디를 가건 개의치 않게 받아들이고 급히 와이셔츠와 바지를 다리미에 깔끔히 다려 코앞에 대령했다.

"이번에 나가시면 나는 또 며칠을 독수공방으로 지내야 되우."

영훈이 새엄마가 하얗게 눈을 할기곤 배시시 웃었다.

"임자가 외로이 독수공방하는 모습을 내 한순간도 잊지 않겠소. 이번엔 번갯불에 콩 구워 먹듯 속히 일을 매조지고 돌아오리다."

다짐을 주며 막 돌아서려다 이번엔 영훈이를 불러세웠다. 종전에 볼 수 없었던 진중한 표정으로 영훈이의 눈을 뚫어지게 바라보다가 어깨를 와락 감싸 안았다.

"이다음 네가 장성해 어른이 되거든 너 하고 싶은 일이 무엇이건 간에 원 없이 실컷 다 해 보거라. 그러나 딱 하나, 네가 하지 말아야 할 것이 있다. 살다가 어디를 가든 투전판엔 얼씬도 말거라. 네가 손만 뻗으면 억만금이 잡힐 듯해도 막상 손을 뻗으면 허상일 뿐이니라. 절대로 화투장에 손을 대서는 안 되느니라. 알겠느냐?"

영훈이는 할아버지가 당부할 때처럼 뭐라 토를 달지 않고 고개를 끄덕였다. 그 분위기가 뭔지 모르게 묵중하고 숙연했기 때문이다.

  집을 나서는데 웬일인지 영훈 아버지의 눈길이 자꾸 집으로 향하고 있었다. 몇 발자국 걷다가 뒤돌아보고 또 몇 발자국을 걷다가 뒤돌아보고, 그런 수상쩍은 동작이 대여섯 차례나 이어졌다. 영훈이 새엄마는 그 눈길이 하도 유별나 저이가 왜 저러나 하면서 끝까지 지켜보다가 집 떠나는 양반한테 괜히 독수공방 얘기를 꺼냈다고 후회했다.

  두 사람이 찾아간 곳은 양평 호숫가였다. 양평까지 오는 동안 의형이 언질을 주었다.
  "이번엔 좀 불리한 조건이니 정신 똑바로 차리시게."
  영훈 아버지도 이번 걸음만큼은 마음이 썩 내키지 않았다. 뭔가 꺼림칙하고 석연찮은 예감이 들었다. 그래도 의형이 함께 가자고 하면 그곳이 어디가 되었건 가는 게 도리라고 여기고 따라나서는 길이었다.
  "형님은 따로 밑천이 있으시요?"
  의형의 주머니 사정을 아는 영훈 아버지였다. 여차하면 자신은 빠지고 의형에게 손을 맡길 심사였다.
  "난 이미 노름판에서 고려장에나 가 있어야 할 늙은이야. 눈이 게슴츠레하고 손놀림도 굼벵이처럼 굼뜬 데다 셈도 예전 같지 않다네. 밑천 장만해 몇 차례 노름방 들락거리다 거덜이 났 잖은가. 일찍 손을 씻었어야 했어."

  의형이 들려준 노름방식은 특별했다. 노름판을 전전하던 의형이 가평 읍내 노름방에 끼었다가 우연히 한 사내를 만났다. 대전에서 같이 어울려 함께 화투패를 섞어봤던 자였다. 그 무렵 대전 큰 부잣집 아들 자산을 털어가기 위해 투전판에 몰려든 꾼들이 한둘이 아니었는데 그 패거리 중 영훈 아버지 의형을 불러내어 자신이 차린 밥상에서 그만 물러나라고 은근히 압박했던 사내였다. 그 사내가 단박에 영훈 아버지 의형을 알아보고 따로 불러내 술을 샀다. 주석에 앉자마자 사내는 영훈 아버지 의형제가 떠난 뒤 대전에서 있었던 일을 자랑삼아 떠벌였다. 대전 부자의 자산을 탈탈 털어 알거지로 만들기까지 장장 이태나 더 걸렸고 종국에는 대전 부잣집 아들이 자식들 기거하던 집이나 돌려달라고 두 무릎 꿇고 사정사정하더란 얘기까지 들려줬다. 그는 마치 오랜 인고의 노력 끝에 가슴에 담았던 큰 뜻을 이뤄낸 사람처럼 함지박같이 튀어나온 뱃구레를 내밀며 거늑해 했다.

  "왠지 아슈? 내가 왜 그자의 자산을 쪽쪽 빨아 알거지로 만들었냐 하면……"

  번질번질한 낯바대기에 얼근히 취기가 오르자 사내가 당시를 회상하며 주절주절 사연을 늘어놓았다. 이 사내의 부모가 대전 부잣집에서 머슴으로 서른 해를 일했는데 반평생을 거의 종으로 지냈다고 했다. 부모가 더는 일할 수 없을 정도로 몸이 노쇠해 그간 밀린 새경을 달라 청했더니 평생을 종처럼 부려 먹고도 외진 골짜기에 오막살이 집 한 채만 달랑 장만해 주고 나 몰라라 방관했다. 하도 서운하고 노여워 몇 번을 찾아가 어디 한적한 곳에 자식들이 농사라도 짓고 살게 땅 몇 떼기만 넘겨달라 하소연하였으나 노랑이 주인은 전신에 피멍이 들도록 매를 쳐 실신시키고 그 자리에서 내쫓더란 거였다. 이 광경을 지켜본 자식의 눈에서 살이 떨리고 분노가 치밀어 두고두고 한으로 남았다. 결국 부잣집 아들이 주색에 빠진 사실을 눈치채자마자 머슴의 아들은 악착같이 모은 돈으로 룸살롱을 차려 부잣집 아들을 유인하는 데 성공했다. 룸살롱 아가씨 하나를 골라 첩으로 들이게 하고는 온갖 아양을 떨어 집을 사달라 가게를 내달라 요구해 뭉칫돈을 알겨먹게 시켰다. 노름에 문외한이던 머슴의 아들은 화투장이나 잡아본 룸살롱 종업원으로부터 짓고땡을 배워 부잣집 아들에게 접근하기 시작했고 이때가 영훈 아버지 의형제가 대전에 가 있던 무렵이었다.

종래 머슴의 아들은 건물이 날아가도 허허 웃고 땅이 날아가도 실실거리던 부잣집 아들의 돈을 거머리처럼 쪽쪽 빨아 거덜 내고는 대전을 떠나 양평으로 이사와 살게 되었다.

머슴의 아들은 당시 대전 노름판에서 화투장을 돌리던 영훈 아버지의 화려한 손놀림을 잊지 않고 있었다. 영훈 아버지 의형이 술기운에 그만 동생의 뛰어난 손기술을 자신이 직접 가르쳤노라 자랑하면서 공동묘지에 데려가 달밤에 도리짓고땡 가르친 일화를 생생히 들려줬다.

"그게 정말이요? 눈을 감고도 화투를 칠 수 있다, 그 말이요?"

"눈을 감고 치는 게 아니라 달밤이라 말했잖소."

"어쨌거나 그 사람을 나도 빨리 만나보고 싶소."

이러고저러고 주석에서 별별 시시콜콜한 이야기까지 나누다가 양평 사장이 좋은 생각이 떠올랐다며 제안을 해왔다.

"사실은 말이요. 내 눈에 거슬리는 놈이 하나 있소. 이놈이 간에 붙었다 쓸개에 붙었다 하는 놈이요. 막역한 사이처럼 접근해서는 나를 안심시키고 뒷구멍에서 공사를 가로채는가 하면 텃세 심한 지역업체와 이간질을 일삼아 내가 골머리를 앓고 있소. 게다가 내가 노름 좋아한단 소릴 어디서 주워들었던 모양이요. 요즘 손가락 마디 하나가 떨어져 나간 놈을 데리고 나타나 야금야금 내 돈을 빨아가고 있소. 검지 하나가 잘렸던데 아무래도 그자가 타짜인 모양이오. 필경 노름을 끊자고 스스로 손가락 마디를 잘랐거나 노름방에서 섣불리 손기술을 쓰다 잘렸거나 둘 중 하나가 확실할 테지. 난 예전에 두 분이 짓고땡 치는 모습을 옆에서 지켜본 사람이오. 형씨들이라면 그자들 요절내는 일쯤이야 어렵지 않으리라 믿소. 내가 쩐주가 돼주겠으니 이참에 그놈들 껍데기만 남기고 탈탈 털어봅시다. 일이 잘 풀리거든 내게 반을 주고 나머지 절반은 두 양반이 각자 알아서들 하시오."

이것이 영훈 아버지 의형제가 양평까지 찾아오게 된 동기였다.

"대전 부잣집 아들이 두 무릎 꿇고 사정사정했다더니 그래 청은 들어줬답니까?"

"나도 그 뒤끝이 궁금해 물었더니 그나마 무릎 꿇은 대가로 집 한 채는 돌려줬다더군."

송양지인처럼 사람만 좋을 뿐 세상 물정 모르고 잡기에만 빠져 살던 대전 부잣집 아들의 뒷얘기를 듣게 되자 영훈 아버지의 마음이 편치 않았다. 돈을 잃어도 허허거리던 부잣집 아들의 얼굴이 언뜻언뜻 떠오르곤 했었는데 안 됐다 싶어 혀나 찰 뿐이었다. 부잣집은 망해도 3년은 간다고 가족들이 가장 모르게 땅문서나 금덩이라도 숨겨놨기를 바랄 뿐이었다.

신작로에서 한참을 들어가서야 붉은색 지붕의 호젓한 별장이 나타났다. 입구에 들어서자 머리가 짧고 험악해 보이는 건장한 체구의 젊은 사내 둘이 구부정한 어깨를 움죽거리며 나타나 신분을 확인하고는 두 사람을 별장 안으로 들여보냈다.

옥색 무늬의 대리석으로 덮인 현관을 열 걸음쯤 걸어 안으로 들어서자 예전에 본 적이 있었던 낯익은 얼굴이 일어나 영훈 아버지 의형제를 맞아들였다. 동행한 의형이 영훈 아버지를 향해 머쓱히 웃었다.

"자네도 구면이지? 이 분이 내가 말했던 김 사장님이시네.

예전에 대전에서 같이 어울려 봤잖은가."

"알다마다요. 여기서 또 만나다니 세상 참 좁구려."

영훈 아버지가 모를 리 없었다.

아무리 세월이 흘렀다 한들 그 시절 대전에서 있었던 일을 어찌 잊겠는가. 제대로 노름에 미친 사내가 평생 물 쓰듯 써도 다 못 쓰고 죽을 거라던, 조상 물림으로 내려온 자산을 한 덩어리씩 한 덩어리씩 축내며 탕진하던 그 무렵 노름방엔 눈에 쌍불을 켠 투전꾼들이 이리 떼처럼 꼬였는데 오직 한 사람만이 표적이었다. 이곳 지금 양평에 으리으리한 별장을 짓고 건설회사 사장 행세까지 해가며 부를 누리고 있는 자가 모든 노름꾼의 표적이었던 대전 부잣집 아들을 거덜 내 놓고 마지막 승자가 되어 영훈 아버지 앞에 서 있는 거였다.

김 사장이 반갑다며 먼저 손을 내밀었다. 영훈 아버지도 사내가 내미는 두툼한 손을 덥석 잡았다. 얼굴 윤곽은 예전과 엇비슷했으나 배가 불룩 나오고 양 볼에 두툼히 살이 올라 오다가다 마주치면 알아보기 어려울 정도로 변해 있었다. 하지만 빼꼼한 눈에서 쏟아지는 적의에 찬 눈빛은 예전이나 다름없이 서늘했다. 한평생 남의 집 머슴으로 노예처럼 일하고도 늘그막에 매까지 맞고 쫓겨났던 아버지의 원한을 끝내 되갚고야 만 결기가 아직 그의 눈빛에 고스란히 머물러 있는 듯했다.

이날 저녁 두 의형제는 넓고 화려한 응접실 한가운데 먼저 와 자리를 잡고 앉았던 낯선 이들과 합석했다. 판이 벌어지기 전 가벼이 수인사가 오갔다. 검은 테 안경을 쓴 자가 손을 내밀며 송기춘이요 했고 나란히 동석한 자는 한명수라고 자신을 소개했다. 한명수라고 자신을 소개할 때 영훈 아버지는 소화제 활명수하고 이름이 비슷하단 생각에 입가에 잔웃음이 번지는 걸 참았다. 잠깐 얼굴을 올려다보는데 표정에 그늘이 가 있고 눈매가 얼음장처럼 차가워 보였다. 게다가 잡은 손이 왠지 거북스러워 그의 오른손에 눈길이 머물자 손가락 마디 하나가 유난히 짧은 게 눈에 띄었다. 영훈 아버지는 내색하지 않고 빈자리로 가 앉았다. 다섯은 서로 알고 지낸 사이처럼 격 없이 농을 주고받으며 마시고 웃고 떠들어댔다. 열 길 물속은 알아도 한 길 사람의 속은 모른다지만 노름판에 낀 자의 속은 뻔한 이치다. 겉으로야 친구처럼 형제처럼 이웃처럼 농지거리 해가며 살갑게 지내다가도 판에 화투장이 돌아가기 시작하면 마침내 투전꾼의 검은 속내가 드러나는 것이다. 속에 숨어 있던 능구렁이가 열대여섯 마리쯤 나타나 꿈틀거리고 사나흘 이상 굶주린 늑대가 날카로운 이빨을 드러내며 앞에 앉아 있는 것이다. 이즈음 겨우 눈이나 뜬 하룻강아지들이 노름에 취해 한 번 눈이 뒤집히고 나면 코앞에 능구렁이가 나타나 혓바닥을 널름거리거나 말거나 늑대나 범이 곁에 와 앉아 입을 벌리고 있거나 말거나 상대를 같잖아하고 꺼드럭거리게 마련이다.

잠깐 틈을 내어 의형이 바깥바람이나 쏘이자며 영훈 아버지를 불러냈다.

"안경을 쓴 자가 김 사장이 말한 송 사장이야. 그자보다는 손가락 마디 하나가 끊어진 한명수란 자를 잘 살피고 알아서 대처하게."

의형은 쩐주인 김 사장이 건네준 돈이라며 봉투 하나를 내밀었다. 봉투 속에는 고액권 자기앞수표 몇 장이 들어있었다. 수표를 주머니에 넣었다가 돈푼이나 있어 보이게 노름꾼들 앞에서 현금다발로 바꿔오도록 부탁하란 거였다.

"기한은 언제까지랍니까."

"저들이 이틀에 한 번씩 찾아온다는군. 한 이레 정도면 되겠냐고 묻기에 보름쯤 말미를 달라 일렀네."

"잘하셨소."

영훈 아버지가 고개를 두어 번 끄덕였다.

"우리 쩐주인 김 사장도 판에 끼어들 모양이네."

"저들이 한 패거리라고 의심하지 않을까요?"

"자넨 노름에 미친 대전 부잣집 아들로 행세하게. 대전에서 김 사장이 사골 우려먹듯 자네 돈을 빼먹던 얼간이인 척하란 말이네."

영훈 아버지가 고개를 끄덕끄덕하였다. 김 사장이 노름판에서 부잣집 자식 돈을 그러모았단 소문이 저들 귀에도 들어갔을 법했다.

잠시 잡담이 오간 뒤 탁자 위에 아직 상표도 채 뜯지 않은 새 화투가 등장했다. 마흔여덟 장 중에서 골라낸 스무 장의 화투를 바닥에 엎고 각자 한 장씩 선택해 선을 가린 뒤 판이 시작되었다. 다들 밑천 걱정이 없는 모양으로 앞앞이 쌓인 돈다발이 그들먹하였다. 저들끼리 어울리던 자리에 영훈 아버지까지 끼었으니 아무리 부잣집 얼간이 아들 행세로 끼어들었다고는 하나 처음 마주하는 얼굴들이라 다들 서름서름하였다. 하지만 화투패가 몇 바퀴 돌아가자 눈치껏 간을 보는 와중에도 누가 돈을 좀 따면 좋다고 허허거리고 돈푼이나 털리면 초반부터 기둥뿌리 뽑혀 나가겠다고 엄살을 떨어댔다. 유럽 귀족풍의 호사스러운 소파에 앉아 화투패를 섞는데 흡사 궁노루라도 발견한 사냥꾼처럼 하나같이 의기가 당차고 눈빛이 번득번득 빛났다. 저마다 화투장이 너덜너덜 닳도록 손에 익힌 자들이라 선을 쥔자의 화투패 날리는 손길이 군더더기 하나 없이 재고 유연했다. 툭툭 내던지는 농 한마디마다 상대의 노름판 이력을 떠보겠단 투였다. 영훈 아버지에게로 선이 넘어와 화투장을 섞고 패를 몇 차례 돌릴 즈음 담배를 피워 문 송 사장이 고개를 외로 꼬며 물었다.

"보아하니 화투장 다루는 솜씨가 소문과는 딴판이요. 노상 허허실실이라던데, 가진 재산을 노름에 다 날렸다더니 웃음까지 잃으셨소?"

당연히 의심하겠거니 짐작했던 영훈 아버지였다. 껄껄 웃어넘기고 화투판에만 시선을 주자니까 송 사장이 또 이죽거렸다.

"아직도 투전판 드나들 재산이 남았다면 좋아하는 색싯집에

나 가지 뭐 하러 투전판에 나타나셨소. 혹시 돈 몇 푼 잃고 개평이나 뜯자고 온 걸음은 아닐 테고, 부잣집 자제분 돈은 보는 자가 임자라던데, 예전의 서툰 솜씨는 아닌 것 같고, 거참 별일이네."

영훈 아버지도 이번엔 듣고만 있지 않았다.

"허구한 날 돈주정이나 하고 미쳐 지내다가 조상이 물려주신 그 많던 재산 다 털어먹은 뒤에야 꿈에서 깨어난 듯 정신이 듭디다. 그간 울화병으로 앓아누워 밤이고 낮이고 가슴이나 치고 있었는데 저기 계신 제 인척 형님께서 친히 찾아와 늦게라도 노름을 다시 배워 날려버린 재산 절반만이라도 복구해 보라 권합디다. 절치부심 손에 화투장 익혀 물어물어 찾아왔더니 내 치욕스러운 과거사가 이 동네에서조차 오르내릴 줄 꿈에도 생각지 못했소."

검은 테의 안경을 낀 송 사장이 짓지도 못한 패를 바닥에 내던지며 씨익 웃었다.

"그래, 밑천은 넉넉히 가져오셨소?"

"혹 빈집에 소라도 들어갈까 봐 겁이 나시오? 걱정하지 마시오. 저기 내 뒤를 봐주시는 형님이 계시잖소. 굳이 촌수로 따지자면 팔촌 형님이신데 내 사정을 아시고 찾아와서는 가문의 수치라면서 나를 골방에 가두고 화투 몇 목을 건네주더이다. 그러곤 하시는 말씀이 노름 밑천은 원 없이 대줄 터이니 손가락이 부르트도록 밤낮으로 화투장을 익힌 연후에 투전판으로 달려가 재기하라고 부탁하셨소. 내 그동안 골방에 갇혀 화투장만 가지고 놀은 덕에 짓구땡 솜씨가 예전 같지는 않을 거라 자신하고 여기 앉아 있는 김 사장 행적을 이 사람 저 사람에게 물어 예까지 찾아오게 되었소. 다들 겁부터 먹고 꺼리시는 모양인데 자신 없는 사람은 얼른 자리를 뜨시오. 난 여기 김 사장한테 빚을 받으러 왔소이다."

영훈 아버지가 탁자를 앞에 두고 앉아 있는 노름꾼의 면면을 바라보며 쓴웃음을 지었다. 송 사장도 그제서야 안심이 되었던지 껄껄 웃어넘기고 합세했다.

"내게 빚을 받으러 왔다고요? 허허, 내가 좀 과하다 싶게 털어온 건 맞지요. 어쩐지 화투장 다루는 손길이 예전보다 좀 나아지긴 했구려. 하지만 어림도 없소이다. 그 솜씨 믿고 밑천을 얼마나 들고 왔는지 모르겠소만 하룻저녁이나 버틸 수 있을지 모르겠소."

서로 간에 미리 말을 맞추기라도 한 듯 영훈 아버지가 둥둥 북을 치면 옆에서 듣고 있던 김 사장도 언죽번죽 장구를 따라 치는 격이었다.

송 사장과 손가락 마디 하나가 잘린 사내는 더 이상 영훈 아버지 신분을 두고 꼬치꼬치 따지려 들지 않았다.

그렇게 서로 견제하며 첫날이 지나갔다. 영훈 아버지는 사장이 준 종잣돈을 제하고도 양평에서 머무는 동안 먹고 자며 쓸 여윳돈을 챙기는 게 어렵지 않았다.

서로 눈치싸움을 하느라 하루씩을 건너뛰고 서너 번 만나 화투장을 섞다 보니 낯설고 서먹했던 사이가 서슴없이 농을 주고받는 사이로 변해갔다.

며칠 후 영훈 아버지가 잠시 정원에 나가 담배 한 개비를 꺼내어 입에 무는데 앙바틈하게 바라진 어깨를 달싹이며 한명수가 다가와 나직한 목소리로 물었다.

"보아하니 어디 큰물에서 노시다 온 양반인 듯하오만 여기 김 사장과는 대체 어떤 사이슈."

"이미 말했잖소."

사내가 가당찮다는 듯 피식 웃었다.

"나도 노름꾼이요. 대전 부잣집 아들을 누가 모르겠소. 그자는 이미 지난해 화병을 앓다가 죽었다고 들었소."

영훈 아버지는 가슴이 뜨끔했고 얼굴마저 화끈 달아올랐다. 역시 거짓말은 곧 드러나게 마련이었다. 영훈 아버지가 검지를 입에 가져다 대며 쉬, 하고 주의를 주고는 그를 정원 귀퉁이 한 아름도 넘는 향나무 뒤로 데리고 갔다. 담배 개비를 쥔 손이 달달 떨릴 정도로 겨울바람이 매웠다. 어깨를 움츠리며 영훈 아버지가 되물었다.

"그러는 댁은 여기 김 사장과 어떤 관계요."

"나야 이 집 주인 돈 후리러 온 노름꾼이란 걸 잘 아실 텐데……"

"그렇다면 내 것도 좀 남겨두시오."

사내가 믿을 수 없다는 듯 고개를 갸우뚱거렸다.

"타짜슈?"

말이 끝나자마자 영훈 아버지가 또다시 콧잔등에 검지를 세웠다.

"운이 좋아 돈 좀 땄다고 건너짚지 마슈. 보아하니 형씨야말로 손가락 마디 하나가 흉기에 끊겼던데 혹 어느 투전판에서 서툴게 손기술 부리다 그 꼴 된 게 아니요?"

"이것 말이요? 그건 아니요. 노름으로 집구석이 결딴나 스스로 이놈의 손가락 마디 하나를 뎅강 잘랐소. 그때 손가락이 아니라 손목을 잘랐어야 했는데, 어차피 노름꾼 인생은 말뚝에 매인 소처럼 투전판을 벗어나지 못하는 것 아니요. 젠장, 이번에야말로 한목 단단히 잡겠다 싶어 큰맘 먹고 왔더니 형씨가 또 발목을 잡을 것 같구려."

영훈 아버지는 미리 말을 맞춘 대로 한명수의 의심을 풀 기회가 왔다고 생각했다. 혹 누가 두 사람을 엿보는 건 아닐지 경계하는 눈초리로 왼쪽 오른쪽을 살피는 척하다가 사내의 귀에 들릴까 싶게 낮은 목소리로 소곤거렸다.

우리 의형이 한때 대전에 살았노라. 이곳 사장도 당시 대전에 있을 때인데 머슴 집 아들로 어렵게 살다가 룸살롱을 차린 뒤 큰 부자가 되었다. 의형과는 꽤 가까이 지냈는데 돈을 번 뒤 사람이 변절했다. 때마침 의형 큰아들이 대학에 붙어 당장 등록금 마련이 급한 처지였다. 머슴 집 아들이라 어려운 사정을 이

짓고땡 103

야기하면 들어주겠다 싶어 김 사장을 찾아가 하소연했다. 그러나 부탁이 채 떨어지기도 전에 김 사장이 태도를 바꾸었다. 몰인정하게 고개를 내젓고는 바쁘다는 핑계를 대고 먼저 밖으로 나가더니 더는 만나주지 않았다. 당시 의형의 태도가 하도 괘씸하고 분해 이를 악다물고 연을 끊었는데 최근 지인한테 김 사장이 양평에서 떵떵거리며 산다는 소식을 들었다. 의형이 이 작자의 동선을 알아낸 뒤 골목 어귀에서 차를 타고 기다리다가 사고를 유발해 돈푼이나 뜯을 생각을 하고 접근했다. 하나 김 사장이 근자에 업자들과 화투를 친단 소식을 듣고 쾌재를 불렀다. 반가운 척 접근해 간이라도 떼어줄 듯 살갑게 지내다가 나를 불러들였다. 마침 김 사장 노름 실력이 변변찮은지라 때를 기다려 현찰 두어 자루씩 챙겨 뒤도 돌아보지 않고 자리를 뜰 요량인데 좀 도와줄 수 있겠냐 의견을 물었다.

  곰곰 듣고 있던 한명수가 대꾸했다.

  "그 말을 어찌 믿겠소. 난 송 사장과 같은 패고 그쪽도 내 보기엔 김 사장 패인 게 틀림없으니 어차피 우리 둘 싸움이요. 내 사내답게 입은 다물고 있겠소이다. 하지만 여기가 건달소굴이란 걸 절대 잊지 마시오."

  헛꿈 꾸지 말라는 듯 한명수가 고개를 절레절레 흔들었다. 피우던 담배를 향나무 뒤 꽁꽁 언 잔설에 떨구어 구둣발로 비벼 끄고는 여전히 경계하는 눈빛으로 영훈 아버지를 흘낏 바라봤다. 영훈 아버지는 그만 말문이 막혀 사내의 동태만 바라보고 있을 뿐이었다.

"거듭 말하지만 몸조심하시오. 이쯤서 집 한 칸 마련할 돈이나 챙겨 자리를 뜨면 요행히 집에 돌아갈 수 있겠지만 행여 형씨들 뜻대로 됐다간 몸이 상할 수 있소. 절대 흰소리가 아니니 내 말을 꼭 명심하시오."

영훈 아버지는 안도했지만 조심하라거나 개평이나 뜯어 자리를 뜨란 사내의 말을 귀에 담지 않았다. 한 번쯤 곱씹고 찬찬히 주변을 살펴야겠단 생각조차 없이 들은 둥 만 둥 외면했다.

그날 저녁 영훈 아버지 앞에는 특별한 손기술을 쓰지 않고도 기와집 두어 채쯤 장만할 정도의 돈이 들어왔다. 한명수가 말한 대로 뭔 핑계라도 둘러대고 그날 수고비를 챙겨 자리를 떴더라면 아무 일도 벌어지지 않았을 것이다. 그건 추정컨대 한명수란 사내가 영훈 아버지 의형제들이 어서 자리를 뜨도록 마련해 준 마지막 기회였을지도 모를 일이었다.

다음 날 새벽 김 사장은 노름이 파하기 직전 잠시 뜸을 들인 뒤 일행에게 말했다.

"내가 모레부터 해외 출장을 갈 일이 생겼소. 달포 정도 걸릴 테니 노름은 내가 다녀온 후에 다시 합시다."

다들 눈이 휘둥그레졌다. 아닌 밤중에 홍두깨라고 갑자기 뭔 뚱딴지같은 소리냐는 반응이었다. 영훈 아버지도 미처 들어보지 못한 소리라 정말 오늘로 노름이 파하나보다 싶어 일순 시원섭섭하기까지 했다. 사장이 건네준 돈을 정산해 주고도 손해 보는 장사가 아니었다. 오늘 당장 짐을 싸 돌아간다 해도 무엇 하나 아쉬울 게 없었다. 하지만 이게 김 사장의 술수이고 모략이었다.

그동안 큰돈은 아니어도 영훈 아버지가 들어온 뒤 간을 볼 셈이었던지 상대편 두 사람이 야금야금 잃은 돈이 꽤 됐다. 갑자기 굳어진 얼굴로 김 사장 얼굴을 뚫어져라 바라보던 검은 안경테가 화투장을 바닥에 내던지며 투덜거렸다.

"뜬금없이 출장이라니요. 너무 갑작스럽지 않소? 돈 잃은 사람 입장도 생각해 줘야지요."

"그럼 나더러 어쩌란 말이오. 급한 사업 다 내팽개쳐 두고 한가하게 투전판에 앉아 끗수나 재고 있으란 소리요?"

"출장을 가든 여행을 가든 미리 언질을 줄 수도 있었잖소."

사장이 난감해하는 척하다가 역제안을 내놓았다.

"정이나 아쉽다면 오늘 저녁에 아예 끝장을 냅시다. 앞앞이 크게 다섯 장씩 걸고 진검승부를 펼치는 거요."

이 말에 아무도 토를 달지 않았다. 판판이 푼돈으로 밑밥이나 던지며 때가 오기만 고대했던 꾼들이었다. 검은 안경테를 쓴 송 사장도 제 손으로 손가락 마디 하나를 끊었다는 한명수도 저녁에 있을 큰판에 벌써 마음이 가 있는 듯했다. 일행이 돌아갈 즈음 김 사장이 재차 다짐을 주었다.

"다섯 장씩이요. 앞앞이."

다섯 장이라니, 영훈 아버지가 그런 큰돈을 갖고 있을 리 없었다. 쌀 한 가마가 1만 원인데 다섯 장이라면 쌀이 오천 섬이다. 넷이 판돈을 합하면 쌀이 이만 섬, 농사꾼인 영훈 아버지가 어림짐작으로 셈을 해보곤 벌어진 입을 다물지 못했다. 물론 그 돈이 영훈 아버지와 손가락 마디 끊긴 사내를 빼면 김 사장과 검은 뿔테 안경을 쓴 송 사장 두 사람의 돈일 터였다.

두 사람은 새벽 무렵 읍내로 돌아와 해장국과 반주로 아침을 해결한 뒤 짐을 풀었던 여관방에 돌아와 곯아떨어졌다. 몇 시간째 곤히 자고 있는데 밖에서 덜컹덜컹 문 두드리는 소리가 들려왔다. 먼저 잠에서 깨어난 영훈 아버지가 이불 속에서 엉금엉금 빠져나와 미닫이문을 열어젖혔다. 문 앞에 건장한 장정 둘이 서 있었다. 그중 하나가 가방 하나를 방안으로 불쑥 들이밀었다.

"사장님이 전하라면서 저녁 여섯 시까지 별장으로 들어오라 하셨소."

잠에 취했다가 겨우 정신을 차린 의형이 가방을 건네받았다.

"이건 판돈이요?"

"현찰 5천이 들었으니 직접 확인해 보시오."

앞앞이 현찰 5천씩 싸 들고 와 짓고땡으로 결판을 짓자고 제의한 김 사장이 사람을 시켜 판돈을 미리 보낸 것이었다.

"지금 몇 시나 되었소."

"네 시요. 우린 옆방에서 쉬고 있을 테니 채비가 끝나거든 문을 두드리시오."

의형이 멈칫했다.

"우리가 미덥지 못해 뒤라도 밟겠단 뜻이구려."

"사장님이 다른 사람들 눈에 띄지 않게 두 분을 뒤따르라 하셨소."

거금 5천을 맡기고 느긋하게 기다릴 김 사장이 아니었다. 혹시라도 판돈을 갖고 줄행랑이라도 치지 않을까 싶어 사람을 붙여 감시하고 있는 게 확실했다.

문밖에 서 있던 건장한 사내들이 미닫이문을 닫고 사라졌다. 의형이 가방을 열고 돈뭉치를 확인했다. 5천 원권 지폐 한 묶음씩 열 개로 묶은 덩이가 열 다발이었다. 손때가 전혀 타지 않은 신권 다발인 데다 낱장으로 뺄 수 없게 열 십 자로 묶은 다발이라 굳이 액수를 하나하나 확인할 필요도 없었다.

두 사람은 돈 가방을 들고 밖을 나돌기가 여의찮아 여관방 안에서 대충 씻고 저녁을 시켜 먹었다. 밖에는 조팝꽃잎 같은 눈발이 어슷어슷 흩날리기 시작했다. 읍내라 해도 사방에 병풍처럼 산이 겹겹 막아서 있어 어둑해질 무렵엔 눈발과 함께 재넘이까지 씨잉씨잉 휘몰아쳤다.

두 의형제는 옆방 문을 두드리곤 부리나케 여관을 나섰다. 내린 눈이 벌써 길바닥 위를 하얗게 덮고 있었다. 몸을 잔뜩 옹크린 두 사람이 택시를 잡기 위해 번잡한 버스터미널을 향해 종종걸음으로 걷자니까 여관방에서 뛰쳐나온 젊은이 둘이 먼발치 뒤처져 앞서거니 뒤서거니 뒤따르는 모습이 보였다.

두 의형제는 읍내에서 택시를 잡아타고 별장으로 향했다. 읍내를 벗어난 택시가 한적한 비포장길로 들어섰다. 얼마 전 초가를 걷어내고 슬레이트로 지붕을 개량한 농가 굴뚝에서 저녁밥 짓는 연기가 몽글몽글 피어오르고 있었다. 한때 의형을 뒤따르며 노름을 배우던 시절이 떠올랐다. 집에 가고 싶어도 차마 빈손으로 돌아갈 수 없던 시절 해가 떨어지고 이 집 저 집 굴뚝에서 솜뭉치처럼 엉긴 연기가 삐져나와 뒤란 논밭으로 기어다니면 집에서 굶고 있을 식구들 생각에 늦도록 잠을 이루지 못했었다. 가슴 미어지던 그때가 엊그제일 같기만 했다. 비록 지금은 모진 엄동 한파가 닥친대도 식구들이 몇 날 주린 배를 부여잡고 냉골 잠을 잘 일이야 없지만 고령의 아버지와 어린 자식 그리고 한창 젊은 나이의 아내를 집에 남겨둔 채 낯설고 물선 객지에 와 속이 아궁이처럼 시꺼먼 모리배들과 어울려 투전을 벌인다는 게 왠지 마음 한구석이 편치 않았다. 죽을 둥 살 둥 오로지 노름에만 일로매진하던 때와는 분위기가 달랐다. 낙담하여 집을 뛰쳐나와 한때 말 못 할 고초를 겪긴 하였으나 이미 원을 풀었고 가질 만큼 가져 큰 욕심이 없었다. 아버지가 날렸던 농토를 진즉에 되찾았고 동네 양짓녘에 벌러덩 드러누운 금싸라기 밭이며 가뭄으로 마을 논배미들이 거북등처럼 쩍쩍 갈라져도 봇도랑에 물 마른 적 없는 열 마지기 고래실논까지 사들였잖은가. 새로 지은 집도 예전 살던 집에 비하면 고래 등이요, 구중

궁궐이었다. 과유불급이라고 여기서 무얼 더 채울 욕심에 엉덩이 떼지 못하고 뭉그적거리다간 곧 뭔 화가 미칠 것만 같은 예감에 괜히 마음이 뒤숭숭하기만 했다. 막 선잠에서 깨어난 탓일까, 지금쯤 설설 끓어올라야 할 기세가 왠지 시들해지고 반드시 이기고야 말겠단 의욕도 삼복 지난 더위처럼 한풀 꺾이는 것이었다.

"형님, 난 벌써 배때기에 기름기가 잔뜩 꼈나 보우. 이번에도 정신 바짝 차리면 우리 뜻대로 되기야 하겠지만 낮잠 자다 깬 놈처럼 맘이 어질더분하고 발걸음이 무겁기만 하니 대체 뭔 조환가 모르겠소."

눈을 감고 깊은 생각에 잠겼던 의형이 영훈 아버지의 얼굴을 넌짓 바라봤다.

"이심전심이라더니, 아우 심정도 나와 다를 바가 없네그려. 나 역시 가슴팍에 구멍이 난 모양 허전하고 발걸음이 천근만근일세. 어쨌거나 이미 발을 들이밀었지 않았는가. 죽이 되건 밥이 되건 끝을 봐야지. 모든 일은 자네 손에 달렸어. 우리 이번 일만 잘 끝내고 이 바닥에서 영영 손을 떼세나."

"정말 형님도 그리 생각하셨소?"

"오늘 저녁 일이 술술 풀려 우리 의중대로 이뤄진다면 내 자네 부탁대로 자식놈한테 찾아가 용서를 구할 참이네."

"생각 잘하셨소. 내 오늘 밤 그간 형님한테 졌던 큰 빚을 꼭 갚아드리겠소."

의형의 마음을 읽게 된 영훈 아버지가 기운차게 팔을 뻗어 올리며 기지개를 켰다. 잠시 식었던 영훈 아버지의 가슴이 후끈 달아오르기 시작했고 역발산기개세와도 같이 힘이 솟구쳐 어깨가 자꾸 들썩들썩하였다.

　별장엔 영훈 아버지 의형제에게 돈을 보낸 김 사장과 송 사장, 그리고 한명수가 벌써 테이블을 차지하고 앉아 담배를 피워 문 채 잡담을 나누고 있었다. 영훈 아버지가 머리에 하얗게 쌓인 눈 더뎅이를 털어내며 안으로 들어섰다.

　"늦어 미안하오. 눈길이 미끄러워 택시가 쩔쩔매는 바람에 좀 늦었소."

　영훈 아버지가 장작불이 활활 타오르는 난롯가로 성큼 다가가 양쪽 손가락을 오물거리며 곱은 손을 녹였다. 그 사이 의형이 들고 온 현금 가방을 영훈 아버지가 앉을 자리 탁자 위에 올려놓았다. 별장 좌우 구석빼기엔 양쪽 진영 건달로 보이는 건장한 체구의 사내들이 소파 등받이에 양어깨를 걸치고 앉았거나 삐딱하게 앉아 연신 다리를 떨고 있었다.

　날이 저물자 별장 안에서 도리짓고땡 판이 벌어졌다. 초저녁부터 진을 뺄 필요가 없어 다들 몸조심하기에 급급했으나 영훈 아버지는 이런 틈을 노렸다. 선을 누가 잡았건 바닥에 깔린 화투장을 눈에 익혔다가 이길 패다 싶을 때 어김없이 승부를 걸었다. 영훈 아버지가 찍은 패는 한치도 어긋나지 않고 선을 쥔 자의 끗수보다 높았다. 기세를 몰아 영훈 아버지가 선을 잡게 되자 금세 노가 나버리고 말았다. 지켜보던 송 사장이 흐트러진 안경테를 바로잡으며 고개를 갸우뚱했다.

"초장 끗발은 개 끗발이라는데 초저녁부터 너무 힘 빼지 마시오. 허기졌다고 주는 대로 허겁지겁 삼켰다간 없혀요."

뼈 섞인 말투였다. 비위가 상한 영훈 아버지도 지지 않았다.

"모든 일은 시작이 좋아야 끝도 좋은 법이요. 몇 해 전 어느 집 혼례식에 갔더니 양가에서 혼수 문제로 시비가 붙어 사돈지간에 멱살잡이까지 하고 싸웁디다. 가까스로 사태가 봉합돼 늦게라도 식은 치렀으나 잔칫집 분위기가 말이 아니었지요. 그래도 두 신혼부부가 깨를 볶아가며 잘 살겠거니 믿었는데 채 몇 달 지나지 않아 연탄가스에 중독돼 둘 다 죽었다는 비보가 들려옵디다. 자고로 혼사고 노름이고 시작이 좋아야 끝도 좋은 법이지요."

이 말이 불구덩이에 기름을 뿌린 격이 되었다. 노름판에 시간이 무슨 대수랴. 초저녁이건 오밤중이건 앞에 앉은 노름꾼 전대 탈탈 털어 자리 박차고 일어서면 그뿐이거늘, 엉덩이에 굳은살 박이도록 요리 재고 조리 재고 앉아 더운밥 식은밥 가렸다가 깊은 줄로만 알았던 이 밤이 가고 허옇게 날이 밝기라도 하는 날엔 닭 쫓던 개 지붕 쳐다보듯 낙심천만하여 돌아앉아 땅을 칠 수도 있으리라. 송 사장도 한명수도 영훈 아버지한테 뒤통수를 얻어맞은 기분이었던지 얼른 자세를 고쳐잡았다. 송 사장은 안경테를 두어 번 매만지다가 서너 차례 눈을 깜박였고 한명수는 두 주먹을 불끈 감아쥐었다. 이것이 사전 약속된 신호였는지는 모르겠지만 이때부터 두 사람이 영훈 아버지와의 승부는 피하면서 오로지 김 사장 하나만을 표적으로 삼아 판을 끌어가는 낌새가 느껴졌다. 송 사장이 선을 잡으면 한명수가 판을 키워 노가 나도록 유도했다. 선을 쥔 상대가 노가 나도록 수수방관할 수 없었던지 김 사장은 대번에 상대의 기를 꺾으려고 아도(선을 쥔 자가 각자에게 돈을 걸 기회를 주지 않고 돈을 잃은 자에게 우선권을 주어 일대일로 맞붙는 단판 승부)를 찍고 패를 까보았으나 자신은 다섯 끗이고 상대는 일곱 끗이었다. 송 사장이 노가 나버리자 이번엔 한명수가 선을 잡았고 송 사장이 판을 키웠다. 영훈 아버지는 선을 쥔 한명수의 손놀림이 예사롭지 않음을 이미 눈치채고 있었다. 바닥에 깔린 화투패를 섞고 치고 돌리는 과정에서 분명 손기술이 나올 거란 짐작에 한명수가 선을 잡을 때마다 그의 손놀림을 판판이 주시했다. 다른 곳에 신경을 쓰는 척하면서도 귀는 언제나 화투장 돌리는 소리에 가 있었다. 물이 흐르듯 바람에 가랑잎이 구르듯 사그락사그락 이어지는 매끄러운 소리가 아니라면 이것은 자신이 원하는 패를 만들기 위해 손아귀에서 패를 제 의도대로 섞거나 위에서 순서대로 돌려야 하는 패를 밑에서 낱장을 빼돌리는 수작이 확실했다. 화투장 섞는 동작이나 화투장 돌리는 소리가 조금이라도 귀에 거슬리면 영훈 아버지는 무리해 가며 돈을 걸지 않았다.

송 사장이 한 번, 한명수가 한 번 노가 나버린 뒤에야 김 사장도 자신이 두 사람의 표적임을 눈치챈 듯했다. 김 사장이 눈알이 뽑히는지 코가 잘리는지도 모르고 앉아 마냥 당하고만 있을 사람이 아니었다. 처음에는 속수무책 당하다가 낌새를 눈치챈 뒤로는 요리 피하고 조리 피하면서 판돈을 지켜냈다.

그래도 김 사장은 영훈 아버지가 선을 잡자 때를 기다렸다는 듯 한입에 집어 먹을 기세로 달려들었다. 이번에도 상대의 기세를 꺾기 위해 세 판 내리 아도를 찍어가며 호기롭게 대들었으나 상대는 영훈 아버지였다. 이미 노가 나버려 선이 다른 이에게로 옮겨가자 김 사장은 닭 쫓던 개 하늘만 쳐다보듯 격이 되었다.

"오늘 재수에 옴이 붙었나. 내 돈은 보는 사람이 임자일세."

김 사장이 눈살을 찌푸리며 투덜거렸다.

"돈 몇 푼 풀었다고 초저녁부터 엄살을 피우시오. 요 며칠 우리가 꼬라박은 돈이 얼마인데."

"벌써 한 장이나 빨렸기에 하는 소리요."

늦도록 이렇게 실랑이만 오간 건 아니었다. 어울려 앉은 노름패의 수상쩍은 행동거지들을 행여 놓칠세라 신경을 곤두세운 채 독사눈을 뜨고 화투장을 조이던 한명수가 유들유들 우스갯소리를 떠벌였다.

"언젠가 한번은 내가 노름판에서 장닭 덕을 톡톡히 봤지 뭐겠소. 밤새껏 끗발이 서지 않아 속이 부글부글 끓던 차에 갑자기 어디선가 장닭이 모가지가 빠져라 울어대는 거요."

한명수가 장닭의 덕을 보았다는 소리는 그럴싸했다. 시골에 가 노름에 빠졌던 어둑새벽 즈음이었다. 몇 집 떨어진 밖에서 수탉이 길게 우는데 한명수의 귀에 땡이오, 하고 들리더란 거였다. 묘하게도 이때부터 봄날 번진 들불처럼 끗발이 붙어 선을 잡았다 하면 노가 나고 찍었다 하면 땡이라 금방 무르팍 앞에 산더미처럼 지폐가 쌓이더란 거였다. 그렇게 새벽 끗발에 신바람 나 판을 키워가는데 어느 때 갑자기 또 장닭 우는 소리가 들리기를 이번엔 꺾이오, 하고 우는 것이었다. 별스럽게도 수탉이 운 뒤로 들불처럼 타오르던 끗발이 더는 뜨거워지지 않고 사그라들었다. 장닭이 참 요물이다 싶어 이때부터 몸을 사리고 있자니까 얼마 뒤 밖에서 장닭이 또 길게 울었다. 가만 들어보니 이번엔 토끼요 하고 우는 것이었다. 이때 정신이 번쩍 든 한명수가 따놓았던 돈 중에서 한 움큼 듬뿍 잡아 그중 많이 잃은 자에게 개평을 떼주곤 요즘 집을 비운 사이 마누라가 어느 사내놈과 정분이 난 모양인데 쥐도 새도 모르게 들어가 두 연놈이 붙어 있으면 요절을 내겠다고 둘러댔다. 돈을 딴 사람이 먼저 자리를 뜨면 나머지 노름꾼들의 반발이 불 보듯 훤했다. 하지만 마누라가 외간 남자와 정분이 났다는데 어쩌겠는가. 주야장천 집을 비우고 노름에 미쳐 사는 자들이라 동병상련에 혀를 찰 뿐 차마 옷소매를 잡아끌지는 못했다. 한명수는 돈을 전대에 둘둘 감아 허리에 차고는 얼른 노름판을 뛰쳐나왔다. 돈을 말아 감은 뱃구레가 거늑하여 배터지게 먹은 놀부처럼 뒷짐을 지고 어슬렁어슬렁 얼마를 걷자니까 밤새 참았던 오줌보가 터질 지경이었다. 날이 밝아오기 직전이었다. 잠시 길옆으로 비켜나 솔가지로 엮은 남의 집 울타리 섶에다 시원하게 오줌발을 쏟아낼 요량으로 두둑한 전대를 뱃구레 위까지 끌어올리고는 허리끈을 풀어 헤쳤다. 한데 오줌발이 채 떨어지기도 전에 바로 몇 발치서 후다닥 헉헉 후다닥 헉헉 뜀박질 소리가 요란했다. 돌아본즉 순경 서넛이 한명수가 비켜난 울타리 옆 큰길로 달려와 노름방으로 들이닥치는 거였다.

"내 그날 이후로 어디서건 장닭이 길게 울면 넙죽 엎드려 큰절을 올리는데 내일 아침 새벽에 혹 닭이 울어 내가 코가 깨지도록 너부죽 엎드리거든 다들 놀라지들 마시오."

선을 잡은 영훈 아버지가 마침 갑오를 쥐고 상대방 끗수를 살피자니 김 사장이 화투장을 바닥에 찰싹 내리꽂았다. 김 사장의 패는 육 땡이었다.

"내 귀에도 방금 흑싸리 밭에서 신령스러운 새소리가 들린 것 같소. 새 땡이요 하고 말이요."

영훈 아버지가 껄껄 웃으며 건 돈 두 배의 땡값을 치르고 남은 두 사람의 패를 살폈다. 송 사장은 두 끗이었다. 한명수의 패는 보나마나였다. 영훈 아버지의 아홉 끗수와 사 땡 여덟 숫자를 더하면 열일곱이 되고 송 사장이 잡은 두 끗까지 더해 열아홉이었다. 하나가 모자라는 스물이라 한명수 손에 잡힌 패는 제아무리 짓고 조이며 뜸을 들여봤자 한 끗인 따라지가 분명했다.

한명수가 떠드는 사이에 이미 영훈 아버지가 바닥 패를 눈에 외고 화투장을 앞앞이 돌린 결과였다. 이렇듯 좁쌀 개미집 구멍처럼 작은 허점만 보여도 영훈 아버지가 마음만 먹으면 얼마든지 판을 휘저을 수 있었다. 하지만 상대도 화투장 섞는 데 이골이 나고 스스로 손가락 마디까지 끊은 이력을 가진 자라 어쩌다 틈을 보아 타짜의 흔한 손기술을 쓰기는 해도 아직은 큰돈이 오가는 때가 아니어서 영훈 아버지의 전매특허나 다름없는 바닥 패 외고 섞기를 자주 선보일 필요가 없었다.

이럭저럭 밤이 깊어 갔다. 창 옆에 서 있던 사람 키만 한 괘종시계가 딩, 딩 두 시를 알렸다. 아직 판이 한창이었지만 밀려오는 졸음을 참을 도리가 없어 영훈 아버지가 오른손으로 입을 틀어막으며 길게 하품을 쏟아냈다. 옆에 앉았던 김 사장도 하품을 따라했다. 마침 선을 잡은 한명수가 두 사람의 피곤해하는 낌새를 알아채고 패를 돌렸다. 티 안 나게 돌리는 손동작까지는 매끄러운 듯했으나 영훈 아버지의 귀에는 거슬렸다. 윗장부터 순서대로 사스락사스락 돌리다가 어느 순간 화투목 아래서 뽑아낼 때 어긋나는 미세한 긁힘 소리가 들린 것이다. 하지만 영훈 아버지는 못 들은 척했다. 그 판에 돈을 걸고 결과를 보니 역시 자신은 이기는 여덟 끗을 잡고 다른 이들에겐 기껏 지어도 다섯 끗 이하를 주거나 아예 짓지도 못한 패를 준 거였다. 결과적으로 영훈 아버지와 한명수 앞으로 돈이 쌓여가는 분위기였다. 이제 선이 김 사장에게로 막 넘어갈 즈음이었다.

전등불이 잠시 깜박거리다가 갑자기 온 사방이 암흑천지로 변했다. 노름판은 앞 사람도 구분할 수 없게 깜깜했다. 혹시 경찰이라도 들이닥친 게 아닐까 싶어 김 사장이 얼른 밖으로 사람을 보내 살피게 했다. 그러나 밖엔 잠시 화장실을 다니러 나갔다가 들어오는 영훈 아버지 의형만 서성이고 있을 뿐 먼발치에서 누가 기웃거리거나 엿보는 자는 보이지 않았다.

"퓨즈가 나간 모양이오."

김 사장이 밖에 나가 두꺼비집을 열어보라고 소리쳤다. 잠시 후에 어디선가 늙은 별장지기가 촛불을 들고 나타났다.

영훈 아버지 의형이 태연자약 별장지기에게 다가가 물었다.

"집에 사다 놓은 퓨즈가 있소?"

"자주 있는 일이 아니라서요."

그 말은 여분으로 사다 놓은 퓨즈가 없단 얘기였다. 노름판은 일순 적막강산이 되었다. 앉은 자리에서 담배를 물고 성냥을 찾아 불을 붙이는 소리가 들렸다.

"양초는 있는 모양이니 모두 가져오시오."

영훈 아버지 의형이 별장지기를 향해 다그쳤다.

지프 라이터 불로 담뱃불을 붙여 입에 문 김 사장이 무심코 말했다.

"이거 어째 머리숱이 꼿꼿이 서는 게 심상치가 않구려. 노름을 그만두라는 조상신의 계시 같으니 이쯤서 끝내고 우리 다음에 만납시다."

송 사장이 펄쩍 뛰었다.

"뭔 귀신 씻나락 까먹는 소리요. 빨리 퓨즈를 구해오면 될 일 아니요."

"이 오밤중에 어디에 가 퓨즈를 구해온단 말이오."

영훈 아버지 의형이 나섰다.

"촛불을 켜고 치면 되잖소."

김 사장이 뜨악한 말투로 맞받았다.

"훤한 불빛에도 속고 속이는 게 노름인데 어찌 희미한 촛불 아래서 화투를 친단 말이오. 난 싫소."

돈을 좀 딴 한명수도 그 말끝에 끼어들었다.

"내 한석봉이 엄마가 불 끄고 떡 썰었단 얘긴 들었으나 침침한 촛불 밑에 고개 처박고 노름하잔 얘긴 오늘 처음 듣소."

때마침 별장지기가 상자에 담긴 양초를 한 아름 안고 들어왔다. 영훈 아버지 의형이 촛불을 붙이며 나섰다.

"개구리가 올챙이 시절 잊는다더니, 우리가 언제부터 전깃불 쏘이며 노름했다고 촛불 탓을 하는 게요. 다들 등잔불 밑에서 배운 솜씨 아니요."

"그건 이미 호랭이 담배 피우던 옛적 얘기요."

한명수가 마뜩잖다는 듯 눈살을 찌푸리며 우겨댔다. 영훈 아버지도 지지 않았다.

"명필이 붓을 가리겠소, 도편수가 연장을 탓하겠소. 반딧불 아래서 글도 읽었다는데 등잔불이건 관솔불이건 화투장 알아볼 정도면 판이 돌아갈 터, 불빛 탓 말고 어서 끝을 봅시다."

이 말에 송 사장이 동의했다.

"본전 생각 안 하면 노름꾼이 아니지. 내가 잃은 돈이 눈앞 노름꾼 무르팍에 그들먹 쌓인 꼴 지켜보는 건 마누라가 외간 남자 품에 안기는 걸 지켜보는 것과 뭐가 다르겠소. 눈에서 불이 날 지경인데 까짓거 촛불이라도 켜고 칩시다."

갑자기 두꺼비집 퓨즈가 나가면서 촛불을 켜놓고 시작한 도리짓고땡 판의 결과는 의심의 여지가 없었다. 짐작하고도 남을 일이지만 이때부터 영훈 아버지의 화투장 돌리는 실력은 독보적이었다. 자손들이 보면 무례하다 호통칠 일이지만 한밤중 보름달 뜬 공동묘지에 앉아 제물 올리던 상석에 담요를 깔고 사그락사그락 화투장 돌리던 솜씨가 어디로 가겠는가. 영훈 아버지가 선을 잡건 누가 선을 잡건 바닥에 깔린 화투장을 사진을 찍듯 눈썰미로 기억했다가 패를 섞고 기리하는 동작 하나하나를 머릿속에 넣어 앞앞이 네 무더기로 돌아간 패를 번개처럼 계산해내면 누가 몇 끗을 잡았는지 어김없이 답이 나왔다. 손오공이 제아무리 날고뛰어도 부처님 손바닥 안이라고 화투장 돌아가는 패를 보면 누가 지고 이기는 패인지 대번에 읽혔다. 한명수에겐 그래도 명색 타짜라 고수의 대접을 해주면서 김 사장과 송 사장 앞에 놓인 판돈을 두꺼비 파리 잡아먹듯 날름날름 집어삼켰다.

새벽이 될 무렵에는 한명수가 지키고 있던 판돈마저 절반으로 줄어들었다. 한명수는 새벽이 되어도 장닭 울음소리를 듣지 못했던지 벌떡 일어나 어딘가에 큰절을 올리는 일은 벌어지지 않았다. 송 사장은 영훈 아버지의 끗발에 속수무책 당한 데다 믿었던 한명수조차 기를 쓰지 못하자 볼이 일그러지기 시작했고 연신 무엇에 얹힌 듯 그윽그윽 트림을 해댔다.

오줌을 누고 오겠다며 잠깐 자리를 뜬 영훈 아버지가 화장실 소변기를 마주 보고 의형과 밀담을 나누었다.

"형님. 송 사장 눈에서 살기가 느껴지니 얼마간 개평이라도 떼어주고 얼른 자리를 뜹시다."

의형도 그 낌새를 모를 리 없었다. 고개를 끄덕이곤 밤새 애썼다며 눈을 찡긋한 뒤 먼저 안으로 향했다. 그 뒤로도 서너 번 판이 더 돌아갔지만 이미 김 사장과 송 사장 앞에 쌓였던 지폐 더미는 거덜이 난 뒤였다.

"이제 둘만 남았으니 판은 깨졌소. 이쯤서 끝내고 어디에 가 해장이나 합시다."

영훈 아버지가 앞에 쌓였던 돈더미 중에서 얼마씩 뚝뚝 떼어 김 사장과 송 사장 앞으로 내밀었다. 다섯 장 중에서 한 장씩은 개평을 떼어 준 꼴이었다.

"돈 잃고 해장할 맛이 나겠소? 온천지가 눈구덩인데 가는 길 조심들 하시오."

김 사장은 자신도 큰돈을 잃어 넋이 빠진 사람처럼 어깨를 축 늘어뜨렸다. 그러나 감은 척하면서도 뜬 실눈은 기진맥진 처진 송 사장을 향하고 있었다. 혼자 있었다면 앓던 이가 빠졌다고 쾌재를 불렀으리라. 웃음소리가 목구멍으로 기어 올라오는 것을 꾹꾹 눌러 참으며 작심하고 송 사장의 배알을 건드리는 거였다.

"내 느낌이 좋지 않아 출장 다녀온 연후에나 붙자니까 아득바득 고집을 부리지 않았소. 송 사장이나 나나 이 꼴이 대체 무엇이오. 당장 다음 주 목돈이 필요한데 돌려막을 일을 생각하니 눈앞이 깜깜하오."

의자 등받이에 축 늘어져 있던 송 사장이 순간 몸을 툭툭 털고 자리에서 일어났다. 송 사장은 탁자 위에 쌓인 지폐를 그러모아 자루에 담고 있던 영훈 아버지에게 바짝 다가와 충혈된 눈알을 부라리며 소곤거렸다.

"내 돈 먹고 아직 온전한 사람 없었소. 돌아가는 길 부디 몸조심하시오."

살의가 느껴져 개평까지 선뜻 쥐여주었건만 고마워하는 기색은커녕 뼈 있게 툭 내뱉는 말투가 영훈 아버지의 머리숱을 곤두서게 했다. 칼끝처럼 날아오는 퍼런 서슬에 움찔한 영훈 아버지는 그만 오금이 다 저리고 등골마저 오싹했다.

어쨌거나 밤을 새워 상대를 쓰러뜨린 뒤 얻게 된 전리품은 며칠 고생한 대가치곤 지나치게 과분한 것이었다. 이날의 승자는 누가 뭐래도 영훈 아버지였으나 사실은 숨은 조력자가 있었다. 영훈 아버지 의형이었다. 그는 영훈 아버지의 뛰어난 눈썰미

와 번개처럼 빠른 셈, 귀신도 울고 갈 손기술을 떠올렸고 전깃불이 나간 노름방에 촛불만 켤 수 있다면 일거에 판을 휩쓸 거라 확신했다. 밖에 나가 초소에서 끄덕끄덕 졸고 있던 늙은 별장지기를 깨워 옆구리에 그해의 월급보다 많은 뭉칫돈을 찔러주었다. 초소에 양초를 넉넉히 준비할 것과 새벽 두 시 반 전후해 두꺼비집을 열고 퓨즈를 끊어달라 미리 부탁한 것이었다.

송 사장과 한명수가 돌아간 뒤 세 사람은 별장 내실로 들어갔다. 김 사장은 가방에 담긴 돈을 내실 테이블 위에 쏟아 자신의 몫을 챙기고 나머지를 두 사람 몫으로 넘겨주었다. 김 사장 몫은 영훈 아버지에게 미리 대준 자금과 자신이 잃은 금액을 제외하고 송 사장과 한명수가 잃은 금액의 절반을 미리 챙겼다. 그간 두 사람을 먹여주고 재워준 경비까지 들먹이며 이것저것 뜯어 제 앞으로 가져간 뒤에야 두 사람 몫을 건네주었다. 그래도 두 사람은 서운하지 않았고 손톱만 한 미련도 두지 않았다. 김 사장이 건넨 돈을 손에 잡히는 대로 덜어 각자 전대에 차고 나머지 돈은 모두 자루에 담아 어깨에 둘러메었다. 이 돈으로 땅을 살까, 집을 살까, 고래 등 같은 기와집과 문전옥토가 벌써 눈에 어른어른하였다. 별장을 빠져나와 새벽 어스름을 가르며 발목까지 쌓인 눈길을 걷는데 밤을 새워 눈이 거칠거칠하고 몸이 노곤하였으나 발을 옮길 때마다 호숫가의 찬 기운이 볼을 찔러 정신이 말똥말똥해졌다. 전대를 두른 뱃구레가 거북스럽고 자루에 그들먹하게 담긴 돈 자루가 무지근해 눈길 걷는 발걸음이 게걸음처럼 어기적어기적 둔하기만 한데 그래도 집으로 돌아가는 걸음이라 마음만은 달뜨게 마련이었다.

"형님도 보셨지요? 한명수인지 활명순지 그자가 타짜랍시고 몇 차례나 밑장 빼는 걸 내 들은 둥 만 둥 모른 체 그냥 넘겼수. 지가 아무리 날고뛰어봤자 내 요 손바닥 안에서 놀더라 그 말이요."

"아무렴. 자넨 내가 한평생 노름판에서 본 노름꾼 중에서도 가장 으뜸이야."

"다 형님 덕분이요."

지난밤을 생각할수록 영훈 아버지는 가슴이 뭉클해지면서 자꾸 어깨가 으쓱거려졌다. 한 아름에 세상 모든 걸 다 품은 듯 뿌듯하여 입꼬리가 귀밑에 걸리도록 웃음이 번졌다. 통통한 전대가 배꼽 아래로 축 처져 걸음 떼놓기가 영 거북스러웠고 등에 멘 돈 자루도 금덩어리가 담긴 것처럼 묵직하여 몇 번이나 어깨를 바꿔가며 걸었다. 길바닥이 미끄러워 앞서 걷던 의형이 모로 쓰러지기도 했지만 돈 자루가 몸뚱이를 받쳐주어 금방 허허 웃고 일어나 바짓가랑이에 묻은 눈을 털었다. 뒤따르던 영훈 아버지도 껄껄 따라 웃다가 판판한 눈밭에 벌렁 드러누웠다.

"형님. 그간 우리가 걸어온 길이 대체 몇 리나 될까요. 고갯길도 숱하게 넘었고 죽을 고비도 수없이 넘겼지만 내 걸음걸이가 오늘처럼 가뿐하기는 살다 처음이유."

"그러게나 말이네. 나도 길바닥이 미끄러워 눈구덩이 위에

넉장거리로 자빠질 뻔했지만 기실 마음은 구름 위를 걷는 듯 둥둥 떠 있다네."

"형님. 그래도 우리끼리 한 약조는 끝까지 지킵시다."

"그야 물론이지. 한밑천 단단히 잡았으니 우리 다시는 노름판 기웃거리지 마세."

"내 몫도 형님이 챙기시오."

영훈 아버지가 어깨에 메고 있던 돈 자루를 의형 앞으로 불쑥 내밀었다. 의형이 펄쩍 뛰며 손사래를 쳤다.

"난 피붙이라곤 외아들 하나뿐이라 더는 욕심이 없다네. 이 돈만으로도 과분해."

"내가 형님께 진 빚을 갚는다고 했잖소. 난 전대에 두른 돈만으로도 족하니 이 돈 자루만은 제발 받아주시구려."

"무슨 말인가. 되려 내가 자네한테 빚을 졌지, 어찌 자네가 네게 빚을 졌단 말인가."

"은공을 모르고 내 욕심만 부린다면 그게 짐승이지 어디 사람이란 말이요."

"아서게. 난 여기 오기 전 무일푼에 날건달 신세였잖은가. 허리가 휠 정도로 자루에 담긴 돈이 그들먹하고도 뱃구레 빵빵하게 전대까지 둘렀건만 무엇이 아쉽고 무엇이 부족하단 말인가. 내 평생 쓰고도 남을 돈이야. 지나친 양보도 의를 상하게 할 수 있으니 제 앞앞이 돌아간 몫을 서로 챙겨 무탈하게 집으로 돌아가세나."

지나친 양보가 의를 상하게 할 수 있단 말에 영훈 아버지도 겸양을 거두어들이곤 가던 걸음을 재촉하였다. 두 사람의 발걸음이 무거울 리 없었다. 바깥 공기가 매서워 숨을 내쉴 때마다 굴뚝 연기처럼 허연 입김이 얼굴 앞으로 거푸 쏟아져 나왔다. 그러나 제아무리 강추위라 해도 집으로 향하는 걸음이 무거울 리 없었다. 돈 자루와 바짓가랑이에 묻은 눈을 툭툭 털어낸 의형이 덩싯덩싯 어깨춤을 추며 앞서 걸었다. 영훈 아버지도 덩달아 신바람이 났다. 엉덩이를 실룩거렸다가 어깨를 움죽거리다가 다리까지 흔들거리며 뒤따랐다.

어둠침침한 숲길이 꽤나 길어 한참을 걸어 나왔어도 아직 적막한 산길이었다. 별장에서 멀리 벗어나자 마침내 큰길이 눈앞에 드러났다. 길 양옆으로 후리후리하게 웃자란 소나무와 울창한 잡목들이 창창 외워 싼 숲길이었다. 돌아보니 솜구름 같은 눈이 하얗게 덮인 신작로엔 자동차는 물론 들짐승 한 마리 지나치지 않은 터여서 두 의형제가 지나온 발자국만 적나라하게 드러나 있었다.

마음이 들떠 앞서 걷는 의형은 어깨춤을 추고 뒤따르는 의동생은 엉덩이춤을 추며 걷는데 어느 순간 두 사람의 발걸음이 주춤하였다. 침침한 숲 어디선가 별안간 두억시니라도 뛰쳐나와 목덜미를 휘어잡는 듯 느낌이 섬쩍지근했다.

등골이 오싹하고 머리숱이 쭈뼛 서 잠시 흥얼거리던 콧노래를 멈추고 흘깃흘깃 주변을 살피며 걷자니까 맞은편 굽은 도로에서 흰 눈과 대조되는 검은 자동차 한 대가 나타나 두 사람 앞을 가로막았다. 큰길이긴 해도 폭설까지 덮인 데다 너무 이른 어둑새벽이었다. 도로엔 두 사람 앞에 다가온 자동차와 흰 눈, 눈을 맞고 선 무성한 잡목만 울창할 뿐 살아 움직이는 건 아무것도 보이지 않았다. 한순간 저승사자처럼 불쑥 다가온 두려운 감정을 두 사람이 왜 못 느꼈으랴. 위중한 순간에도 어깨에 둘러멘 돈 자루만은 끝내 지켜낼 욕심으로 두 손으로 자루 모가지를 단단히 틀어쥐고 잠깐 뒷걸음치다 냅다 줄행랑을 치려는데 뛰어봤자 벼룩이요 독 안에 든 쥐나 다름없었다. 자동차 뒷좌석에 타고 있던 괴한들이 어느 놈은 손에 도끼를 쥐고 어느 놈은 식칼을 잡고 뛰쳐나와 단박에 두 의형제를 제압했다. 어리숙하게 대거리라도 했다간 손모가지 하나쯤은 금방 잘라낼 듯한 기세에 눌려 두 의형제는 괴한이 어느 패거리인지 눈치 볼 겨를도 없이 목덜미를 잡힌 채 자동차 옆으로 끌려왔다. 숨을 씨근거리며 노려보던 사내들이 의형제가 메고 있던 돈 자루를 빼앗아 차 안에 던져넣고 벼락이 치듯 악을 쓰며 무릎을 꿇렸다. 돈이나 빼앗고 차를 타고 가버리면 될 일이건만 사내들은 고개를 처박고 바들바들 떨고 있는 두 사람을 곱게 돌려보내지 않았다. 발로 옆구리를 걷어차고 머리를 짓밟고 팔다리를 짓뭉갰다. 영훈 아버지 의형제가 나무토막처럼 쓰러진 눈구덩이 위엔 피와 눈이 곤죽이 되어 진창을 이루었다. 피투성이의 반송장이 된 의형제를 차 트렁크에 욱여넣은 사내들은 다시 차에 올라 의기양양 사건 현장을 빠져나갔다.

얼마쯤 시간이 지났을까. 영훈 아버지가 트렁크 안에서 겨우 정신을 차려 보니 아직 차는 멈추지 않은 채 덜컹거리며 어딘가로 달려가는 중이었다. 캄캄한 차 트렁크 안에서 동태처럼 처박혀 있던 영훈 아버지가 겨우 손을 더듬은 끝에 의형의 어깨를 흔들었다.

"형님, 정신이 드셨수? 호랑이에 물려가도 정신만 차리면 산다는데 얼른 정신 차리시우."

소곤소곤 속삭이며 한참 어깨를 흔들어대자 혼절했던 의형이 깨어났는지 겨우 몸을 꿈틀거렸다.

"대관절 여기가 어디란 말인가?"

"우리를 차 짐칸에 싣고 어딘가로 가는 모양이요."

"우리 돈은 어찌 되었나."

"전대는 아직 차고 계시오?"

의형이 손을 뻗어 허리춤으로 가져갔다.

"그나마 다행이네. 놈들이 전대까지는 발견하지 못했군."

"저도 얻어맞으면서까지 잔뜩 몸을 웅크리고 있었더니 전대는 그대로요. 돈은 이것만으로도 족하우. 저놈들이 우릴 죽여 없앨 심사 같은데 정신 바짝 차립시다."

의형이 몸을 뒤틀다 말고 가느다란 신음을 토해냈다.

"내 몸에 붙은 살이 너덜너덜해진 기분이네. 다리뼈고 어깨뼈고 어느 한구석 성한 데가 없는 모양일세."

영훈 아버지도 정신만 말똥할 뿐 몰골이 상하기로는 의형이나 매한가지였다.

"뭔 수단을 부려서라도 살아서 집으로 돌아가십시다."

"놈들이 두 눈 시퍼렇게 뜨고 있는데 뭔 재주로 돌아가겠나."

"내가 호시탐탐 기회를 엿보다 이때다 싶으면 두어 놈 팔다리를 분질러 요절을 낼 터이니 그 틈에 형님은 엉금엉금 기어서라도 몸을 피하시우."

"내가 한 걸음이나 거동할 수 있을까? 자네나 나나 가새주리라도 틀린 듯 몸이 상했잖은가. 팔때기가 등때기에 붙었는지 등때기가 팔때기에 붙었는지 짐작도 어렵거니와 행여 여기서 벗어난들 사람 구실이나 할 수 있을까 모르겠네."

"형님이나 나나 산전수전 겪으며 죽을 고비 숱하게 넘기고 살아온 몸 아니요. 놈들이 손아귀에 흉기를 쥐고 있어 기고만장할 뿐 맨몸으로 엉겨 붙으면 제깟 놈들이 죽자 사자 덤비는 우리를 어찌 당해낼 수 있겠소."

다짐은 그렇게 하였으나 젊고 포악한 사내들을 운신하기 어려운 몸뚱이로 당해낸다는 건 가당치도 않은 일이었다. 죽은 듯 누워 있다가 기회를 엿보는 방법 외 다른 방도가 떠오르지 않았다. 이를 악물고 몸을 뒤척이는데 의형이 부들부들 몸을 떨며 흐느꼈다.

"자네한텐 면목이 없네. 내가 괜한 짓을 했어. 돈 욕심에 눈이 멀어 멀쩡히 잘 사는 자네를 꾀어내 이 지경을 만들었으니 입이 열 개 백 개라도 할 말이 없네."

영훈 아버지가 고개를 가로저었다.

"당치않은 말씀이오. 식구들이 굶지 않고 밥술이나 먹고 사는 게 모두 형님 덕분 아니요. 사방객지 떠도는 동안 형님을 만나지 못했더라면 어디에 가 원을 풀 수 있었겠소. 밥 빌어먹으며 겨우 목숨 연명하다가 지금쯤 남의 집에 들어가 머슴이나 살고 있을 테지요."

차는 얼마간 달리다가 마침내 목적지에 도착한 듯 멈췄다. 사내들이 다가와 차 트렁크를 열었다. 사내들은 널브러진 몰골로 트렁크 안에 웅크려 있던 두 사람을 짐짝처럼 들어 맨땅에 내동댕이쳤다. 영훈 아버지는 죽은 사람처럼 늘어져 있다가 사내들의 목소리가 멀어질 때쯤 실눈을 뜨고 주변을 살폈다. 두껍게 언 얼음 위에 흰 눈이 덮인 호숫가였다. 호숫가 옆엔 잡목이 울창했다. 어딜 봐도 인적이라곤 찾을 길 없는 후미지고 외진 곳이었다. 사내들이 저들끼리 웅성거리다가 하나둘씩 자리를 떴다.

사내놈 하나가 얼어붙은 호수 가장자리에서 도끼로 얼음을 깨고 있었다. 한 놈은 운전석에 앉아 돈이 든 자루를 지키고 있는 모양이었고 다른 한 놈은 숲에 들어가 아름드리 소나무 밑을 기웃거리며 땔감용 삭정이를 찾고 있었다. 이때다 싶어 영훈 아버지가 의형의 어깨를 툭 쳤다.

"몸이 가눌만하시거든 형님은 뒤돌아보지 말고 어서 이곳에서 멀찌감치 벗어나시오. 난 저놈들을 하나씩 잡아 요절내리다."

눈 덮인 맨땅에 나무토막처럼 쓰러져 있던 영훈 아버지가 겨우 몸을 일으켰다. 의형도 지렁이처럼 몸뚱이를 꿈틀거리다가 자리에서 일어섰다. 사지가 뒤틀려 옴짝하지도 못할 것 같았던 의형이 자리에서 일어서기가 무섭게 잡다 놓친 수탉처럼 한쪽 다리를 끌며 울창한 솔숲으로 뛰어들었다. 영훈 아버지도 다리가 성치 않았으나 이를 악물고 일어나 운전석 뒤로 살금살금 다가갔다. 허리에 차고 있던 전대를 풀어 맨바닥에 돈뭉치를 훌훌 쏟아놓고는 벼락같이 자동차 뒷좌석 문짝을 열어젖혔다. 운전석에 앉았던 사내놈이 소스라치게 놀라 뒤돌아보는 순간 영훈 아버지가 사내의 목덜미를 끌어안은 뒤 돌돌 말은 전대로 목을 조였다. 저만치 호수 가장자리에서 얼음을 깨던 사내가 버둥거리며 내뱉는 사내의 비명을 들었던지 흘낏 돌아본 뒤 도끼날을 번득이며 달려왔고 숲에 들어가 눈구덩이 속에서 삭정이를 줍던 사내도 곰처럼 기어 언덕을 내려왔다.

이후 일어난 일은 우리가 상상하던 그대로다. 성치 않은 몸으로 영훈 아버지가 사내 셋을 당해낼 리 없었고 결국엔 운전석에 앉았던 사내를 죽음 직전까지 옥죄다가 곧 달려온 도끼를 든 사내와 삭정이를 든 사내에게 잡혀 처참히 무너지고 말았다.

영훈 아버지가 집을 나선 뒤 몇 달이 지나도록 돌아오지 않자 영훈이 새엄마는 남편이 떠나던 마지막 뒷모습이 자꾸 눈에 밟혔다. 뒤돌아보고 또 뒤돌아보고 하던 남편의 심상찮았던 뒷모습이 영영 돌아오지 못한다는 마지막 인사였음을 너무 뒤늦게 깨달았다며 통곡했다.

이듬해 봄 산이란 산마다 꽃이 지천으로 피어나고 들판에서 밭갈이소리가 낭랑히 들려올 즈음이었다. 한 낯선 이가 다리를 절뚝이며 영훈네 집을 찾아왔다. 지난해 겨울 영훈 아버지를 데리고 나갔던 사내였다. 집 나간 뒤 내내 무소식이던 영훈 아버지 소식을 사내가 들려주자 영훈네 식구들이 오열했다. 영훈네 할아버지가 우리 할아버지를 찾아와 당장 청평에 가야 할 일이 생겼다며 흐느꼈다.

"우리 영훈 아비가 지난겨울 청평호에서 변을 당했다네."

영훈네 아버지가 괴한에게 피습된 뒤 꽁꽁 얼어붙은 청평호의 얼음 속에 수장됐을 거란 소식이었다. 사악한 모리배들이 시신에 돌을 매달아 깊은 호수에 처넣는 바람에 봄이 되었어도 아직 물 위로 떠 오르지 않고 있다는 소식이었다.

이날 영훈네 식구들은 지난해 겨울 영훈 아버지가 죽기 직전 괴한들과 사투를 벌였다던 후미지고 외진 청평호 수변을 찾아갔다. 영훈 아버지 의형이 머구리 몇을 데려와 장장 보름 동안이나 호수 주변은 물론 당시 얼음을 깨던 가장자리 물밑을 샅샅이 수색했다. 한 열흘쯤 지나서는 머구리들이 돈을 더 뜯어낼 요량으로 시신을 일찌감치 찾아 어딘가에 감춘 뒤 매나니 시간을 끌며 물속을 들락거린다고 웅성거렸다. 하지만 그들이 수색을 포기하고 현장을 떠날 때까지 영훈 아버지의 시신은 어디서도 발견되지 않았다.

영훈네 식구들은 그해 봄 내내 여름 내내 호수에서 영훈 아버지의 시신이 물 위로 떠 오르기만을 기다렸지만 해가 다 가도록 아무런 소식도 들려오지 않았다. 종국에는 영훈 아버지 의형이 마지막 모습을 보았다던 날을 기일로 정해 식구들이 매년 제사를 올렸다.

영훈 아버지 의형은 의동생 덕분에 목숨을 건지기는 했으나 끝까지 함께 하지 못하고 혼자만 살아남은 죄책감에 시달려야 했다. 의동생 덕분에 부러진 다리를 절뚝이며 현장을 벗어난 그는 인근 농가 외양간 옆 두엄더미를 헤집고 들어가 몸을 숨긴 끝에 겨우 살아날 수 있었다. 그해 겨울이 가기 전 의동생의 원한을 풀어주기로 작심하고 예전부터 알고 지내던 건달을 찾아가 함께 노름했던 자들을 찾아내 족치게 했다. 그날 돈을 빼앗고 영훈 아버지를 죽이도록 사주한 자는 다름 아닌 한명수와 한패였던 송 사장이란 사실이 드러났다. 손가락 하나가 잘린 한명수가 영훈 아버지에게 접근해 송 사장의 모리배 근성을 사전에 암시해 준 걸 무심결에 흘려버렸던 게 화근이었다.

의동생인 영훈 아버지의 시신을 찾기 위해 동분서주했던 의형은 수색에 필요한 경비를 부담하고도 송 사장을 겁박해 일부 되찾은 돈을 몽땅 털어 영훈네 할아버지께 건네고는 홀연히 사라졌다. 자식 목숨값으로 받은 목돈을 영훈 할아버지는 영훈이가 장성할 때까지 은행에 맡기겠다고 했다가 그해 겨울 잠깐 노망이 났던지 시내로 나가 다시 노름에 손을 댔다. 결과는 뻔한 것이었다. 자식 목숨값으로 건네받은 목돈을 노름으로 날리고 돌아온 영훈 할아버지는 속이 상해 한 달 이상을 끙끙 앓다가 겨우 일어났다.

보름쯤 지났을 무렵 영훈네 집을 사겠다는 사람이 나타났다. 장기적 안목을 갖고 투자하겠다는 사람이었다. 그는 머지않아 춘천에서 서면을 잇는 다리가 놓일 거라 확신하고 있었다. 집이 매매되더라도 1, 2년 안에 신축하거나 당장 내려와 거주할 생각이 없어 보였다. 영훈 어머니가 무료임대로 계속 거주하면서 집을 관리해 주었으면 좋겠다는 제안까지 내놓았다. 더없이 좋은 조건이어서 나는 그를 데리고 현장을 답사했다. 영훈 어머니도 집이 팔린다는 게 못내 서운해 땅이 꺼질 듯 한숨을 쏟아내며 탄식했지만 두어 해 동안 세 한 푼 내지 않고 거주할 수 있도록 약속해 주겠다는 제안을 받아들인 뒤 계약서에 도장을 찍었다.

집이 팔리면서 영훈이는 자신이 보아두었다던 성인 오락실을 인수해 영업을 시작했다. 하지만 자기 오락실에서 걸핏하면 자리를 비우고 정선 카지노로 달려갔다. 어머니에게 집 판 돈을 가져다 차렸던 오락실은 한 해도 못 가 다른 이에게로 명의가 넘어갔다. 나중에 들은 이야기지만 영훈이는 이후에도 몇 차례나 어머니를 찾아가 나머지 돈을 달라고 떼를 썼다. 두 눈에 흙 들어가기 전엔 어림도 없다며 윽박지르곤 달래도 보고 하소연도 해보았으나 소용없는 일이었다. 이성을 잃은 그는 어머니 앞에서 주먹으로 바람벽을 치고 고래고래 소리치며 악을 써댔다. 핏발선 눈에서 살기마저 느껴졌다. 집 어딘가에 남은 돈이 숨겨져 있을 거란 사실을 모를 리 없던 영훈이는 집 안을 이 잡듯 샅샅이 뒤져 비닐에 돌돌 말아 쌀독 안에 넣어두었던 돈뭉치를 기어이 찾아내고야 말았다. 이미 도박에 빠져 마음이 카지노에 가 있던 영훈에게 제 자식을 위해 절반만이라도 남겨두고 가라는 어머니의 절규가 귀에 들어올 리 없었다.

영훈 어머니는 남에게 팔린 옛집에서 두 해를 더 살았다. 설이나 추석을 앞두고는 동네 쓰레기장에서 주워 온 의자를 대문 앞에 끌어다 놓고 진종일 옹그리고 앉아 누군가를 기다렸다. 하지만 머리맡을 가로지른 햇살이 서녘으로 뉘엿뉘엿 이울고 찻길에 어둠살이 내려앉을 때까지 집안엔 누구 하나 찾아오는 이가 없었다. 노인회관에서 해주는 점심 한 끼로 겨우 끼니를 때우며 지내던 영훈 어머니는 몸이 젓가락처럼 마르고 혼자 힘으로 운신하기가 어렵게 되자 자진해 요양원에 들어갔지만 넉 달 후 세상을 떴다.

이후 두어 달쯤 지나 전원주택지를 물색해 달라는 고객의 주문을 받고 매물 탐방차 서면 금산리를 찾았던 나는 때마침 마을회관 입구에서 예전부터 알고 지내던 노인회장과 눈이 마주쳤다. 노인회관에 매일 나오시는 분이 땅을 내놓았다기에 농협 마트에 들러 두유 한 박스를 사 들고 찾아간 노인정에서 나는 뜻밖의 영훈이 소식을 들었다.

"그 집 식구들 피가 필경 온천탕처럼 설설 끓었던 모양이야. 가장이 노름으로 한 번 가산을 탕진해 고초를 겪고 나면 자식들은 치가 떨려서라도 화투장 만지거나 노름판엔 얼씬거리지도 않을 텐데 그 집 식구들은 참 유별나. 내리 삼대가 노름에 빠져 패가망신에 비명횡사까지 했으니 말이야."

영훈네 집 이야기가 나오자 귀 어두운 노인네조차 솔깃해 돌아앉았다.

"즈 아부지 말을 뼛속에 잘 새겼어야지. 즈 애비가 집 떠나던 날 유언이라도 남기듯 단단히 주의를 줬다잖아. 너 하고 싶은 일이 뭐 간 건에 원 없이 다 해도 좋다만 딱 하나, 노름만큼은 절대 손대지 말아라, 하고 말이야."

"누가 아니래. 애비가 노름하다 얼음장 밑에서 객사했으면 저라도 정신 바짝 차리고 살았어야지. 왜 허랑방탕 노름에 미쳐 날뛰다가 즈 애비 뒤를 따라 객사를 하냔 말야."

모여 앉았던 노인 두엇이 혀를 찼다. 둥글게 모여 앉아 화투를 치고 있는 노인들을 향해 노인회장이 핀잔을 주었다.

"우리도 모여 앉으면 맨날 하는 게 노름이잖아. 허구한 날 노인정에 쭈그리고 앉아 좁쌀영감처럼 아옹다옹 다퉈가며 점 십 짜리 고스톱 치는 사람들이 뭔 염치로 그 집 식구들 흉을 봐."

"그거야 우리가 치는 건 어디까지나 치매 예방이구 다른 사람들 치는 건 죄다 노름이니까 하는 얘기지."

노인정이 떠나갈 듯 폭소가 터졌다.

내가 노인정에서 들은 영훈이의 마지막 소식은 허망한 죽음이었다.

그는 카지노 주차장 승용차 안에서 생을 마감했다. 자동차 내부를 청테이프로 밀봉해 공기를 차단하고 미리 사 온 번개탄에 불을 붙였다. 차 안에는 대여섯 개의 빈 소주병과 과자봉지가 나뒹굴고 있었다. 시신 부검 결과 타살의 흔적은 발견되지 않았고 사인은 일산화탄소 중독이었다.

딸린 가족을 돌보기는커녕 아버지가 남긴 자산을 도박으로 탕진한 뒤 스스로 삶을 포기한 그는 사후가 더 쓸쓸했다. 이혼한 아내와 외아들 거주지로 경찰이 찾아가 전남편과 아버지의 사망 소식을 전했다. 세상에 버려진 듯 가장의 존재를 잊고 살아가던 가족들에게 영훈이는 남편이 아니었고 아버지도 아니었다. 아내나 아들은 가족이란 사실을 극구 부인했고 가장이 죽었다는 소식을 듣고도 놀라거나 슬퍼하는 기색을 보이지 않았다. 영안실에 안치된 시신을 인수하겠냐는 경찰의 물음엔 단호히 거부 의사를 밝혔다. 결국 보름 넘게 영안실에 안치되었던 영훈이의 시신은 누구 하나 찾는 이 없이 누구 하나 슬퍼하는 이 없이 무연고자 신분으로 분류되어 화장 처리되었다는 소식이었다.

세상에 태어나 늙음에 이르기까지 가슴에 품었던 꿈을 모두 이루고 부귀와 영화를 누리다 한 점 후회 없이 간 사람이 과연 몇이나 될까. 세상이라는 별천지에 태어나 앞앞이 주어진 삶을 살아가는 과정은 한 편의 대하드라마가 확실하다. 각기 다른 삶을 사는 만큼 드라마는 일률적일 리가 없다. 각자 써 내려가는 인생극이 비극일 수도 희극일 수도 있겠지만 영훈네 삼대의 노름 인생이야말로 시작과 끝이 비극인 것만큼은 확실하다.

　긴 인생을 산 사람들은 말한다. 쇠꼬리처럼 길게 이어진 인생 여정에서 희열을 맛본 시간은 고작 노루 꼬리쯤이라고. 특히나 잠깐 주어졌던 희열과 쾌락을 채 누릴 겨를도 없이 누군가가 낚아채 가는 것이 노름판이라 그 끝은 언제나 헛되고 덧없다.

　이 대목에서 영훈네 3대를 생각하면 눈앞에 그려지는 그림이 있다. 그가 말했듯 역 대합실에 홀로 쭈그리고 앉아 부귀영화로 가는 기차를 기다리는 그림이다. 어쩌면 쾌락이란 파도와 욕망이란 폭풍우를 즐기며 멀리서 아물거리는 휘황한 보물섬을 향해 노를 저어 가는 그림일 수도 있겠다. 목적지에 안착해 원하는 바를 이루고 의기양양 돌아오리란 꿈은 단지 허상일 뿐임에도 부귀영화행 기차를 기다리는 사람들이 줄을 서 있고 보물섬을 향해 노를 저어 가는 사람들이 과거나 현재나 바다에 즐비하다. 이들이 대합실에 앉아 기차를 기다리는 동안, 혹은 망망대해에서 노를 젓는 동안 궤적에서 이탈한 가족들의 꿈이 파도에 부서진 거품처럼 산산이 꺼져가고 있다는 사실을 어찌 알랴. 자신이 좇던 꿈이 한낱 환상이었단 사실을 알아갈 즈음엔 가족이란 따뜻한 품이 꿀보다 달고 무지개보다 황홀한 이상이었음을 회상하며 한숨 짓겠지만 이미 때늦은 후회다.

광주리

◇◇◇◇◇◇◇

 대룡산의 가지런한 등줄기 위로 붉은 햇덩이가 돌올하게 솟아오르자 어슴새벽부터 호수를 배회하던 안개 패거리들이 슬금슬금 꽁무니를 빼기 시작했다. 곤히 잠든 호수를 흔들어 깨우고 마을로 날아든 바람은 생선가게를 들러 온 듯 축축하고 비렸다. 마을엔 어느새 비단 같은 아침 햇살이 성큼 찾아들었다.
 장독대 위에 고만고만한 크기로 앉아 있던 항아리들이 저마다 탱탱한 가슴을 열어젖히고 때마침 찾아온 아침볕을 한 아름씩 끌어안았다. 풍만한 앞가슴을 뿌리치지 못하고 못 이기는 척 따라가 안긴 햇볕은 새벽이슬에 젖은 항아리의 반질반질한 테두리를 금세 달구기 시작했다.
 굽은 허리로 네발짐승처럼 장독대를 향해 느릿느릿 다가가는 명월댁의 작은 등판 위에도 화사한 아침볕이 내려앉았다. 장독대에서 잠깐 허리를 편 명월댁은 홍시 빛깔로 날아오는 아침볕을 정면으로 바라보았다. 아찔할 정도로 눈이 부셨지만 얼굴에 와 닿은 아침 해가 사탕처럼 달았다.
 명월댁은 작은 단지 안에서 검붉게 익은 고추장 세 숟갈을 떠 종지에 담았다. 장독대에서 내려와 안마당에 들어선 명월댁은 군불을 지핀 구들처럼 따스한 아침볕이 기동하기에 적당한 날이라 생각되어 굼뜬 몸으로 조반을 서둘렀다.

하지만 반 주발 남짓한 식은밥 몇 술 뜨기가 꼭 모래알을 씹어 넘기는 기분이었다. 먼 거리가 아니어도 문밖을 나서려면 밥심이 필요했다. 꾸물꾸물 부엌으로 가 빈 대접에 방금 퍼온 고추장 한 숟갈을 떠 냉국을 풀고는 숭덩숭덩 밥을 말았다. 간간한 장 국물이 그나마 입맛을 살렸다. 장국에 만 밥알이 맨밥 덩이를 욱여넣을 때보다는 수월하게 목구멍 안으로 넘어갔다. 명월댁은 김치 한 줄거리를 서너 가닥 찢어 성찮은 잇몸을 우물거려 가며 한 끼 조반을 때웠다. 눈앞에 닥친 일을 미루거나 묵히는 게 눈엣가시 같은 성미라 부엌 개수대에 가 밥주발과 냉국 대접, 숟가락 하나가 전부인 설거지를 해놓고 얼핏 바람벽에 걸린 벽시계를 바라보았다. 시곗바늘이 막 아홉 시를 가리키고 있었다.

해가 더 퍼지기 전 얼른 면사무소를 다녀와야겠단 생각에 명월댁은 유모차를 앞세우고 일찌감치 집 대문을 나섰다. 손잡이에 꼬질꼬질 손때가 낀 구닥다리 유모차는 앞뒤 바퀴들이 닳고 닳아 곧 탈이 날 지경이었지만, 밀면 미는 대로 당기면 당기는 대로 잘 꺾이고 잘 굴렀다. 굽은 허리와는 달리 유모차를 미는 명월댁의 손끝은 아직 야무졌다. 때론 명월댁이 유모차에 의지하는 건지 유모차가 명월댁에게 의지하는 건지 구분하기 어려울 정도로 한쪽은 늙고 한쪽은 낡은 처지였다. 오랜만에 바깥공기를 맡아서일까. 엉덩이를 들어 올리고 등판을 너부죽이 엎드린 뒤 자라목으로 전방을 주시하면서 뒤뚱뒤뚱 걷는 발걸음은 낡은 유모차 바퀴 구르는 소리까지 더해 퍽 요란스러웠다. 걷다가 숨이 가빠올 즈음 유모차 손잡이를 움켜쥐고선 허리를 펴고 호수 건너편 시가지를 우두커니 바라보았다. 의암호수 건너편으로 녹음 우거진 푸른 봉의산 뒷덜미가 보였고 자고 나면 죽순처럼 솟아오르는 늘씬늘씬한 아파트들과 시가지를 가득 채운 주택이며 상가들이 팔만 뻗으면 손에 잡힐 듯 가까워 보였다.

여든 중반을 훌쩍 넘긴 나이라 눈이 예전처럼 맑지는 않았다. 저녁이면 뻥한 눈에 안약을 한두 방울씩 짜 넣어야 TV 화면 속에서 움직이는 간장 종지만 한 사람의 얼굴들을 얼추 알아볼 수 있었다.

흐릿한 눈을 거푸 껌적이던 명월댁이 호수 쪽으로 한눈을 팔다가 강 건너 도심 한가운데 우뚝 솟은 산봉우리를 발견하고 걸음을 멈추었다.

―늙은 내 몸뚱이 이렇게 꼬부라지고 쭈그러지고 삭았어도 영감 어깨처럼 듬직한 저 봉우린 여전히 젊구나.

명월댁이 혼잣소리로 중얼거리며 바라본 봉우리는 춘천 시내 한복판에 우쭐하게 솟아 있는 봉의산이었다. 누군가를 지켜주고 막아주기 위해 밤낮 망을 보고 있는 거인의 상반신처럼 봉의산은 언제 보아도 굳세고 의연했다. 그래서일까, 시내 사람들은 봉의산을 아버지 같은 존재로 믿고 있었다. 넘어지면 언제나 다가와 손을 내밀 것 같고 멀리 집을 떠나있어도 뒤에서 묵묵히 지켜보며 응원의 눈길을 보내주는 그런 든든한 산이었다.

광주리에 가득 담긴 채소를 강 건너 소양로 번개시장에 내다 판 뒤 지친 몸으로 뱃전에 기대앉아 멀어져가는 산허리를 바라보고 있노라면 봉의산 등줄기가 지친 몸뚱이를 어서 기대라고 돌아앉아 있는 듬직한 남편의 등판처럼 보이기도 했었다. 하지만 그 무렵엔 아이 둘을 길러내고야 말겠다는 오기가 하도 당차 몸이 파김치가 되고 뼈마디가 바스라질지언정 누구에게도 등을 기대겠다는 생각을 가져본 적이 없었다. 그러나 세월이 야속하게도 나이가 여든 중반을 넘고 보니 뒷산에 썩어 뭉그러진 고주박처럼 몸은 삭아 있었고 심지어 세상에 버려진 듯 외로이 늙고 있었다. 밀려오는 회한을 베개처럼 베고 사는 게 늘그막 생이라지만 노후가 이처럼 쓸쓸하고 처량하리라곤 미처 생각지 못했다. 어딘가로 떠나가 누군가에게 몸을 의탁하고 살아가야 한다는 사실을 명월댁은 도무지 받아들일 수가 없었다.

몇 차례 면사무소를 찾아가 이 사람 저 사람 붙들고 하소연해 왔던 명월댁이었다. 이날도 며칠 전부터 벼르다가 날을 잡았던 터라 어서 면사무소에 가 며칠 전에 새로 부임했다는 면장을 만나볼 참이었다.

강 건너 봉의산과 주변 시가지를 넌짓넌짓 훑으며 잠깐 쉬었던 명월댁은 다시 유모차를 밀면서 복지센터를 향해 걸음을 옮겼다.

 아침나절임에도 등 뒤로 떨어지는 해가 벌써 몸을 달구기 시작했다. 날도 뜨거운데 숨구멍을 죄다 틀어막고 걷는 걸음이었다. 맨얼굴로 밖을 나돌았다간 사회적 거리두기다 뭐다 해서 어디를 가나 눈치를 주는 세상이라 명월댁도 양쪽 귀에 흰 마스크를 걸고 언덕길을 오르자니 숨이 턱 밑까지 차올랐다. 헐떡이며 내뿜는 더운 입김과 콧숨이 마스크에 덮인 볼을 삶은 돼지고기처럼 익혀버릴 것만 같았다.
 명월댁이 행정복지센터로 이름을 바꾼 면사무소 정문을 막 들어서는데 현관 유리문을 밀치고 나오는 툇골 이장과 눈이 마주쳤다. 이장도 쓰고 있던 마스크가 불편했던 모양이었다. 건물 안을 나서기가 무섭게 마스크를 떼어내 안주머니에 찔러넣고 있었다.
 "먼 놈의 시상이 이르케 갑갑허냐. 사람마다 볼따구니에 헝겊쪼가릴 철썩 붙이고 댕겨야 하는 시상이니, 늙은이들 함부로 밖에 나댕기다가 숨이 맥혀 다 씨러지겄다."
 툇골 이장이 너부죽 허리를 수그려 인사를 하곤 빙그레 웃었다.
 "이렇게 일찍 면에는 어쩐 일이세요."
 "면장님이 새로 바꼈다기에 얼굴 좀 귀경할라고 왔다. 이장은 으쩐 일로 왔냐."

"농약 사러 농협 가는 길에 잠깐 들렀어요."

이장은 둘째 아들 상이 친구였다. 남편이 큰아들 상일을 낳았을 때 상 자 돌림으로 이름을 지었고 둘째 상이를 난 뒤엔 나중에 상삼이 상사 상오 상육이, 이렇게 상구까지 줄줄이 낳자고 말했었다. 우스갯소리였지만 상 자 돌림은 아홉은커녕 겨우 둘에서 그쳤고 아이들이 장성하기도 전에 남편이 늦은 밤 이웃에 가 거나하게 마시고 오토바이를 타고 돌아오다 그만 트럭에 받혀 먼저 세상을 떴다.

이장은 둘째 상이와 퍽 가깝게 지내는 사이였다. 그러나 사업한답시고 가들막거리던 상이에게 빚보증을 잘못 서주었다가 한바탕 곤욕을 치렀다. 집에 압류가 들어왔다고 이장 마누라가 명월댁을 찾아와 울고불고했다. 아들 상이도 상이려니와 친구 보증으로 날벼락을 맞은 이장네 내외의 고통을 빤히 지켜보고만 있을 수가 없었다. 명월댁이 집 앞 텃밭 절반을 뚝 떼어 팔아 빚 탕감을 해주고 나서야 아들과 이장 간의 친구 관계가 회복되었다.

"새로 온 면장님 안에 기시나?"

"예. 지금 막 면장님이랑 커피 한 잔 마시고 나오는 길이에요. 근데 뭔 급한 볼일이라도 있으세요?"

"내가 시방 여기저기 요양원 알아보는 중인데 기가 맥힌다. 이 나이에 바깥 요양원 갔다간 살아선 못 돌아올 걸음 아니냐.

우리 마을엔 출세한 사람이 하도 많아 대통령 빼곤 다 나왔다고 노상 인물 자랑을 해쌓더구만 으째서 골골하는 동네 늙은이들 들어가 누울 요양원 하나 못 지어주냐 그 말이다. 내 면장님한테 꼭 따져볼라고 베르고 왔다."

명월댁이 자배기 깨지는 소리로 언성을 높이며 면사무소 현관문 안으로 유모차를 밀어 넣었다. 아닌 밤중 홍두깨라고 좀 당혹스럽긴 했으나 이웃이요, 친구 모친이기도 하여 이장은 주머니에 찔러넣었던 마스크를 다시 꺼내 입을 가리고는 유모차가 들어설 수 있게 현관문을 열어주었다. 길게 막아선 민원대 너머로 얼굴에 마스크를 덮어쓴 면직원들이 여럿 보였다.

"참 벨 놈에 시상이네. 어딜 가나 애서껀 으른서껀 낯판대기에 죄다 헝겊쪼가릴 붙이고 있으니, 가뜩이나 낯선 얼굴 당최 알아볼 수가 있어야지."

여기저기 기웃거리다가 등초본을 떼주는 여직원 앞으로 다가가려는데 이장이 명월댁의 팔을 잡았다.

"저 안에 대기실로 들어가시죠. 제가 면장님 모시고 나올게요."

창구 민원대기실과는 별개로 사무실 안쪽에 응접세트가 자리 잡고 있었다. 탁자를 가운데 두고 직원 예닐곱쯤 앉아 담소를 나누거나 동네 유지들 혹은 오랜 시간 기다려야 하는 민원인을 위한 대기석인 듯했다. 이장이 면장실로 들어가는 동안 명월댁은 유모차 손잡이를 움켜쥔 채 굽은 허리를 펴고 우두커니 서서 면사무소 안을 쭈욱 훑었다. 때마침 컴퓨터 단말기를 뚫어지게 들여다보던 복지계장과 눈이 마주쳤다. 할머니 오셨냐며 고개를 꺾어 건성으로 인사말을 건네고는 부리나케 이장을 뒤따라 면장실로 들어갔다. 이미 두어 차례 면사무소에 찾아와 같은 주장을 되풀이한 이력이 있던 터라 직원들도 사무실이 좀 시끄러워질 거란 불안감을 미리 예견한 눈치였다. 낌새를 알아챈 복지계 여직원이 사무실 한쪽 모퉁이로 쪼르르 달려가 냉장고에서 박카스 하나를 꺼내 들고 왔다.

지난해 옆집 부녀회장이 명월댁의 딱한 처지가 남의 일 같지 않다며 면사무소에 찾아와 독거노인으로 신고를 했고 복지계 직원이 몇 차례 집까지 방문해 부양가족과 주택, 토지를 비롯해 주거실태를 꼼꼼히 조사했다. 그러나 독거노인이긴 해도 조회 결과 부양의무자인 아들 둘과 명월댁 명의의 부동산까지 등재돼 있어 수급자 심사에서 탈락하고 말았다. 어쩌면 나라에서 죽기 전 뭔 대책이라도 해줄까 싶어 조사 나온 면 직원에게 큰아들은 미국에 유학 가 교수가 됐다지만 얼굴 본 지 여러 해가 지났고, 작은아들은 사업한답시고 뛰어든 건설회사가 덜컥 부도나 밤낮 빚쟁이 피해 다니느라 제 코가 석 자나 빠진 처지여서 집구석엔 백날이 가도 개미 한 마리 얼씬거리지 않는 절간이나 다름없다고 자초지종을 설명했다. 여직원은 명월댁 명의로 돼 있는 안마당을 낀 집 한 채와 500평 규모의 텃밭을 문제 삼았다. 달팽이처럼 집 한 채 달랑 쓰고 있다고, 손바닥만 한 땅한 떼기 갖고 있다고 수급자가 될 수 없다는 말에 명월댁은 부아가 치밀었지만 달리 방법이 없었다. 사실 드러누우면 겨우 팔이나 뻗을 작은 땅이라거나 고릿적엔 쌀 몇 가마로도 사고팔 수 있었던 땅이라고 우겨댄들 씨알이 먹힐 리 없었다. 얼마 전 금산리 농협 건너편에 있는 누구네 밭이 외지인에게 평당 이백만 원에 팔렸고 대로변 누구네 땅은 평당 3백에 내놨다는데 이 땅이 대로변에서 좀 벗어나긴 했어도 시가로 평당 최소 백만 원 이상은 족히 받을 터인즉 명월댁 재산이 적어도 수억 원대가 넘는다고 저들끼리 돌아서서 수군거렸다. 시꺼멓게 타들어 가는 남의 속을 어찌 알랴. 명월댁은 속이 부글부글 끓는 걸 겨우 눌러 참으며 처분만 바랐다. 뭐 대단한 혜택을 기대하지도 않았다. 가사도우미라도 찾아와 말벗이나 해주고 쌀이라도 일어 밥솥에 안쳐주었으면 하는 게 명월댁의 바람이었다. 몸이 늙어 쇠하긴 했어도 아직 두 발로 바깥출입 할 기력은 남아 있기에 나라에서 가사도우미만 보내주면 당장 요양원 걱정까지 할 필요는 없는 거였다. 하지만 기껏 찾아와 미주알고주알 캐묻고는 재산 타령이나 내뱉다가 고개를 외로 꼬며 뒤돌아서는 두 면서기의 행동거지가 영 마뜩잖았다. 눈꼴 시려 그 꼴을 그냥 참고 지켜보고만 있을 수가 없었다. 낫 등처럼 굽은 허리를 수그린 채 어기적어기적 헛간에 들어간 명월댁이 소금 한 바가지를 퍼다가 막 대문을 나서려는 면직원 등짝을 향해 끼얹었다. 엄마얏, 비명을 내지르며 꽁지 빠지게 달아나는 여직원의 머리숱과 목덜미에서 천일염 알갱이들이 싸락눈 떨어지듯 날리었다.
"무서운 할머니 오셨어요?"
마스크를 끼고 있었지만 부촛단같이 늘어진 머리칼은 낯설지 않았고 사글사글한 목소리도 귀에 익었다. 지난해 소금 벼락을 맞았던 복지 담당 여직원이었다. 그때 일로 아직 노여움이 가시지 않았지만, 아침부터 유모차를 끌고 숨을 할딱이며 찾아든 발걸음이라 명월댁은 여직원이 건네주는 박카스를 외면 않고 냉큼 받아 목을 축였다.
"내 오늘도 면장님헌테 요양원 하나 지어달라고 떼쓰러 왔다."
이미 짐작하고 있었다는 듯 여직원은 명월댁을 굳이 소파에 앉도록 권하며 살가운 목소리로 아양을 떨었다.
"오늘 소금 바가지는 안 갖고 오셨죠?"
"또 소금베락 맞고 싶어 안달이 났냐?"
여직원이 손사래를 치며 까르르 웃고는 제자리로 돌아서려는데 면장실에 들어갔던 이장과 복지계장이 면장을 대동하고 걸어 나왔다. 안녕하시냐고, 제가 새로 온 면장이라고 허리까지 굽실거리며 면장이 인사를 건네고는 노구의 몸으로 일찍 찾아온 연유를 물어왔다.
"이 꼬부랑늙은이가 면장님헌테 부탁 하나 할려구 새빠지게 겨왔지유. 동네마다 마을회관하구 경로당 하나씩은 나라에서 다 지어 주더구만 으째서 병든 늙은이들 갈 요양원은 못 지어주냔 말이우."

안에서 이장과 복지계장 입을 통해 명월댁이 찾아온 연유를 대략 파악하고 나온 면장이었지만 예사롭지 않은 눈빛과 카랑카랑한 목소리를 응대하기는 쉽지 않아 보였다. 혹이라도 민원인들이 지켜보는 앞에서 연로한 동네 어른과 언쟁이라도 벌였다간 부임 초부터 마을 유지들한테 인심 잃기 십상이고 이 소식이 자칫 선거를 앞둔 시장 귀에까지 들어가는 날엔 재임 기간 내내 눈 밖에 나 시달릴 터였다. 따라서 제아무리 민원인의 요구사항이 터무니없고 가당찮을지언정 행정지식과 소통 능력을 총동원해 민원인을 이해시키고 만족시키는 게 최일선 행정책임자의 복무 자세임을 의식한 듯 명월댁을 대하는 태도가 차분하고 점잖았다.

"나라에선 요양원을 직접 짓거나 운영하지 않습니다. 다만 개인이 운영하는 사설요양원에서 처지가 딱한 어르신들을 모실 수 있도록 저희가 지원해 드릴 수는 있지요."

행여 명월댁의 비위라도 건드리지 않을까 싶어서였는지 음성을 낮춘 면장이 난감해했다.

"마을 요양원 하나 지어주는 게 그르케나 심들단 말이유?"

"예. 그게 쉬운 일이 아닙니다."

"보시우, 면장님. 요즘 우리 동네 젊은 사람들 죄다 객지 나가 살고 늙은이들만 집 지키며 살다가 저승으로 가뻐리곤 하잖수. 그 망할 놈에 코로난가 바이라슨가 하는 유행병 때문에 경로당도 못 나댕기고 늙은이들 혼자 방구석에 갇혀 징역살일 한다우. 나도 집 안에 갇혀 지내다 보니깐 자꾸 눈에 헛것만 뵈켜 맘이 심란해 미치겠수. 얼마 전 몸뚱아리가 아파 요양벵원이라는 델 찾아가 봤더니 금방 숨넘어갈 늙은이들만 잔뜩 마다가 침대 위에 눕혀놨습디다. 말벗 상대는커녕 주구장창 침대에 혼자 누워 천장만 쳐다보다 죽는 곳이 요양벵원이더라 이 말이유."

오종종한 얼굴에 주름이 자글자글하고 허리가 기역자로 굽은 안노인네였지만 작정하고 쏟아내는 말이 폭포수 같았다.

"요양원하고 요양병원은 전혀 다릅니다. 사설요양원엘 찾아가실 걸 그랬어요."

"면장님, 내가 외로워 그러우. 시방도 혼자 사는 게 외롭고 서러운데 뚝 떨어진 낯선 요양원에 들어가 숨 끊어질 때까지 지내야 한다니, 그게 사람 사는 거유, 감옥살이고 지옥이지. 그날 요양원 보러 갔다가 멀쩡한 늙은이 있을 데가 못 된단 생각에 그만 기겁을 하고 도망나왔다우."

노안으로 충혈된 명월댁의 눈에서 금방 눈물이 굴러떨어질 듯 젖었다. 명월댁은 말이 나온 김에 면장 앞으로 한 발 더 다가서며 읍소했다.

"면장님, 내가 대궐 같은 요양원 지어달란 것도 아니유. 의사 선생님허구 간호원은 보건소에 와 계시겄다, 마을회관이나 보건소, 경로당 옆에 방 두어 칸 짓구 요양사 두엇에 간호사 한둘만 보내주시면 요양원 구색 갖추는 거 아니겄수. 그럼 동네 늙은이들 요양원 갔다가 심심허면 바깥바람 쐬러 마실도 나올 테구 집에 냅두고 온 개고냉이 밥도 퍼주구 올 테구, 이날 입때꺼정 같은 동네 살던 이웃들허구 죽는 날까지 얼굴 마주보다 가면 서로 외롭지 않구 을마나 좋겠냔 말이우."

마스크만 벗으면 면장 얼굴에 침이라도 뛸 듯 하소연하는 바람에 명월댁은 입이 말랐다. 아직 병 안에 한 모금 남았던 박카스를 목에 털어 넣고는 이쪽저쪽 눈치를 살폈다. 옆에 서 있던 사람들이 한마디씩만 거들어 주어도 용기가 솟구쳐 어깨가 움찔움찔하련만 누구도 명월댁의 말을 귀담아들어 주는 이가 없었다. 이장은 내전보살처럼 입을 꾹 다문 채 돌아서 있다가 산업계장 책상 옆으로 가버렸고 복지계장 역시 명월댁이 아침부터 찾아와 같은 말을 되풀이하는 게 영 마뜩잖고 답답했던지 돌아앉아 손으로 입을 가리며 하품을 쏟아내고 있었다. 면장은 면장대로 말이 통하지 않는 노인을 어떻게 이해시켜야 할지 딱하고 난감해 큰 눈만 껌벅일 뿐이었다.

"면장님은 안적 젊으시니까 혼자 늙는 외로움이 을마나 무서운지 모르실 게유. 지발 내 청 좀 들어주시구랴. 나 시상 뜨기 전에 마을회관 귀퉁이에 요양원 한 채만 꼭 지어주시우."

명월댁이 박카스 빈 병을 탁자 위에 내려놓으며 면장 턱 밑에 바짝 얼굴을 들이밀었다.

"듣고 보니 할머니 말씀도 일리는 있네요. 하지만…"

뜸을 들이는 면장을 쏘아보며 명월댁이 재차 거품을 물었다.

"하지만이라니유, 면장님이 눈이 있으시거들랑 금산리서껀 방동리서껀 월송리서껀 온 동네 휘휘 돌아댕겨 보시구랴. 집집이 애들은 하나두 뵈키지 않구 논밭뙈기엔 허수애비처럼 등때기 삭은 영감들뿐이구 괴괴한 집 안엔 집 지키는 강아지허구 꼬부랑탱이 할망구들뿐인데 이 양반들 뭔 큰 죌 지었다구 병들어 죽을 때 되면 너나 나나 귀양 가듯 등 떠밀려서 낯설고 물선 먼 타향 객지 요양원엘 가야 하냔 말이우. 왜 시골 늙은이들이 여태껏 살던 마을, 멀쩡한 집을 냉겨두구 귀양살이하듯 떠밀려가 객사를 해야 하냔 말이우. 늙은이들이 백이면 백 모두 요양원 가기 싫다는 걸 뻔히 알면서두 왜 굳이 요양원으로 귀양을 보내냔 말이우."

명월댁의 말이 백번 지당하긴 하나 마을 요양원까지 지어달란 청이야말로 현실과는 한참 동떨어진 요구였다. 면장은 한 해 필요한 시의 예산이 어떻게 편성되고 어떤 사업이 어떤 절차를 거쳐 쓰이게 되는지 조리 있게 하나하나씩 설명하기가 쉽지 않다는 듯 고개를 갸웃갸웃하며 난감해했다.

"제가 가진 돈이 많으면 사비라도 털어 얼른 요양원 한 채 지어드리고 싶네요."

면장의 입에서 시원한 답이 떨어지기만 기다리던 명월댁이었다. 하지만 딱한 처지는 알겠으나 청을 들어주기 어렵단 뜻으로 에둘러 말한다는 걸 모를 리 없는 명월댁이었다.

"면장님 맘 선량하신 건 알겠는데 내가 시방 면장님 재산으로 요양원 지어달라고 생떼 쓰는 게 아니잖우. 나라에서 우리 마을회관이나 보건소 귀퉁이에 요양원 한 채 마련해 줄 건지 말 건지 그것만 속 시원히 답해달란 말이우."

"할머니, 제 솔직한 대답을 듣고 싶으시죠?"

"내 자꾸 떠들면 목구녕만 아프니깐 어여 확답을 해주시우."

마냥 뜸만 들이고 앉아 있을 수만은 없었던지 면장이 고개를 두어 번 주억거렸다. 눈썹 위아래 자글자글 접힌 주름 사이로 매섭게 희번덕이는 명월댁의 가자미눈을 넌지시 바라보며 면장이 나직한 어조로 이런저런 사정을 설명하고 나섰다.

아직 우리나라에선 마을 요양원을 짓고 직접 운영하는 곳이 어디에도 없다고, 시청이든 복지센터든 나라에서 이 돈은 어디에 얼마를 쓰거라, 못 박고 한 해 쓸 돈을 꼭 찍어 내려보내는데 면장이 쌈짓돈처럼 맘대로 빼내어 금산리 마을 길 포장하는데 쓸 돈을 방동리 하수도 정비사업에 쓴다거나 방동리 하수구 정비할 돈을 면장 맘대로 금산리 요양원 짓는 데 썼다간 큰일이 난다고. 더군다나 우리나라에선 전국 어느 마을에도 요양원 지어주라고 돈 보내준 곳이 없다고, 정말 안타깝게도 우리나라의 노인복지가 나랏돈 투입해 마을 요양원을 지을 정도의 수준까지는 아직 못 미친다고, 명월댁이 이해할 수 있도록 쉽게 설명하고는 나름 해결책을 제시하였다.

"지금은 개인들이 여기저기 시설 좋은 요양원을 아주 많이 지어 운영하고 있잖아요. 제가 면장으로 온 지 며칠 안 되지만 출퇴근하다가 요 앞 대로변에서 요양원 간판 단 건물을 두어 곳 본 것 같습니다. 거기라도 들어가시면 가끔 외출해서 이웃분들 얼굴도 뵐 수 있고 집에서 개를 기르다 들어가셨다면 아침저녁으로 나와 개밥도 주고 가실 수 있지 않을까요?"

마을회관이나 노인정 근방에 마을 노인들 마지막 돌아가기 전 머물 요양원이나 한 채 지어달랐더니 뜬금없이 웬 사설요양원 타령이나 해쌓냐고 버럭 소리를 지른 명월댁이 면장 얼굴을 할낏 노려보다가 휜 허리를 유모차에 의지해 쌩 돌아섰다. 유모차 손잡이를 밀며 두어 걸음 걸어 나오던 명월댁은 노여움이 쉬 가라앉지 않아 허공에 대고 중얼거렸다.

"이런 예미랄. 그 많은 나랏돈 어디다 흥청망청 써버리고 코딱지만 한 마을 요양원 하나 지어달란 청도 못 들어준단 말이냐. 동네가 온통 늙은이들뿐이건만 가진 거 없이 병든 늙은이는 알아서 나가 죽으란 말이로구나. 이런 예미랄."

면장이 새로 부임했대서 바늘구멍만 한 희소식이라도 들을 수 있을까 싶어 힘든 유모차에 몸을 의지해 자박자박 찾아왔더니 그 입이 그 입이고 그 나물에 그 밥이었다. 마음 같아선 면사무소 천장이 무너지도록 고함을 지르고도 싶었다.

이놈들아, 내가 누군지 아느냐? 비록 몸뚱인 낫등처럼 휘고 삭정이처럼 말라비틀어진 꼬부랑탱이 할망구지만 큰아들이 미국 건너가 박사학위까지 딴 아무개 엄마다! 우리 박사 아들한테 내가 한마디만 부탁하면 요양원 한 채 지어주는 일쯤이야 도깨비방망이 휘두르듯 뚝딱 지어줄 테지만 크게 될 인물한테 혹 누라도 될까 싶어 여기 찾아와 굽실거리거늘, 누구 하나 귀담아 들어 주는 놈 없고 나를 헛소리나 지껄이는 노망난 늙은이 취급하다니. 에라 이 못된 것들.

하지만 차마 입술이 떨어지지 않았다. 울화통이 터진다고 홧김에 입에서 쏟아지는 대로 자발머리없이 큰소리쳐보았자 속 빈 강정의 늙은이가 누워 침 뱉는 격이었다. 큰아들이 박사를 따 미국에서 교수가 되긴 했어도 명월댁에게 닥친 현실은 스스로 곱씹을수록 처량하였다. 장성한 두 자식을 두어 남들 눈엔 박사에 사장에 부러움 없는 늙은이로 보일 테지만 젊어 사나웠던 팔자가 언제 한 번이고 솔숲에 앉은 백로의 자태처럼 우아한 적이 있었으며 단 며칠이라도 근심 걱정 없이 호가호위한 적이 있었던가. 맏이가 박사학위 땄다고 동네 큰길가에 휘영청 현수막이 내걸리고 마주치는 사람마다 자식 농사 잘 지었다고 건네는 덕담에 몇 날은 어깨가 으쓱였고 그늘졌던 얼굴에 꽃이 피듯 웃음기가 번지기도 했었다. 하지만 입꼬리에 핀 웃음이 채 가시기도 전에 둘째가 찾아와 사업이 어렵다고 푹푹 한숨을 쏟아내더니 얼마 지나지 않아 처와 헤어져 남남이 됐단 소식이 들려왔고 엎친 데 덮친 격으로 뒤이어 부도 소식까지 들렸다.

큰아들도 귀국을 포기하고 미국에 눌러앉게 되면서 잠시 들썩였던 명월댁의 어깨가 축 처졌고 웃음기도 사라졌다. 그나마 텃밭에 감자며 옥수수, 쥐눈이콩, 땅콩, 상추, 파 같은 작물을 가꾸는 재미로 시름을 덜어오기는 했으나 이제는 그마저도 손을 뗀 처지였다. 누구에게 답답한 심정을 훌훌 털어놓을 작정도 아니고 홀로 삭이자니 자식들이 원망스럽고 세상이 노엽기만 하였다. 박사가 아니어도 사장이 아니어도 이웃엔 늘그막에 팔자가 피어 자식들이 지어준 새집에서 호의호식하는 노인들이 많다고 들었다. 굳이 어버이날이나 생일, 명절이 아니어도 틈틈이 찾아와 고급 차에 부모를 태우고 밖에 나가 태어나 처음 맛보는 요리를 대접하는 것도 모자라 지갑에 두툼한 용돈까지 넣어주고 가는 자식들이 많다고 들었다. 하나 명월댁으로선 자식들이 박사가 됐어도 사장이 됐어도 말짱 헛것이요 무용지물이었다. 이 좋다는 세상에 자신은 묵정밭에 버려진 개똥처럼 쓸쓸한 말년을 보내는 신세라고 한탄하였다.

한나절이나 걸려 집에 돌아온 명월댁은 헛걸음친 허망함을 달랠 길이 없었다. 대문을 밀치고 들어서기가 무섭게 주인의 인기척을 알아챈 독구가 안마당 헛간 옆에 묶였던 사슬을 끊어낼 듯 겅중겅중 뛰며 낑낑거렸다. 녀석은 얼마 전 낯선 수캐가 찾아와 엉겨 붙은 뒤 그만 새끼를 배고 말았다. 사는 동안 개를 기른 날이 기르지 않은 날보다 훨씬 많았다. 때론 기르던 개를 팔아 아이들 학비에 보태 썼고 교복이며 학용품, 심지어 이발비로 쓰기까지 했었다. 어린 강아지를 데려다 기르기 시작하면 대개 부얼부얼 잘 자라주었지만, 개장수가 집 근처를 얼씬거리고 간 뒤 감쪽같이 사라지기도 했고 어느 해 겨울엔 아궁이에 들어가 잠을 자다가 아침 여물 끓이는 장작불에 타죽은 적도 있었다. 죽은 개도 잃어버린 개도 아이들 학비로 사용하기 위해 수없이 팔려나간 개도 독구라는 하나의 이름으로 불렸다.

밥 먹여 길러줬다고 주인 볼 때마다 겅정거리며 연실 꼬리를 쳐대는 녀석이 기특하고 애잔했다. 혹이라도 요양원엘 가게 되면 저 녀석을 어찌해야 할지 근심이 되어 골머리를 앓는 중이었다. 한 번 들어가면 죽어서나 나온다는 요양원이라 아는 집에 맡길 요량도 아니고 그렇다고 개장사를 불러 팔고 갈 수도 없는 노릇이었다. 녀석의 머리를 쓰다듬으며 사료 한 바가지를 퍼 밥그릇에 쏟아주고 나니 허리가 끊어지듯 저리고 숨이 턱 밑까지 차올랐다. 명월댁은 입을 덮었던 마스크를 벗어 유모차 가방 안에 구겨 넣고 방 안에 들어가 모로 누웠다.

방 안이 허전해 머리맡에 둔 리모컨을 찾아 TV를 켰다. 젊은 남자가수들의 트로트 공연이 한창이었다. 일곱 명으로 압축되어 최종순위가 가려졌건만 트로트 열풍은 좀처럼 식을 줄 몰랐다. 옆집엘 가도, 농협 공판장엘 가도, 철물점엘 가도, 어디를 가나 누구를 만나거나 입만 열면 트로트 얘기뿐이었다. 영탁이가 막걸리 노랠 걸걸하게 잘한다고, 장민호가 영화배우 신성일처럼 잘생겼다고, 어린 동원이의 구성진 노래가 눈물샘을 자극한다고, 영웅이가 미용사로 일하는 홀어미한테 효도선물 했다고, 서로 한마디씩 쏟아내야 얘기가 통했다. 명월댁도 벌써 반년 이상 트로트 경연에 심취해 있었다. 채널을 한 곳에만 고정

시키고 본방송이건 재방송이건 가리지 않고 시청했다. 그들이 나와 떠들고 노래하고 웃고 울 때면 명월댁의 얼굴에도 웃음이 번졌다가 눈물이 흘렀다가 절로 흥이 나 박수까지 쳐가면서 방송이 끝날 무렵까지 흠뻑 빠져들었다.

오늘도 임영웅이 화면에 나와 먼저 떠나간 노부부의 가슴 시린 이별을 노래하고 있었다. 한평생 희로애락을 같이했던 노부부가 죽음 앞에서 영영 헤어져야 하는 아픔이 노랫말로 구성지게 표현될 때마다 명월댁의 가슴은 찢어지듯 아렸다. 영웅이가 한평생 고생 많았다고 명월댁에게 대신 말해주는 것 같았고 손을 내밀어 따뜻이 위로해 주는 것만 같아 눈물이 앞을 가렸다.

두 아들이 고등학교 교복을 입기도 전 너무 이른 나이에 세상을 떠나간 남편의 얼굴이 떠올랐다. 무거운 짐을 떠맡기고 일찍 떠나간 남편이 한편으론 애처롭고 한편으론 서운했다. 오로지 자식 둘만 바라보며 살아온 날들이 어언 60년, 아이들 쑥쑥 자라 집 떠나갈 때만 해도 공부 마치면 어미 품으로 돌아오겠거니 싶었다. 그러나 추석이나 설날에 잠깐씩 다녀가던 아이들은 어느 해부터인지 해를 걸렀고 큰아들은 아예 미국으로 유학을 가버렸다. 작은아들도 사업한답시고 사방객지 싸돌다가 두어 해나 넘겨야 겨우 얼굴 구경하는 꼴이었다. 어느 해 추석 무렵 큰아들이 안부 전화를 해왔다. 명월댁은 몸도 예전 같지 않고 마음도 시들어 난생처음 자식에게 신세 한탄을 늘어놓았다.

"느덜은 출세해 팔자가 폈구나. 늙은 홀에민 상둣도가처럼 다 쓰러져 가는 집에서 앓다 죽든 귀신이 되든 나 몰라라 방치해 두구 코빼기도 안 뵈키니, 거죽만 남은 내가 이날 입때꺼정 무얼 보구 살았는지 무슨 호강 누리겠다구 억척씨런 여편네란 소리 들어가며 뼛골을 뺏는지, 인제 흘릴 눈물도 말라 방구들이 꺼질 듯 한숨만 깊어진다."

큰아들은 묵묵히 듣고 있다가 헛웃음을 쳤다.

"우리 어머니도 이젠 많이 늙으셨네요. 어머니도 이제부턴 어머니 인생을 사세요. 사람은 누굴 대신해 아파주지 않고 대신 인생을 살아주지 못해요. 제가 여기서 어머니 인생을 대신 살아드릴 수 없잖아요. 시내 나가셔서 맛있는 음식도 사 잡숫고 넓은 세상 여행도 다니시고 기회가 되면 다른 사람 눈치 보지 마시고 멋진 영감님도 만나세요."

작은아들은 더 가관이었다. 두어 해 만에 거지꼴로 돌아온 둘째는 사업하다 부도를 내어 쫓기는 신세였다. 빚쟁이들이 어머니 집까지 들이닥칠 수 있다고 신고 온 구두를 방 안에 숨기고 바깥에서 개가 짖거나 인기척이라도 있으면 밥을 먹다가도 허둥거리며 사랑채로 몸을 피했다. 그 꼬락서니가 하도 딱하고 속상해 텃밭 반을 잘라 팔아 급한 불은 꺼주었는데 몇 달 전 또 찾아와 남은 500평 텃밭까지 마저 팔아달라고 떼를 써댔다. 그건 네 형 몫이라고, 어미가 평생 가꾸고 지켜온 땅을 빚잔치에 넘길 수는 없다고, 땅이 꺼지고 하늘이 무너져도 어미 눈에 흙 들어가기 전엔 어림없는 일이라고 대못을 쳤지만 해 뜰 무렵

나갔다가 해가 떨어지면 고주망태가 되어 돌아와서는 마을 뒷산에 올라 목을 매겠다고, 소양강 다리에 가 빠져 죽겠다고 울고불고 악을 썼다. 말이 씨가 된다고 그 잘난 텃밭 한 뙈기 지킬 요량으로 자꾸 폐인이 되어가는 둘째를 나 몰라라 방관했다간 불식간에 큰일이 터질 것만 같았다. 자식이 아니라 웬숫덩어리라고 탄식하면서 몇 날 고심하던 명월댁은 결국 둘째를 불러놓고 애초에 맏이에게 물려주려던 땅이었으니 미국 간 형에게 자초지종을 설명하고 팔아 써도 되겠냐 물어보라 권했다. 볼썽사나운 형제간 재산 다툼은 다행히 벌어지지 않았다. 이미 미국에 가 박사학위를 따고 교수가 된 큰아들은 같은 대학 여교수와 결혼해 일찌감치 자리를 잡았던 탓인지, 땅이 몇 평이나 되고 값어치가 얼마나 되는지 통 관심이 없었다. 어머니 집만큼은 절대 팔아서는 안 된다는 조건을 붙여 땅을 처분해도 좋다는 큰아들의 동의가 떨어지기가 무섭게 둘째는 시내 복덕방 여기저기를 찾아다니며 땅을 매물로 내놓았다. 그간 몇몇 부동산에서 사람들이 찾아와 기웃기웃하고 내놓지 않은 집 안까지 들어와 방문을 열어보고 연탄창고로 쓰던 창고와 헛간까지 뒤적거리다 돌아갔다. 보름쯤 지났을 무렵 마침내 계약이 성사된 모양이었다. 인감증명을 떼야 한다면서 명월댁의 도장과 주민증을 갖고 나갔던 둘째가 어둑어둑 날이 저문 때 집에 들어와서는 땅이 팔렸다고 고마워하며 넙죽 엎드려 큰절을 올렸다.

"오냐. 그 땅이 어떤 땅인지, 니가 눈이 있고 생각이 있다면 잘 알 것이다. 어미가 밭고랑 한평생을 겨뎅기며 너희들 공부 가르치고 세 끼 굶지 않게 밥 멕여 살린 땅이다. 밭에 주저앉아 떨군 눈물이 아마도 몇 동이는 족히 되었을 것이다. 어미의 피땀이 거름이 됐던 땅이고 너희 둘 공부시키고 뒷바라지하는 데 아주 요긴했던 땅이다. 그 보물 같은 땅을 팔아 모개로 자식 빚잔치를 벌이다니 억장이 무너질 지경이다. 단 한 푼도 허투루 쓰지 말고 빚부터 갚고 새 출발 하거라."

하늘이 무너지고 땅이 꺼지는 듯한 허망함에 둘째를 앞혀 놓고 한나절이나 신신당부를 하였다. 나잇값을 해라. 손주 볼 나이에 왜 노숙자처럼 폐인 꼬락서니로 술독에 빠져 사느냐. 몸뚱이 간수 잘해라. 제발 정신 좀 바짝 차려라. 술 끊고 여자 조심하고 큰 욕심 부리지 말고 친구 가려 사귀고 노름판엔 얼씬도 말고 가벼이 처신하지 말고 주머니에 돈 들어오면 은행부터 달려가라고 세 살 먹은 아이 가르치듯 일장 훈계를 하였다. 처음엔 말없이 듣기만 하다가 잔소리가 길어지자 방 구석구석을 기어다니며 면봉을 찾아다 귓구멍을 후비고 손톱깎이를 찾아다 두꺼운 손톱 발톱을 뚝뚝 잘라내면서 듣는 둥 마는 둥 딴전을 피웠다.

그리고 그날 저녁 집을 나가서는 또 몇 달이 지나도록 무소식이었다.

이미 TV에서는 영웅이가 무대에서 내려가면서 트로트 공연이 끝나 있었다. 리모컨으로 TV를 끄고 돌아누우려 몸을 돌리는데 바람벽에 그림자 형체의 두 사내가 명월댁을 향해 눈을 부라리며 다가오고 있었다. 그 눈초리가 하도 섬뜩하여 금방 몸이 움츠러들고 모골이 송연했다. 저것이 사람인지 귀신인지, 어두운 방에서 구별하기가 쉽지 않았다. 명월댁은 깎아지른 벼랑 위에서 떨어지듯 정신이 아찔해지면서 가슴이 철렁 내려앉았다. 며칠 전 눈에 헛것이 보여 이것이 늙은이들에게 찾아오는 노망병이 아닐까 의심했었다. 그럴 리가 없다고, 잠시 몸이 허해져 헛것을 보았다고 대수롭잖게 여겼건만 이번엔 안방 윗목 벽에서 무작스러워 보이는 두 사내가 손에 각목 하나씩을 감아쥐고 명월댁을 노려보고 있는 거였다.

"뉘시오."

남정네들을 행해 겨우 묻기는 하였으나 겁에 질린 명월댁의 목소리는 모깃소리처럼 입안에서만 앵앵거릴 뿐이었다. 한눈에도 부락스러워 보이는 사내들은 잠깐 벽에 서 있다가 명월댁이 움츠리는 모습을 지켜보곤 의기양양해서 한 걸음 더 다가왔다. 손아귀에 감아쥔 작대기가 단박 명월댁의 이마를 향해 날아들 것만 같았다. 어마지두 놀란 자라처럼 목을 움츠리곤 넛짓넛짓 사내들의 동태를 살피던 명월댁은 작달막한 키에 다리를 절름거리는 사내와 키가 훤칠하고 얼굴도 희멀건 사내의 행동거지를 살피다가 그만 소스라치게 놀라고 말았다. 까맣게 잊고 있었던 오래전 일이 불현듯 떠오른 것이다. 다리를 절룩이는 사내는 소양로 번개시장에서 명월댁에게 툭하면 다가와 지싯거리던 왈짜

였고 다른 한 놈은 의뭉스레 접근해 텃밭을 날로 삼키려던 건달배였다.

그 무렵 금산리 배터는 시장바닥처럼 사람들로 북적였다. 시내를 오가려는 사람들이 길게 줄지어 서서 배를 기다렸고 행길가에 다닥다닥 붙어 있는 상가 주점에선 대낮부터 젓가락 두드리는 장단 소리와 간드러진 여자의 노랫가락이 흘러나왔다. 새벽까지 노름판에 끼었다가 탈탈 털리고 나온 꾀죄죄한 사내들이 몇 푼 얻은 개평으로 해장술을 마시기 위해 대폿집을 기웃거리는 모습도 흔했다. 하지만 배터에는 광주리를 머리에 이거나 안고 배를 기다리기 위해 길게 줄을 서 있는 여인들이 대부분이었다.

언제부터인지 서면으로 시집가는 여자들은 빈 몸으로 광주리 하나만 달랑 챙겨 가면 버선발로 뛰어나와 맞아들인다는 소문이 돌았다. 사실 그럴만했다. 뉘 집의 며느리요 아내요 엄마인 서면 아낙들은 시댁에서는 얌전을 떨다가도 손에 광주리만 잡았다 하면 억척스런 장꾼으로 돌변했다. 여인네들은 어슴새벽부터 밭에 나가 직접 기른 싱싱한 채소를 야문 손끝으로 다듬어 광주리에 한가득 담아 머리에 이고 첫배가 뜨는 금산리 선착장까지 잰걸음으로 걸어 나왔다. 짐을 가득 실은 배가 소양로 배터에 도착하면 다시 광주리를 이고 한참 거리인 시장까지 빠릿빠릿 걸어가 물건을 팔고 들어왔다. 춘천과 서면을 오가는 뱃전엔 광주리에 채소를 담아 싣고 온 거벽스런 여인네들로 항상 만원이었다. 그런 어머니와 함께 배를 타고 드나들며 공부하던 아이들은 시내 아이들보다 학업성적이 월등히 뛰어나 그로부터 몇 해가 지난 어느 때부터는 마을 곳곳에 뉘 집 아이가 박사학위를 취득했다는 현수막이 휘영청 내걸리곤 했다. 몇 집 건너 한 집씩 박사가 배출되다 보니 서면이란 마을은 어느 때부터 박사마을이라는 명예로운 이름까지 얻게 되었다.

덕두원으로 불리는 몇 굽 떨어진 명월리에서 시집와 애면글면 아이 둘을 길러 온 명월댁도 광주리를 든 그 많은 여인네 중 한 명이었다.

다리를 절룩이는 사내를 본 순간 명월댁은 옛적 시장바닥에서 노점을 펼치고 장사하던 시절이 떠올랐다. 매일 아침 뱃길로 광주리를 이고 와 노점을 연 명월댁 옆에 언제부터인지 다리를 절름거리는 사내 하나가 쭈뼛쭈뼛 다가왔다. 키는 작달막했지만, 얼굴이 우락부락하고 목소리가 쨍쨍한 사내였다. 꼴사나운 사내가 장바닥에 나타나 어정거리면 상인들 대부분 그와 눈을 마주치려 하지 않았고 이맛살을 찌푸리며 다가와 좌판을 툭툭 걷어찰 때마다 잔돈푼이나 찔러주며 얼려 보냈다. 알고 보니 그는 좌판을 벌인 상인들로부터 자릿세나 우려먹는 부박한 왈짜 패거리였다. 그런 사내가 어느 날부터인지 땀을 뻘뻘 흘리며 채소가 한가득 담긴 광주리를 이고 나온 명월댁에게 다가와 치근거렸다. 옆자리에 죽치고 앉아 성이 무엇이고 이름이 무엇이냐 물었다. 명월댁이 소 닭 보듯 하며 시큰둥한 반응을 보이자 이번엔 나이가 몇이냐, 아이는 있느냐, 어쩌다 장꾼이 되었냐, 시시콜콜 개인사까지 캐묻는 것이었다. 성가신 나머지 명월댁은 다른 장꾼들처럼 사내의 바지 주머니 속에 자릿세 몇 푼을 찔러 주곤 등을 떠밀었다. 하지만 사내는 쉽게 물러서지 않았다. 명월댁 주변을 맴돌다가 옆자리에 죽치고 앉았다가 한참이 지나서야 엉덩이를 떼고 어딘가로 사라지곤 하였다. 며칠을 그렇게 지냈다.

이날도 시장 한 바퀴를 돌고 온 사내가 명월댁 옆에 가부좌를 틀고 앉았다. 남의 이목도 있고 우락부락한 사내가 옆에 앉아 있어 오던 손님도 발길을 돌릴 것만 같았다. 명월댁은 옆에 와 앉은 사내가 죽치고 앉아 지싯거리는 통에 속이 바작바작 타들어 갔다. 제 딴에는 어디서 과수댁이란 말을 듣고 정분이라도 나 볼 심사였던지 명월댁을 대하는 태도가 제법 싹싹하고 다정하였다. 어쩌다 지인이라도 눈에 띄면 얼른 달려가 손목을 끌고 와서는 명월댁이 가져온 채소를 사가라고 닦달했다. 거기까지는 참을만했다. 이불 장사가 공술을 사줬다는 자랑질을 늘어놓다가 명월댁 옆에 와서는 장바닥이 떠나가라 소리치는데 그 꼴이 참 가관이었다.

"오늘부터 이 여잔 내 마누라요. 누구라도 함부로 집적거렸다간 내 손에 맞아 죽을 줄 아시오. 이 여자가 내 마누라라는 걸 증명해 보일 테니 다들 두 눈 똑바로 뜨고 지켜보시오."

사내가 한바탕 주절거리곤 명월댁 앞으로 걸어와 어깨를 끌어안으려고 팔을 뻗었다. 어서 품에 안겨달라고 히죽거리며 달려드는 사내의 행실이 배곯은 승냥이 같았다. 화들짝 놀란 명월댁은 미꾸라지처럼 사내의 손을 피해 다녔다. 시장 사람들이 옆에서 큰 구경거리라도 난 듯 수선거리며 모여들었다. 여기저기서 박장대소가 터졌고 야유소리도 들려왔다. 절뚝이는 사내의 걸음으로는 요리조리 잰걸음으로 피해 다니는 명월댁을 따라잡기 어려운 형국이었다. 독이 오른 사내가 좀 더 따라다니다간 멈춰서서 욕지거리를 내뱉었다.

"이런 못된 년. 네가 그동안 보살펴 준 은공도 모르고 함부로 깝치는구나. 넌 오늘부터 내 여편네라구. 이 바닥에서 네가 내 손아귀를 벗어날 줄 아느냐? 턱도 없다. 넌 오늘부터 내 각시다!"

장바닥 언사가 험하고 거친 것쯤이야 명월댁도 겪어 모를 리 없었다. 툭하면 멱살잡이에 욕설이 난무한 뒷틀이가 다반사였다. 시정잡배나 모리배들이 벌건 대낮에 장바닥을 떠돌다가 가즈럽게 뻐기고 다니는 시골고라리를 골라 뼈도 못 추리게 혼쭐을 내고 전대까지 탈탈 털어가는 곳이 장바닥이었다. 하지만 세상이 아무리 막됐기로서니 채소나 팔러 나온 허접한 장꾼이라 업신여기고 제 손바닥에 쥔 떡처럼 널름거리는 꼴이야말로 영 볼썽사납고 망측스러웠다. 더군다나 불개미집같이 사람들로 북적이는 장바닥에서 통기 하듯 떠벌이는 같잖은 꼬락서니를 보고 있자니 속에서 울컥울컥 화가 치밀었다. 명월댁이 팔소매를 걷어붙이고 사내에게 콩 튀듯 다가가 눈을 부라렸다.

"보자 보자 하니까 갈수록 태산일세. 내가 왜 니 마누라야. 니 눈깔엔 통지기년 서방질하는 지집만 뵈키더냐?"

명월댁의 기세가 하도 당당해 사내가 잠깐 움찔했지만 그때뿐이었다. 명월댁의 팔을 되잡아 뒤틀고 웅성웅성 모여드는 사람들을 향해 다시 한번 오금을 박는 거였다.

"이 사박스런 년이 갑자기 눈깔에 머렁태가 끼었나. 콧잔등 앞에 서 있는 지 서방도 몰라보고 함부로 지껄이네. 오늘부터 내가 니 서방이다. 이곳에선 내 말이 법이니까 내가 서방이라 하면 서방인 거다."

명월댁은 팔이 등 뒤로 꺾여 양 날개 잡혀 나온 암탉처럼 옴쭉 못하고 앙가슴만 달싹였다. 어깨가 꺾이는 아픔을 이기지 못해 비명을 지를 때에야 사내가 잡고 있던 팔을 놓았다. 사내는 제 뜻이 성사된 것처럼 의기양양해 얼굴을 명월댁 앞으로 바짝 들이밀며 콧구멍을 벌름거렸다. 더는 명월댁도 물러서지 않았다. 사내의 콧구멍을 향해 손가락이라도 쑤셔 넣을 듯 삿대질하며 대들었다.

"벌건 대낮에 어디서 희롱질이냐. 옳아, 꼴에 귓구녕은 뚫렸다구 어디서 내가 과부란 소문을 듣고선 남의 집 호박넝쿨 넘보듯 껄떡대는 모양인데, 너 같은 사내 대가리에 부처님 손바닥만 한 금뎅이를 붙여 내 앞에 던져 놔봐라. 꾸레미루 주렁주렁 엮어다 거저 가지라 한들 내 거들떠나 볼 거 같으냐? 어림 반

푼어치도 없다 이놈아. 한 번만 더 부녀자 희롱했다간 네 사타구니에 매달린 그루터기를 왜무 뽑듯 뽑아 소양강에 내던질 테다."

"이런, 어디서 굴러먹다 왔길래 아가리가 사복개천이냐."

사내의 자라 등짝 같은 손바닥이 명월댁의 뺨으로 날아들었다. 매질이 하도 야무져 턱이 돌아갈 듯 얼얼하고 뺨은 인두로 지진 듯 후끈거렸다. 그러잖아도 사내를 아녀자 힘으로 어쩌지 못하고 입으로만 벌 쏘듯 앙갚음을 하던 차였다. 가마솥단지 같은 뙤약볕이 내리쬐는 여름날에도 하루도 거르지 않고 장거리를 들락거리는 여인네라 얼굴에 치장할 형편이 못 되었다. 도시 아녀자처럼 얼굴이 고울 리 없었지만 그래도 사뿟사뿟 들길 걷노라면 지나던 벌 나비가 꽃으로 착각할 만한 생동한 얼굴 아니던가. 볼살에 핏줄이라도 터질 듯한 아픔도 아픔이려니와 젊어서 서방 잃고 당해야 했던 설움이 한순간에 복받쳤고 어디서도 풀지 못해 가슴에 엉겼던 울화가 머리끝까지 뻗쳤다. 온몸의 살갗이 황소바람 기어드는 문풍지처럼 떨렸고 눈에서는 살의가 번득였다.

득달같이 사내 앞으로 다가간 명월댁이 토끼 가죽을 벗겨내듯 사내의 바지를 끌어 내리고는 대파 껍질 다듬던 손을 샅 깊숙이 꽂아 넣었다. 뭉클한 것이 손아귀에 한 줌 잡혔다. 그것을 오른손에 단단히 감아쥐고서는 뭉갤 듯 조이고 뽑을 듯 당기면서 한바탕 용을 썼다. 어느 순간 사내는 그만 입술이 파래지면서 돼지 멱따는 소리로 비명을 질러대었다.

그 사달이 있은 뒤로 명월댁은 장바닥에서 영악한 여인네로 억척스런 장꾼으로 소문이 왜자했다. 덕분에 이후부터 한량이건 주정뱅이건 명월댁에게 접근해 함부로 농을 치거나 치근거리는 사내들이 더는 나타나지 않았다.

윗목 바람벽에 각목을 쥐고 다가오는 장한 역시 오래전 시장에서 자주 보았던 사내였다. 허우대가 멀쩡하고 행실이 드레져 홀로 사는 여인네 가슴이 얼마간 운둔거리기까지 했었다. 매일 장에 나타난 사내는 반짝이는 백구두를 신은 데다 머리에 동백기름을 발라 반들반들 윤이 났다. 옷매무새 역시 체수와 걸맞게 반듯하였고 젖살 빠지기 전 아이처럼 흰 얼굴엔 뽀얀 살이 붙어 평생 고생이란 걸 모르고 살아온 듯 자르르 부티가 흘렀다. 사내는 시장을 한 바퀴 돌아온 뒤 꼭 명월댁 좌판 앞에 멈춰서서 진열된 물건들을 쭈욱 훑어보았다. 그중 싱싱한 채소들을 외면하고 굳이 팔리지 않아 수들수들 시든 채소와 우거지들만 골라 제값을 내고 가져갔다. 처음엔 사내가 물정 모르는 송양지인처럼 어리석게만 보였고 한편 측은하기까지 하였다. 사내의 수상한 행보가 하루 이틀이 아니어서 어느 날엔 작심하고 물었다.

"아저씬 소를 지르시우, 토끼를 지르시우. 대관절 이걸 가져다 어디에 쓰려고 매일 시든 채소만 골라 사가시우."

그는 씨익 웃기만 할 뿐이었다. 재차 명월댁이 물을 때서야 기다렸다는 듯 실토하는 거였다.

"내가 왜 매번 우거지만 골라 사 가는지 정말 궁금하시오?"

되묻는 그에게 명월댁이 말똥말똥한 눈을 깜박이며 고개를 주억거렸다.

"보기에 좋은 떡이 먹기에도 좋은 법, 나도 욕심이 있고 물건 고를 줄도 아는 사람이오. 허나 기왕이면 내가 안 팔리는 채소를 사줘야 아주머니가 이문이 많이 남을 거 아니요. 무겁게 이고 온 야채가 안 팔리면 어쩌나 걱정이 되어 내가 좀 도와주려 했던 것뿐이오."

명월댁은 뒤통수를 한 대 얻어맞은 듯했다. 장거리에 나온 뒤 별별 희한한 사람들을 만나고 별별 해괴한 일을 겪어봤지만 이런 엉뚱한 사람을 만나긴 또 처음이었다. 사내는 단지 딱해 보이는 누군가를 돕기 위해 매번 손해를 감수하고 쓸모없는 채소를 사준 셈이었다. 눈 감으면 코 베어먹는 험한 세상에 속이 바다와 같이 깊고 가슴이 화롯불처럼 따뜻한 호인이 있었다니, 탄복하고 넋을 놓은 채 멍하니 앉아 있는 명월댁 앞에 사내가 환하게 웃는 낯으로 다가와 또 시든 채소를 달라고 주문하였다. 명월댁이 무 자르듯 거절하며 손사래를 쳤다. 사겠다고, 안 팔겠다고 한동안 실랑이가 벌어졌지만 사내가 자꾸 고집을 부릴수록 명월댁의 가슴이 장작불 지핀 구들처럼 달궈졌다. 오롯이 사내아이 둘 성장만 바라고 이 악다물어 수절을 각오한 명월댁이었으나 이 산 같이 믿음직스럽고 벌판처럼 넓은 마음을 가진 사내에게 잠시라도 기대고픈 마음이 가는 것은 어쩔 수 없었다. 이후부터 장에 나가면 오가는 사람 중에 혹여 머리에 동백기름을 바르고 백구두를 신은 멋쟁이 사내가 다가오지 않을까 기다려졌고 행여 먼발치에서 그의 모습이 눈에 띄기라도 하면 얼굴이 후끈거리고 방망이 두드리듯 가슴이 뛰었다. 명월댁의 그런 마음을 읽어낸 것일까, 어느 날 철시를 앞둘 무렵 사내가 다가와 광주리를 어디 아는 집에 맡겨두라 이르고는 무얼 사주겠노라며 함께 갈 것을 청했다. 잠시 망설이다가 못 이기는 척 양복 차림의 사내를 따라나섰다. 오종종한 몰골의 시골 장꾼 처지에 신사를 뒤따르는 행색이 영 탐탁잖았다. 아무리 머리를 매만지고 옷깃을 여미어도 시내를 오가는 여인네들처럼 차림이 말쑥할 리 없었고 용모 또한 곱지 않을 거란 자괴감에 따르는 걸음이 무겁기만 하였다. 혹 사내의 점잖은 체면에 누가 되지는 않을까 염려되어 걸음이 자꾸 뒤처졌고 평소 몸가축에 소홀한 자신을 원망하기까지 했다.

사내의 발길이 머문 곳은 춘천에서 꽤 알려진 갈빗집이었다. 장바닥에서 고생하는 모습이 늘 안쓰러워 언제고 한번 따뜻한 밥 한 끼 사주고 싶었노라고 건네는 다감한 말이 그렇게 정다울 수 없었다. 남편 죽고 난 뒤 처음 듣는 위로이기도 하여 눈물까지 핑 돌 지경이었다.

생전 처음 고급 갈빗집에 들어가 숯불 위에서 이글거리는 고깃점들을 보자니까 매일 거섶 찬에 아욱국뿐인 아이들 밥상이 눈앞에 어른거렸다. 그렇다고 사내 앞에서 아이들 얘기를 꺼낼 분위기는 더욱 아니어서 사내가 구워주는 고기를 덥석덥석 받아먹기는 하였다. 갈빗집을 나와 고맙다는 인사를 건네고 막 헤어지려는데 사내가 지나가던 택시를 불러 세우고는 차 안으로 등을 떠밀었다. 비록 외간 남자이긴 해도 마주할 때마다 가슴이 설레었던 터에 고기까지 얻어먹은 처지여서 망설이고 뻗댈 상황이 아니었다. 저녁 전까진 어디든 따라가 손이라도 내주고 도란도란 얘기꽃을 피우다가 혹여 연분이다 싶어지면 바다처럼 넓은 사내의 가슴에 흠뻑 빠져들고픈 욕심도 생겼다. 머뭇거릴 여유도 없이 차에 오르려고 고개를 차 안에 넣으려는데 등 뒤에서 급박하게 달려오는 구둣발 소리가 들렸다. 등 뒤를 돌아볼 여유도 없었다. 순식간에 누군가가 달려와 명월댁의 손목을 낚아채고는 쇠고랑을 철컥 채웠다. 영문도 모르고 택시에서 내려 뒤를 돌아보자니까 고개를 떨군 사내의 손목에도 어느새 수갑이 채워져 있었다.

경찰서 취조실에 끌려가서야 자세한 내막을 들을 수 있었다. 사내는 서울에서 온갖 추잡한 범죄를 저지르고 춘천으로 도망온 사기꾼이었다. 춤바람난 여자와 간통한 전과만 해도 세 번이나 되었고 어리숙한 부녀자에게 접근해 금품을 갈취하다가 덜미가 잡힌 건수도 다섯 차례나 되었다. 게다가 몇 달 전엔 유부녀와 간통하다가 들통이 나버리자 여자의 남편을 흉기로 찔러 중상을 입힌 흉악범이기도 했다. 명월댁에게 접근한 연유도 기가 막혔다. 누군가로부터 명월댁이 일천 평 넘는 텃밭을 가진 과부란 소문을 듣고는 시든 야채를 사가면서 환심을 산 뒤 정분을 터 텃밭을 갈취하려던 계획이었다.

취조가 끝나고 무혐의로 풀려난 명월댁이 가슴을 쓸어내리며 경찰서를 나서기 전 아직 취조 중인 사내를 뒤돌아보았다. 시장에서 그를 기다리는 시간이나 집에 돌아와 무슨 일을 할 때도 눈앞에 얼핏얼핏 사내의 얼굴이 떠올랐었다. 어린 자식들을 보아서도 이럴 수는 없다며 사내의 얼굴을 지우려 애써도 그의 온화한 눈빛과 환한 웃음기가 점점 가슴을 달궈놓았었다. 꿈에서라도 한 번쯤 품에 안기거나 등에 기대어 피곤한 몸을 의지해 보고픈 생각도 없지 않았다. 하지만 심문 중인 사내와 눈이 마주쳤는데 이전 보았던 온화하고 너그러운 눈빛이 아니었다. 측은하기도 하여 다가가 무슨 말이라도 건너려고 머뭇머뭇하였더니 사내가 체념하며 중얼거렸다.

"니미릴, 다 된 밥에 코 빠뜨렸네. 이보시오 과수댁. 내 품이 정이나 그립거든 얼른 텃밭 팔아 옥중 수발이나 하시오."

그 바람에 사내에게 실낱같이 남아 있던 정나미가 뚝 떨어졌다. 이 천하에 몹쓸 개불상놈아. 아무리 행실이 막돼먹은 모산지배기로서니 눈곱만큼이라도 양심이 있거든 입이나 닥치고 있으라고 한바탕 욕지거릴 내뱉고 유들유들한 얼굴에 두어 모금 가래침까지 뱉고 싶었으나 그간 가슴 설레게 했던 정을 생각해 조용히 물러섰다. 배신감과 수치심이 교차하면서 몇 날이나 끙끙 앓아누웠던지, 그때를 생각하면 낯이 뜨거워 어디 쥐구멍에라도 들어가 숨고 싶었다.

장바닥에서 만났던 그 두 사내가 무엇 때문에 혼자 사는 안 늙은이 집 안방까지 찾아온 것일까. 부라린 눈이며 손아귀에 감아쥔 몽둥이가 명월댁의 오금을 저리게 했다.

"이 무뢰배들, 아녀자 집에 웬 남정네가 함부로 겨들어 와 겁박이냐. 한발이라도 더 가까이 다가왔다간 내가 사추리 가운뎃 걸 뽑아 개에게 던져 줄 테다."

떨어지지 않는 입을 겨우 벌려 으름장을 놓는다고는 했지만 어쩐 일인지 의도와는 달리 목소리가 목구멍에서만 맴돌 뿐이었다. 명월댁은 몸을 잔뜩 옹송그리며 방 한구석으로 숨어들었다.

요행히도 그때 밖에서 개 짖는 소리가 들려왔고 뒤이어 인기척이 있었다. 명월댁이 정신을 차리고 번쩍 눈을 뜨자 온몸에 식은땀이 흥건했다. 왜 자꾸만 헛것이 보이는지 탄식이 절로 나왔다. 명월댁은 웅크렸던 몸을 겨우 추스르고 느릿느릿 방문으로 기어가 문을 열어젖혔다.

문밖에는 말쑥한 차림의 낯선 젊은이 하나가 와 있었다. 차림새로 보아 또 둘째의 빚쟁이가 아닐까 싶어 왠지 불안감이 몰려왔다. 설마 그럴 리가 없겠지, 땅 판 돈으로 빚 청산하겠다고 집 나간 지 얼마나 되었다고 그사이 또 빚쟁이가 찾아왔으랴. 절대 그럴 일은 없다고 짐작하면서 쉴 새 없이 짖어대는 독구를 향해 시끄럽다 소리쳐 겁을 주고는 뉘시냐고 물었다.

"얼마 전 이 집과 텃밭을 산 사람입니다. 아드님한테 들으셨죠? 제 생각엔 이 주택이 너무 낡아 내후년쯤 집을 허물고 새로 지을까 해서요."

"집이 팔리다니, 그게 시방 뭔 소리유."

명월댁이 또 헛것을 보았나 싶어 문고리를 부여잡고 눈꺼풀을 껌벅여 보았다. 바깥 공기가 맑았고 혼미했던 정신도 돌아와 있었다. 게다가 목덜미 위에 깃을 세우고 악을 써대며 짖어대는 독구의 모습을 보아서도 이 상황이 헛것을 보거나 꿈을 꾸고 있는 게 아니었다.

"아드님이 말씀 안 하시던가요? 집도 텃밭도 모두 팔렸다고요. 하여튼, 이제 제가 여기 집하고 텃밭의 주인입니다. 오래전에 잔금까지 다 치렀고요, 등기도 마쳤습니다. 이렇게 새로 만든 집 등기와 토지대장, 건축물대장에도 제 이름이 올라와 있잖습니까."

젊은이가 주머니에서 꺼낸 땅문서와 집문서를 명월댁 앞으로 불쑥 내밀었다.

"등기구 나발통이구 다 필요 없수. 내 텃밭 뙈기 팔렸단 소식은 들었수만 집까정 팔렸단 말은 안적 듣지 못했수. 귀신 씻나락 까먹는 소리 집어치구 어여 내 집에서 나가시우."

맏이가 제 동생에게 텃밭은 팔아 쓰더라도 집만큼은 팔아선 안 된다고 다짐을 주었다지만 이 어리석은 놈이 또 큰일을 저지른 모양이었다.

"어쨌거나 저는 2년 뒤 이 집을 철거할 겁니다. 2년 뒤에 제가 다니던 직장에서 퇴직하거든요. 그때까지 편히 지내시다가 제게 돌려주셔야 합니다. 2년 동안 말미를 드리는 거니까 약속 꼭 지키세요."

그는 지켜야 할 예의는 깍듯이 지키면서도 상대방이 지켜야 할 약속을 명확히 일러주고 떠나갔다.

고관절이 무너져 내리듯 다리에 힘이 풀린 명월댁이 방바닥에 풀썩 주저앉았다. 어기적어기적 방바닥을 기어 치부책에 적어 둔 번호를 찾아내 둘째 놈에게 전화를 걸어보았지만 헛수고였다. 아예 전화기를 꺼놓아 어미가 죽었대도 소식 전할 방법이 없었다. 시내 사는 시누이에게 전화를 걸어 이놈의 골칫덩이가 하다 하다 어미 집까지 몰래 팔아 처먹고는 어디로 내빼 뒤졌는지 살았는지 연락조차 안 된다고 복장을 쳤다.

종종 헛것이 보여 혼자 방에 있기가 두렵고 오늘도 바람벽에서 과거에 본 적 있었던 두 사내가 작대기를 들고 튀어나와 패죽일 듯 겁박하더란 이야기도 털어놓았다. 시누이한테 한참이나 신세타령을 쏟아낸 명월댁은 저녁도 거르고 밤새 앓아누웠다.

이튿날 시내에서 시누이가 명월댁을 찾아왔다. 전날 털어놓았던 신세타령을 듣고는 미심쩍어 들른 거였다.

"눈에 헛것이 보인다고요?"

명월댁보다는 열두 살이나 아래인 시누이는 공무원 신랑을 만나 결혼했다. 당시엔 시누이 남편이 말단공무원이었으나 퇴임 전엔 시청 과장까지 지냈다. 덕분에 살림이 피었고 늙어가는 풍모도 명월댁과는 천양지차였다. 텃밭에 나가 종일 햇볕에 그을리고 광주리 무게에 눌려 살아온 명월댁의 노쇠한 외모와는 달리 시누이는 피부가 희고 파마한 머릿결이며 옷매무새도 시내 여인네답게 우아하고 고왔다.

"참 벨일이여. 아무래두 내가 갈 때가 됐능가 봐. 혼자 있을 때마다 헛것이 바람벽에서 겨나오구 테레비서 겨나와 혼자 사는 늙은일 겁박하니 뭔 조환가 모르겠네. 이러다 어느 날 혼자 누워 자다가 헛것한테 맞아 죽을지 모르겠어."

시누이가 윤기라곤 없는 쪼글쪼글 주름진 명월댁 손등을 주무르며 혀를 찼다.

"성, 요즘 노인들이 코로나 때문에 경로당도 못 나가고 방 안에만 들어앉았잖아요. 온종일 테레비만 들여다보고 있어선지 정신병원 찾는 노인들이 흔하대요."

"설마 테레비만 본다구 헛것이 뵈킬까……"

"내 친구 친정엄마도 테레비에서 순경이 나오니까 자기 잡으러 왔다면서 방구석에 쪼그리고 앉아 바들바들 떨고 있더래요. 예전에 누명을 쓰고 경찰서에 잡혀간 적이 있었는데 아마도 그때 억울하게 당했던 고통이 오랫동안 적울로 남았던 모양이에요."

"참 벨일이네. 으쨰 테레비서 사람 겨나오는 게 늙은이 눈에만 뵈키냔 말이야."

"그게 다 코로나 때문이래요. 딸이 병원엘 모시고 갔더니 정신과 의사가 코로나 증후군이라나 뭐라나 하면서 치료법을 알려주는데 너무 방에만 있지 말아라, 눕지 말고 바깥바람 쏘이며 걸어라, 아침나절 밖에 나가 햇볕 쏘여라. 아, 그리고 지금 여럿이 모일 수 없는 세상이니 전화로라도 가족들이나 동네 분들하고 자주 통화해라, 그러고는 이 병은 수다를 잘 떨면 금방 낫는 병이라고 하더래요."

"그놈의 병 이름도 망측스럽고 수다 떨면 낫는다는 치료법도 참 유별나네."

둘은 함께 웃었다. 그렇게 웃기는 하였지만 한평생 살아온 집과 사철 메주 밟듯 나다니며 지켜온 터가 송두리째 팔려나갔다는 허탈감에 명월댁은 등뼈가 무너져 내리는 듯 맥이 풀렸다. 이젠 누워 발 뻗을 만한 땅떼기는 고사하고 편히 쉴 쪽방 한 칸 없는 처량한 신세였다. 아무리 박복한 인생이기로서니 늘그막에 이 무슨 낭패고 고초란 말인가. 자식도 자식이지만 먼저 간 남편 얼굴이 자꾸 눈앞에 어른거렸다. 남들은 환갑 진갑에 팔순까지 허리가 장목수수 모가지 휘듯 끈덕지게 붙어살건만 무엇이 급해 일찍 곁을 떠나갔는지, 같이 알콩달콩 해로하며 가장으로서 든든한 울타리가 돼줬더라면 마지막 해로동혈할 때까지 이런 흉한 꼴은 겪지 않았을 터인데, 생각할수록 기구한 신세가 한탄스러웠다. 죽은 남편이 지하에서 이 딱한 사정을 알기나 할까? 여기까지 생각이 미치자 가진 땅 모두를 내주었음에도 어미가 사는 오두막까지 팔아치운 둘째의 철없는 행실이 더기가 막히고 괘씸했다.

"이 패쥑여도 시원찮은 놈."

명월댁이 이를 악다물며 분통을 터뜨렸다. 시누이가 명월댁의 허망한 심정을 달랬다.

"성, 이미 엎질러진 물이에요. 이젠 그깟 재산이구 새끼구 다 소용없으니까 맘 단단히 잡숫고 몸간수나 잘해요. 어제 성 전화 받고 즉시 미국 큰조카한테 전활 걸었더니 그 사람도 겉으로만 걱정하는 척합디다."

"상일이헌테 전활 했다구?"

"집이 팔렸다기에 노인네 기거할 방이라도 한 칸 얻어드려야 할 거 아니냐니까 몸 불편하면 요양원 들어가심 다 해결될 걸 왜 집을 얻냐며 펄쩍 띕디다. 요양원 들어가시면 비용은 지가 대겠대요."

"저런, 육시릴 놈!"

빚에 시달리다 텃밭에 어미 기거하는 집까지 팔아먹은 둘째는 그렇다 쳐도 박사에 교수에 무엇 하나 부족할 게 없이 성공한 장남이란 놈이 그런 막말을 지껄였다는 게 명월댁은 도무지 믿어지지 않았다. 전화 받자마자 비행기 타고 건너와 미국까지 데려간대도 시원찮은 판에 요양원에나 가라니, 기가 막혀 헛웃음이 날 지경이었다. 기껏 자식 키운 공이 고작 어미 요양원 보내는 거란 말인가. 키워놨더니 모두 저 잘난 덕에 크고 저 잘난 덕에 공부하고 출세한 줄 아는 모양이었다. 눈이 있고 생각이 있다면 어미가 저들 잘 되기만 바라며 생고생한 젊은 날을 다 지켜보았을 것이다. 새벽동자에 텃밭에 나가 내다 팔 채소를 뜯고 다듬어 광주리에 한 임 이고 기를 쓰며 배터까지 걸어가면 벌써 몸에 남았던 진이 쑥 빠져 목뼈가 뻐그러질 듯 저렸고 허리며 다리는 금방 녹신녹신하였다. 배가 나루에 닿자마자 또다시 똬리 올린 머리 위에 광주리를 이고서는 부리나케 시장까지 내달렸다. 이미 몸이 파김치가 되어 좌판을 벌여 놓고 잠시 숨이라도 돌리면 첫손이 들기도 전에 공복이었던 뱃구레가 꿀렁거렸다. 마수걸이부터 까탈스러운 손님이라도 드는 날엔 운수가 진종일 사나웠다. 상추, 부추, 배추, 마늘, 감자, 달래, 고들빼기, 대파, 냉이 등 좌판에 올려놓은 싱싱한 제철 채소들을 모개로 사갈 것처럼 주무르다가 시들었네, 크네, 작네, 흠을 잡고선 벌레 씹은 얼굴로 돌아가면 허기진 몸은 파김치가 되어 늘어지게 마련이었다. 좌판 옆에 쪼그리고 앉았다가 몸이 노곤해 끄덕끄덕 졸기라도 할라치면 옆 생선가게 마누라가 할미새처럼 다가와 어깨를 툭 치고는 버릇처럼 농을 치는 거였다.

"아멘, 아멘, 꼭 기력 떨어진 노인네 예배당 나와 졸듯 한다니까."

노점 야채상이 손에 목돈을 쥘 수는 없는 노릇이었다. 하지만 티끌 모아 태산이라고 한두 푼씩 모아 시장에서 가까운 은행으로 달려가 예금을 했고 그렇게 모은 돈은 자식들의 자잘한 교통비부터 큰돈이 들어가는 대학 등록금, 유학비, 전세금, 결혼 비용 등으로 아낌없이 빠져나갔다. 아이들이 다 떠나고 혼자 농사지어 개미 역사하듯 모아두었던 현금도 둘째의 사업 실패로 깨진 독에 담긴 물처럼 줄줄 새어 나갔다. 작은며느리가 찾아와 이혼하겠다고 징징거릴 때 자식 생각하라며 얼마를 떼어주고, 정말 남남으로 갈라서서 두 손주까지 데리고 떠나게 돼 인사치레로 찾아왔을 때 아이들 교육비에 쓰라고 또 얼마를 떼어주고, 집까지 경매에 넘어가 알거지가 된 둘째가 왔을 때 어디 전세라도 얻어 살라며 또 얼마를 떼어주고 보니 이제 명월댁에게 남은 돈이라곤 통장에 든 이백삼십만 원이 전부였다. 그동안 자식들에게 쏟아부은 게 어디 돈뿐이랴. 서울로 공부 떠날 때, 군대 갈 때, 유학 갈 때, 결혼할 때, 둘째가 사업 실패 후 며느리와 갈라서겠다고 지지고 볶을 때, 가슴 조이며 밤 지새운 날이 몇 날이고 쏟은 눈물이 몇 단지나 되는지 그걸 어찌 숫자로 헤아릴 수나 있겠는가.

  돌아볼수록 비통하고 허망했다. 자식놈들 모두가 사과 벌레 같은 존재들이었다. 자신의 가련한 처지가 단물 신물 쪽쪽 빨아먹고 속 살까지 다 갉아먹어 덩그러니 겉껍질만 남아 썩어가는 사과처럼 느껴졌다.

며칠 뒤 명월댁은 유모차를 밀며 집을 나섰다. 농협 구판장에 가 이것저것 사고 기왕 집 나선 김에 복지센터에 또 쳐들어가 면장과 담판을 지을 심사였다.

텃밭에는 감자가 벌써 고랑을 가득 채우고 있었다. 하루가 다르게 섶이 우거지더니 여기저기 꽃망울이 맺히기 시작했고 강가에서 바람이라도 불어 싹이 휘적일 땐 알싸한 감자 냄새가 콧속으로 훅훅 날아들었다. 한 십 년만 더 젊었더라도 이 텃밭을 더 가꿀 수 있었을 테지만 나이가 나이인지라 이미 두 해 전 방동리 사람에게 쌀 닷 말을 받기로 하고 도지를 주었었다. 이젠 그마저도 텃밭이 남의 손에 팔려 작물이 심어지고 키워지고 거두어지는 것을 지켜만 봐야 한다니, 텃밭을 지나치거나 바라볼 때마다 속에 뭉쳐있던 응어리가 화끈화끈 치밀어 오르고 숨이 멎을 것처럼 답답했다.

다른 집 땅에도 작물이 한창 자라고 있었다. 이곳 서면 땅은 해가 진종일 비추는 데다 땅심이 깊고 비옥했다. 그런데도 이젠 외지인들이 물밀듯 들어와 땅을 사놓기만 하고 관리하지 못해 여기저기 묵정밭이 늘어났다. 돈 많은 서울 사람들이 투기 목적으로 사놓고는 직접 경작하지 않아 풀만 무성히 자라는 땅이었다.

느릿느릿 산책 걸음으로 큰길가를 향해 걷자니까 방동리 초입에 사는 종구 엄마가 얼굴에 흰 마스크를 쓰고 유모차를 앞세운 채 걸어 내려오고 있었다. 명월댁보다 열 살이나 아래였지만 젊었을 때부터 남자들도 힘겨워하는 등짐 노동을 한 탓에 일찍 골병이 들어 칠십도 되기 전 허리가 꼬부라졌다. 거친 사내들 틈바구니에서 오랫동안 막노동을 해왔던 탓인지 입이 걸고 능글맞았다. 종구네나 명월댁이나 젊은 날을 애면글면 바동거리며 살아온 처지라 젊어서부터 죽이 잘 맞았다.

"어디 가시우 성님."

먼발치에서 명월댁을 보자 종구 엄마가 할미새처럼 엉덩이를 배쓱거리며 다가왔다.

"목구녕이 포도청이라구 살아 숨 쉴라문 목에 뭘 좀 넹겨야지. 구판장에 가 국시 한 단허구 사탕 한 봉지 살려구. 동상은 운동 가능가?"

"성님 말도 마시우. 해 떨어져 하룻밤 지낼라문 등때기부텀 팔때기 다리빼기, 손꾸락 발꾸락지꺼정 몸땡이 속 뻽다구란 뻽다구마다 쑤시구 저리구 땡기구 안 아픈 곳이 없수. 보건소에 약 타러 가니깐 의사가 운동해야 뼈가 굳지 않는다구 엄포를 놓지 뭐유. 조반 채려 먹자마자 설거지구 뭐구 내팽개쳐 둔 채 씨적씨적 운동이나 댕겨올라구 나서는 길이우."

"젊어서 몸땡이를 마구잽이루 굴려 먹었으니 성할 리 있을라구. 쟁기라면 대장간에 가 새루 벼리기라두 하지."

"그러게나 말이우. 누가 그러는데 서면에 다른 마을보다 많은 게 둘이나 된대유. 그게 뭔지 아시우, 성님?"

"시방 나헌테 퀴즈를 낸 거야?"

명월댁이 고개를 갸우뚱하고는 종구네를 힐끔 바라보았다.

"그래유. 내가 퀴즈를 냈으니깐 얼릉 맞춰보시우."

"베란간에 벨 오도깨비 같은 걸 묻고 자빠졌네. 나한테 물을라믄 고추 한 관이 몇 근이냐, 마늘 한 접이 몇 개냐 뭐 그런 걸 물어야 맞추지. 느닷없이 서면에 많은 걸 물으믄 내가 그걸 뭔 수로 알구 대답을 하냔 말이야."

"성님 우리 마을이 박사마을이잖우. 성님 큰아들도 박사구."

"그러쿠만. 우리 동네 박사가 많기는 허지. 헌데 냉거지 하난 또 뭔가."

"것도 모르시우 성님. 우리 같은 꼬부랑 할망구잖우."

그렇긴 했다. 젊은 날 새벽부터 밭에 나가 허리가 끊어지도록 기어다녔고 무르팍이 바스러지도록 일에 치여 살던 여인네들이었다. 환갑 진갑 지나고 보니 아무리 무쇠 같은 통뼈라 해도 젊어서부터 닳고 사는 데는 재간이 없는 거였다. 명월댁이 수긍한다는 뜻으로 고개를 끄덕였다.

"서면 여인네들만큼 억척시런 여인네들이 세상에 또 있을까. 젊어 다들 골병이 들어 늘그막에 꼬부랑탱이가 됐겠지."

한참을 걷다 보니 맞은편에서 운동복 차림을 한 예닐곱 명의 여자들이 서넛씩 무리 지어 걸어왔다. 외지에서 이사와 사는 사람들이 운동을 나선 모양이었다. 몸에 두른 복장이 맞춤한 데다 막 다림질한 셔츠처럼 주름 한 줄 없는 얼굴로 보아 돈푼이나 있는 집 여인네들 같았다. 이 골짝 저 골짝 마을 곳곳에 외지인들이 들어와 땅을 사고 전원주택을 짓고 하더니 이젠 마을에 모르는 사람들이 부쩍 늘었다. 막 명월댁과 종구네 앞을 지나쳐 간 여인네들 역시 이제껏 보지 못했던 낯선 이들이었다. 명월댁은 유모차를 세우고 멀어져 가는 그들 뒷모습을 바라보다가 혀를 끌끌 찼다.

"버릇없는 에편네들, 목구녕에 전봇대를 꽂았나 기부스를 했나. 동네 으른을 봤음 인사부터 해야지. 다들 할끔할끔 쳐다만 보곤 그냥 가뻐리네."

"늙은 내 난다고 숨까지 참고 지나가는 거 같수, 성님."

"즈덜은 뭐 늙지 않고 백 년 천 년을 사나."

"얼굴은 까 놓은 마늘쪽처럼 해사하고 몸뚱인 청보릿대같이 야리야리한 젊디젊은 저 여자들이 부럽쥬?"

"부럽긴 하지. 고생이란 걸 몰르구 살다 서방까지 잘 만나 팔자 늘어져 저렇게 조반부터 운동이나 댕기니 짜장 부럽긴 허네."

"성님, 우리도 여기서 미루낭구처럼 허리나 좀 쭉 펴봅시다."

종구 엄마가 유모차를 세우고 굽었던 허리를 길게 폈다. 명월댁도 잠깐 허리를 펴고 숨을 몰아쉬었다.

"짜장 다 부럽네. 젊음도 부럽구, 몸 성헌 거두 부럽구. 저렇게 동무끼리 어울려 댕기문서 벌어 논 돈으루 얼굴까정 가꾸니 어느 남정넨들 싫어하겠냐구."

"성님, 우리도 무르패기에 허연 허벅지살까지 뵈키는 한 뼘

치마도 해입구 허릿바 바트게 조여 매구설랑 돈 많은 젊은 영감탱이들 앞에 가 살살 꼬리 좀 쳐볼까?"

"심청이 애비라면 모를까. 우리 같이 허리 꼬부라진 안늙은일 누가 쳐다나 보겠어?"

"성님이나 내가 어디가 어때서 그러시우. 우리도 돈 싸들고 벵원에 가 허리 꼿꼿해지는 수술도 받구, 미장원에 가 꼬불꼬불하게 머리도 볶구, 손톱 발톱에 뻥끼칠도 하구, 저드랑이에다 향수도 끼얹구, 뻬딱구두도 사 신구 여기저기 가꿔 보시우. 눈에 머렁태 낀 사내들이 지천인데 돈 냄새 풀풀 나는 늙은이 만나 아직 처녀라구 박박 우기면 치마깃 붙잡고 졸랑졸랑 따라올지 누가 알우."

"왜, 그 나이에 재출이라두 하려구?"

명월댁이 피식 웃으며 다시 유모차를 앞세웠다. 종구 엄마도 허리를 구부리고는 명월댁과 나란히 걸음을 떼었다.

"돈 많은 젊은 영감탱이가 침 질질 흘리문서 달겨들믄 뭔 짓인들 못 하겠수."

"그러다 증말 젊은 영감이 수캐츠럼 달겨들문 으쩌려구."

"영감은 사내 아니우. 달려들문 서낭낭구에 매미 달라붙듯 냉큼 앵겨보는 거지유. 성님이나 나나 과부 된 뒤 사내 품 귀경도 못하구 이 모냥으루 늙었는데 무덤 들어가기 전 사내 냄새라도 실컷 맡으믄 그것두 호사 아니유."

"이 동상, 벨 숭한 소릴 다하네."

말은 그렇게 했지만 명월댁은 마스크 쓴 입으로 보이지 않게 웃고 있었다. 능글능글 내뱉는 종구 엄마의 넉살 듣는 재미에 힘든 줄도 모르고 농협 구판장을 향해 걷고 있을 때였다. 맞은편에서 자전거를 탄 쉰이나 됐을까 싶은 사내 하나가 밤색 털북숭이 푸들 한 마리를 앞세우고 천천히 페달을 밟으며 다가오고 있었다. 머리털 사이에 머루알처럼 박힌 새까만 눈동자가 꽤 앙증맞았다. 명월댁은 유모차를 세우고 사내와 푸들이 지나갈 때까지 지켜보았다.
　종구 엄마가 어서 가자고 재촉했다.
　"성님, 어여 갑시다. 쥐방울만 한 그깟 강아지가 뭐 구엽다구 넋 놓구 자꾸 쳐다보시우."
　"글쎄 구여워 보는 게 아니라 시상이 으떻게 되려구 애서껀 으른서껀 저렇게 개만 구엽다구 밤낮없이 끼구 돌아댕기냐구."
　"그러게나 말이우. 우리 동네만 봐두 애들이 안 뵈키잖우. 어린 것들이 귀하니깐 시낼 나가두 그르케나 많던 애들 옷가겐 몽조리 읎어지구 개밥 가게만 지천으루 늘어난다잖우. 댑싸리 밑에 개팔자라더니 개 사료에 개 옷에 개껌에, 개 간식까지 맹글어 팔구. 어디 그뿐이유. 개 병원에 개 미용실에 개 호텔, 개 장례식장까지 생겨났답디다. 요즘은 우리 팔자보다 개 팔자가 훨씬 상팔자라니깐유."
　"듣다 보니 증말 사람 사는 시상이 아니구 개들만 살판 난 시상이구만."

"누구헌테 들은 얘기에유. 하나뿐인 자석이 지르던 개를 시골 부모헌테 맽겨놓구 다른 나라로 이민을 갔는데 즈덜 낳아준 부모 걱정은 뒷전이구 개가 병들면 꼭 연락하라구 신신당부를 하더래유. 얼마만치 시월이 흘러 짜장 개가 죽을 때가 돼 외국 간 자식헌테 연락을 했더니만 글쎄 사흘도 안 돼 처자식들꺼장 대동하구선 우르르 몰려왔더래유. 멩절이 돼두 코빼기는커녕 전화 한 통 읎던 자석이 글쎄 살아생전 개새끼 얼굴 보겠다구 달려와설랑 부모는 안전에두 읎이 앓는 개만 끌어안구 눈물 콧물을 짜더래유. 메칠 후 개가 죽으니깐 초상집이 돼설랑 울구불구 난리를 치다가 메누린 안마당에서 까무러치구 손녀는 거실에서 죽은 개를 끌어안구 한나절이나 곡지통을 터뜨렸다잖우. 증말 사람이 죽은 것츠럼 창호지로 꼭꼭 싸매 염을 하더니 꽃으로 치장한 관에 넣더래유. 눈물 범벅으루 장사를 치르구선 절에 가 천도제를 꼭 지내주라구 스님헌테 뭉테기돈을 찔러주더라지 뭐유. 그리구선 즈 부모헌텐 식당 데려가 게우 저녁 한 끼 사주고 다음 날 바로 떠나더래유. 자식이 떠난 뒤 늙은 두 내외가 탄식을 했다잖우. 우리가 자식을 지른 게 아니라 개를 질렀다구 말이유."

"시상에나. 상전도 그런 상전이 읎구만. 이러다 증말 개를 정승이나 나랏님으루 떠받들구 사는 시상 되겠네."

명월댁은 그만 속이 철렁했다. 죽은 개를 장사 지내러 온 어느 집 자식이나 미국 가 박사 되어 돌아오지 않는 큰아들이나 어미 사는 집까지 몰래 팔아먹고 내뺀 작은아들이나 다 그놈이 그놈 같았기 때문이었다.

"요즘 애들은 결혼을 해두 애는 통 안 낳구 개고냥이만 데려다 금이야 옥이야 지른다니깐유."

"그르게나 말이야. 난 돌잔치 댕겨온 지가 은젠지 모르겠네. 집이건 밖이건 애들 깨들거리는 소린 사라지구 쥔 따라댕기문서 짖어대는 강아지 소리만 들려오잖어."

명월댁이 애써 마음을 가라앉히고는 매일 줄에 매인 채 집이나 지키고 있는 독구를 떠올리며 맞장구를 쳤다.

"예에미, 얘길 듣고 보니 줄 바트게 매 놓은 우리 집 독구만 불쌍허네."

"성님. 요즘 테리비 보문 젊은것들이 머리에 뻘건 띠 두르구선 헬조선 어쩌구 떠들문서 데모하잖수. 그 헬조선이 먼지 아시우?"

"조선은 알지만서두 헬이 뭔 소린지 내가 그걸 으뜿게 알어. 헬로 미시타몽키 뭐 그런 거야?"

"그게 지옥이란 뜻이랍디다. 먹구 살기 심들다구 시상을 지옥이라잖수. 핵교 댕길 때부텀 취직하구 결혼해 애 낳구 집 장만할 때까정 그르케나 살기가 심들어 시상을 지옥이라잖수. 그래서 결혼해서두 애들을 안 낳구 자꾸 개만 지른대유."

"예에미, 시상이 참 요지경 속이네."

"성님, 내가 할미새처럼 웅뎅이 까불거리며 춤 좀 춰볼까?"

"베란간 질바닥에서 웬 춤이야. 몸땡이 아푸대문서."

종구 엄마가 명월댁보다 두어 걸음 앞서가다가 엉덩이를 실룩거리며 노래를 불렀다.

"시상은 요지경. 요지경 속이다. 으떤 집은 강아지가 왕이고 으떤 집은 고냥이가 쥔이다. 애애애들아 내 말 좀 들어라 이 집은 멍멍 저 집은 야옹 개고냥이 시상이다. 어떠우 성님. 증말 세상이 요지경 속 아니유?"

"몸땡인 할미꽃 꽃대궁처럼 잔뜩 꼬부라졌구만, 응뎅이 하난 씰룩씰룩 잘도 까부네. 2절은 읊어?"

"2절은 성님이 부르시우."

종구 엄마가 목이 꺾일 듯 깔깔거렸고 명월댁은 손바닥으로 종구 엄마의 엉덩이를 툭 치며 따라 웃었다.

농협 앞 도로변에서 종구 엄마와 헤어진 명월댁은 언덕 밑 구판장으로 향했다. 농협건물 지층 구판장에 들어가 국수 한 단과 커피 한 상자, 사탕 한 봉지를 샀다. 문을 나서기 전 구판장 냉장고에 그들먹한 요구르트를 외면할 수 없어 직원에게 가져다 달래서는 유모차 짐칸에 얹었다. 생각 같아선 두유도 한 상자 사고 알이 탱글탱글한 청포도도 한두 송이 사고 싶었지만 주머니에서 만 원짜리 한두 장을 더 꺼내야 한다는 생각이 미치자 얼른 계산을 치르고 구판장을 빠져나왔다. 무엇에 쫓기듯 구판장을 나서는 자신의 발걸음이 끼니때마다 굴비 두름이나 바라보는 수전노처럼 궁상스러워 보였다.

―육시랄, 한펜생 광주리 인생 살았드니 게우 주머닛돈 애끼는 버릇 하나 남았구나. 늦서리 맞은 다래 꼭다리츠럼 은제 떨어질지 모를 목숨이구만, 애끼고 냉겨 뭘 허겄다고 수전노 숭내까지 내며 궁상을 떠는지 모르겄네.

　명월댁은 자조 섞인 탄식을 쏟아내며 큰길가로 올라섰다. 구판장 진열대 위에 먹음직스럽게 놓였던 잘 익은 포도알이 잠깐 눈에 어른거렸다. 하지만 그동안 먹고 싶어 도리깨침을 삼키면서도 굳이 외면했던 적이 어디 한두 번이었던가. 먹고 싶었던 과일이 어디 포도뿐이고 하고 싶었던 일 손꼽아 둔 것이 한두 가지였으랴. 입에 넣고 싶은 음식, 몸에 걸치고 싶은 옷, 새처럼 훨훨 날아 산 넘고 물 건너 가보고 싶었던 곳, 이루고 싶던, 즐기고 싶던 일들을 더러는 다음으로 미루고 더러는 어금니를 악다물고 꾹꾹 참았었다. 한평생 광주리 인생을 살다 몸에 밴 짠 근성이 아직 고스란히 남아 있었던 것이다.

　대로변에서 올려다본 복지센터는 멀게만 보였다. 젊은이들이야 밥 한술 뜨기도 전에 도달할 수 있는 짧은 거리일 테지만 유모차에 의지해 숨을 할딱이며 걸어야 하는 명월댁으로선 만만한 거리가 아니었다. 언덕을 오르기도 전에 목덜미에서 비지땀이 솟구쳤다. 또 찾아가 한바탕 전쟁을 치를 생각에 입술이 마르고 가슴도 두근거렸다. 그래도 여기서 물러설 명월댁이 아니었다. 누가 이기나 끝까지 해보자고 다짐하면서 면사무소 초입에 들어서는데 약방 간판을 보고서야 파스 생각이 났다. 팔다리와 어깨가 시도 때도 없이 저리고 쑤셔 잠 못 드는 날이 태반이었다. 그나마 파스라도 붙여야 후끈거리는 맛에 고통을 줄일 수 있었다.

명월댁은 약방에 들어가 3천 원짜리 한방파스 세 개를 사 짐칸에 넣고 다시 유모차를 밀며 오르막길을 걷기 시작했다. 아스팔트로 포장된 훤한 길이건만 언덕이라 몇 걸음 못가 숨이 턱까지 차올랐다. 무르팍도 새큰거렸다. 그 쌔고 쌘 대로변 땅 놔두고 왜 하필 이런 언덕배기에 면사무소를 지었는지, 늙은 사람들은 아예 들어오지도 말라고 일부러 가파른 지형을 골라서 지어 놓은 것은 아닌가 싶어 은근히 부아가 치밀었다. 면사무소에 들어서기가 무섭게 길게 심호흡을 내뱉은 명월댁은 민원대기실을 잠시 서성이다가 일전에 들어갔던 소파 쪽으로 걸음을 옮겼다. 유모차 바퀴 소리를 듣고 고개를 쳐든 복지계 여직원이 앉은 자리에서 명월댁을 맞았다.

"무서운 할머니 또 오셨네요."

명월댁은 소파에 한쪽 팔을 기대고 유모차 짐칸에 넣었던 요구르트를 한 뭉치 꺼내 여직원 앞에 내밀었다.

"메칠 전 바카스 하나 얻어먹었으니 빚은 갚고 떠들어야지."

여직원이 손사래를 쳤다. 이런 거 받으면 큰일 난다고, 잘못하면 목 달아난다고 털컥 겁을 주고는 할머니 성의만 받겠다면서 명월댁에게 다가와 요구르트 뭉치를 유모차 짐칸에 다시 찔러 넣었다. 면사무소 직원들의 시선이 일제히 명월댁에게로 쏠렸다. 명월댁은 괜히 죄지은 사람처럼 얼굴이 화끈거렸다. 그걸 다시 꺼내 들고 몇 차례 실랑이를 벌였지만 젊은 여직원의 힘을 당해낼 재간이 없었다.

"참 야박스런 시상이네."

머쓱해진 명월댁이 결국 체념하고 말았다.

면에 온 김에 갖고 있던 텃밭이 팔렸다고 이젠 정말 집도 절도 없는 알거지 신세라고 여직원에게 실토할까? 성공했다는 자식 중 하나는 미국 건너가 박사 되고 교수가 됐다지만 생전 찾아오지 않아 얼굴 본 지 가물가물하고 둘째는 사업하다 실패해 빚더미에 깔려 허덕인다고 신세타령을 해 볼까? 수급자로 선정되거나 요양등급을 받게 되면 돈도 나오고 쌀도 주고 요양보호사가 찾아와 밥에 반찬에 빨래에 목욕까지 시켜준다던데 체통이고 나발이고 다 내려놓고 하소연해 볼까? 그러나 차마 입이 떨어지질 않았다. 동네 누구나 자식들이 출세했다고 부러워하고 텃밭에 집까지 끼고 있는 부자로 알고 있을 터인데 가사도우미가 대문을 들락거리면 금방 여기저기 소문이 날 터였다. 늙은 어미 편히 살자고 자식들을 불효자로 만들 수는 없는 노릇이었다. 잠시 망설이던 명월댁은 사방을 두리번거리다가 면장실을 향해 목청을 높였다.

"면장님 안에 계시우? 면장님 안에 계시거들랑 어여 나와 내 부탁 좀 들어주시우."

여직원이 면장 대신 쪼르르 다가왔다.

"할머니, 면장님 지금 관내 출장 중이신데 무슨 일로 찾으세요."

"그걸 몰라 물어? 내가 뭐 금을 달래 은을 달래. 마을회관이나 보건소 귀퉁이에 병든 동네 늙은이들 가 있을 요양원 한 채만 지어달라고 노상 부탁하잖아."

복지 담당 여직원이 명월댁의 손을 답삭 잡으며 답했다.

"걱정 마세요, 할머니. 제가 한 채 지어드릴게요."

"증말이야?"

"그럼요. 요즘은 백세시대니까 한 스무 해만 더 건강하게 사세요. 지금은 제가 돈이 없어 못 지어드리지만 스무 해쯤 뒤엔 제가 번 돈으로 요양원 한 채 꼭 지어드릴게요."

"예에미, 앓느니 죽지."

명월댁이 여직원의 어깨를 한 방 쥐어박으려는 시늉을 하곤 빙그레 웃었다. 이 핑계 저 핑계 대며 구렁이 담 넘듯 하는 태도보다는 같잖은 농이어도 사글사글 답해주는 여직원이 친손녀 재롱 같아 밉지 않았다.

"내가 툭하면 찾아와 짖어대는 바람에 성가셔 죽겠지?"

여직원이 펄쩍 뛰며 고개를 가로저었다.

"아니에요, 할머니! 할머닌 두 아드님을 모두 훌륭히 기르신 장한 어머니시잖아요. 평생 열심히 사신 분이시고요. 이렇게 훌륭하신 할머니 청을 얼른 들어드리지 못해 저희가 죄송하죠."

"증말이야?"

명월댁이 여직원의 해맑고 서글서글한 눈을 빤히 바라보았다.

"제가요. 나이는 아직 어리지만 사람은 볼 줄 알거든요. 할머니 눈을 보면 큰 글씨가 씌어 있는 게 보여요."

"내 눈에서 글씨가 뵈킨다구?"

"네. 제가 그 글씨를 읽어 드릴까요?"

"기왕 말이 나왔으니 뭔 글자가 뵈키는지 어여 속 시원하게 읽어나 봐."

여직원이 잠시 망설이다가 명월댁 앞으로 바짝 다가와 앉았다.

"할머니, 가까이서 뵈니까 눈에만 글씨가 씌어 있는 게 아니네요. 잔주름 사이 이마에도 볼에도 입가에도 큰 글씨가 여러 자 씌어 있어요."

"글자가 자꾸 새끼를 쳐? 왜 자꾸 늘어나."

여직원이 가만가만 명월댁의 주름진 얼굴을 매만졌다. 마치 길을 잃고 헤매던 아이를 발견한 엄마가 한걸음에 달려와 어루만져 주는 듯 고운 손길이었다.

"노 여 워, 서 러 워, 외 로 워, 이런 글자들이 씌어 있어요. 할머니, 제 말이 맞죠?"

명월댁은 도둑질하다 들킨 사람처럼 얼굴이 화끈거렸다.

"증말 그런 글자들이 뵈킨다구?"

여직원이 또다시 명월댁의 손을 꼬옥 감싸 쥐었다.

"할머니, 그동안 가슴에 품고 사셨던 노여워, 서러워, 외로워, 이런 글자 대신 괜 찮 아 란 글자를 품으세요. 노엽고 서러워도 괜찮아! 불안하고 외로워도 괜찮아! 화가 나고 무서워도 괜찮아! 이렇게 말이에요. 글자만 바꾸시면 가슴에 맺혔던 응어리가 시원하게 풀리실 거고요, 얼굴도 달덩이처럼 환해지실 거예요. 오늘이라도 집에 가시거든 방 안에 앉아 길게 숨을 내쉬고 괜찮아! 해보세요. 그렇게 하실 수 있죠?"

 그게 뭔 뜻인지 명월댁은 알지 못했다. 똥딴지같이 늙은이 눈에 뭔 글씨가 박혀 있다고 뜬금없이 다가와 오두방정을 떨어대는지, 잠깐 어리둥절하기도 했다. 하지만 명월댁을 바라보는 여직원의 눈빛이 악한 구석이라곤 찾을 수 없게 선하고 풋풋했다. 더군다나 쪼글쪼글한 손등과 나무껍질처럼 거친 얼굴을 어루만지는 손길이 얹힌 속을 뚫어주는 듯 시원하였고 얼었던 가슴까지 녹여주는 듯 따스하였다.

 명월댁은 여직원의 맑고 선한 눈을 끝까지 바라볼 수가 없었다. 마치 눈앞에 앉아 있는 여직원이 어른 같았고 자신은 서너 살 먹은 어린애 같아 부끄러웠다. 빈말이긴 해도 선뜻 마을 요양원 한 채 지어주겠다고 답하고 자식들 훌륭히 기른 장한 어머니라고 추켜세우고, 그것도 모자라 두 손과 얼굴까지 어루만져 가며 건네는 말 한마디 한마디가 그동안 구멍이 숭숭 뚫려 허전하기만 했던 명월댁의 가슴을 메워주고 따뜻이 덥혀주는 위로여서 더없이 고맙고 흐뭇하였다. 누구에게 큰 상이라도 받은 기분이라 코끝까지 찡해 왔다.

"늙은이가 자꾸 찾아와 주책을 부려 미안해. 내가 외롭고 무서워 그래. 젊어선 바쁘게 살아 모르겠더니 근자에 와선 외로운 게 젤 섧구 무섭더라."

여직원의 곰살스러운 응대에 명월댁의 어깨가 한결 가벼워졌다. 가슴 속에서 이글거리던 노여움과 분노가 봄눈 녹듯 녹아내리는 듯했다.

당장은 못 들어주지만 스무 해쯤 뒤엔 직접 지어주겠다고까지 약속해 주는 게 비록 흰소리일지언정 간청을 들어 준 듯하여 뿌듯하였고 두 자식 모두 훌륭히 키워낸 장한 어머니라고 붕붕 치켜줄 땐 공을 인정해 준 듯하여 가슴이 뭉클하였다. 여직원 앞에서 또다시 목소리 키워가며 성을 내기가 어려웠다.

명월댁은 잠시 쭈뼛거리다가 유모차를 앞세우고 면사무소를 나왔다. 마음 한구석에 아직도 나라에서 마을 요양원 한 채 얼른 지어주었으면 하는 바람이 없지는 않았다. 낯설고 물선 객지 요양원에 들어가 외로이 생을 마감해야 할 앞날이 걱정되기도 했다. 그러나 누군가가 자신의 삶을 허투루 살지 않았다고 인정해 주는 게 뿌듯하고 더없이 고마웠다. 젊은 여직원이 우스갯소리로 내뱉는 농이라기보단 한평생 고생 참 많았다고 세상이 건네는 위로의 말처럼 느껴졌다. 그만하면 성공한 인생을 살았으니 세상에 노여워 말고 요양원이 됐건 병원이 됐건 어딘가에서 편안히 생을 마감해도 좋다는 하늘의 당부 같기도 했다. 자식과 세상을 향해 품고 있던 노여움을 다 삭이고 여한 없이 살라는 하늘의 목소리 같기도 했다.

명월댁은 또다시 면사무소에 발을 들여놓기가 어려울 것 같았다. 면사무소에 찾아가 친손녀 같은 여직원 앞에서 생떼를 쓴다면 이는 노망난 늙은이가 자신이 살아온 삶을 통째로 부정하는 꼴 같았기 때문이다.

하지만 집으로 돌아오는 명월댁의 가슴은 여전히 허전했다. 발걸음도 점점 무거워졌다. 훌륭히 키웠다는 자식들이 세상 사람들 눈엔 훌륭하게 보일지 몰라도 어미 눈에는 불효막심하고 배은망덕한 자식으로 생각됐다. 세상 사람들 눈엔 불효자로 보일지 몰라도 어미 눈엔 하늘이 내린 효자로 보이는 게 부모의 마음이 아니던가. 명월댁은 길게 한숨을 내쉬었다. 내가 심보가 고약해 자식들한테 너무 많은 걸 기대하는 건 아닐까 싶기도 했다.

그러나 생각할수록 자식들에 대한 원망과 노여움이 머릿속에서 지워지지 않았다. 미국까지 나가 박사에 교수에 유명인사로 마을 이름 빛냈다고 입을 모아 칭송한들 얼굴조차 기억에 가물거릴 정도로 발길 뚝 끊은 자식이 무슨 소용일까. 어미의 평생 일터였던 텃밭이며 시집와 꼬부랑 할미가 될 때까지 문지방 닳도록 드나들었던 집을 통째로 팔아먹고도 전화 한 통 없이 나도는 자식이 무슨 소용이란 말인가. 결국은 가을걷이 다 끝난 빈 밭에 내동댕이치듯 버려진 허수아비처럼 홀로 기울다가 풍상에 쓰러져 흔적을 지워가는 앞날이 눈앞에 선하게 그려지는 거였다.

하지만 때마침 면사무소 복지 담당 여직원의 말이 불식간에 떠오르는 거였다. 괜찮아, 괜찮아였다. 마치 하늘이 그동안 참 열심히 살았다고 위로하는 말처럼 느껴져 자꾸 괜찮아란 말을 중얼거리게 되는 거였다.

집에 돌아와 방에 들어가자니 가슴이 더 답답했다. 대낮인데도 TV나 바람벽, 장롱 속에서 또 거친 사내들이 툭 튀어나와 작대기를 휘두르면 어쩌나 싶어 망설여졌다.

명월댁은 사료 한 바가지를 퍼 손에 들고 독구에게 다가갔다. 눈치 빠른 녀석이 꼬리를 살랑이며 겅중겅중 뛰었다. 밥그릇을 밟고 사료 바가지를 핥고 앞다리를 들어 올릴 때마다 모가지에 걸린 줄이 잔 쇳소리를 내며 출렁였다.

"어리석은 것. 왜 바튼 줄에 매인 몸으루 새끼까지 배어 이 고생이냐. 서방질이 그르케나 하구 싶든?"

명월댁이 독구의 넓적다리를 툭 치고는 사료 바가지를 밥통에 부었다. 허겁지겁 달려들어 사료 알갱이를 우드득우드득 깨물어 먹는 독구의 뒷모습을 흘깃 뒤돌아보면서 명월댁은 대문 옆 창고로 다가가 문짝을 열어젖혔다. 침침한 창고 안에는 농기구를 비롯해 오만 잡동사니들로 가득했다. 그중에서도 명월댁의 눈에 확 들어오는 것이 있었다. 대나무 살로 엮은 오래된 광주리였다. 처음 사 왔을 땐 허벅지 살결처럼 희고 매끈했었는데 사람이나 물건이나 가는 세월을 어찌 비켜 가겠는가. 무수한 나날 긴요하게 쓰다 보니 더 많은 농작물을 더 쉽게 운반할 수 있는 길이 열렸다. 리어카가 등장했고 경운기가 등장했다. 명월댁도 더는 무거운 광주리를 이고 시장을 오갈 필요가 없었다. 큰맘 먹고 손수레를 장만하는 바람에 그동안 끼고 살던 광주리는 어두운 창고에 들어와 처박히게 되었다. 색이 꼬질꼬질 바래고 먼지가 켜켜이 쌓여 마치 홀로 늙은 자신의 처지처럼 쓸쓸해 보였다. 다행히 옆구리가 타지거나 이음새가 허술해진 건 아니었다. 바닥에서 꼼꼼히 돌아나간 실대는 느슨하면서도 질긴 생명력을 그대로 유지하고 있었다. 옆구리로 결결이 휘어나간 엮음새도 아직은 보기보다 견실했다. 어쩌다 집에 들어온 작은아들이 광을 드나들 때마다 제발 그만 내다 버리라는 걸 눈을 부라리며 끝까지 지켜온 광주리이기도 했다.

　명월댁은 광주리를 보기가 괜히 안쓰럽고 미안했다. 무르팍에 가 있던 손에 힘을 주어 빳빳이 허리를 펴고는 창고 구석에 처박혀 있던 광주리를 신줏단지 모시듯 들고나와 수돗가로 향했다. 양동이에 물을 받아 광주리에 흠뻑 적신 뒤 세탁솔과 비누를 가져다 조심조심 문질렀다. 몇 해 동안 손보지 않아 뽀얗게 내려앉았던 먼지가 씻기면서 수챗구멍으로 검은 땟국물이 줄줄 흘러내렸다. 마른행주를 가져다 물기를 닦고 살과 살 사이에 끼었던 먼지까지 닦아내자 곳곳에 옛정이 배어있어서였을까, 보들보들한 대나무 질감이 손끝에 착착 감겨왔다. 하지만 사람이고 물건이고 세월을 비켜 갈 수는 없는 노릇이었다. 아무리 정성을 다해 닦고 문질러도 뽀얗게 내려앉았던 먼지만 씻겨나 갔을 뿐 예전 한창나이에 옆구리에 끼거나 머리에 이고 다녔던 탱탱한 본래의 광주리로 돌아오지는 않았다.

—예미랄, 옴팡 삭은 네 꼴이나 늙어 쭈그렁밤송이가 돼 시름시름 하는 내 꼬락서니나 기름 떨어져 언제 꺼질지 모르는 등잔 심지 같구나.

탄식하며 긴 한숨을 내쉰 명월댁은 씻은 광주리를 볕이 잘 드는 바지랑대 끝에 걸어 널고는 수숫대처럼 휜 허리를 수그린 채 독구에게로 다가갔다. 사료 한 바가지를 뚝딱 해치운 독구가 엉덩이 밑으로 꼬리를 사리며 다가왔다.

"니가 새끼만 안 뱄어두 내 맘이 깃털처럼 홀가분할 텐데. 왜 새낄 배가지구 너꺼정 속을 썩이냐. 불쌍한 것, 짐승이라구 피붙이 정을 모를까. 너두 올가을엔 젖 물려 지른 새끼들허구 생이별해야 할 텐데 젖멕이들 하나씩 떠나버리면 맘 심란해 어쩌냐. 외롭구 서러운 니 맘 나도 안다. 그저 팔자려니 생각해라."

고추장 단지처럼 통통해지는 독구의 뱃구레를 바라볼 때마다 명월댁은 자꾸 근심이 쌓여갔다. 독구가 낳은 새끼들을 광주리에 담아 닷새마다 열리는 풍물장에 내다 팔든가 공으로 누구에게 주든가 깔끔히 뒷수쇄를 해야 요양원엘 가도 발걸음이 떨어질 거란 생각에서였다. 예전엔 곤궁한 살림 탓에 식구처럼 기른 개를 개장수한테 팔아넘기고도 별다른 가책을 느끼지 못하고 살았다. 그러나 나이도 몸도 잿불처럼 사위어가다 보니 길바닥에 기어다니는 개미 한 마리 밟는 것조차 조심스러워 비켜 다니곤 했다. 직접 기른 개랍시고 몇 푼 되지 않는 돈을 받고 개장수 손에 넘긴다는 게 남은 앞길에 지고 가야 할 짐 하나를 더 얹는 것처럼 무겁게만 느껴졌다. 그래도 독구가 낳을 강아지를 닷새마다 열리는 시내 풍물시장에 내다 팔아야 한다는 생각엔 변함이 없었다. 마음 같아선 광주리에 젖살 오른 강아지를 담아 머리에 이고 풍물시장까지 가는 일이 거뜬하리라 생각됐다. 사람들로 북적이는 장거리 한 귀퉁이를 차지하고 앉아 광주리 안에서 오물거리는 강아지 몇 마리 내다 팔고 오는 일쯤이야 장사 수완 앞세울 필요도 없이 반나절이면 뚝딱 해치울 거라 생각됐다.

하지만 지금의 노쇠한 근력으론 어림없는 일이었다. 명월댁은 금방 머리를 흔들었다. 생각할수록 광주리에 강아지를 담아 시장까지 옮길 일이 아득했다. 굽은 등을 꼿꼿이 세워 광주리에 이고 갈 작정도 아니고 그렇다고 옆구리에 끼고 갈 용빼는 재주도 없어 어차피 차를 가진 이웃 신세를 져야 할 판이었다.

"강아지는 장에 내다 판다지만 니가 걱정이다. 다른 데 시집보내든 수양을 보내든 어디 편안한 곳으루 널 떠나보내야 내가 요양원엘 가지. 널 냅두구 으떻게 요양원에 가 두 발 뻗고 편히 지내겠니."

말을 알아듣기라도 한 듯 독구가 낑낑거렸다. 뱃구레를 쓰담

쓰담하자 무릎에 등을 기댔던 독구가 등가죽을 바닥에 대고 벌렁 드러누웠다. 바닥에 누워 연신 꼬리를 치던 녀석이 명월댁의 손등에 핀 검버섯을 깨끗이 지워주려는 듯 아이 신발짝만 한 혓바닥을 내밀어 자꾸만 핥았다. 녀석의 불그레한 혓바닥이 손등을 스칠 때마다 찬 겨울 화롯가에 앉아 언 손을 녹일 때처럼 손끝으로 전해지는 촉감이 자릿자릿하고 뜨듯하였다.

어느 날 점프

그날 영철의 퇴근길엔 기이한 일들이 연이어 벌어졌다. 일곱 해 동안 일해온 두부 공장에서 퇴근 직전에 본 서녘 하늘이 유달리 붉었다. 평일 같았으면 그냥 무시한 채 곧바로 차에 올라 집으로 향했을 일이었다. 그러나 공장을 나와 차를 타기 위해 주차장으로 향하던 영철의 눈길이 무의식중에 서녘 하늘로 향했고 그 순간 정신이 몽롱해졌다. 그의 시선이 머문 서녘 하늘엔 마침 일몰이 한창이었는데 뭉글뭉글한 구름결 위에 번진 노을이 마치 용암이 흘러내리는 듯 장관을 이루고 있었다. 게다가 산 너머로 떨어지는 햇빛에 반사된 구름 덩이 중 하나가 유독 영철의 시선을 잡아끌었다. 그건 노을로 짙게 채색된 구름이라기보단 살아 움직이는 신령스러운 기운이 감도는 한 마리의 황금 거북이었다. 목을 길게 빼문 채 허공을 바라보던 황금 거북이는 어느 순간 고개를 수그리고 아래를 내려다보며 입을 움죽거렸다. 아주 잠깐 영철은 꿈을 꾸는 듯한 몽환적 분위기에 이끌려 멍하니 황금 거북이를 바라보았다. 거북이도 영철을 내려다보고 있는 듯했다. 마치 영철에게 긴히 할 말이 있으니 어서

귀를 열라고 다그치는 눈빛 같았다. 영철은 순간 등골이 오싹했다. 얼른 정신을 차린 영철이 서녘 하늘에 팔렸던 시선을 거두고 출고된 지 십오 년이 훌쩍 지난 소나타에 올라 시동을 걸었다. 이후에 작은 사고가 터졌다. 액셀러레이터를 밟고 서둘러 공장 진입로를 빠져나올 때 코너에 주차해 있던 검은 색상의 벤츠 차량을 미처 발견하지 못했다. 영철의 고물차가 벤츠의 앞 범퍼를 살짝 스치고 지나갔다. 영철은 스친 정도가 어느 정도인지 전혀 의식하지 못했다. 범퍼가 움푹 찌그러질 정도였는지, 닿을 듯 말 듯 나뭇잎 한 장 차이로 아슬아슬 비켜 지나갔는지, 운전석에서 젊은 사내가 맹수처럼 툭 튀어나온 뒤에야 영철은 일이 터진 사실을 알았다. 벤츠에서 튀어나온 사내가 성난 표정으로 영철을 쏘아보았다. 순간 차를 멈춘 영철은 가슴이 철렁 내려앉았다. 반바지와 반소매 티셔츠를 입은 젊은 사내의 드러난 피부마다 독수리 부리와 용 무늬가 촘촘히 그려져 있었는데 사내의 얼굴을 흠칫 바라보는 순간 영철은 아차 싶었고 돌덩이처럼 금방 안색이 굳어지고 말았다. 그러잖아도 험악해 보이는 얼굴에 오만상까지 찌푸리고 영철을 바라보는 사내의 눈빛이 식은땀이 날 정도로 날카롭고 서늘했다. 한눈에도 어느 조직폭력단의 중간 보스쯤 되는 풍모여서 영철은 금방 간이 콩알만 해졌고 다리에 힘이 쭉 빠져나갔다.

　사내는 자신의 자동차 범퍼로 다가가 한참을 살폈다. 영철 역시 잔뜩 주눅이 든 걸음으로 다가가 허리부터 굽실거렸다. 사내는 자신의 차가 심각한 손상을 입었다고 믿고 있는 듯했다. 뛰쳐나오자마자 허리를 구부리고 앉아 자동차 범퍼부터 들여다봤다. 범퍼 위아래는 물론이고 스쳤다고 생각되는 위치와는 무관한 반대편 범퍼까지 돌아가며 먼지만 한 흠집 하나라도 찾아내려고 세밀히 살피고 또 살폈다. 자동차는 공장에서 바로 출고한 신차였던지 눈이 부실 지경이었다. 더군다나 막 세차장에 다녀오기라도 한 듯 먼지 하나 찾을 수 없을 정도로 깨끗했다. 사내는 긁힌 자국이나 찌그러진 흔적을 어떻게든 찾아내려고 애를 쓰고 있었지만 육안으로 사고 흔적을 찾기가 어려운 모양이었다. 영철은 마치 불식간에 고양이와 마주친 생쥐 꼴이었다. 입술이 바작바작 탔고 옹송그리고 있던 어깨가 점점 움츠러들었다. 이 아슬아슬한 순간에 다가가 무어라 한마디 하거나 눈에 거스르는 행동을 보였다간 화를 참지 못한 사내가 독수리 문양이 그려진 울끈불끈한 팔뚝을 번쩍 들어 올려 영철의 얼굴에 한 방 먹이고도 남을 기세였다.

벤츠 운전자는 반드시 충격의 흔적을 찾아내고야 말겠다는 듯 자신의 운전석으로 들어가 블랙박스 화면을 되돌리며 몇 번을 확인하고 또 확인했다. 영철의 눈에도 자동차끼리 스친 자국은 보이지 않았다. 한참이 지나서야 사내는 영철에게 그만 꺼지라는 투로 오른손을 허공에 휙 내저었다.

그래도 미심쩍어 영철이 사내에게 다가가 혹 전화번호를 알려주지 않아도 되겠냐고 물었다.

"왜요. 차 값 보상하시게?"

같잖다는 투로 퉁명스럽게 쏘아붙인 사내가 시동을 켠 뒤 두어 차례 액셀러레이터를 밟았다. 자동차 엔진소리는 조용했고 연소 되어 머플러로 뿜어져 나오는 연기조차 눈에 보이지 않을 정도로 투명했다. 열린 차창으로 얼굴을 내민 사내가 조소하듯 피식 웃고는 한마디 지껄이며 사라졌다.

―아이고, 재수 없게 똥차에 받혀 똥물 뒤집어쓸 뻔했네.

영철은 부락스러워 보이는 사내가 비웃적거리는 투로 툭 내뱉는 소리를 듣고도 따라가 반박해야겠단 생각은 엄두도 내지 못했다. 엄청난 대형사고에서 벗어났다는 안도감에 가슴을 몇 번이나 쓸어내렸다. 공장 진입로를 한참 벗어날 즈음에서야 내 차가 똥차라고? 내가 차에다 똥을 묻히고 다녀 똥 냄새가 진동하기라도 했단 말인가? 하고 자문해 보는 거였다. 있을 수 없는 일이었다. 정확히 말하면 똥차가 아니라 연식이 오래된 고물차인 셈이었다. 영철은 공허한 헛웃음을 흘리며 중얼거렸다.

―개새끼

자동차도 몸뚱이에 그린 만화도 폼에 살고 폼에 죽는 날건달, 아니 양아치로 보였지만 한편으론 무슨 재주가 있어 새파랗게 젊은 나이에 여유로운 삶을 살아가는지 언짢은 의문과 함께 부러움이 밀려왔다. 세상 물정을 모르긴 해도 어림잡아 1억 그 이상은 줘야 탈 수 있는 차겠거니 생각됐다. 두부 공장에서 받는 월급을 한 푼도 쓰지 않고 장장 삼 년 이상을 모아야 살까

말까 한 차였다.

    출퇴근길은 자동차로 대략 이십 분쯤 소요되는 거리였다. 금요일의 퇴근길이라, 피곤하게 일한 한 주를 보내고 오늘 이 시간부터 이틀 동안은 속박에서 벗어나 어딘가에서 휴식을 취할 수 있다는 잔잔한 설렘 때문인지, 창가로 스쳐 지나가는 운전자들의 표정이 모두 밝게만 보였다.

    시내로 들어서자 도로정체가 시작됐고 로터리 인근은 더 혼잡했다. 푸른 신호등이 켜진 뒤 차례를 기다리던 자동차들이 앞에서 채 대여섯 대도 빠져나가지 못한 상태에서 다시금 붉은 신호로 바뀌곤 했다. 운전자라면 바쁜 사람이건 한가한 사람이건 차가 정체되는 동안 도로 한가운데서 막연히 기다려야 하는 상황이 고역이라 여겨질 때가 있을 것이다. 영철은 운전자들이 도로 위에서 소비되는 시간을 매일 합산했다가 필요한 때 돌려받을 수는 없을까 하고 엉뚱한 상상을 하다가 그만 신호를 놓치고 말았다. 뒤에서 따라붙던 덤프트럭이 천둥 치듯 뿌앙뿌앙 요란한 경적을 울릴 때에서야 깜짝 놀라 부리나케 앞차를 따라붙었다.

    영철이 거주하는 임대아파트 단지 상가에는 벌써 환하게 불을 켠 상점들이 보였다. 2층 건물 태권도장에서는 사범의 구호와 함께 아이들이 절도 있게 내지르는 기합 소리가 들려왔고 그 건물 1층 치킨집에선 벌써 닭 튀기는 콩기름 냄새가 코를 자극했다.

아파트 진입로 삼거리에서 신호등이 또다시 차량의 흐름을 막아섰다. 아파트로 우회전하는 진입도로 역시 직진 차량이 섞여 있어 바로 꺾어져 들어가기 어려웠다. 차가 정체되는 동안 영철은 무심코 차창 밖 아파트 상가 쪽으로 시선을 가져갔다. 상점마다 각기 독특하고 다채로운 불빛을 뿜어내고 있었는데 그건 전구가 뿜어내는 조명효과라기보단 상가 유리에 붙어 있는 선팅 효과였다. 예컨대 유리 벽 전면에 흰 색상으로 선팅한 2층 태권도장의 불빛이 투명해 보이는 것과는 대조적으로 출입문과 앞 유리를 모두 주황색으로 선팅한 치킨집에서는 맥주 색깔의 불빛이 새고 있는 것이었다. 치킨집 바로 옆 상점에서도 환하게 불빛이 새어 나왔다. 복권을 파는 로또방이었다. 영철은 매주 주말 오전 아파트를 빠져나와 로또방을 찾곤 했다. 빈곤한 직장인이 길고 긴 가난의 굴레에서 벗어날 수 있는 유일한 탈출구가 로또 말고 또 무엇이 있으랴 싶어 매주 토요일마다 로또방에 가 2만 원을 주고 넉 장의 로또를 구매해 왔다. 두 장은 기계가 찍어주는 자동으로, 나머지 두 장은 자신이 원하는 숫자를 그때그때 조합해 찍어왔다. 어떤 신기가 작용했던지 서너 달쯤 전엔 매주 로또를 구매할 때마다 넉 장 중 하나가 꼬박꼬박 4등으로 당첨되었다. 당첨 숫자 여섯 개 중에 네 개를 맞춘다는 건 35,724분의 1이란 확률이 말해주듯 누구나 사기만 하면 들어맞는 흔한 일이 아니었다. 당첨금 5만 원이 주어지는 4등에 무려 다섯 차례나 연이어 당첨되자 주변 사람들이 주말만 되면 영철에게 전화해 이번 주 당첨 번호 좀 예지해 달라고 부탁하는 일까지 벌어졌다. 하지만 최근 두어 달은 상황이 바뀌었다. 넉 장의 로또 중에서 한 장은 4등으로 꼭 당첨시켜 주던 행운의 여신이 이제 다른 이를 향해 돌아섰거나 숫자를 족집게처럼 콕콕 찍어내던 그 신기나 촉이 몸에서 완전히 사라진 모양이었다. 숫자가 신통방통 맞아떨어질 때 2만 원어치를 살 게 아니라 아예 20만 원어치를 샀더라면 하는 후회가 밀려오기도 했다. 주말마다 번호를 찍어달라 조르던 주변 사람들도 몇 차례 허탕을 치자 더는 영철에게 부탁해 오지 않았다.

〈이루어질 수 없는 일, 그중에서도 당첨 확률이 814만 분의 1, 퍼센티지로는 0.0000123%에 불과한 로또를 산 뒤 자신이 1등 당첨의 주인공이 될 거라 믿고 상상하는 일은 더없이 어리석고 딱한 짓이다〉

로또를 사지 않는 다수의 사람이 확률적 근거를 들이대며 비웃는 이야기다. 어느 유명인의 입을 통해 떠도는 말도 있다. 로또란 수학을 모르는 사람에게서 떼어가는 세금이라고. 하지만 영철은 주변의 그런 삐딱한 시선이나 비웃음을 무시했다. 비웃는 사람들이 두 부류 중 하나가 확실하기 때문이다.

가진 게 많아 로또 1등 당첨 액수조차 푼돈으로 아는 사람들이거나 대나무처럼 성격이 너무 곧아 정해진 길밖에 모르는 외골수들이다. 이 두 부류의 사람이 아니라면 로또 구매자를 향해 비웃으며 손가락질할 필요도 없고 비웃어도 안 된다. 많은 이들이 자유로이 꾸는 꿈이고 많은 이들이 머릿속에 그려둔 환상이 이뤄지기를 기다리는 주말이니까.

 영철 역시 주말만 되면 로또를 구매하기 위해 집을 나서곤 했다. 이번 주에도 로또를 구매해야 한다는 생각엔 변함이 없었다. 환한 미래와 평탄한 길, 아이스크림보다 달콤한 희망을 사는 날이었다. 오늘 저녁 느낌이 오는 번호를 조합해 두었다가 내일 오전 중 저기 먼발치로 보이는 태권도장 건물 1층 로또방으로 가 넉 장의 로또를 찍어올 생각이었다. 비록 로또 명당으로 소문나진 않았어도 이미 여러 차례 4등 당첨을 안겨준 곳이기도 해 굳이 발품 팔아가며 여기저기 다른 로또방을 찾아다니고 싶지는 않았다.

 마침 신호가 떨어져 영철은 큰길에서 상가 사이로 난 아파트 진입로로 들어가기 위해 깜박이를 켰다. 때마침 옆 차선에서 베이지색 승용차 한 대가 영철의 차선으로 끼어들어 앞질러 갔다. 막상 끼어들 때는 기민했으나 앞을 막아선 뒤부터는 속도가 답답할 정도로 느려터졌다. 뿐만이 아니었다. 양쪽 엉덩이에 비상점멸기를 껌벅이며 앞서가던 차가 아파트 상가 노변에서 멈추는 것이었다. 참 기이하게도 영철은 차선을 비집고 들어와 느린 속도로 앞서가는 차량이 밉지 않았다. 평소 같았으면 짜증을 내며 경적을 몇 차례 울려댔거나 상향등을 번쩍이며 욱하는 감정을 드러내고도 남았을 일이었다. 묘한 일은 그 후에도 연이어 벌어졌다. 노변에 주차한 자동차 안에서 은은하면서도 화사한 빛이 뿜어져 나오는 게 보였다. 그 빛은 퇴근 직전 서녘 하늘에 떠 있던 황금 거북이 문양의 노을처럼 영철의 눈을 황홀하게 했다. 빨리 따라오라고 보내오는 신호처럼 영철의 시선을 잡아끌었다. 영철은 정신이 몽롱해진 상태로 노변에 주차한 베이지색 자동차 뒤로 차를 몰고 가 몇 걸음 사이를 두고 멈췄다. 그냥 앞차를 추월해 아파트 입구로 들어서면 그만일 테지만 무심결에 앞차에 이끌려 뒤따라간 영철은 차가 멈추자 머릿속이 백지장처럼 하얘졌다. 그는 지금 차 안에서 잠깐 꿈을 꾸고 있다는 착각에 빠져들었다. 정신이 혼미한 상태에서 영철은 퀭한 눈으로 앞을 막아선 베이지색 차량을 내다보았다. 때마침 흰 원피스를 입은 여인이 앞차의 조수석 문을 열고 나와 인도를 가로질러 아파트 상가로 들어서고 있었다. 영철은 옷깃을 하늘거리며 상가를 향해 사뿐사뿐 걸어 들어가는 여인의 뒷모습이 눈이 부실 정도로 아름다워 보였다. 얼핏 보기엔 인도를 가득 채우고 있던 환한 조명이 여인의 옷자락을 더 화려하게 비춰주는 듯했고 또 달리 보면 여인이 입고 있는 원피스에서 반사된 우아한 빛이 인도를 환하게 비추고 있는 듯했다.

여인은 상가 1층 건물 출입구에서 맥주 색 조명이 비추는 오른편 치킨집을 외면하고 곧바로 왼편의 로또방으로 들어갔다. 여인이 로또를 구매하러 가는 게 확실했다. 그렇지 않고서야 노상에 세워둔 차에서 내린 여인이 치마 깃을 나풀거리며 로또 간판이 선명한 상가로 들어갈 리 없었다. 영철은 혼미한 정신 속에서도 불현듯 여인이 들어간 복권방으로 가 미리 로또를 사야겠단 생각에 사로잡혔다. 베이지색 차량이 끼어들기 전까지만 해도 주말인 다음 날 로또를 구매하기로 계획했던 그였다. 짧은 시간에 생각을 바꾼 영철은 지갑에서 2만 원을 꺼내 들고 여인이 들어간 로또방으로 따라 들어갔다. 로또방엔 여자 외에도 친구 사이로 보이는 청년 둘이 낄낄거리며 대기하고 있다가 자동 발매기에서 뽑아준 로또를 받아들고 밖으로 나갔다. 여자는 미리 표기해 온 용지를 내밀며 2만 원어치를 찍어달라고 주문했다. 단골인 영철이 들어오는 모습을 확인한 로또방 주인이 입꼬리를 살짝 끌어올려 웃는 방식으로 알은체했다. 발매기에서 짧은 기계음과 함께 낱장으로 넉 장의 로또 복권이 굴비 두름처럼 뽑혀 나오자 흰 원피스의 여자가 깜짝 놀라 혼잣소리로 중얼거린 뒤 몸을 더듬었다.

앗 내 정신 좀 봐. 지갑을 두고 왔네. 여자가 뒤돌아서며 바로 뒤에서 대기하고 있던 영철을 향해 말했다.

"혹시 저거 필요하시면 먼저 가져가세요."

돌아서 나가는 여인의 흰 원피스가 백로의 날갯짓처럼 나풀거렸고 영철을 휙 스쳐 지나가며 하늘거린 옷자락에선 달콤한 바닐라 향기가 물씬 풍겼다. 필요하면 먼저 가져가란 말을 남기며 돌아서 나간 여인의 얼굴이 보였던가? 정확히 말하면 꿈결처럼 휙 스치고 지나가는 바람에 여인의 얼굴을 영철은 선명히 바라보지 못했다. 영철은 로또방 주인에게 2만 원을 건넸고 금방 발매기 출구를 빠져나온 넉 장의 로또 복권을 넘겨받았다. 용지에 찍힌 숫자들이 마음에 드는지 일일이 확인할 필요도 없었다. 이번 주 당첨 숫자에 오를 듯싶은 여섯 개의 번호가 눈앞에서 어른거리거나 연상되는 숫자가 떠오르지도 않았다. 영철은 로또를 하나씩 뜯어 반으로 접은 뒤 바지 주머니에 찔러 넣고 로또방에서 천천히 걸어 나왔다. 로또방과 붙은 치킨집 배출구에서 뿜어져 나온 닭튀김 냄새가 상가 앞 인도 주변을 떠다니고 있었다. 2층 태권도장에서 내지르는 아이들의 기합 소리도 아래층까지 쩌렁쩌렁 울려 퍼졌다. 영철은 무의식중에 지갑을 두고 내렸다던 여자를 찾아보았다. 금방 차에서 지갑을 갖고 복권방으로 뛰어 들어갈 줄 알았던 여인은 그러나 영철의 눈에 보이지 않았다. 아마 차가 아닌 집에다 지갑을 두고 온 모양이었다. 여인도 노변에 주차해 있던 베이지색 승용차도 이미 사라지고 없었다. 이게 무슨 일인가. 마치 따뜻한 봄날 볕에 취해 잠깐 졸다 깨어난 사람처럼 영철은 흐릿한 의식을 떨쳐내기 위해 머리를 세차게 흔들었다. 머리가 알알하고 어질어질해오면서 잠깐 현기증이 났다. 그 사이에 여인을 태운 차는 어디로 갔을까. 차를 세웠던 도로변에서 눈을 뗀 영철이 직진 방향으로 시선을 옮겨갔다. 여인을 태우고 왔던 베이지색 승용차가 먼발치로 달려가는 게 보였다. 영철은 승용차가 시야에서 사라질 때까지 도로를 멍하니 바라보다가 노변에 세워둔 자신의 차로 돌아왔다. 언뜻 바지 주머니에 넣었던 로또 넉 장이 생각났다. 주머니 속 로또를 꺼내어 지갑 안에 가지런히 찔러넣은 후에야 꿈을 꾼 듯 몽롱했던 정신이 정상으로 돌아와 있음을 알았다. 출퇴근하는 하루하루의 일상이 매일 반복되기는 해도 복사라도 한 듯 표본에서 한 치의 편차도 없이 똑같을 리 없지만 이날 영철의 퇴근길은 다른 날에 비해 퍽 기이하고 유별났다.

한 주가 금방 지나갔다. 그날 회사에서 퇴근해 집에 돌아오기까지 별스럽고 기이한 일들이 벌어졌던 건 사실이었지만 그렇다고 기억에서 오래 머물러 있지는 않았다. 소소한 일상이 계속 반복되었고 그날 있었던 일을 까맣게 잊어버린 채 한 주를 보냈다. 집에 돌아오자마자 어머니의 일상화된 잔소리, 일테면 구두를 윤이 나게 닦고 다니라거나 머리를 깎을 때가 됐다거나 깔끔히 씻고 다녀야 여자들이 따른다거나 남자는 집안에 틀어박혀 있기보단 밖으로 나다녀야 좋은 일이 생긴다거나 서울에서 자취하는 누이동생 영미가 어찌 지내고 사는지 한 번쯤 가보라거나 코로나 시국에 삼겹살집을 차린 누나네 가게에 손님이 몇이나 들었는지 전화해 보라는 등의 잔소리를 들었고 그런 시시콜콜한 잔소리를 절반쯤 귀로 흘려보내는 일에도 익숙했다. 특히 이혼한 뒤 수년이 지나도록 짝을 찾지 못한 영철을 향해 어머니는 더 늦기 전 무슨 수를 써서라도 밖에 나가 여자를 만나라고 재촉했다. 영철이 서른을 넘길 때부터 채근해 온 잔소리였지만 십 년이 넘도록 포기할 줄 몰랐다. 심지어 국내 아가씨들 눈이 워낙 높아 웬만한 총각은 거들떠보지도 않는다며 눈꼴사나운 며느릴 보느니 차라리 착하고 생활력 강한 해외 며느리를 맞는 게 낫겠다는 이야기까지 꺼냈다. 사실 그동안 지인의 소개로 만나본 여자만 해도 어림잡아 대여섯은 족히 됐다. 여자들은 현실적 문제에 민감했다. 불확실한 미래에 인생을 걸고 살아가기보단 확실한 현재를 선호했다. 재산이 얼마나 되는지, 내 집은 소유하고 있는지, 안정적인 직장에 다니고 있는지, 연봉은 얼마나 되며 모아둔 예금은 얼마인지, 결혼 후 어머니와 분가하지 않고 같이 살아야 하는지 등 현실적인 질문과 맞닥뜨린 영철은 그녀들이 원하는 답을 단 하나도 충족시키지 못하고 있는 처지를 인정했다. 특히나 코인 시장에서 처절한 상처를 입은 뒤로는 누군가가 여자를 소개해도 쉽게 체념하고 사양했다. 밖에 나가는 대신 방 안에 들어앉아 좋아하는 가수의 음악을 들으며 야구를 봤다. 그렇게 한 주가 지나간 것이다.

토요일 오후엔 TV로 중계되는 야구를 보기에 적합한 날이다. 그는 이글스의 팬이었다. 야구장에 가 직관할 정도의 광팬은 아니었지만 TV로 야구를 시청하는 시간이 유일한 즐거움이었다. 현재는 만년 꼴찌팀이라는 오명을 쓰고 있으나 딱 한 번 한국시리즈 제패의 꿈을 이룬 팀이었고 특히나 연습생으로 떠돌던 선수가 한 해 마흔 개의 홈런을 쳐낸 팀이기도 했다. 더군다나 현재 만년 꼴찌팀이라는 오명과는 어울리지 않게 신인 괴물 투수를 배출해 메이저리그까지 진출시킨 팀이기도 했다. 꼴찌팀답게 어쩌다 한 경기를 이긴 뒤엔 기뻐할 겨를도 없이 두세 경기를 내주곤 해서 실망하는 때가 많았다. 그러나 자주 패하면서도 어쩌다 승리할 때의 기쁨이 늘 이기는 팀이 이기는 기쁨보다 더 강렬했고 현재 바닥을 헤매고 있는 자신의 인생과 처지가 엇비슷하다는 동질감까지 느꼈다. 별 볼 일 없이 하찮은 인생을 살아가는 현실이 연습생 인생을 살았던 홈런왕의 과거 불운했던 시절은 아닐지 비교하는 상상도 즐거움 중 하나였다. 양 팀의 경기력으로 보아 주말 경기 역시 이글스의 패배는 명약관화였다. 이미 전날에 펼쳐진 주말 3연전 경기 중 첫 경기에서 7 대 0 완봉패를 당하고 말았다. 토요일 경기도 원정 경기인 데다 상대는 선두 팀의 에이스가 선발로 내정돼 있었다. 타석에선 이글스 타자들의 헛돌리는 방망이질을 또 지켜보게 될 것이고 난타당한 뒤 교체되는 선발과 불펜 투수들의 처진 어깨도 익숙하게 받아들이게 될 것이다. 누군가가 사람들의 일상을 야구의 리그처럼 낱낱이 지켜보고 있다면 영철 역시 매일 경기에 패하면서도 흐릿한 희망 하나에만 의지한 채 하루를 살아가는 인생과 다를 바가 없었다. 때론 부리부리한 눈에 화살촉처럼 단단한 부리, 창보다 날카로운 발톱을 지니고도 독수리는커녕 비둘기 신세로 전락해 있는 이글스가 언젠가는 우승권으로 도약하는 건 아닐까, 내심 걱정이 되기도 했다. 그건 바닥권에 추락해 있던 이글스가 그동안 응원해 준 팬들에게 주는 최고의 선물일 테지만 영철의 생각은 좀 달랐다. 이글스가 한때 황금기를 구가하며 코리안시리즈를 제패했던 팀이었기에 영영 꼴찌에 안주하리라곤 믿지 않았다. 하지만 가난뱅이와 사는 게 지긋지긋하다며 결혼 3년 만에 아내가 떠나간 뒤 아직 그 지긋지긋한 가난의 굴레를 벗어나지 못한 영철로선 그런 꼴찌팀 이글스가 좋았다. 이글스가 어느 해 갑자기 우승 트로피를 들어 올린다면 그건 팬으로서 당연히 열광하며 자축해야 마땅한 일이지만 꼴찌 인생에 머물러 있는 팬으로선 퍽 서운한 일일 것만 같았다.

영철은 주말 오전엔 소파에 기대앉아 눈을 감고 좋아하는 대중가수의 노래를 듣는 게 또 다른 행복이었다. 싱어송라이터 김동률의 노랫말이 들을수록 가슴에 와닿았다. 노랫말에 분위기와 맞는 옷을 입혀준 듯한 멜로디가 좋았고 호수처럼 찰랑이는 목소리가 좋았다. 최근엔 장철웅이란 가수의 흘러간 노래도 종종 들었다. 오래전에 〈서울의 달〉이란 드라마의 OST로 인기를 끌었던 〈그때는 왜〉와 〈이룰 수 없는 사랑〉이란 노래의 우울한 가사가 자신의 현재 쓸쓸한 처지와 같단 생각에 자주 빠져들었다. 그는 장르를 가르지 않았다. 때론 흘러간 팝을 듣기도 하다가 발라드에 빠지기도 했고 근자에 와선 반열에 오른 재즈 연주자들이 심오하게 들려주는 즉흥연주에 매력을 느끼고 있었다. 음악에 심취할수록 영철은 욕심이 생겼다. 빈티지 급 앰프와 고급 스피커를 구매해 가수가 정성을 다해 들려주는 목소리와 여러 악기가 조합을 이루어 들려주는 고혹적이고 황홀한 멜로디 세계에 흠뻑 빠져들고 싶었다.

음악에 심취하는 이런 조용한 행복을 뒤로하고 이날 오전 영철은 밖에 나가야 할 일이 생겼다. 지난주 똥차라고 무시당했던 고물차가 말썽을 일으킨 것이다. 오랫동안 중고차만 타온 운전자들은 두 가지에 특히 예민하게 반응한다. 소리와 냄새다. 운행 중 혹 범퍼나 바퀴에서 전에 없던 거친 잡음이 들려오는 게 아닐지, 차 안에서 뭔지 모를 이제까지 맡지 못했던 냄새, 엔진룸에서 혹 낡은 부품들이 말썽을 일으켜 소음과 냄새를 유발하는 게 아닐지, 늘 신경이 곤두설 수밖에 없다.

영철의 차는 다행히 큰 고장이 아니었다. 오른쪽 라이트의 전구가 나가 불이 들어오지 않았고 브레이크 등도 양쪽 모두 작동되지 않았다. 영철은 곧장 카센터로 가 차를 맡겼다. 수리하는 데 한 시간 족히 소요된다는 말을 듣고 계속 기다리고 있기가 무료하단 생각에 무작정 큰길가로 나왔다. 매일 반복되는 어머니의 잔소리 중 하나인 더부룩 자란 머리를 깎아야겠단 생각에서였다. 영철은 미용실로 갈까 이발소로 갈까, 잠시 고민하다가 아예 면도까지 해주는 이발소를 찾기로 했다. 짧은 골목을 빠져나와 대로변에 닿자마자 몇 건물 지난 골목 어귀에서 빙글빙글 돌아가는 3색 회전 간판이 보였다. 이발소가 확실했다. 몇 달 전엔 삼색 회전 간판을 보고 무심결에 이발소겠거니 짐작하고 건물 안으로 들어섰다가 쫓기듯 되돌아 나온 적이 있었다.

삼색 회전 간판이 걸렸다면 이발소가 아닐 수가 없는데 그가 들어선 곳은 뜻밖에도 마사지방이었다. 밖으로 나오기가 무섭게 건물 외벽에 설치된 3색 회전 간판을 확인하자 이발소의 것과는 간판의 크기도 색상도 다소 차이가 있었다. 그러나 이날 눈앞에 보이는 삼색 회전 간판은 자세히 볼 필요도 없이 이발소가 확실했다. 이발소를 향해 얼마쯤 걸어갔을까 싶을 때 작은 크기의 상점 하나가 유독 영철의 시선을 잡아끌었다. 복권방이었다. 오늘이 주말이었고 매주 2만 원씩 구매하던 로또를 이번 주에도 빠뜨릴 생각이 없었다. 로또를 구매하지 않은 채 한 주를 버틴다는 건 희망이 없는 무의미한 한 주를 보내는 것과 다를 바가 없다. 희망이 없는 삶처럼 불행한 일이 어디에 있겠는가. 가진 게 많은 여유로운 사람들이야 꿈속에서 파랑새를 잡으려는 탐욕이라 말할 테지만 보통의 삶을 살아가는 서민들로서는 절망이란 감옥을 벗어날 수 있는 실낱같은 탈출구이자 무엇이든 그릴 수 있는 상상 속의 화선지다. 영철은 이번 주에도 희망을 포기하고 싶지 않았다. 이번엔 단골집이 아니었다. 거리에서 이발소를 찾다가 우연히 마주친 로또방이었다. 영철의 발길은 소비자의 이목을 끌기 위해 대형 현수막을 내건 휴대폰 매점 옆 로또방 출입구로 불쑥 들어섰다.

　이번 주 로또를 구매하기 전 궁금한 게 있었다. 지난주 아파트 입구 로또방에서 사두었던 로또의 추첨 결과가 어떻게 됐는지 이제 확인할 때였다. 보나 마나 지난주에 사 지갑에 찔러 넣었던 로또도 백 프로 꽝일 테고 2만 원은 또 떡이나 사 먹은 셈 쳐야지. 언제나 그래왔으니까.

영철은 당첨 번호를 확인하기 전 자조 섞인 웃음을 먼저 흘리곤 했는데 이날도 별반 다르지 않았다. 다행히 늘 꽝이어도 조소를 곱씹으며 흘리던 웃음과 서운한 감정이 오래 이어지지는 않았다. 아마 이번 주도 그럴 것이다. 그 보상으로 한 주 동안 잠깐씩 상상 속 화선지에 멋스러운 그림을 그렸잖은가. 그것이면 2만 원의 대가치고는 훌륭하다고 위안 삼을 만했고 이번 주 또 꽝이어도 크게 실망스러워할 필요가 없었다. 영철은 지갑에 찔러 넣었던 넉 장의 로또를 꺼내 복권방 주인에게 내밀었다. 굳이 복권방 주인에게 건넬 필요 없이 휴대폰으로 검색해 당첨 번호를 확인할 수도 있었다. 발매 용지에 나열된 당첨 번호를 자신의 눈으로 하나하나 확인할 때의 작은 설렘, 물론 알고 나면 꽝이라 허탈하고 실망스럽긴 했지만 그렇다고 절망할 필요가 없는 시간이기도 했다. 말하자면 자기 혼자만의 이벤트인 셈이었다. 방 안 이불속에서 휴대폰을 켜고 확인한다거나 화장실에 가 똥을 누며 혹은 노래를 듣다가 야구를 보다가 어머니의 돈타령을 듣다가 혹은 잔소리를 듣다가 어쩌다간 타고 가던 자동차를 길가에 세워두고 운전석에 앉아 정성스레 로또를 꺼내 들고 일일이 확인한 적도 있기는 했다. 그러나 가장 간명하면서도 확실한 방식이 있었다. 복권방에 가 주머니에 지니고 다니던 로또를 검색기기에 넣고 확인하는 방식이었다. 삐이익— 검색기에서 당첨 사실을 알려주는 기계음이 들려올 때 잠깐이긴 하지만 신경세포로 전해지는 짜릿한 희열을 그는 즐겼다. 4등에 거듭 당첨되던 시기 그는 삐이 하고 알려주던 로또 검색기의 신호음을 매번 들어 귀에 익숙했다.

삐이-

영철은 단말기에서 들려오는 신호음이 퍽 오랜만에 들어본 소리여서 이번엔 익숙하기보단 반가웠다.

"축하합니다. 4등에 당첨되셨네요."

단말기에 당첨 액수로 5만 원이 찍혀 있는 숫자가 보였다. 로또방 주인이 건네는 겉치레 인사를 멋쩍은 웃음으로 흘려보내자니 또 한 장의 로또가 검색기를 빠져나왔다. 이번엔 소리가 들리지 않았다. 또 한 장의 로또가 검색기로 들어가기가 무섭게 빠져나왔다. 역시 영철이 혹시나 하면서도 듣고 싶던 소리는 들려오지 않았다. 영철은 금방 체념했다. 5만 원에 당첨된 것만으로도 로또를 산 효과는 충분했고 만족스러웠다. 넉 장 중 마지막 로또가 복권방 주인의 손에서 검색기로 들어갔다. 영철의 시선이 창가 의자에 앉아 직사각 로또 용지에 찍힌 네모난 숫자 안에 정성껏 표기하고 있는 사람들에게로 옮겨갔다. 창가 쪽에 고개를 숙이고 앉은 사람들이 네 명이었고 그중 둘은 젊은 부부처럼 보였다. 모두가 1등 당첨은 떼어놓은 당상처럼 여유롭고 진지해 보이는 로또방 풍경이었다.

삐이-

너무 일찍 체념했던 탓에 영철은 작은 검색기에서 울리는 신호음이 당첨 사실을 알려주는 소리인 줄도 몰랐다. 무의식중에 로또를 검색기 안에 밀어 넣었던 주인도 거의 같은 생각을 하고 있었던 모양이었다. 삐- 신호음이 들려오긴 했어도 흔한 5천 원짜리일 거라고 지레짐작했었던지 주인 역시 처음엔 무덤덤했다. 하지만 이전의 그 흔한 당첨 숫자, 흔한 당첨 액수와는 확실히 색다른 무언가를 느꼈던 모양이었다. 주인이 검색기에 눈을 바짝 들이대고 얼마간 숫자를 확인했다. 그제야 영철도 삐- 하고 들려오던 검색기로 시선이 옮겨가 주인의 표정을 살폈다. 주인은 검색기에 표시된 당첨 번호를 얼핏 들여다본 뒤 믿을 수 없다는 듯 몇 차례 눈을 껌벅였다. 혹시 검색기가 오작동을 일으킨 건 아닐까? 주인은 아마 그럴 수도 있다고 생각한 모양이었다. 얼떨떨한 기색을 감추지 못하다가 거듭 숫자판을 확인하고 나서야 동전만 하게 치뜬 눈으로 영철을 쳐다보았다. 주인이 오른손 검지를 입에 가져가 세우곤 창가에 앉아 로또 용지에 열심히 기입하고 있는 다른 방문객들을 흘낏 바라보았다. 분명 다른 사람들이 눈치채지 못하게 조용히 하란 눈치였다. 그리고 손바닥을 팔락거리며 가까이 다가오라는 신호를 보내고 검색기에 찍힌 숫자를 가리켰다. 처음엔 전자기기에 찍힌 여러 개의 숫자가 무얼 의미하는지도 몰랐다. 복권방 주인도 영철도 서로 상대의 얼굴을 바라보며 멀뚱거리고 있다가 먼저 정신을 차린 주인이 엄지손가락을 척 치켜세울 즈음에야 비로소 자신의 로또 복권이 1등에 당첨된 표시임을 알았다. 엉겁결에 영철은 검색화면에 뜬 숫자를 확인하려고 일, 십, 백, 천, 만, 십만, 백만 천만, 억 십억 단위까지 세어 나갔다. 무려 열 단위의 긴 숫자를 끝까지 읽는 데도 겹치고 혼동되어 거듭 세 차례나 세고 나서야 당첨금액이 30억대란 사실을 알았다. 영철은 잠깐 정신이 혼미해졌다. 이것이 진정 현실이란 말인가? 내가 구매한 로또가 정말 1등에 당첨되었다고? 이게 말이 되는 일이야? 이 순간을 벅찬 감격이라고 해야 할지, 행복이라고 해야 할지, 뜻밖의 기쁨에 얼굴이 후끈거리고 눈앞이 흐려왔다. 누구나 복권을 살 때 막연히라도 1등 당첨을 꿈꿀 것이고 당첨되었단 사실을 알게 된 극적인 순간을 미리 상상도 해보았을 것이다. 하지만 늘 머릿속에 그려만 왔던 상상과 실제 눈앞에 극적인 순간이 현실로 다가왔을 때 느껴지는 감정의 깊이는 전혀 다른 것이었다. 눈빛도 다르고 숨소리도 다르고 느낌까지 전혀 달랐다. 몸에 마비라도 온 것처럼 감각이 무뎌졌다. 미친 듯이 함성을 지르고 호탕하게 웃고 주먹을 불끈 쥐고 왈칵 눈물을 쏟고 금방 하늘을 날아오를 듯 껑충껑충 뛰고도 싶은데 어쩐 일인지 막상 1등에 당첨되었다는 사실을 두 눈으로 직접 확인했음에도 영철은 제 자리에 멀뚱히 서 눈만 껌벅일 뿐이었다.

　복권방 주인으로부터 당첨된 로또 복권을 건네받고서야 어렴풋이 정신이 돌아왔다. 손이 부들부들 떨렸다. 영철은 5만 원에 당첨된 로또 한 장을 복권방 주인에게 선물로 주고 손에 받아

쥐었던 1등 당첨 로또를 지갑에 소중히 찔러 넣은 뒤 복권방을 나섰다. 이발소로 가는 대로변엔 행인들이 듬성듬성 지나치고 있었다.

  영철이 거리로 나온 뒤의 첫 느낌은 엉뚱하게도 행인들이 하나같이 자신을 바라보고 있다는 생각이었다. 겉으론 무심한 척해도 어떤 이는 시샘으로 어떤 이는 부러움으로 가득 찬 눈빛을 흘리며 자신의 곁을 지나가고 있다고 생각됐다. 그뿐이 아니었다. 영철은 몸을 내리누르는 육중한 무게감에 단 한 발자국도 걸음을 내디딜 수가 없었다. 그의 주머니 속엔 마치 거대한 코끼리라도 한 마리가 들어와 있는 듯했다. 평상시 만 원짜리 지폐 몇 장 들어 있는 게 고작이던 지갑, 땅바닥에 떨어져 있어도 행인들이 발로 툭툭 걷어차고 그냥 지나쳐 버릴 것만 같았던 꼬질꼬질 낡은 지갑 속에 36억이라는 거액의 1등 당첨 로또가 들어있는 거였다. 지갑이 격에 맞지 않아서일까, 아니면 거액을 품기엔 인품이나 사회가 부여해준 지위, 위상, 권위와도 같은 자격을 갖추지 못했기 때문일까, 영철은 갑자기 머리가 혼란스러워 갈팡질팡했다. 이게 무슨 일일까. 복권방에서는 전혀 느끼지 못했던 울렁임과 걱정이 몸 구석구석에서 끓어오르기 시작했다. 과부하 직전의 피스톤처럼 심장이 쿵쾅쿵쾅 요동쳤다. 숨이 가빠오고 다리가 후들거렸다. 허벅지 근육도 종아리 근육도 모두 뜨거운 피에 흐물흐물 녹아 금방 주저앉을 것만 같았다. 걸음을 뗄 때마다 마른하늘에서 머리 위로 벼락이 떨어지는 것만 같았다. 복권방에서 걸어 나와 이발소로 향하는 멀지 않은 거리를 아무리 이를 악다물고 걸어도 종래 도달하기 어려운 까마득한 거리로만 보였다.

로또 1등 당첨 소식을 가장 극적으로 받아들인 건 바로 영철 자신이었다. 그의 몸 안에서 가장 예민한 자율신경계가 즉각 반응하기 시작했고 이 뜻밖의 움직임은 교감신경과 척수를 자극하는 순서로 빠르게 이어졌다. 심장이 과부하가 걸릴 정도로 쿵쾅거렸고 어깨와 가슴, 허리, 다리가 녹아내릴 것처럼 힘이 빠져나갔다.

주말임에도 때마침 옆 건물 1층에 문을 연 약국이 보였다. 영철은 겨우 걸음을 떼어 약국으로 들어가 청심환 하나를 샀다. 어깨가 처지고 손끝이 떨려 겹겹 포장된 금박지를 스스로 뜯어내는 일조차 버거웠다. 한눈에 보기에도 영철이 심상치 않은 상태임을 눈치챈 약사가 황급히 조제실을 빠져나와 청심환에 두른 금박 포장을 벗겨낸 뒤 영철에게 내밀었다.

영철은 대기실 의자에 앉아 약사가 내민 검고 작은 청심환 한 알을 입 안에 넣고 어금니로 으깨지지 않을 정도의 힘을 주어 살짝 깨물거나 가끔은 혓바닥으로 굴리면서 천천히 녹여 먹었다.

"금방 효과가 있을까요?"

혹 어떤 응급처방이 더 필요할지도 모른다는 생각에서였을까, 조제실로 들어가지 않고 아직 옆에 우두커니 서 있는 약사를 올려다보며 영철이 물었다.

"30분쯤 걸릴 겁니다. 괜찮으세요?"

약사는 영철의 상태가 괜찮지 않다고 믿고 있는 듯했다. 60대 이상으로 보이는 약사의 얼굴에는 무수한 환자들에게 약을 제조해 주었을 거란 짐작이 들 만큼 연륜이 있어 보였다. 영철이 괜찮다고 답하자 약사가 고개를 한 차례 갸웃거리곤 제조실로 들어갔다.

영철은 청심환 한 알을 다 녹여 먹고도 약국 안 대기 의자에 앉아 격한 감정이 가라앉기를 기다렸다. 증상이 가라앉는다면 30분 이상을 참고서라도 약국 의자에 앉아 쉬고 싶었다. 그러나 약국에 들어설 때부터 줄곧 뻗어오는 약사의 시선과 지나치다 싶은 관심이 영철은 퍽 부담스러웠고 그걸 참고 견디기가 거북스러웠다. 그 시선은 입이 근질거리는 걸 참지 못하고 약사 앞에서 로또 당첨 사실을 털어놓는 바람에 얼른 지갑을 열고 당첨된 로또를 보여주었으면 하는 표정처럼 느껴졌다. 약사가 시선을 거두지 않자 영철은 지갑 속에 무려 36억짜리 당첨 로또가 들어 있단 비밀을 대번에 들켜버린 것만 같아 갑자기 불안해지기 시작했다. 영철은 무의식중에 손을 더듬어 점퍼 안주머니에 넣어두었던 지갑부터 확인하고 자리에서 일어나 느릿느릿 약국 문을 나섰다.

밖에 나와서도 영철은 스스로 감정을 추스르기 어려웠다. 심장의 요동은 아직 그대로였고 양쪽 다리와 어깨의 떨림도 가라 앞을 기미가 보이지 않았다. 얼마를 걸었을까, 영철은 평소 걸음대로라면 채 1분도 걸리지 않았을 거리를 마냥 제자리에서 맴돌고 있단 사실을 깨닫고 그 자리에 풀썩 주저앉고 말았다. 더는 단 한 발자국도 걸음을 떼어놓을 수가 없었다. 모두가 바쁜 대낮에 자동차를 몰고 씽씽 지나가던 사람들이 노숙자처럼 맨바닥에 주저앉은 영철을 바라보곤 했다. 무심결에 흘끗 스쳐 지나친다고는 하지만 길거리에 주저앉은 영철을 바라보는 시선은 사람마다 다를 터였다. 어떤 이는 차에서 내려 병원에라도 데려다주고 싶은 연민을 느꼈을 테고 어떤 이는 대낮부터 술에 절어 쓰러져 있다면 이는 보나 마나 행려자일 거라 미리 단정짓고 곧 국가나 사회가 부담해야 할 사회적비용을 생각할 것이다. 거리를 걷는 사람들의 시선도 그래 보였다. 사람들은 먼 거리에서 바닥에 주저앉은 영철을 흘끗흘끗 바라보며 다가오다가 눈앞에 와서는 난폭한 주정뱅이라도 만난 듯 인상을 찌푸리며 피해 갔다.

영철은 행인의 그런 시선이 부담스러웠다.

아마 그들 중 다수는 젊은 놈이 이른 시간부터 술에 절어 길바닥에 쓰러졌다고 속으로 욕지거릴 내뱉거나 무슨 곡절이 있겠지 싶어 혀를 차고도 남았을 일이었다.

생각 같아선 다른 사람들을 의식하지 않은 채 바닥에 벌러덩 드러누워 한동안 안정을 취하고 싶었다. 아예 깊은 숙면에 빠졌다가 깨어나서는 전혀 다른 세상과 마주하고 싶단 생각이

들었다. 그때 어지러운 의식 중에 문득 떠오르는 게 있었다. 자신이 살아온 세상을 멀리 벗어나 전혀 다른 낯선 세상으로 달려가고 있다는 생각이었다. 지금껏 살아온 낯익은 환경, 늘 사람들을 올려다보며 밑바닥 인생을 살아온 삶에서 단 한 번도 경험해 보지 못한 세상, 막연히 꿈꾸고 동경해 왔던 신세계 그 어디쯤을 향해 질주하는 초고속 열차에 몸을 싣고 언뜻언뜻 스쳐 지나가는 현란함과 속도감에 압도되어 잠시 멀미가 찾아온 거란 생각이 들었다.

영철은 발아래 내려다보이는 초라한 세상과 눈 앞에 펼쳐진 우아한 세상 사이에서 혼란스러워하는 자신을 떠올렸다. 하지만 이처럼 가슴 벅찬 시간 저 아래 세상에서 조금은 더 머물고 싶단 생각이 들었다. 기쁨에 북받쳐 끓어오르는 감정을 억누를 필요 없이 내가 로또 1등 당첨의 주인공이 됐다고 거리를 활보하며 마음껏 자신의 존재를 드러내고 싶었다. 자신이 그동안 살아온 집 안에서 혹은 직장에서, 자주 오가던 거리에서 펄쩍펄쩍 뛰며 환호라도 해보고 싶었고 미친 사람처럼 가로수라도 끌어안고 볼을 비벼댄다거나 심지어 먼 발치에서 바라보는 사람들이 미친놈이라고 빈정거릴 정도로 덩실덩실 춤이라도 춰보고 싶었다. 하지만 어지럼증은 도무지 가라앉지 않았고 벌떡 일어나 몇 걸음 뗄 정도의 힘도 아직 돌아오지 않고 있었다.

두 다리를 감싸 안은 채 고개를 떨구고 한참을 웅크리고 앉았던 영철에게 누군가가 조용히 다가와 물었다.

"아저씨, 어디가 불편하세요?"

영철이 놀라 고개를 들고 상대를 올려다보았다. 머리카락이 하얗게 센 조쌀해 보이는 안노인네가 눈앞에 바짝 다가와 걱정스러운 눈으로 영철을 바라보고 있었다.

"괜찮아요."

영철은 귀찮다는 듯 퉁명스럽게 대꾸했다.

"아까부터 지켜봤는데 많이 불편해 보여서요. 119를 불러줄까요?"

영철이 고개를 절레절레 흔들었다. 이제 괜찮다고, 갑자기 현기증이 나서 잠시 쉬고 있었다고 둘러대고는 등을 꼿꼿이 세운 뒤 길게 심호흡을 해보았다.

"정말 괜찮겠어요?"

"저 신경 쓰지 마시고 그냥 지나가세요."

노인이 선의로 다가와 물었을 테지만 영철은 성가시다는 듯 짜증을 냈다. 노인이 뒤를 흘끔흘끔 돌아보면서 자리를 떴다. 다른 사람들은 모두 무심하게 제 갈 길을 가는데 저 노인은 왜 굳이 내 곁에 와 친절을 베푸는 걸까. 혹 신기라도 있어 내가 로또에 당첨된 사실을 알고 있기라도 한 것일까? 문득 그런 의구심이 들었다. 스스로 생각해도 말도 안 되는 상상이었고 괜한 의심이었다. 심지어 점퍼 주머니 지갑 속에 넣어두었던 복권이 발이나 날개가 있어 어디로 사라져 버린 건 아닐지 자꾸 불안하고 궁금해지기까지 했다. 그렇다고 행인들이 오가는 길거리에서 쭈그리고 앉아 지갑을 열어보기도 민망한 일이었다.

  한참이나 길 위에 주저앉았던 영철은 주변의 시선엔 아랑곳하지 않은 채 천천히 몸을 일으켰다. 약국에 들어가 사 먹은 청심환이 효능대로 열을 내려주고 심장을 다독여 준 덕분이었을까, 자리를 털고 일어섰을 때 쿵쾅거리던 가슴이 다소 진정되었고 어지럼증도 누그러져 제법 서 있을 만했다. 하지만 다리는 아직도 후들후들 떨려와 걷기가 거북했다. 이발소로 가던 걸음을 멈춘 영철은 카센터로 돌아가기로 생각을 바꿨다. 마치 아무런 일도 일어나지 않았다는 듯이 애초 계획대로 이발소에 가 머리를 깎을 여유로운 상황이 아니었다. 영철은 그간 살아오면서 두둑한 배짱, 얼음장처럼 차가운 가슴을 가졌더라면 하고 바란 적이 종종 있었다. 대개 허우대 큰 사람들의 면면을 보면 거반 틀거지가 있고 점잖았다. 영철은 그들의 우람한 허우대가 부러웠고 점잖은 틀거지가 부러웠다. 그들이었다면 오늘 같은 날 길바닥에 주저앉거나 청심환을 사 먹지 않고도 곧바로 사랑하는 사람에게로 달려가 도란도란 미래를 설계하거나 어디 분위기 좋은 칵테일바라도 찾아가 고급 와인잔을 들어 올리며 여유롭게 로또 1등 당첨을 자축하고 있었을 것이다. 하지만 그러지 못하는 자신을 굳이 책망하거나 비관할 필요까진 없다고 생각됐다. 이 힘겨운 시간이 곧 지나갈 것이기 때문이었다.

  영철은 서너 걸음 걷다가 잠시 제자리에 서서 길게 심호흡을 내쉬고 또 서너 걸음 걷고 하는 식으로 한참을 걸은 끝에 차를 맡긴 카센터까지 돌아올 수 있었다. 벌써 차는 수리가 끝나 있었다. 그는 차 안에 들어가기가 무섭게 시동을 켜고 주머니 속에 든 지갑을 꺼내어 로또를 확인했다. 소중한 로또를 매만지는 손길이 행여 손때라도 묻을세라 유난히 조심스러웠다. 번호가 확인되자마자 그럼 그렇지, 이번 주에도 어김없이 꽝이야, 자조하며 손아귀에 잡히는 대로 구겨 쓰레기통에 던져버리곤 하던 종잇장이었다. 이따금 복권방을 찾아가 주인에게 로또를 넘기고 발매기에서 알려주는 삐— 소리를 듣는 재미도 쏠쏠하기는 하였으나 보통의 경우엔 휴대폰 검색으로 그 주의 당첨 번호를 확인해 결과에 따라 쓰레기로 버려지곤 했었다. 어쩌다가는 양손으로 쪽쪽 찢어발겨 기대를 무너뜨린 서운함과 실망감을 직접 드러내기도 했던 종잇장이었다.

하지만 보잘것없었던 종이 한 장이 가난의 굴레에서 벗어나게 해주는 구원의 종잇장이 되어 있었고 풍요롭고 넉넉한 세상, 깜깜해서 도무지 찾을 수 없을 것만 같던 행복의 문을 활짝 열어주는 축복의 종잇장이 되어 있었다.

영철은 이 극적인 순간을 즐기고 싶었다. 살다가 드라마보다 더 극적인 순간을 맞이하기가 흔한 일은 아니었기에 차를 타고 아무도 없는 한적한 곳으로 달려가 제자리에서 껑충껑충 뛰어도 보고 목이 터져라, 환호성을 터뜨려도 보고 으하하하 호탕하게 웃어보고도 싶었다. 그래, 신나게 달려가자, 뛰고 소리치고 실컷 웃을 곳은 주변에 얼마든지 있을 것이다. 거기가 인파 북적이는 빌딩 숲이어도 좋고 황망한 허허벌판이어도 좋고 새소리 가득한 깊은 숲이어도 좋고 물소리 자욱한 계곡이어도 좋고 물결 일렁이는 호숫가여도 좋다. 차를 타고 어딘가로 달려가자. 하지만 이제까지 살아오며 구경조차 하지 못했던 어마어마한 당첨금액을 떠올리자 또다시 감정이 이입되면서 가슴이 쿵쿵 뛰었다. 잠깐 운전대를 잡고 브레이크와 액셀러레이터를 번갈아 밟아보았다. 다리가 풀려 말을 듣지 않았다. 가속페달을 밟았다가 발을 떼어내 브레이크를 페달을 밟고 브레이크 페달에서 발을 떼어 다시 가속페달을 밟는 과정이 평소처럼 수월치 않았다. 이런 몸 상태로는 차를 끌고 도로로 나가 정상 주행하기가 어려워 보였다. 아니 차를 몰고 어딘가에 도착하더라도 다리에 힘이 풀려 겅중겅중 뛰거나 박장대소할 기운조차 없을 거란 생각에 영철은 오롯이 혼자만의 세레머니를 즐기려던 계획을 포기하고 말았다. 로또를 구매하면서 가졌던 막연한 기대감이 이처럼 생생한 현실로 성큼 다가올 줄 알았다면 마음속에 어떻게 대처하리라는 준비를 단단히 해두었을 것이다. 모두가 경험해 보고 싶은 시간이고 누리고 싶은 행운이고 모두가 이루고 싶고 모두가 꿈꾸어 왔던 최고의 선물인데 기쁨을 만끽해야 할 이 극적인 순간에 몸이 성치 않다니, 영철은 아쉬움을 애써 긴 호흡으로 달래야 했다. 때마침 일주일 전 퇴근길에 벌어진 별스럽고 기이했던 일들이 머릿속에 떠올랐다. 그날 신성한 분위기와 함께 로또 번호를 찍어주고 사라진 여인이 어쩌면 4등 당첨을 5회 연속 맞게 해주었던 행운의 여신이 아닐지, 그날 자신의 눈앞에 강림해 당첨이라는 선물을 주고 사라진 건 아닐지, 그 여인이 강림한 여신이거나 아니면 우연한 인연이거나 인생 최고의 선물을 안겨주었음에도 얼떨결에 얼굴조차 확인하지 못한 채 허둥거려야 했던 그 짧은 시간이 영철은 못내 아쉽기만 했다. 어쨌거나 이 기쁨이 신이 강림해 건네준 필연적 선물이었건 세상이 만들어준 우연한 행운이었건 영철은 굳이 신경 쓸 필요가 없었다. 지금은 오롯이 축복의 시간이었고 이 기쁨을 오래오래 즐기고 싶었다.

영철은 카센터에 하루 동안 차를 맡긴 뒤 택시를 잡아타고서야 집으로 돌아올 수 있었다.

오후 내내 영철은 설레는 가슴을 억누르다가 TV를 켜고 야구를 보았다. 이글스의 선발투수가 1회부터 난조를 보이며 여섯 점이나 실점하자 승부의 추는 일찍감치 기울고 말았다. 이글스는 그런 팀이었고 팬들 역시 지는 게임이란 사실을 일찍부터 알고 있으면서도 경기장을 떠나지 못하고 있었다. 수비하고 있던 이글스 야수들도 선발투수의 난조를 도와주기는커녕 두 번의 에러를 범해 팀 전체가 초반부터 와르르 무너지고 있었다. 영철은 문득 분노를 느꼈고 화가 치밀었다. 어떻게 저런 실수를 연거푸 저지를 수 있단 말인가. 선수들은 이기는 법을 아예 잊고 있거나 지는 경기에 너무 익숙해 기필코 이기고 말겠다는 승부욕 따위엔 별 관심이 없어 보였다. 그렇다면 지는 경기에 익숙한 팀보다 이기는 경기에 익숙한 팀을 응원해 보는 건 어떨까, 매번 바닥에서 오르려고 바둥거리는 팀보단 정상에 올라 내려다보는 여유를 가진 팀이 그들을 응원하는 팬들의 품위까지도 정상궤도에 올려놓는 것은 아닐까. 반복되는 안타까움이나 절망감보다는 들끓는 에너지와 벅찬 감동에 빠져드는 날이 잦은 정상팀이라면 타이거즈나 라이온즈, 트윈스, 베어스일 거라고 영철은 생각했다. TV 볼륨이 너무 크다고, 오늘은 왜 씻지도 않고 그깟 야구만 보고 앉았냐고, 토요일인데 로또 사러 안 나가냐고 어머니가 거푸 잔소리를 쏟아냈지만 영철은 꿈쩍도 하지 않았다. 로또 얘기가 나왔을 땐 몸이 움찔해 어머니께 당첨 소식을 가장 먼저 알리고 싶은 생각이 들기도 했다. 그러나 혹 나이 드신 심약한 노인네가 심장발작이라도 일으키지는 않을지 덜컥 겁이 나 입이 근질근질하는 걸 애써 참아보는 거였다.

　오후에 영철은 아파트에서 도보로 10여 분쯤 떨어져 있는 약국을 찾아갔다. 하지만 약국 간판이 걸려 있는 주상복합건물 앞에 도착한 뒤에야 약국 문이 닫힌 사실을 알고는 아차 싶었다. 야구를 보면서 혹은 음악을 들으면서도 자신이 로또 1등 당첨의 주인공이 되었다는 이 기적과도 같은 사실이 도무지 믿어지지 않았다. 놀라움과 기쁨이 머릿속에서 한시도 지워지지 않아 이날이 주말이란 사실조차 까맣게 잊은 채 걸어서 약국을 찾아온 거였다. 그는 한적한 변두리에 건물을 새로 짓고 휴일 없이 1년 내내 영업하는 약국까지 택시를 타고 가 청심환 한 상자를 사 왔다. 마침 어머니가 보이지 않았다. 어머니가 가 있을 곳은 노인정이거나 운동 삼아 잠시 아파트 주변을 산책하는 일뿐이란 걸 영철도 알고 있었다. 영철은 어머니가 집을 비운 사이 큰소리쳐가며 서울 사는 누나와 여동생에게 전화를 걸었다. 지금 하는 일이 무엇이건 당장 내려놓고 곧바로 달려오라고 닦달했다. 그렇지 않으면 신변에 무슨 일이 꼭 일어날 거라고 으름장을 놓았다. 누나는 누나대로 누이동생은 누이동생대로 갑작스러운 호출에 미쳤냐고, 무슨 뚱딴지같은 소리냐고 이유부터 말하라고 다그쳤다. 영철은 최후통첩이라도 날리듯 단호히 말했다.

"우리가 피붙이라고 생각되거든 군소리 말고 한걸음에 달려와. 두말하지 않을게. 만일 내려오지 않아 이후에 어떤 참사가 벌어진다면 그건 분명히 말하지만 내 책임이 아니야. 나를 크게 원망하겠지만 절대 내 책임이 아니라고."

큰소리쳤음에도 머뭇거리는 상대를 향해 영철은 한마디 더 쐐기를 박았다.

"내 간절한 호출에 응하지 않으면 두고두고 후회할 거야. 아니지, 늙어 죽을 때까지 평생 나를 원망할 거야."

그건 간절한 호출이 아니라 강압적 호출이었다. 어쨌든 호출이유를 설명하지는 않았으나 반드시 내려와야 한다는 달뜬 목소리를 듣고도 누나와 여동생이 갖가지 핑계를 구실삼아 한걸음에 달려오지 않는다면 그는 꽤 섭섭할 것만 같았다. 이렇게 단호한 적이 없었기에 식구들은 밤을 새워서라도 집으로 내려오리라 믿었고 그의 믿음대로 늦은 주말 저녁 식구들이 한자리에 모여 앉았다.

몇 달 전쯤 일요일 식구들이 침통한 표정으로 모여 앉았던 방이었다. 동생 영미가 서울에 취직한 직후여서 당장 월세방 보증금 마련이 급했다. 하지만 비빌 언덕이라곤 어딜 봐도 보이지 않았다.

영철은 두부 공장 다니는 후배가 원금 7천만 원으로 코인을 사 몇억 대로 불리는 과정을 옆에서 지켜보았다. 월급 타면 적금밖에 모르던 영철에게 후배가 가까이 다가와 코인 투자를 유혹했다. 네 배가 넘게 불어난 계좌까지 공개하며 변변찮은 이자나 바라고 예금에 올인하는 영철의 구태의연한 자산증식 방식을 비아냥거렸다. 견물생심이라고 채 여섯 달도 안 되는 사이 네 배나 치솟은 수익률을 두 눈으로 직접 확인한 영철은 후배가 추천하는 코인 한 종목에 매월 꼬박꼬박 부어 나가던 적금까지 깨 몰빵을 질렀다. 그러나 이때는 코인 시장이 이미 변동성이 극심한 과열권이었고 꼭짓점이었다. 채 한 달도 안 되는 사이 영철의 계좌는 모래성처럼 와르르 무너지고 말았다. 코인 계좌만 무너지는 게 아니라 자신의 꿈과 삶까지도 한꺼번에 무너져 내렸다.

　몇 달을 고민하다가 식구들이 모인 자리에서 죽을상을 하고 앉아 이실직고하자 축 늘어진 그를 향해 누나가 한마디 했다.

　"우리 집엔 장남인 네가 기둥이다. 네가 낙심하고 처지면 우리 집엔 희망이 없어."

　방바닥이 꺼질 듯 한숨을 토해내고 있던 영철에게 이번 달 내야 할 가겟세 한 달 미루면 된다며 계좌번호를 물어 2백만 원을 선뜻 넣어주기까지 했었다. 그런 영철이 동생의 자취방 보증금 보탤 여유가 있을 턱이 없었고 언니 영숙이도 코로나 여파로 가게에 파리만 윙윙거리는 판이라 앞이 막막할 따름이었다. 그렇다고 늙은 엄마가 모아둔 쌈짓돈이 있는 것도 아니었다. 영미는 징징거리면서도 오빠 탓은 하지 않았다. 영철은 그게 더 미안하고 속상했다. 코인이 뭔지 코자도 모르던 때 월급을 쪼개 매달 부어 나가던 적금을 해지하고 들도 보도 못했던 이름까지 아리송한 코인을 샀다가 자고 일어나니 절반이나 폭락해 있었고 미쳐 손절매할 엄두조차 나지 않았다. 코인 시장은 하루 스물네 시간 쉬지 않고 거래되고 있었는데 공교롭게도 영철이 들어간 시점이 정점이었다. 하늘이 노래지면서 혼자 끙끙거리다 보니 이후 반등은커녕 매일 매시간 속절없이 추락했다. 영철이 산 코인은 지옥의 골짜기까지 내려가 아예 휴지처럼 나뒹굴었다. 3천 원 언저리에서 샀던 코인을 120원에 팔아 정리하고 나니 세상 살맛이 나지 않았다. 숨 쉬고 사는 동안 누구 말에 현혹되어 무얼 사고파는 일은 없을 거라고 맹세한 게 그가 얻은 유일한 교훈이었다. 그 돈을 고스란히 은행에 넣어두었다가 이 긴요한 때 선뜻 내밀었더라면 누이동생 영미가 보기엔 든든한 뒷배로서 더없이 존경스러운 오빠가 됐을 테고 누나가 보기엔 집안의 바람막이가 되었다고 흐뭇해했을 것이다. 어머니의 기쁨은 말해 무엇하겠는가. 이젠 외아들이자 큰아들인 영철이 집안의 기둥이 되고 대들보가 되었다고 얼마나 뿌듯해하셨을까. 아주 짧은 기간에 벌어진 비극이었는데 이후 영철은 하루하루 순간순간이 끔찍한 지옥이나 다름없었다. 자신이 세상 살아가는 인간 중에서 가장 멍청한 얼간이였다고 수도 없이 자책했다. 그런 자책에 시달리며 영철은 머리카락을 쥐어뜯다가 남의 말을 혹하고 믿었던 귓바퀴를 잘라내려고 몇 번 가위까지 잡았지만 차마 그러지는 못했다.

  동생 영미는 어렵게 친구에게 부탁해 당분간 월세를 분담하며 지내게 되었다. 큰 욕심만 부리지 않았어도 동생 월세방 보증금쯤은 어렵지 않게 보탤 수 있었다. 그렇게 후회하며 방 안에서 끙끙거리던 때가 멀지도 않은 여섯 달 전 일이었다.

  영철은 미리 준비해 둔 청심환을 꺼내 어머니와 누나 동생에게 한 알씩을 건넸다.

  "너 혹시 여자가 생겼니? 우리 집에 여자를 초대라도 한 거야?"

누나는 말도 안 되는 엉뚱한 상상을 하고 있었다. 그러나 식구들이 있을 법한 일이란 듯 영철의 얼굴을 뚫어지게 바라보았다. 영철은 피식 웃고며 고개를 가로저었다. 이런 기막힌 이야기를 뜸조차 들이지 않고 식구들 앞에 냉큼 공개한다면 소금과 고춧가루가 빠진 김치맛처럼 싱겁고 밍밍할 것만 같았다. 식구들이 청심환을 입 안에서 녹여 먹고 약 기운이 퍼질 때까지 시간을 질질 끌어도 될 일이었다.

"오빠 항상 이런 식이야. 뭔 일인지 혼자만 알아도 될 걸 온 집안 식구들 방 안에 앉혀놓고 이게 웬 소란이냐고, 혹시 또 대형사고라도 친 거야? 누굴 죽이기라도 했냐고."

영철은 또다시 입에서 피식 웃음이 번지는 걸 꾹꾹 참아야 했다.

"아냐, 그런 일은 절대 아닐 거야. 난 애를 잘 알아. 얘는 지금 우리가 기뻐할 일을 말하려는 거야. 그렇지? 너 승진했구나! 과장이 됐어? 차장이 됐어? 아니면 사장이 믿음직스럽다고 널 사윗감으로 점찍기라도 했니? 아니지, 아니지, 네가 사서 망했다던 그놈의 코인이 갑자기 폭등이라도 한 모양이구나. 그런 거니? 원금을 복구하기라도 한 거야?"

"언니보다 내가 오빠를 더 잘 알아. 오빠 대형사고를 친 거라고. 이혼할 때도 그랬고 코인으로 망했을 때도 그랬잖아."

누나가 영미를 할기시 노려보곤 어깨를 톡 쳤다.

"여기서 이혼 애기가 왜 나오니."

"언니는 몰라서 그래. 아까 오빠가 전화에 대고 당장 안 오면 죽어버리겠다고 고래고래 소리치며 협박했다니까."

듣고 있던 어머니가 침울해하며 한마디 했다.

"네가 일이 힘들어 몸이 지쳤구나. 내가 그 맘 안다. 나도 느 아부지 돌아간 뒤 올망졸망한 느덜 바라볼 적마다 눈앞이 캄캄해지더구나. 어떻게 살아가야 할지, 저 어린 것들을 어떻게 키워야 할지 눈앞이 막막했었다. 아마 애도 다람쥐 쳇바퀴 돌듯 맨날 공장에 가 무거운 콩 자루를 나르다 보니 몸이 지쳐 이참에 직장을 때려치울 모양이다."

영철은 더 이상 뜸 들이며 뭉그적거릴 필요가 없다고 생각했다. 지갑을 열어 식구들이 지켜보는 앞에서 로또 복권 한 장을 꺼내어 손에 쥐고 있다가 방바닥에 철썩 내리쳤다.

"자, 이 손바닥 안에 무엇이 들었는지 다들 알아맞혀 봐."

"그게 뭔데. 설마 극약은 아니겠지. 같이 죽자고? 난 절대 안 죽어. 꿈도 꾸지 마."

"땡, 영미는 오답이야. 다른 사람도 어서 맞혀봐."

"혹시 그거 내가 생각하는 거 아닐까? 그거 복권이니? 로또… 그건 아니지? 어머나, 세상에! 내가 미친 년이지. 돈에 미쳐서 환장을 했나 봐."

"놀라지 마. 다들 놀라지 마. 청심환 다 먹었지?"

"그거 맞는 거야? 너 로또라도 맞은 거야? 일등이야?"

"딩동댕. 누나는 미치지 않았어. 자! 누가 휴대폰으로 검색해

이 로또 번호를 하나하나 확인해 봐."

말이 끝나기가 무섭게 영미가 휴대폰을 꺼내 검색을 시작했다. 손이 바들바들 떨려 몇 번이나 오타를 치는 바람에 옆에서 침을 꼴깍 삼키는 소리마저 들렸다.

"오빠, 안 맞았어. 하나도 안 맞았어. 왜 식구들 놀리고 난리야."

영철이 영미의 휴대폰을 빼앗아 확인했다.

"바보야, 이 번호는 오늘 추첨한 당첨 번호잖아. 지난주 걸 찾아봐야지."

영미가 그러네, 하고 재차 지난주 당첨 번호를 검색하기 시작했는데 이번에도 오타가 두 차례나 있었다.

"오빠가 번호를 하나하나 불러봐."

영철이 첫 숫자부터 하나하나 불러나갔다.

"응, 응, 응, 다음, 다음, 거기까지 다 맞아. 끝 번호가 42야?"

"짠, 여길 봐라. 끝 번호가 42."

영철이 쳐든 로또 복권을 식구들이 하나같이 고개를 발딱 젖히고 바라봤다. 영미가 호들갑스럽게 깡충깡충 뛰다가 금방 엄마 곁으로 뛰어들어 와락 껴안았다.

"엄마, 일등이 정말 맞아! 이제 우리 식구들 고생 끝이고 행복 시작이야. 오빠가 돈벼락을 맞은 거라고. 엄마, 나 눈물 콧물이 막 흘러. 우리 오늘 그동안 참았던 눈물 실컷 흘리면서 엉엉 울자."

 누나 영숙은 영철을 끌어안고 방 안을 빙글빙글 돌았다.

 하지만 어머니는 그만 까무룩 정신을 잃고 말았다. 엄마가 기절했음에도 식구들이 이 황홀한 순간을 놓치고 싶지 않았다. 잠깐 어리둥절하던 식구들이 119를 불러야 할지 주방으로 가 찬물이라도 떠다 엄마 얼굴에 끼얹어야 할지 우왕좌왕하며 허둥대고 있는데 다행히 그 시간이 길지는 않았다. 영철 엄마가 고개를 들어 정신을 차리고는 눈물을 펑펑 쏟아내며 흐느끼는 것이었다.

 "우리 식구들 이제 고생이 끝났구나. 내 자다가도 땅에서 돈나무가 솟아올라 잎사귀마다 돈이 열려 너풀거리고 꽃 피고 난 뒤엔 열매 대신 금덩어리가 주렁주렁 열리는 꿈을 한 번만이라도 꿔봤으면 원이 없겠다 싶었는데 오늘 저녁 꿈 아닌 멀쩡한 생시에 돈벼락을 맞다니, 이것이 정말 꿈이 아니더냐. 어서 누가 내 허벅지든 어깻죽지든 살이 떨어져 나갈 정도로 야물딱지게 꼬집어 봐라."

 살아온 인생 과정에서 늘 슬픈 날만 있었던 터라 기뻐도 울음이 터질 줄 몰랐던 영철 엄마는 훌쩍이다가 거친 손등으로 눈물까지 훔쳐냈다. 여동생은 자리에서 발딱 일어나 팔딱팔딱 뛰며 우리 집 만세를 삼창이나 외쳤고 누나도 덩달아 일어나 큰 엉덩이를 실룩거리며 꿍따리 샤바라를 불러제꼈다. 방바닥이 깨어질 듯 집 천장이 무너질 듯 얼마 동안을 그렇게 들썩들썩

흥겨워하는데 갑자기 영철 엄마가 검지를 입에 가져다 대며 쉬 쉬하였다. 방 안이 금세 쥐 죽은 듯 조용해졌다.

"애들아, 조용히 해라. 밖에서 누가 듣기라도 하면 어쩌려구 호들갑이야. 낮말은 새가 듣고 밤말은 쥐가 듣는다고 금방 소문이 새면 이 동네 저 동네서 돈 빌리러 오는 사람들로 우리 집이 장마당처럼 북적일 텐데."

그 소리에 식구들은 정신이 번쩍 들었다. 방 안은 정적이 감돌았다. 그러나 정적도 오래가지 못했다. 활활 타오르던 뜨거운 감정이 쉽게 가라앉지 않아 머리를 맞대고 앉아 낄낄거리고 키득거리고 소곤거리느라 아직 저녁때가 한참 지났음에도 배고픈 줄 몰랐다.

"오빠, 그동안 우리 집 못산다고 가까운 사람들한테 얼마나 개무시당했어. 난 그 사람들 코를 납작하게 해주고 싶어. 나 대학 갈 때 등록금이 없어 엄마랑 둘이 외가댁에 도와달라고 부탁하러 갔었잖아. 그때 외삼촌이 뭐라고 했는지 알아? 우리 집이 장학재단인 줄 아느냐, 형편 안 되면 어디 취직이나 하지 대학은 뭔 놈의 대학이냐, 요렇게 쏘아붙이곤 친구들하고 골프 약속 있다면서 벤츠 타고 쌩 가버렸잖아. 그날 돌아오는 길에 나랑 엄마랑 길바닥에 털썩 주저앉아 부둥켜안고 엉엉 울었거든."

여동생 영미는 처음엔 나직나직 말하다가 설움에 북받쳐 점점 목소리 톤을 높였다.

"오빠가 외갓집 식구들 코를 납작하게 해줘."

"이미 수찬이 결혼할 때 네가 앙갚음했다며."

"크크크, 축의금 봉투에 달랑 5천 원 넣은 거? 결혼식 끝나고 며칠 후 외숙모가 전화를 걸었더라고. 너 봉투에 5만 원도 아니고 5천 원을 넣었던데 어떻게 된 일이니. 혹시 실수한 거 아니냐? 묻더라고. 그래서 내가 그랬지. 실수라고요? 그럴 리가 있겠어요, 아직 시집도 가지 않은 젊디젊은 내가 실수를 왜 했겠어요. 대학 등록금 빌리러 갔을 때 하신 말씀 기억나세요? 나 그날 돈 때문에 이를 바득바득 갈았어요. 5천 원이면 큰돈 아닌가요? 큰맘 먹고 봉투에 5천 원 집어넣었는데 너무 많이 넣었나 싶어 손이 바들바들 떨리던데요. 참, 밥값 달라고 하실까 봐 바쁘단 핑계로 밥은 안 먹고 왔어요. 하고 오래전에 입었던 마음의 상처를 입으로 되갚아줬지."

가족들이 입을 틀어막으며 키득키득 웃었다.

"당첨금 받으면 가장 먼저 집부터 사거라. 우리가 그동안 이사한 횟수가 몇 번이나 되는지 아니? 난 셀 수가 없어. 달동네 비탈진 골목길로 이사할 때 올망졸망 싼 이삿짐을 리어카에 싣고 낑낑대며 오르다가 대형 참사가 났었잖아. 밧줄이 풀리면서 이삿짐이 와르르 무너졌었지. 밥상이 떨어져 상다리가 부러지고 골목 아래로 이불 보따리가 저 아래까지 데굴데굴 굴러가고 장독 하나도 깨지고. 그중에서도 빈 주전자가 떨어져 요란하게 굴러가던 소리가 아직도 귀에 생생해. 나 요즘도 자다가 주전자 굴러가는 꿈을 꾼다니까. 그날 영철이 네 무르팍도 까졌잖니."

"아, 그 집 말고도 효자동 살 때, 우리 그 집에서 쫓겨났었잖아. 내가 기와집 처마에 지은 참새 잡겠다고 사다리 놓고 기어오르다가 실수로 기왓장 하나를 깼는데 집주인한테 발각된 거야. 노발대발한 집주인이 저녁에 일하고 온 엄마를 불러 당장 집 나가라고 난리 난리를 쳐 결국 며칠 후 다른 집으로 이사했었어."

"우리가 쫓겨난 집이 또 있었다. 교동 성당 뒷집 살 때 집주인이 석 달 치 집세가 밀려 방 비워달라고 찾아왔던 날 영철이 네가 집주인 차 앞 유리에 크레용으로 돼지라고 썼다가 들켜 된통 혼났었잖아."

"맞아. 그때 돼지 사건, 기억나지. 돼 자를 쓰고 지 자의 이를 막 내려쓰는데 집주인이 뒤에서 목덜미를 잡고 이놈의 새끼 네가 애비 없는 후레자식이로구나. 이러면서 귀싸대기를 후려치더라고. 얼마나 아프고 억울하던지. 그래도 엄마 생각해 다신 안 그러겠다고 싹싹 빌었지만 집주인 얼굴이 보면 볼수록 정말로 돼지 같더라고. 맞고 혼쭐이 나는데도 실실거리고 웃다가 한 방을 더 맞았다고."

"넌 모르지? 그날 내가 아무도 모르게 그 집 대문 옆에 걸린 문패 뒤에다 연필로 좁쌀만 하게 똥돼지라고 써놨거든."

식구들이 또 까르르 웃었다. 집이 없어 당했던 설움이 한두 번이 아니었다. 집부터 장만하란 누나의 제안에 영철은 고개를 끄덕끄덕했다. 하지만 영철은 한 가지 꿈이 있었다. 이루고 싶어도 언감생심 꿈도 꿀 수 없었던 아니, 꿈결에서나 그리던 소망, 건물주가 되는 거였다.

"집부터 물론 사야겠지만 난 상가건물 한 채를 살 거야. 어릴 적 학교에서 준비물 가져오라고 해 하굣길에 돈 타러 엄마 다니는 식당엘 찾아갔었거든. 식당 입구에 들어섰는데 마침 엄마가 무얼 잘못했나 봐. 식당 사장이 삿대질하면서 엄마에게 버럭버럭 큰소릴 치더라고. 그 식당 주인이 건물주래. 난 얼른 돌아서 나와 돌팔매라도 하려고 길바닥에서 짱돌을 주워 던지려는데 그 2층 건물 유리창에 햇빛이 들어 반짝반짝 빛이 나는 거야. 어찌나 눈이 부시고 아름답던지, 그 자리에 입을 헤 벌리고 서서 한참을 구경했어. 마치 그 큰 건물 유리창에 세상에서 가장 아름다운 꽃이 피어난 것 같더라고. 나도 모르게 손에 쥐고 있던 돌멩이를 떨구고 상가건물을 한참이나 구경하다 돌아왔어. 그 뒤 자라면서 나도 언젠가는 그때 보았던 건물을 하나 갖고 싶단 생각이 들더라고. 그게 내 꿈이었던 거야."

식구들이 환호했다. 어린 시절 세 남매가 겪었던 아린 상처가 꽃으로 피어나고 있었다.

"오빠, 그런데 말이야. 배 아파할 사람이 외가댁 말고도 또 있네."

영미가 넌지시 영철의 눈치를 보다가 새들새들 웃었다.

"그 사람이 누군데."

"누구긴. 가난뱅이 싫다고 자기 복 걷어차고 떠난 그 여자지."

수년 전에 영철과 합의 이혼하고 떠난 전 아내 이야기였다.

"오늘같이 좋은 날 왜 그 여자 얘기를 자꾸 꺼내니. 너 참 주책이다."

이번에도 누나가 영미의 입을 틀어막으며 핀잔을 주었다.

"난 고소한데. 내일 당장 그 여자한테 전화해 오빠 로또 1등 당첨됐다고 광고해야지. 얼마나 배가 아플까."

결국 영철이 끼어들어 입막음했다.

"헤어질 때 세 가지 약속을 했다. 실컷 미워하기, 실컷 후회하기, 실컷 원망하기로. 약속대로 몇 해를 실컷 미워하며 욕하고 후회하며 탄식하고 만나서는 안 될 여자를 만났다고 원망하다 보니 어느 때부터인지 그때의 악감정들이 차츰차츰 사라지더라. 불덩이처럼 이글거리던 미움이 어느덧 잿불처럼 사위었던 모양이다. 서로 포용하게 되고 용서하게 되고 이해하게 됐다. 이젠 머릿속에 떠돌던 어지러운 그림들이 다 지워지고 마음이 하얀 도화지처럼 깨끗해졌다. 다른 여자를 만날 준비가 되었단 뜻이야."

"와! 오빠가 로또에 맞더니 사람이 달라 보이네."

영미는 더 이상 전처의 이야기를 꺼내지 않았다. 분위기가 잠시 가라앉은 틈을 타 누나가 엄마의 팔을 잡으며 화제를 돌렸다.

"엄마도 살면서 맺힌 거 많았지? 어서 말해 봐."

식구들의 눈빛이 일제히 엄마 쪽으로 향했다.

"노인정에 나가면 수박 한 덩어리 들고 올 때 아들 돈 많이 벌어 떵떵거리며 산다고 자랑하구 사탕 한 봉지 들구 와선 딸 자랑하구, 자랑질하는 할망구들 영 꼴 보기 싫더라. 늙은이들이 입만 열면 그놈의 자식 자랑하는 통에 귓구멍 틀어막고 싶을 때가 한두 번이 아니었다."

"엄마. 그깟 수박 한 통, 사탕 한 봉지에 절대 기죽지 말아요. 내가 엄마 꿈에서 보고 싶다던 돈 나무가 돼줄게요. 언제든 가지에 너풀거리는 돈 잎사귀 따가듯 실컷 가져다가 쓰세요."

"돈은 있을 때 잘 써야지. 벌써 동네 우물 퍼주듯 쓸 생각이 나 하구 아까운 줄 모르다니. 정신 바짝 차리고 돈 아낄 생각부터 해라."

"쓸 데는 써야지. 그동안 우리가 돈에 얼마나 한이 맺히고 얼마나 목이 말랐는데. 오빠, 난 얼마를 줄 거야. 친구 집에 얹혀사는 내 신세 오빠도 잘 알잖아. 나 집 얻어 줄 거지?"

동생 영미가 새들새들 웃으며 영철의 얼굴을 빤히 바라보았다.

"얼마가 필요한데."

"서울 집값 오빠도 알잖아. 도둑년이라고 할까 봐 차마 집 사 달란 말은 못 하겠고, 전세방에라도 살게 해주면 과분하지 뭐."

"내가 네 주택자금이나 대주는 은행장인 줄 아냐? 돈 없으면 그냥 월셋방 살아라."

과거 외삼촌 흉내를 내려고 한마디 툭 던졌지만 웃음이 절로 터졌다. 영미가 주먹을 불끈 움켜쥐고는 영철의 어깨를 쥐어박았다.

"어쭈구리, 내 눈에서 눈물 나오게만 해봐. 오빠고 육빠고 내가 가만둘 줄 알아? 내가 한을 품으면 오뉴월에 서리가 내리는 게 아니라 삼복더위에도 고드름 테러를 당할 줄 알라고."

영미는 또다시 영철의 허벅지를 야무지게 쥐어뜯었다. 아얏 소리를 내지르며 키득키득 웃던 영철이 이번엔 누나 영숙을 향해 물었다.

"누나도 돈 필요하지?"

"그래. 울지 않는 애 젖 안 준다고 말이 나온 김에 나도 한마디 하자. 난 대체 얼마를 줄 생각이니. 요즘 장사가 안돼 정말 미치겠다. 가겟세는 다락같이 높은 데다 알바생 인건비에 대출금 이자에 자동차 할부금에 보험금에… 내가 그만 돈에 치여 매달 말일만 다가오면 어디 쥐구멍에라도 들어가 숨고 싶은 심정이다."

딱한 사정을 한두 번 들어본 게 아니었다. 영철은 이번엔 어머니 얼굴을 쳐다보았다. 어머니도 하고 싶었던 말을 입에 담고 있다가 기다렸다는 듯 줄줄 쏟아내기 시작했다.

"영철이가 이렇게 돈벼락을 맞았으니 얼마나 좋은지, 이게 정말 꿈인가 생시인가 싶다. 니들두 알다시피 내가 돈에 원한이 맺힌 여편네다. 내가 남의 식당에 가 하루 진종일 손님 뒤치다꺼리나 하다 파김치가 돼 집에 돌아와 누우면 눈알이 빙글빙글

도는데 어느 날엔 테레비 영화에서 은행을 터는 사람들이 보이더라. 그 사람들이 왜 나한텐 안 찾아오는지, 누가 찾아와 은행 털러 같이 가자고 하면 뒤도 안 돌아보고 얼른 따라나서겠더라."

"엄마에겐 돈이 모일 틈이 없었지. 쥐꼬리만 한 식당 월급 우리 세 남매 키우는 데 다 쏟아부었잖아. 그러니 엄마의 돈타령은 아직도 진행 중이야. 나도 돈 많이 벌면 엄마 품에 빳빳한 지폐를 자루에 한가득 담아 덥석 안겨드리고 싶었다고."

"에휴. 그렇게 힘겹게 살았어도 내가 이번 생엔 인복도 재물복도 없이 태어난 팔자였던지 곁에 귀인 한 번 나타나지 않았고 내 노력 없이 공으로 이뤄지는 일은 하나도 없더라. 그간 쏟은 한숨을 모았다가 헤쳐놓으면 아마 큰 바람이 되어 웬만한 나무 서너 그루는 쓰러뜨리고도 남을 테구 홀로 쏟은 눈물을 동이에 모았더라면 바가지가 둥둥 뜨고도 남았을 게다."

"알았어요, 알았다구요. 내가 엄마 원하는 뭉칫돈 한 보따리 선물해 드릴게요."

영철은 지갑에 꼭 찔러 넣어 둔 로또 복권이 혹 어디로 사라지지는 않았는지 몇 번을 확인한 뒤 자리에서 벌떡 일어섰다.

"자, 모두 동해로 떠납시다. 오늘 밤은 바닷가에 가 신선한 생선회 진탕 먹고 내일은 돌아오는 길에 이제껏 그림의 떡으로만 생각했던 횡성 한우 등심을 배 터지도록 먹고 옵시다."

영철의 제안에 식구들이 하나같이 자리를 박차고 일어나며 함성을 질렀다. 식구들은 짐을 싸고 자시고 할 필요도 없었다. 전등불을 끄고 방문만 단단히 잠근 뒤 네 식구가 영철의 고물차에 올라 속초로 향했다. 밤이 늦어 숙소를 찾을 때도 평상시 같았으면 허름한 민박집을 찾아 헤매고 다녔을 테지만 이날은 서슴없이 바닷가 주변 모텔로 차를 몰아 방 두 개를 잡았고 이튿날 아침부터 맛집을 검색해 찾아다녔다. 점심에는 싱싱한 회를 시켜 먹었고 돌아오는 길엔 횡성에서 그동안 꿈도 꾸지 못했던 한우 등심을 원 없이 시켜 먹었다.

열흘 뒤, 정확히는 복권방에 갔다가 1등 당첨 사실을 알게 된 지 열하루 만에 영철은 당첨금 수령을 위해 서울로 향했다. 첫날 청심환을 사 먹고도 두근거리던 가슴, 걸음조차 뗄 수 없게 후들거리던 다리, 회오리바람에 휩쓸린 듯 어질어질하던 눈, 번갯불에 맞기라도 한 듯 쩌릿쩌릿하던 증세들이 시간이 지나면서 이전의 상태로 돌아온 뒤였다.

넓은 은행 건물 로비로 발을 들여놓기 전 영철은 소소한 은행 일을 보러 온 사람처럼 짐짓 의연한 자세를 유지하려고 애썼다. 누가 보기에도 저 사람이 로또 복권 당첨자란 표시를 내지 않기 위해서였다. 하지만 은행 로비에 들어서는 순간 영철은 누군가가 다리를 붙잡는 것처럼 걸음이 무거웠고 여기저기 앉았거나 서성이는 사람들의 눈길이 모두 자신에게로 집중되고 있다는 느낌에 금방 얼굴이 붉어졌다. 창구엔 대기 중인 사람들이 몇 있어 잠시 기다리는 시간이 필요했다. 영철은 사방에서 자신을 지켜보는 사람들의 따가운 시선을 피하고자 로비 한쪽에 자리 잡은 카페로 갔다. 은행에 와 있는 사람들이 저 사람은 절대로 로또 당첨자가 아닐 거라 확신을 줄 필요가 있다는 생각해서였다. 영철은 카페에 앉자마자 제법 여유로운 티를 내기 위해 아메리카노 한 잔을 시켰다. 주문한 커피가 나오자 몇 모금 커피를 음미하며 로비에 시선을 가져갔다. 모두가 은행 볼일을 보러 온 사람인 줄 알았던 영철은 그들 중 상당수가 다른 목적을 갖고 와 있다는 사실을 금방 직감했다. 목탁을 두드리는 스님이 보였고 양복 차림에 성경책을 낀 신사도 보였다. 다리를 절룩이는 사람이 보였고 출입문을 통과하는 사람을 따라다니며 전단지를 배포하는 사람도 보였다. 고액 당첨자들이 당첨금 수령을 위해 은행 본점 로비로 들어선다는 사실을 알고 매일 찾아와 성금을 한 아름 싸든 선행자가 눈앞에 나타나기만을 바라는 사람들처럼 보였다.

영철이 창구에 가 앉자마자 여직원이 어떻게 오셨냐고 물었다. 누가 듣기라도 할까 싶어 영철이 은행원 앞으로 좀 더 가까이 다가가 나직한 목소리로 답했다.

"저어……"

창구 안의 은행원은 이런 일에 익숙해 영철이 무얼 말하려고 하는지 훤히 꿰고 있는 표정이었다. 상대방의 들뜨고 초조한 심경을 애써 무시한 채 물었다.

"무얼 도와 드릴까요."

뭘 망설여. 이미 다 알고 있는데. 너 로또 당첨금 받으러 왔잖아. 영철이 바라본 은행원의 눈빛은 그래 보였다. 영철은 당혹스러워 한 번 더 말을 더듬었고 혓바닥 끝으로 타들어 가는 입술에 침을 바른 뒤에야 은행원에게 읽혔다 싶은 말을 꺼냈다.

"로또 당첨금 받으러 왔거든요."

은행원은 방문 목적을 말하기 전과 후의 표정에 달리 변화가 없었다. 이미 알고 있거든. 그런 무표정이 영철은 좀 의아했다. 어머, 축하드립니다. 부러운 눈빛으로 밝게 웃으며 맞아줄 거라 믿었는데 착각이었다. 창구 직원은 나름 정중했지만 다른 고객을 상대할 때보다 지나치게 상냥하거나 무심해 보이지는 않았다. 오히려 지나친 친절에 거부감을 느끼고 불편해하는 당첨자들의 심리상태를 고려해 은행 측에서 과잉 반응을 자제하고 차분히 응대할 것을 주문했는지도 모를 일이었다.

"당첨된 로또와 신분증을 가져오셨나요?"

영철이 그동안 지갑 안에 소중히 간직하고 있던 로또와 주민등록증을 꺼내 은행원 앞에 내밀었다. 남의 것을 훔치거나 빼앗아 온 것도 아닌데 손끝이 바르르 떨렸다. 심장이 쿵쿵 뛰고 눈이 어질어질하였다.

결과를 기다리는 긴박한 시간이 영철에게는 지난 열흘 이상의 시간보다 길고 지루했다. 겉으론 나름 태연한 척하고 있었으나 속내는 초조하고 불안해 숨이 막힐 지경이었다. 혹시 당첨 복권이 아니라거나 기기가 오작동을 일으켜 번호가 잘못 인쇄됐다거나 다른 별별 이유를 들어 당첨금을 지급할 수 없는 로또라고 되돌려주지는 않을지, 거대한 쓰나미가 눈앞으로 밀려오는 듯 조마조마하여 로또를 검증하고 있는 창구 안의 은행원에게서 한순간도 눈을 뗄 수 없었다. 그런 끔찍한 일은 벌어지지 않을 거라고, 설마설마하며 애태우는 이 긴장감을 떨쳐버리고 새롭게 태어나는 순간을 마음껏 즐겨야 한다고, 개천에서 허우적거리던 이무기가 여의주를 문 용이 되어 힘차게 날아오르는 과정이라고, 이제 곧 창공을 날아올라 눈 앞에 펼쳐진 신세계에 첫발을 내딛는 일만 남았다고 자신을 다독이려 애썼다.

영철의 눈은 로또를 받아 간 여직원의 일거수일투족에서 한시도 눈을 떼지 못했다. 물론 영철의 우려와 상상은 다행히 기우에 그쳤다. 복권방 검색기가 당첨 사실을 확인시켜 주었던 그의 로또는 은행 본사의 까다로운 확인 절차를 무사히 통과했다.

자신이 로또 1등에 당첨된 주인공임이 밝혀진 순간부터 그리고 자신이 가져간 손바닥보다 작은 종이 쪼가리 한 장이 1등으로 당첨된 로또임이 확인된 순간부터 영철은 세상 모든 일의 절차와 과정이 절대로 허술하지 않다는 사실을 깨달았다. 세상이 허술하지 않단 사실은 이후에도 계속 이어졌다.

"차를 가져오셨습니까?"

검증을 끝낸 여직원이 창구 앞으로 다가와 묻는 말에 영철은 뜬금없는 질문이라고 생각해 좀 당혹스러웠다. 얼떨결에 고개를 끄덕이곤 예, 하고 대답했다.

"자차로 오셨다면 지금 차를 몰고 지하 4층으로 내려가십시오."

여직원은 검증이 끝난 영철의 신분증과 당첨된 로또를 창구 밖으로 내밀었다. 여직원에게서 잠시도 눈을 떼지 못한 채 창구 안을 들여다보던 영철은 잠시 어리둥절했다.

"지하로 내려가라고요?"

"네. 지하 4층으로 내려가시면 됩니다."

그렇구나. 영철이 고개를 끄덕였다. 무심결에 은행 로비를 쭈욱 돌아본 영철은 지하로 이동하란 은행원의 말뜻을 금방 이해했다. 별도의 장소로 이동하는 절차는 당연해 보였다. 사람들이 두 눈 말똥말똥 뜨고 지켜보는 창구 앞에서 거액의 당첨금을 받아 들고 탈 없이 은행 문을 빠져나간다는 게 결코 쉬운 일은 아닐 듯싶었다. 게다가 당첨자의 얼굴이 만천하에 드러나는 일이기도 했다. 어딘가에 흉악범이라도 앉았다가 살금살금 뒤따르기라도 한다면 새로운 인생 항로의 귀갓길이 불행의 시발점이 될 수도 있는 거였다. 은행은 만일의 사태에 철저히 대비하고 있는 게 분명했다. 영철은 은행 창구 여직원의 목소리를 되뇌면서 로비를 빠져나왔다. 사람들의 시선이 자신에게로 뻗어오는 걸 애써 외면한 채였다. 다른 이들을 굳이 의식할 필요가 없었다. 금고에서 현찰을 내주든 계좌로 입금해 주든 당첨금을 받는 즉시 지상으로 올라와 곧바로 집으로 돌아가면 그만이었다. 그 시간부터는 영철이 이제껏 밟아보지 못했던 새로운 세계가 열리는 거였다. 길이 낯설어 갈팡질팡 헤맬 수도 있지만 한 발 한 발 내디딜 때마다 만나게 되는 신세계는 상상만으로도 가슴 설레는 일이 아닐 수 없었다.

영철의 고물차가 침침하고 구불구불한 통로를 내려와 지하 4층 주차장 출입구에서 멈췄다. 경비원 복장을 한 건장한 남자가 차단기 앞으로 다가와 용건을 물었다. 영철이 신분증을 꺼내 경비원 앞으로 불쑥 내밀었다. 경비원이 정중히 허리를 숙이고 영철을 맞아들였다. 1층 창구 직원이 인터폰을 통해 당첨자가 지하로 내려간다고 연락을 해온 모양이었다. 경비원이 차단기를 열고 길을 안내했다. 넓은 주차장은 텅 비어 있어 적막하기까지 했다. 오로지 딱 한 사람, 1등에 당첨된 주인공만을 위한 주차 공간인 셈이었고 이곳에 들어선 순간부터 밖으로 나가기 전까지는 관계자 외 그 누구와도 접촉할 수 없도록 철저히 통제되고 있었다.

엘리베이터 앞에 대기하고 있던 직원이 이번엔 지상 4층으로 올라가라며 안내했다. 엘리베이터는 순식간에 4층에서 멈추었다. 복권 사업팀이란 명칭을 단 밀실이 영철을 기다리고 있었다. 외부인과 접촉할 수 없게 철저히 차단되어 있는 사무실엔 단 두 명의 직원만이 앉아 있다가 어리둥절한 표정으로 들어서는 영철을 맞아들였다. 복권과 신분증을 넘겨받은 직원이 지급 절차를 밟는 동안 여직원이 두툼한 설문지를 들고 와 작성할 것을 권했다. 복권을 구매한 장소부터 시작해 자산이 얼마나 되며 부채는 얼마나 되는지, 당첨금을 어디에 쓸 계획인지, 복권을 구매하기 전 꿈을 꾸었는지, 꾸었다면 무슨 꿈을 꾸었는지, 시시콜콜한 문항까지 한참을 적고 나서야 여직원이 옆에 다가와 앉았다. 이때부터는 은행에서 출시했다는 상품 예컨대, 보험이나 적금 등을 설명하기 시작했는데 귀를 열고 아무리 들으려 애써도 도대체 무슨 이야기인지 알아들을 수가 없었고 지루하기까지 했다. 그냥 단순히 적금을 들으라 하면 그만일 터인데 별의별 이름이 달린 적금에 생명보험에 재보험에 실손보험에 온갖 금융상품을 들먹이며 가입을 권장하고 나섰다. 아무리 기다려도 여직원의 설명이 끝날 기미가 보이지 않자 결국 영철이 손사래를 치며 말을 끊었다.

"들어보니까 선생님 말씀이 구구절절 다 옳은 것 같아요. 그런데요. 지금까지 선생님이 무슨 말씀을 하셨는지 제 귀엔 하나도 들어오질 않았네요. 지금까지 무슨 말씀을 하셨죠? 난 지금 제정신이 아닙니다."

그건 영철의 솔직한 고백이었다. 잔뜩 긴장해 신경이 날카로워진 사람을 장시간 자리에 앉혀놓고 적금 들어라, 보험 들어라, 말을 빙빙 돌려가며 영업하고 있으니 겉으로야 고분고분 들어주는 척하면서도 한편으론 화가 치밀어 올랐다. 그렇다고 따지고 묻는 것도 예의가 아니란 생각이 들었지만 한 번 더 못을 쳐버렸다.

"지금 나는 너무 긴장해 귀에서 매미 우는 소리 같은 이명이 울리고 머리도 띵하고 어질어질하다고요. 전 빨리 당첨금을 받아 들고 집으로 돌아가고픈 생각만 날 뿐 아무 소리도 귀에 들어오지 않습니다. 그러니 제발 빨리 집으로 돌아가게 해주세요."

여직원은 기껏 입 아프게 설명한 시간이 헛수고였음을 알아채고는 잠시 허탈해하다가 자리에서 일어나 자신의 좌석으로 돌아가 앉았다.

통장과 카드를 받아 든 영철은 아직 실감이 나지 않았다. 이제 모든 절차가 끝난 모양이었다. 팔다리는 물론이고 허리와 안면 근육까지 경직됐던 몸이 이전의 상태로 돌아왔다. 이제 집으로 돌아가는 일만 남았다. 열흘 넘는 시간 동안 일하면서 밥을 먹으면서 잠자리에 들면서도 과연 내 손 안에 그 엄청난 액수의 돈이 들어올 수 있을까, 매 순간 조바심을 달고 지냈다. 꿈에서나 만져볼 엄청난 액수의 당첨금이 마침내 그의 수중에 들어온 거였다. 가장 먼저 그를 목 빠지게 기다리는 가족들이 생각났다. 자라는 동안 함께 고락을 같이한 가족들을 외면할 수 없는 일이었다. 누나와 누이동생은 영철이 당첨금을 수령하는 즉시 찾아와 주기를 바라고 있을 것이다. 얼마를 건네줄 것인지 추측하고 상상하면서 영철이 나타나기만을 학수고대하고 있을 것이다.

영철은 배웅하는 직원을 따라갔다. 들어온 문과는 반대 방향에 나가는 통로가 따로 준비돼 있었다. 엘리베이터까지 안내한 여직원의 배웅을 받으며 영철은 지하 4층으로 내려와 차를 타고 침침하고 구불구불한 은행 지하통로를 빠져나왔다.

지하에서 벗어나자 환한 바깥세상이 영철을 맞았다. 화사한 햇살, 파란 하늘, 푸르고 무성한 가로수와 크고 작은 건물들이 하나같이 아름다워 보였다. 눈에 보이는 수많은 차량과 건물과 땅덩이가 모두 자신의 것인 양 풍요롭고 뿌듯했다. 그제서야 영철은 그동안 오랫동안 꿈꿔왔던 신세계에 첫발을 디딘 거라 생각되었다. 들어올 땐 전혀 의식하지 못했던 새로운 풍경이 눈앞에 가득 펼쳐지고 있었다. 눈에 보이는 모든 사물이 새로워 보였고 여유롭고 풍요롭고 눈부시게 아름다워 보였다.

은행 건물 앞을 지나칠 땐 문득 로비에 모여 있던 여러 사람의 얼굴이 눈앞에 어른거렸다. 옆구리에 성경책을 낀 사람, 목탁을 두드리던 사람, 다리를 절뚝이던 사람, 손에 전단지를 들고 기부자들을 찾아다니던 사람, 무엇엔가 목말라 로또 1등 당첨자들을 마냥 기다리고 있던 사람들에게로 찾아가 선뜻 성금을 기부하고 싶단 생각이 들었다. 하지만 그건 퍽 의미심장한 일이어서 당장 결심하고 실행하기 어려운 일이었다. 아무 대가도 바라지 않고 누군가를 위해 자기 것을 뚝 떼어주기가 그리 쉬운 일이 아니었다. 더군다나 영철은 이제 막 가진 자들의 무대에 올라섰을 뿐이었다. 엉거주춤 서 있기조차 힘들 정도로 어지럼증에 시달리는 중이어서 여기저기 돌아볼 여유가 없었다. 영철은 잠시 흔들렸던 마음을 바로잡기 위해 어깨를 쭈욱 폈다. 세상에는 생각으로만 그치는 일이 무수히 많다. 백 가지를 생각하면 하나도 이루기 힘든 게 세상사인 만큼 아직 누구를 돕는 일은 자신보다 더 자애롭고 의롭고 풍족한 사람들 몫으로 남겨두는 게 좋겠다고 생각했다.

그보다 더 중요한 일이 남아 있었다. 주머니 속 통장에 은행 직원의 말대로 세금을 제외한 나머지 1등 당첨금이 고스란히 입금되어 있는지 어딘가에 차를 세우고 확인할 필요가 있었다. 한참이나 차를 몰아간 뒤에야 은행 간판이 걸린 빌딩 하나가 눈에 들어왔다. 새로 건설된 대규모 아파트 단지를 낀 도로변이었다. 영철은 은행 앞 주차장에 차를 세운 뒤 카드와 통장을 들고 은행 안 현금인출기로 가 카드를 꽂았다. 일단 현금 백만 원을 뽑아보기 위해서였다. 화면 자판에 비밀번호를 입력하고 찾을 금액에 1백만 원이라고 적힌 숫자판을 누르자 곧바로 인출기에서 현금 세는 소리가 들려왔다.

아! 영철은 그 짧은 순간 눈을 감은 채 기계가 들려주는 흥미로운 소리를 감상했다.

샤르샤르샤르샤르샤르샤르르르르윽-

종달새가 지저귀는 듯 아름다운 소리가 인출기 안에서 들려왔다. 기계가 돈을 세는 그 황홀한 소리에 몰입했다가 눈을 뜨자 그는 화면에 뜬 인출 후 잔액이 얼마나 되는지 확인하는 걸 그만 깜빡 잊고 말았다. 돈 세는 소리가 이처럼 정겹고 아름답게 들린다는 사실을 영철은 이때 처음 경험했다. 샤르샤르샤르샤르…… 이건 단순한 기계음이라기보단 아름답고 청아한 돈의 목소리였고 돈의 노래였다.

개폐기가 열리자 빳빳한 1만 원권 지폐가 현금통 안에 꽂혀 있는 게 보였고 영철이 얼른 빼내어 주머니 속에 찔러넣었다. 이번엔 통장을 정리해 보기로 했다. 잔액이 얼마나 되는지 궁금해 가슴이 두근거렸다. 입금액이 얼마인지는 은행 직원이 대략 알려준 금액을 듣기는 했다. 하지만 남들 시선을 의식하지 않고 언제 어디서나 자유로이 빼내어 쓸 수 있는 통장, 그 안에 든 어마어마한 금액을 직접 눈으로 확인해 봐야 꿈속에서나 혹은 상상 속에서나 벌어질 법했던 일이 현실이란 사실을 인정할 수 있는 거였다. 통장을 밀어 넣자마자 방금 인출기에서 빼낸 내용을 찍어내는 프린트 소리가 짧게 들렸고 이내 정리된 통장이 밖으로 빠져나왔다.

통장을 열고 일, 십, 백, 천, 만, 십만, 백만 천만, 억, 십억, 액수를 두 눈으로 확인한 뒤에야 아! 안도의 숨소리와 함께 짧은 탄성이 터졌다. 영철은 자신이 억만장자가 되어 있다는 사실을 그때 비로소 실감했다. 이 황홀한 순간이 꿈이 아니고 현실이란 게 더 놀랍고 행복했다. 아니 이 순간이 꿈만 같았고 행여 꿈이라면 이 돈을 어딘가에 다 쓸 때까지 제발 깨어나지 않기를 바랐다. 영철은 인출기 앞에서 두 손을 들어 야호, 소리치며 탄성이라도 지르고 싶었다. 하지만 인출기 앞에서 차례를 기다리고 있는 사내 하나가 보였다. 기골 장대한 낯선 사내가 등 뒤에서 우락부락한 얼굴로 영철을 쏘아보고 있었다. 영철은 머쓱해 얼른 밖으로 나와 뒤도 돌아보지 않고 차에 올랐다. 누군가가 자신을 지켜보고 있었단 사실이 부담스러웠다. 혹시 누군가가 이곳까지 미행한 건 아닐지, 의심이 들자 가슴이 철렁 내려앉았다. 이후부터 영철은 뭔지 모를 불안감에 휩싸였다. 갑자기 등골이 오싹해지면서 몸에 소름이 돋았고 심장이 두근두근 뛰었다. 그럴 리가 없다고, 지하 4층에서 빠져나와 이곳까지 달려오는 동안 아무도 자신의 존재를 알아채지 못했을 거라고 지레짐작하면서 지나치게 과민 반응한 자신을 자책했다.

당첨금을 수령하고 집에 돌아온 영철은 누나와 누이동생을 다시 호출했다. 각기 떨어져 지내던 가족들이 한자리에 모이자 영철은 말을 꺼내기에 앞서 입단속을 시켰다. 두 사람 이상이 모인 자리에서 혹이라도 로또 이야기가 나오면 입도 뻥긋하지 말라고 신신당부했다. 우리 집에 아무 일도 일어나지 않은 것처럼 조용히 지내자고 다독였다. 이윽고 차 안에서 가방을 꺼내와 누나 앞에 돈뭉치를 건넸다.

"나는 누나가 정말 고마워. 예전에 내가 실의에 빠졌을 때 가겟세 낼 돈을 선뜻 쾌척했었잖아. 눈물이 날 정도로 고마웠어. 오늘 갚을게. 대신 가족끼리의 돈거래니까 이자는 생략."

즉석에서 세종대왕 초상화 그림이 보이는 1만 원권 지폐 두 다발을 누나 앞에 내밀었다.

"이번엔 나의 누이동생 영미, 친구 집에 얹혀사느냐고 눈치 많이 보일 텐데 이번 달 월세는 두둑이 내라. 2백이면 충분하지?"

역시 누이동생 영미에게도 2백을 건넸다. 누나와 누이동생이 넋이 나간 사람들처럼 영철의 얼굴을 멍하니 바라보는데 눈가가 축축해지면서 금방이라도 닭똥 같은 눈물이 줄줄 흘러내릴 것만 같았다. 영미가 영철 앞으로 바짝 다가가 앉았다.

"이게 뭐야. 이 하찮은 떡고물이나 주워 먹은 대가로 입도 뻥긋하지 말라고? 어디 가서 광고하지 말고 조용히 있으라고? 혼자 배 터지게 잘 먹고 잘살겠다고?"

가만히 앉아만 있던 누나 영숙이 영미의 팔을 잡아끌었다.

"내가 쟤를 잘 안다. 쟤는 지금 우리를 앞에 앉혀놓고 장난을 치고 있는 거야."

"아냐, 오빠인지 영철인지 저 인간도 유전자에 외삼촌 피가 섞여 있어 벌써 노랭이가 된 거라고."

누나도 영미의 말을 듣고는 얼이 빠진 눈빛으로 영철을 주시했다.

"너 정말 그런 거니? 우리한테 2백씩 던져주고 너 할 일 다 했다고 생각하는 거야? 너 혼자 잘 먹고 잘살겠다고?"

"응. 나 혼자 배가 터지게 잘 먹고 잘살게. 혼자 행복하게 잘

살게."

한참이나 자식들이 나누는 얘기를 듣고 있던 어머니가 다가와 영철의 등짝을 후려쳤다.

"이놈의 새끼, 빈말이라도 그렇게 모질게 하면 못쓴다. 어디 농칠 데가 없어 식구들 서운하게 그런 농을 치냐."

두 사람의 표정을 바라보니 입술이 바르르 떨리는 게 보였고 방 안에 차가운 냉기가 흘렀다. 영철은 참고 있던 웃음을 터뜨렸다.

"우리 가족들 참 걱정도 팔자다. 아무리 세상에 믿을 사람이 없다지만 내가 동고동락한 식구들까지 외면한 채 뒷짐 지고 있겠냐고."

"그럼 그렇지. 우리 오빠가 간이 배 밖으로 나오지 않고서야 어떻게 그렇게 몰인정하겠어. 내가 그냥 놀라는 척 연기를 했던 거지."

"영미, 요 고얀 것. 오빠한테 영철인지 저 인간인지라니. 그게 무슨 말버릇이냐."

앞에 머리를 들이밀고 노려보는 영미의 머리에 꿀밤을 먹이고는 당장 계좌번호를 찍어 보내라고 큰소리쳤다. 이때가 돼서야 가라앉았던 분위기가 제자리로 돌아오면서 훈훈해졌다.

"내 사정이 딱하기는 했나 보다. 네가 2백 던져주고 엉뚱한 소릴 하니까 아니지, 아니지, 하면서도 금방 하늘이 노래지더라. 친정 동생만 찰떡같이 믿고 있었는데 당장 밀린 가겟세는 어쩌지, 은행 이잣돈도 석 달이나 연체돼 매일 압류 들어온다고 독촉 전화가 걸려 오는데 돌아가면 또 시달려야겠구나. 아, 내 인생은 왜 이렇게 꼬이기만 할까…… 잠깐이었지만 네가 조금만 더 딴전을 피웠더라면 난 아마 이 자리에서 까무러치고 말았을 거다."

누나가 길게 안도의 숨을 내뿜었다. 그 무거운 짐을 덜어줄 수 있다는 게 얼마나 다행인가. 영철의 가슴도 덩달아 뭉클해졌다.

"분명히 말하는데 혹시 나중에라도 국세청에서 증여세 추징 들어오면 그건 받은 사람이 해결해. 알았지?"

이렇게 다짐받은 뒤에야 영철은 내일 은행 문이 열리는 시간에 맞춰 누나와 누이동생 앞앞이 자신이 생각했던 만큼의 돈을 송금해 주기로 약속했다. 영미가 깡충깡충 뛰며 만세를 불렀다. 누나도 가겟세 걱정에서 벗어났다는 해방감에 눈시울이 붉어졌다. 영미가 팔딱팔딱 뛰자 영숙도 기쁨을 숨길 필요가 없었던지 남동생 영철을 끌어안고 엉엉 울었다.

영철은 누군가를 위해 써야 할 돈이라면 응당 가족을 돌보는 일에 쓰는 게 옳다고 생각했다. 가족들을 위한 일에 좌고우면하거나 지체할 일이 아니었다. 얼마나 없이 살아온 삶이던가. 생각할수록 가슴이 먹먹해졌다.

아버지가 없는 어린 시절 세 남매의 삶은 그늘지고 어두웠다. 아버지가 없는 세 남매의 삶은 늘 곤궁해 무엇을 갖고 싶은 욕망에 사로잡혀 지냈지만 손에 쥔 것이라곤 아무것도 없이 쪼들리며 살았다. 오르는 법을 몰라 기어오르다가는 떨어지고 그래도 기어코 오르다가 미끄러져 몸도 마음도 늘 쓰리고 아렸다. 힘겨울 때 다른 가족들에겐 다 있는 아버지란 존재를 부러워하며 자랐다. 비좁고 어둡고 어질더분한 환경에서 단 한 발자국도 벗어나지 못한 채 어린 시절과 학창시절을 보내야 했다. 세 남매가 비뚤어지지 않고 밝고 꿋꿋이 성장한 데는 뭐니 뭐니 해도 중심을 잡아준 어머니의 역할이 컸기 때문이다. 남편 없이 홀로 사는 삶이 얼마나 허전하고 외로웠을까. 애면글면 살아가기가 오죽이나 답답했으면 영화에서 본 은행강도가 찾아오기를 바랐을까. 매일 돈, 돈, 돈을 입에 달고 살아왔건만 자식들 가르치느라 언제나 빈손이었고 내 집 한 칸 장만하지 못한 채 지긋지긋한 가난을 대물림하며 아직도 임대주택에서 생활하고 있는 거였다.

"이게 가진 자의 여유로구나."

영철이 누나와 누이동생을 번갈아 쳐다보며 흡족해했다.

"여유라고? 그건 가진 자의 횡포야. 오빠도 그들과 똑같았어."

영철은 담배를 피우겠다며 혼자 밖으로 나갔다가 차 트렁크에서 쇼핑백 하나를 들고 들어왔다.

"와! 사랑하는 우리 오라버니께서 먹거리를 사 오셨다. 그거 치맥이야?"

영철은 아양을 떨며 쪼르르 다가오는 영미를 뿌리쳤다.

"노터치. 이건 엄마에게 줄 선물이야."

영철이 쇼핑백에 든 내용물을 어머니 앞에 훌훌 쏟아냈다. 식구들 누구도 생각지 못했던 이벤트였다. 돈다발이었다. 1만 원권 지폐 다발이 어머니 무릎 앞에 수북이 쌓였다. 파란 지폐 백 장을 묶은 돈다발 열 개가 무려 다섯 덩어리나 되었다. 눈앞에 수북이 쌓인 뭉칫돈을 보고 어머니가 소스라치게 놀랐다.

"어마나, 세상에. 이게 웬 돈벼락이냐! 네가 은행을 털어왔냐, 기계로 돈을 찍어왔냐. 이게 종이 쪼가리가 아니고 정말 써도 되는 돈이란 말이냐?"

"돈 나무에서 따온 엄마 선물이에요. 그동안 잡숫고 싶었던 음식 실컷 사 잡숫고 입고 싶었던 옷도 사 입으시고 가고 싶었던 곳 어디든지 다니시면서 사세요."

"네가 효자다. 내가 인복도 재물복도 없다고 평생 혼잣소리로 엉절거리며 살았는데 늘그막에 자식 복에 돈벼락까지 맞았으니 운수가 대통했구나. 평생 사주팔자에도 없던 이게 웬 호강이란 말이냐."

큰딸 영숙이도 눈물을 찔끔거리며 엄마의 노후를 응원했다.

"그래요, 엄마. 집 안에서 잔소리만 하지 말고 더 쭈글쭈글 늙기 전에 남은 인생을 즐기며 살아요. 파마도 하고 화장도 하고 중앙시장 지하상가에 나가 멋쟁이 영감님도 만나시라고요."

영미가 호들갑을 떨며 오빠 엄마를 부둥켜안고 훌쩍이자 식구들이 너나없이 얼굴을 맞대고 쓸고 비비고 웃고 웃느라 집안이 온통 들썩들썩하였다.

"우리 집 식구들은 눈물이 너무 많아. 이제부턴 어깨를 펴고 당당히 살아야지. 좀 냉정해질 필요가 있다고. 외삼촌네를 봐. 가진 사람들은 겉으론 부드러운 척해도 속은 하나같이 비정하고 냉정하다고. 바늘로 찔러도 피 한 방울 나지 않는단 말이야."

영미가 눈물을 닦고 몸을 추스르자 어머니도 거들었다.

"그래, 돈 좀 있다고 남들 앞에서 뻐기고 다니지 말고 물 쓰듯 펑펑 쓰지 말고 있을 때 간수를 잘하거라."

"특히 오빠는 오늘 이후론 소금 덩어리처럼 짠돌이가 돼야 해. 코인이네 주식이네, 돈 더 벌겠다고 여기저기 한눈팔지 말고. 복권 맞았다고 흥청망청 써대다가 알거지 된 사람들이 부지기수인 거 오빠도 알지?"

"방정맞은 네 입 간수나 잘해라. 한창 흥이 난 잔칫집에 재 뿌리지 말고."

어머니가 눈을 할기시 흘기며 핀잔을 주었지만 영철은 그런 누이동생이 밉지 않았다.

영철은 월급날에 맞춰 다니던 두부 공장에 사표를 냈다. 일이 힘들어 좀 더 나은 일자리를 알아보겠다고 핑계를 댔다. 일이 힘든 건 사실이었다. 하지만 더 나은 일자리를 찾아보겠다는 말은 퇴사 의지가 확고하단 의지이자 변명일 뿐이었다. 만일 행운의 여신이 영철에게 통 큰 선물을 준 거라면 억만장자가 된 이후에도 종전과 똑같은 삶을 살길 바라지는 않을 거란 게 영철의 생각이었다. 두부 공장엔 또 다른 누군가가 찾아와 그 자리를 채울 것이기에 영철은 미련 없이 공장 일을 그만두고 이전과는 전혀 다른 삶을 계획하기 시작했다.

버킷리스트란 영화를 보고 감동한 사람들이 죽기 전에 해보고 싶은 일들을 목록으로 작성해 하나하나 실천하듯 영철도 꼭 해보고 싶었던 일 몇 가지를 손가락으로 꼽아보았다. 불과 한 달 전만 해도 그의 뻔한 일상에서는 상상조차 할 수 없었던 일이었다. 첫째로는 임대주택에서 벗어나 내 집을 갖는 것이었다. 자신의 명의로 아파트를 매입하고 두 번째로는 어릴 적 꿈이었던 상가건물 한 채를 사 건물주로 등극하는 것이었다. 세 번째로는 빈곤하게 살아 온 가족들이 당장 돈에 쪼들리지 않도록 목돈을 챙겨주는 일이었다. 여유로운 사람들이야 대수로울 게 없는 소소한 일상 중 하나일 테지만 가족과 함께 해외여행을 다녀오고픈 소망도 평소 이루고 싶은 하나의 꿈이었다. 식구 중 누구도 파란 하늘로 떠가는 비행기를 아직 타본 적이 없었고 당연히 공항 입구조차 들어가 본 적이 없었다. 평소 까마득히 높은 하늘 위로 손바닥만 하게 떠가는 비행기를 올려다보기만 했던 노모였다. 식구들과 비행기에 올라 까마득히 높은 하늘 중간에서 세상을 내려다보는 즐거움도 함께하고 뉴스에서나 보았던 미국 땅에 가 쏼라쏼라 떠들어대는 코쟁이들 틈바구니에 섞여 디즈니랜드 구경도 해보고 리무진에 올라 고층 빌딩이 숲을 이룬 다운타운 한복판을 가로질러도 보고 관절이 더 상하기 전에 그랜드 캐니언이나 나이아가라 폭포까지 구경한 뒤 내친김에 패키지로 유럽 몇 개국을 한 바퀴 돌아오면 한평생 없이 살다가 맺혔던 설움 덩어리 몇 개쯤은 떼어놓고 올 수 있으리라. 고물차를 처분하고 신차를 사 조수석에 마음 맞는 미녀를 태우고 동해로 서해로 여행을 다녀오는 상상도 해보았다. 빈티지 명품 음향기기 세트를 구매해 가요와 팝, 재즈, 클래식 등의 음악 세계를 넘나들며 몇 시간이고 며칠이고 흠뻑 빠져들고도 싶었다. 방송에 나오는 전국 맛집을 찾아다녀도 보고 고급 레스토랑에 가 껍질 발린 살코기 위에 치즈를 넉넉히 얹어 맛깔스럽게 구운 바닷가재도 먹어보고 싶었다. 골프도 배우고 싶었고 마음에 드는 산악회에 가입해 전국 명산을 오르고도 싶었다. 가끔 그는 손에 쥔 1등 당첨 로또가 중산층 사회의 구성원에게만 주어지는 출입증이란 생각보다 막대한 부채를 떠안게 한 차용증이 아닐까 싶기도 했다. 평생 부채 의식을 안고 살아가라며 신이 혹은 세상이 떠넘겨준 짐이라면 빚을 갚아가는 방식 중 하나가 도움의 손길이 필요한 사람들에게 찾아가 손을 잡아주란 의미일 수도 있으리라. 주변에 세상을 원망하며 눈물짓는 이들, 세상이 싫어졌다고 한숨 짓는 이들이 얼마나 많던가. 희망의 끈마저 놓은 이들에게 조용히 다가가 한 줄기 빛을 보여줄 수 있다면 그것이야말로 큰 빚에 눌려 무겁기만 한 짐을 덜 기회가 아닐까 싶었다. 이것이 영철의 열 번째 목록이었다.

비밀이 오래 유지되지는 못했다. 두부 공장에 다니는 동안 함께 고생했던 동료 몇을 불러 밥을 사고 술을 샀다. 술기운이 거나하게 올라 노래방까지 간 게 화근이었다. 목이 터져라, 입이 찢어져라, 한창 노래하고 낄낄거리다가 누군가가 들국화의 〈사노라면〉이란 노래를 불렀다. 서민의 애환과 희로애락이 담긴 가사가 구절구절 영철의 가슴을 후볐다.

사노라면 언젠가는 밝은 날도 오겠지. 흐린 날도 날이 새면 해가 뜨지 않더냐……

언젠가는 밝은 미래가 올 거란 희망을 품고 두부 공장으로 출근하던 얼마 전 자신의 고달팠던 삶이 떠올랐다. 영철이 슬그머니 노래방에서 나와 대로변 은행을 기웃거렸다. 멀지 않은 곳에 불 켜진 은행 간판이 보였다. 영철은 망설임 없이 은행으로 들어가 인출기를 통해 현금 한 뭉치를 뽑았다. 찾은 현금을 인원수에 맞춰 똑같이 나눈 뒤 인출기 좌측에 비치된 봉투에 넣고는 다시 노래방으로 들어가 동료들 주머니 속에 꾹꾹 찔러주었다. 굳이 원인을 따지자면 술기운 때문이었다.

"너 로또라도 맞은 거냐? 그런 거야? 그렇지?"

주머니 속에 꽂힌 돈 봉투를 확인한 한 놈이 입꼬리를 길게 들어 올리며 영철에게 다그쳤다. 까짓거 속이고 숨기고 할 일이 무엇인가. 살다 보니 이런 행운도 있더라. 오늘도 어제 같고 내

일도 오늘 같을 거란 절망감에 쉽게 지치는 동료들인데 이들에게 주는 작은 희망은 삶의 활력소가 될 것이고 동기부여가 될 수도 있으리라. 입을 헤 벌린 채 답을 기다리고 있는 동료들을 향해 영철이 빙그레 웃어주며 고개를 끄덕였다.

"그럴 줄 알았다. 내가 말은 안 했지만 공장 때려치우고 갑자기 불러내 밥 사고 술 살 때 딱 감이 오더라."

이 일이 있고 난 뒤 채 며칠 지나지 않아 여기저기서 축하 전화가 걸려 오기 시작했다. 집을 찾아오는 이들도 부쩍 늘어났다. 처음 전화해 축하하고 처음 방문해 축하 인사를 건네는 일쯤은 그동안 오랜 가난의 굴레에서 벗어난 기쁨을 함께 나누고픈 인사치레로 생각할 수 있겠지만 횟수가 잦아들면서 점차 시달린다는 생각이 들고부터는 주변 사람들이 귀찮아지기 시작했다. 하루가 멀다 않고 찾아와 보험 들어달라, 한턱내라, 돈 좀 빌려달라 청하다가 반응이 신통찮다 싶을 땐 가난뱅이 시절이 바로 엊그제인데 벌써 그때를 잊은 거냐, 떼까지 써가며 성가시게 했다. 영철로선 찾아오는 이들의 절절한 하소연을 감당하기 어려웠다.

며칠 후 영철은 휴대폰을 새 번호로 바꾸었다. 집 앞에서 누군가가 기다리다가 불쑥 앞을 막아서거나 느닷없이 집안까지 틈입하는 자도 있을 것 같단 생각에 며칠씩 집을 비우기도 했다.

영철은 어디를 가나 낯선 시선들이 뒤따르고 있다고 생각했다. 당첨금을 받고 귀가하던 중 인출기 앞에서 우두커니 서 지켜보던 그 매서운 시선부터 시작해 이제 그의 주변엔 누군가가 그림자처럼 따라붙으며 지켜보고 있다는 강박감에 시달렸다. 두부 공장을 다닐 땐 주변인들의 시선 따윈 아예 관심도 없었던 일이었다. 누군가가 자신을 뚫어지게 바라보거나 낯 모르는 사람이 어깨를 스쳐 지나갈 때도 미행자가 뒤따르는 것 같아 아찔하고 섬뜩했다. 으슥한 골목길을 걷다가도 낯선 이가 뚜벅뚜벅 뒤따라오면 왠지 불안해져 성급히 골목을 벗어나야 안도가 되었고 밖에 나가면 앞뒤를 흘낏흘낏 돌아보는 버릇까지 생겼다. 정신이 느슨해지는 순간 할렘가를 배경으로 찍은 영화의 한 장면처럼 누군가가 뒤에서 툭 뛰쳐나와 몸에 흉기를 겨눌 것만 같았다.

영철은 주변 사람들을 의심하고 경계하는 자신의 태도가 영 마음에 내키지 않았다. 더군다나 그런 낯선 환경에 서서히 적응해 가고 있다는 사실에 가끔 놀랐다. 하지만 자신을 방어하는 일에 게으르고 재물을 지키는 일에 한시라도 소홀했다간 곧 무슨 일이 벌어질 것만 같아 불안했다. 영철이 아는 세상은 거미줄처럼 촘촘하면서도 허술한 구석이 없었다. 당첨금을 타기 위해 은행에 갔을 때도 보호망이 얼마나 촘촘했던가. 타인을 지켜주기 위해 아무도 접근할 수 없는 밀실을 만들어 놓고 누구도 출입할 수 없는 주차시설까지 갖추고 있었듯이 사회는 구석구석 허술한 곳이라곤 보이지 않았다. 경계선을 긋고 울타리를 치고 높고 견고하게 담을 쌓고 가시철망을 친 곳곳의 시설들이 하나같이 이유가 있다고 생각됐다. 영철 역시 자신을 지켜야겠단 생각에 사람들과 서서히 거리를 두기 시작했다.

사람들의 시선으로부터 멀리 벗어날 방법이 있었다. 영철은 여행사를 통해 식구들과 함께 유럽과 미국을 돌아오는 한 달 여정의 패키지여행을 알아봤다. 영미는 직장 때문에 동행이 어려웠고 어머니와 누나가 동반했다. 보름간 프랑스와 독일, 스위스, 이탈리아, 영국을 다녀왔고 나머지 보름 동안은 하와이를 거쳐 로스앤젤레스, 샌프란시스코, 텍사스 등 미국 서부권 관광지를 숨 가쁘게 다녀왔다.

한 달 남짓 가족과 동반해 해외로 여행을 다녀온 뒤 영철은 시간이 어떻게 가는지도 모르게 분주한 나날을 보냈다. 얼마 전 작성해 둔 열 개의 버킷리스트를 찬찬히 들여다보고 꼭 필요한 목록인지, 새로운 목록이 필요한지를 재점검했다. 하지만 처음 작성한 열 개의 리스트가 다시 보아도 마음에 들었다. 이미 가족들에게 경제적 도움을 주었고 함께 가족여행을 다녀왔기에 두 가지를 이룬 셈이었다. 나머지 여덟 개의 리스트가 남아 있었다. 남은 여덟 개의 목록을 하나씩 이뤄가는 과정이 죽기 전에 꼭 해야 할 일이라기보단 새로운 삶을 시작하는 출발점에서 다음 기착점에 서 있는 이정표를 중간중간 점검해 보는 과정이라고 생각됐다.

영철은 두어 달 발품 팔아가며 부동산을 찾아다닌 끝에 어릴 적 꿈이었던 상가건물의 주인이 되었다. 대학가 먹자골목에서 좀 벗어난 지역에 통유리창이 달린 지하 1층 지상 3층 상가 건물을 샀다. 상권 요충지에서 다소 벗어난 골목이고 지은 지 십 년 이상 지난 건물이라 중개인이 몇 차례 양쪽을 오가며 매매가를 조율한 끝에 로또 1등 당첨금액 중 절반을 조금 넘긴 가격 선에서 매매가 체결되었다. 자신의 이름 석 자가 건물주로 표기된 등기권리증을 손에 쥔 영철은 이 꿈만 같은 현실이 믿어지지 않아 단박에 차를 타고 자신의 상가건물로 향했다. 때마침 건물 통유리창 벽면에 어릴 적 보았던 밝은 햇살이 날아와 영롱한 빛을 뿜어대고 있었다. 어릴 적엔 작은 손아귀에 돌멩이 하나를 쥐고 있었지만 지금 그의 손엔 건물의 주인임을 증명해 주는 등기권리증이 쥐어져 있었다. 꿈을 이루었다는 성취감에 그는 눈물이 핑 돌았다. 기뻐 마음이 달뜨고 어깨가 우쭐했다. 하지만 왠지 가슴이 허전하고 울적했다. 자랑스러운 나머지 가슴에서 끓어오르는 벅찬 감동을 억제할 수 없어 펑펑 소리 내어 울어도 좋을 격정의 순간이었는데 어떤 이유에선지 다리에 힘이 풀리고 마음이 혼란스러웠다. 구불구불 이어진 계단을 따라 옥상까지 오르는 동안에도 눈이 어질거려 반질반질 윤이 나는 알루미늄 재질의 난간대를 잡고 올라와야 했다. 한 층마다 스무 개의 계단이었고 옥상까지 다다르기까지 팔십 개의 계단을 하나씩 하나씩 밟아 올라왔다. 출입문을 열고 옥상에 발을 들여놓고서야 영철은 가슴이 허전하고 울적했던 이유를 알 수 있었다. 오랜 세월 비지땀 흘려가며 티끌 모으듯 차곡차곡 모은 돈으로 이룬 꿈이 아니었다. 한 층을 오를 때마다 구불구불한 굽이가 있고 가파른 언덕이 있게 마련인데 굽이와 언덕을 걸어 오르지 않고 어느 날 갑자기 껑충 솟구치다 보니 혼란스러움과 어지럼증을 느끼는 건 어쩌면 당연한 이치였다.

어쨌든 영철은 이 건물의 주인이었다. 그는 자신의 이름 석 자가 선명하게 찍힌 등기권리증을 들고 3층 건물의 맨 꼭대기 옥상에 올라와 있었다. 허전한 마음이나 어지럼증은 잠시 잊을 준비가 되어 있었다. 눈 앞에 펼쳐진 넓은 세상, 저 아래 좁은 골목 혹은 평탄한 대로변에서조차 좀처럼 마주할 수 없었던 사방으로 뻥 뚫린 세상이 눈앞에 한가득 펼쳐져 있었다.

이렇듯 높은 지대에서 바라보는 눈 아래 세상은 어지럽지만 황홀했다. 세상을 모두 가진 사람처럼 더없이 만족스러웠고 산해진미 잔칫상에 앉아 포식이라도 한 듯 뱃속이 뿌듯하였다.

하지만 이것으로 끝난 게 아니라 이제 시작일 뿐이었다. 지방 도시라는 이유로 아직 미분양 상태로 남아 있던 아파트 한 채를 매입했고 똥차라고 비웃음을 샀던 자동차를 폐차시키면서 외제 차로 바꿔탔다. 이제는 상가에서 매월 월세를 받는 어엿한 건물주 신분이었고 서민들이 모여 사는 임대아파트를 벗어나 춘천 의암호를 한눈에 조망할 수 있는 고층 아파트에 거주하며 고급 승용차를 몰고 다니는 중산층으로 부상해 있었다. 채 6개월도 안 되는 사이에 벌어진 놀라운 변화였다.

영철은 자신의 바뀐 삶을 바라보는 주변 사람들의 따가운 시선을 경계했다. 길거리에서 아는 사람을 만나 악수라도 하고 돌아서면 몇 발자국 벗어나지 않은 사이에 억세게 재수 좋은 놈, 로또 횡재로 팔자 핀 놈, 하루아침에 돈벼락 맞은 놈이라고 수군거리는 소리가 들려오기도 했다. 아무리 발버둥 쳐도 자신에겐 도무지 찾아오지 않는 행운, 자신은 언덕에 핀 꽃 한 송이 따오기도 벅찬데 별도 따고 무지개도 잡은 놈이라고 농담 반 진담 반 떠벌리는 소리도 들었다. 두부 공장 다니던 아무개가 로또 1등에 당첨돼 하루아침에 벼락부자가 되었다고, 직장 때려치우자마자 타고 다니던 멀쩡한 차를 폐차시키고 신차로 바꿔 탔고 어머니와 살던 열여섯 평 임대아파트에서 서른두 평 신축 아파트를 사 이사도 했고 대학가에 3층 상가건물을 매입해 매달 공장 다닐 때 받던 월급보다 많은 임대료를 받는 어엿한 건물주가 되었다고 수군거리는 소리도 들었다. 심지어 절연하고 남처럼 지내던 외삼촌이 어머니께 전화를 해왔단 소식까지 들렸다.

"족제비도 낯짝이 있다던데 얼굴 참 두껍더라. 벼락부자가 됐으니 그냥 우물쩍 넘기지 말고 친척들한테 한턱내라더라."

"당연히 한턱내야지요. 외삼촌네만 쏙 빼고."

때를 기다릴 필요도 없었다. 때마침 어머니 생일을 맞아 영철은 친척들을 초대해 성대히 잔치를 치렀다. 친척들이 모인 자리에서 어머니는 아들 영철이 돈뭉치를 한 아름 들고 와 가슴에 안겨줬던 이야기를 자랑삼아 들려줬다.

"내 평생 그런 돈다발을 안아보긴 처음이었다오. 이게 자다가 꾼 꿈인지 멀쩡한 생시인지 도무지 구별이 쉽지 않습디다. 거참, 장마철에 벼락 떨어지는 소리는 머리숱이 곤두서도록 무섭더니 돈벼락 맞는 건 입이 함지박처럼 커지면서 마냥 행복합디다."

영철은 술 취한 기분에 로또 1등 당첨 사실을 고백하고 어머니는 가까운 친척들이 모인 자리에서 흥에 취해 자랑삼아 돈방석에 앉은 사실까지 공개한 마당이었다. 가족끼리 서로 입단속하자고 말을 맞추긴 했으나 누가 먼저랄 것도 없이 동네방네 광고하고 다닌 꼴이어서 탈이 나고도 남을 일이었다. 얼마 못 가 여기저기서 전화가 걸려 왔고 새로 이사한 아파트 현관에 일면식도 없는 사람이 찾아와 서성거렸다. 그 쭈뼛거림이란 이따금 길거리에서나 혹은 집집이 포교를 목적으로 접근하는 단정하고 깔끔한 차림, 다정하고 선한 눈빛을 가진 이들과는 사뭇 다른 형태여서 때론 꺼림직하고 때론 섬찟했다.

영철은 예전에 살던 임대아파트 관리소에서 택배가 와 있다는 연락을 받았다. 두부 공장 동료가 부친이 직접 농사지은 옥수수와 감자를 한 상자씩 보내준 것이었다. 이전에 노래방에서 주머니 속에 현금을 찔러준 답례로 보내준 지역 특산물이었다. 영철이 주차장에 차를 대고 관리소로 들어서려는데 맞은편 편의점에서 몸을 비척거리며 주정뱅이 하나가 걸어오다 영철과 눈이 마주쳤다. 안면이 있는 사내였다. 사는 게 다들 어려운 서민들이 거주하는 아파트여서 직장도 없이 매일 어울려 술추렴이나 하고 사는 주민들이 몇 있었는데 그중 주폭으로 파다하게 소문난 사내가 영철을 알아보고 어이, 하고 손을 흔들며 다가오는 것이었다. 대낮임에도 벌써 걸음걸이가 갈지자였다.

"당신, 로또 맞았다며? 축하해. 축하해. 나 알지?"

악수를 청하며 내미는 손을 영철은 차마 뿌리칠 수 없었다. 안면은 있으나 함께 모여 앉아 술을 마시거나 말 한마디 나눈 적 없는 그저 같은 임대아파트에 수년 동안 살다 보니 편의점을 오갈 때나 분리수거를 하러 나올 때 우연히 마주친 적이 있던 같은 아파트 입주민이었다. 특히나 그는 추운 겨울철에도 거의 매일 아파트 초입 정자에 나와 앉아 술을 마시고 비틀거리다가 심기가 불편하면 입주민이건 행인이건 아무에게나 시비 걸고 욕지거릴 내뱉는 주정뱅이였다. 아파트 입주민들과 관리소 직원들조차 그와 마주치기를 꺼렸고 주폭을 견디다 못한 주민들이 툭하면 112로 신고해 경찰차에 실려 가는 일이 다반사였다. 아파트 주변 어딘가에서 그가 혹 눈에 띄기라도 하면 미친개라도 발견한 듯이 고개를 절레절레 흔들고는 얼른 자리를 떠버리는 일이 다반사였다. 이런 주정뱅이가 어떻게 자신을 한눈에 알아본단 말인가. 세상 돌아가는 일에 무관심하고 일 년 열두 달 술에 절어 사는 사람까지 로또 당첨 소식을 알고 있다는 게 영철은 당혹스러웠고 기분이 언짢았다.

영철은 악수한 손을 빼고 바쁘다는 핑계를 대며 얼른 아파트 관리사무실로 들어섰다. 택배 상자를 찾아 차에 싣기 무섭게 아파트를 빠져나오려는데 몸을 비실거리며 화단에다 누런 오줌 발을 내갈기던 주정뱅이가 심기가 상했던지 영철을 향해 소리 쳤다.

"어이, 술 한 잔 사라고. 어이, 저 새끼 타고 다니던 똥차는 어쩌고 벌써 차도 새로 바꿨네."

길거리에서 한심한 주정뱅이와 얼굴 맞대봤자 이로울 게 없었다. 서둘러 주차장을 빠져나와 주정뱅이 시야에서 벗어났나 싶을 때 등 뒤에서 거침없는 욕지거리가 들려왔다.

"저 새끼가 술 한 잔 사랬더니 꽁지가 빠지게 그냥 내빼네. 야, 너 다니던 두부 공장도 때려치웠다며? 어쭈구리, 저 새끼가 로또 맞더니 사람을 좆으로 보네."

영철은 가끔 TV에서 스토킹 피해로 극심한 스트레스성 질환에 시달리고 있다거나 스토커가 휘두른 칼에 찔려 사망했다는 뉴스를 본 적이 있었다. 영철이 집을 드나들 때나 길을 걷다가도 자신을 주시하는 낯선 시선과 마주칠 땐 자꾸 주변을 살피게 되고 대수롭지 않은 일에도 신경이 날카로워졌다. 예전에 살던 임대아파트 주정뱅이조차 영철의 로또 당첨 소식을 알 정도라면 이미 그의 신상정보를 알 만한 사람은 다 알고 있을 터였다. 더군다나 새 아파트로 이사하기 직전 집에 도둑이 들었었다는 소식을 들었을 땐 눈앞이 아찔했다. 두어 달이나 지나서야 경찰서에서 형사가 찾아와 사건 개요를 설명했다. 집에서 가출한 고등학생이 몇 월 며칠 정오쯤 영철의 집에 몰래 잠입해 장롱 속에 들어있던 현금 10만 원을 훔쳤다는 거였다. 얼추 사건이 발생한 날짜를 떠올리자 공교롭게도 시내 음식점으로 일가친척들을 초대해 잔치를 벌인 날이었다. 다행히 어머니도 영철이 준 현금을 은행에 맡긴 뒤여서 도둑이 든 사실도 돈을 훔쳐 간 사실도 전혀 알지 못하고 있었다. 집에서 가출한 아이는 며칠을 굶고 지내다가 아파트 창문이 열린 집으로 몰래 잠입해 현금을 훔쳤고 며칠 뒤 귀가해 부모에게 이 사실을 털어놓아 알려지게 되었다. 부모가 경찰서에 아이를 데려와 범행 사실을 순순히 털어놓고 다시 학교로 돌아가 공부에만 전념할 수 있도록 피해자 측에서 선처해주었으면 하고 바란다는 소식이었다.

"피해자의 동의가 필요합니다. 아이의 처벌을 원하십니까?"

형사가 사건 개요를 설명한 뒤 영철에게 단도직입적으로 물었다. 영철은 장롱 속에서 10만 원을 털어갔단 말보다 범인이 어른이 아니라 아이란 말보다 정말 집에 도둑이 들어왔었단 사실에 기가 막혔고 허탈했다. 그것도 로또에 당첨되고부터 집에 외부인이 접근하는 걸 꺼리고 촉각을 곤두세우며 타인의 방문을 경계했었음에도 정작 현관문의 도어락을 최신형으로 교체한다거나 CCTV를 설치한다거나 방범창을 손보는 일에 소홀했던 자신이 한심했다. 아마 아닐 거라고, 아이가 다른 집에 침입하고도 착각을 일으켜 우리 집 호수를 댔을 거라고, 게다가 장롱 속에 돈을 넣어두지도 않았을뿐더러 집에 도둑이 들어올 리가 없다고 우기려던 영철은 이내 체념하고 말았다.

"자수했다니 다행이네요. 아이에겐 법보단 집과 학교가 필요하겠네요."

"처벌을 원하지 않는단 뜻이죠?"

영철이 형사에게 고개를 끄덕였다.

이 일로 영철은 자신을 보호하기 위해 삶의 공간마다 울타리를 더 촘촘하고 견고하게 쳐야 할 필요성을 느꼈다. 외부인이 출입할 수 없도록 지어진 아파트였지만 만일을 대비해 실내에 CCTV를 설치했고 스마트 도어락도 최신형으로 바꿔 달았다.

하지만 그런 자질구레한 장치로 울타리를 쳤다 한들 사람과 주변을 바라보는 불안한 시선이 바뀌거나 경계심이 풀어진 건 아니었다. 밖을 나서면 돈에 굶주린 사람들이 어디서든 달려와 바짓가랑이를 붙잡고 늘어질 것만 같았다. 평범한 사람들이 돈에 환장하면 눈이 뒤집혀 흉악범이 되고 사기꾼이 되는 법이다. 쉽게 한몫 잡을 요량으로 흑심 품고 접근하는 자들은 어디에든 도사리고 있다. 그를 스쳐 지나가는 무수한 사람 중에 흉악범으로 혹은 사기꾼으로 조만간 모습을 드러내지 말란 법이 없었다. 그런 자들의 술수에서 벗어나기 위해 또는 자신을 지키기 위해 내내 미어캣처럼 사방을 경계해야 한다는 건 그의 일상에서 지고 다녀야 할 성가신 짐이자 큰 번거로움이었다.

여러 형태의 혼란 속에서도 영철에게 닥친 가장 큰 변화는 색다른 차원의 사람들과 만난다는 점이었다. 공장을 다닐 무렵엔 매일 얼굴 마주치는 사람이 눈에 익을 대로 익은 공장 동료들이 전부였다면 최근 들어서는 다방면으로 새로운 사람들과 만났다. 아파트와 상가건물을 매입하는 과정에서 알게 된 부동산중개인 몇과 친분을 쌓았고 차량 구매 과정에서 알게 된 딜러와도 가까워졌다. 자동차 딜러가 소개해 준 보험설계사와도 몇 차례 만나 상가건물 화재보험과 자동차 종합보험, 실비보험을 들어두었고 해외여행을 몇 차례 다녀오다 알게 된 여행사 대표와도 가까워졌다. 새로운 사람들과 만나 밥도 먹고 술도 마시고 이렇게 저렇게 교류하는 과정에서 술집, 일식집, 장어집, 참치 횟집을 드나들게 되었고 심지어 독한 소주 대신 와인과 친밀해졌다. 처음엔 칠레산 몽그라스 데이원 샤르도네에 빠졌다가 몇 달 전부터는 오스트리아산 비닝어 셀렉트 피노누아 와인으로 선호도가 바뀌었다. 한 병에 수천만 원을 호가하는 최상급 피노누아가 존재한다지만 시중에서 쉽게 구할 수 있는 저가의 피노누아를 즐겨도 새우깡을 안주 삼아 강소주를 마실 때보다는 전혀 다른 인생을 사는 사람처럼 삶의 질이 변화해 갔다. 게다가 최근 그는 빈티지 오디오 세계에 빠져있었다. 살아가는 형편과 환경에 따라 취미도 바뀔 필요가 있겠단 생각에서였다. 영철은 오랜 시간 그의 지난했던 삶을 달래준 미니 오디오 기기를 아파트 쓰레기 분리수거장에 내다 버린 뒤 번개시장에 나온 산수이8080 기종의 앰프와 JBL 브랜드가 찍힌 스피커, 일제 턴테이블을 장만했고 마음에 드는 가수의 LP판과 CD를 여러 장 구해 한가한 시간 아파트 거실의 폭신한 소파에 눈을 감고 앉아 빈티지 음악 세계에 빠져들었다. 낡은 미니 오디오 소리에 익숙했던 그의 귀는 옛적 다방에서 한 시절을 풍미했던 앰프와 멎은 심장도 들썩일 듯한 스피커, 찌직찌직 긁히는 정겨운 음질의 턴테이블이 서로 조화를 이루며 들려주는 감미롭고도 풍성한 소리에 한동안 매료되었다. 하지만 특정 분야의 마니아가 대개 그러하듯 오디오 세계에 빠져든 영철도 여기서 만족하지 못했다. 틈틈이 번개시장과 세운상가를 찾아다니며 과거 대중의 인기를 독차지했던 명기들을 추적하다 보니 몇 달 지나지 않아 그는 오디오 분야의 반전문가가 되어 있었고 어느 순간부터 몇 세대를 건너뛴 기종에 눈을 돌렸다. 매킨토시며 클립쉬, 소너스 파버, B&W, KEF 등 알아가면 알아갈수록 빠져들면 빠져들수록 고가의 명기들이 눈과 귀를 현혹했다. 이미 이러한 과정을 거친 고수들은 매체에 자기 의견을 가감 없이 전한다. 음향기기야말로 고비용 저효율의 끝판왕이고 우아함 뒤에 숨은 허영이자 향락이자 사치라고.

　노래를 듣자고 수천만 원씩 호가하는 신형 기기들을 덜컥 집안에 들여놓는다는 건 아무리 그것이 투자라는 그럴싸한 이유를 들먹여도 영철로선 과도한 사치고 무리였다. 그의 음향기기 탐색은 중고 시장에 패키지로 나온 매킨토시 앰프와 케프 하이파이 스피커에서 멈추었다. 두 기기 모두 음향기기 분야에서 최고라고 자부하는 브랜드였다. 1천만 원에 맞춰 산 중고 제품이긴 해도 명기에서 흐르는 소리는 그것이 악기가 되었든 가수의 노래가 되었든 감동으로 와 닿았다. 거실 벽면의 삭막한 공간에 멋스러운 음향기기들이 들어오자 그의 마음은 외로움을 달래주러 온 고혹한 여인처럼 가슴이 설레고 푸근하였다. 거실 소파에 등을 기대고 앉아 장인이 혼을 담아 제작한 명기에서 들려주는 노래를 들을 때마다 영철은 멀게만 느껴졌던 행복이 자신에게 성큼 다가와 있음을 알았다.

그럼에도 영철은 때때로 쓸쓸하고 허전할 때가 많았다. 시간이 길지는 않았으나 그의 곁에도 한때는 아내가 있었다. 하지만 다니던 회사가 부도나고 졸지에 실업자 신분이 되어 집 안에 틀어박혀 있는 시간이 길어지자 영원히 달콤하리라 여겼던 결혼생활에 균열이 생겼고 불확실한 앞날을 걱정한 아내는 극도로 예민해졌다. 결국 아내는 영철 대신 밖에 나가 일하기 시작하더니 어느 때부터 노래방 도우미로 밤일을 나가 늦게 돌아오거나 어쩌다가는 새벽에 들어왔다. 영철도 오기가 생겼다. 제발 노래방 도우미만큼은 그만두라고 달래곤 새벽부터 인력시장에 나가 몸으로 때우는 잡부에서부터 이 일 저 일 가리지 않고 부딪혀 보았다. 하지만 아내는 그런 영철을 좋게 바라보지 않았다. 자신의 곁에 있는 남편이 세상 모든 남자 중 가장 무능하고 옹색하고 나약한 남자처럼 대했다. 아내는 노래방에서 호출이 오면 늦은 밤이라도 달려갔다.

"넌 가난이 견딜 만하니?"

아내가 물었을 때 영철은 절로 눈이 감겼다. 아내의 질문엔 현재 닥친 암울하고 절망적인 현실을 도저히 견딜 수 없단 뜻으로 들렸기 때문이다.

"일시적 시련이고 고통일 뿐이야."

"아니, 넌 세상을 너무 낙관해 탈이야. 넌 가난을 즐길지 몰라도 난 가난이 지긋지긋해."

그녀가 노래방 도우미를 시작한 때부터 영철을 대하는 말투가 뻣뻣하고 시큰둥했다. 둘 사이엔 다정하고 살가운 대화가 사라져갔고 바라만 보아도 마음 편하게 했던 웃음이 사라졌다. 시선이 마주치는 걸 불편해했고 어쩌다가 말을 붙이면 싸늘한 시선으로 답이 돌아왔다. 영철은 이 갑작스러운 변화가 더없이 혼란스러웠다. 이유가 무엇이냐 조용히 물어도 보고 달래도 보고 무능한 남편 만나 고생이 많다고 위로도 해보았지만, 아내의 마음은 이전으로 돌아오지 않았다. 영철이 화를 참지 못하고 밖에 나가 소주 한 병 비우고 돌아오면 아내 역시 집을 나가 흠뻑 취해서야 돌아왔다.

"네가 나한테 담장에 활짝 핀 장미 같다고 말한 적 있었지?"

찬 기운 탓일까, 집에 들어서기가 무섭게 딸꾹질에 하마처럼 입을 벌리고 하품까지 한 아내가 차가운 시선으로 창밖을 내다보며 말문을 열었다.

"그래서."

무슨 말을 하려는 의도인지 모처럼 입을 연 아내를 향해 영철도 무관심인 척하며 창밖으로 시선을 가져갔다.

"네 말대로 난 활짝 핀 장미다. 꽃으로 피어 담장에서 밖을 바라보니까 세상이 한눈에 확 들어오는 거야. 넓고 환한 세상을 만난 거야. 내가 왜 이 답답하고 좁아터진 집에서 너와 살아야 하는지 자꾸 의문이 생기더라고. 생각 끝에 내린 결론은 너한테서 멀리 벗어나는 게 현명하단 거였어. 너한텐 미안한데 이게 내 솔직한 고백이고 부탁이야. 난 숨이 막힐 지경이라고. 나를 자유롭게 놔줄 수 있겠어?"

그건 아내의 진심이 담긴 마지막 부탁이었다. 짧았지만 결혼 전후의 달콤했던 한때, 어떤 어려움이 닥치더라도 끝맺음을 모른 채 늙음에 이르기까지 정신도 몸도 꼭 붙어 알콩달콩 살아갈 것만 같았던 부부 사이가 어쩌다 이 지경이 되었을까. 서로 살갑고 행복했던 시간을 머릿속에서 지워버리고 어떻게 남남이 되어 너는 너대로 나는 나대로 갈라설 수 있단 말인가. 영철은 그럴 수는 없다고, 원하는 건 다 해주겠다고, 뼈를 깎는 고통이 뒤따른다 해도 같이 살며 몸이 부서지도록 일해 가난에서 벗어나게 해주겠다고 울부짖고 애원했다.

아내는 노래방 도우미로 일하던 서너 달여 사이 배운 담배를 꺼내 입에 물었다. 라이터에 불을 붙여 연기 한 모금을 빨아 긴 한숨과 함께 내뱉고는 피식 웃었다.

"생각대로 너 참 어리석다."

이 짧은 한마디에 영철은 무너졌다. 그렇구나. 이미 넌 내게

서 마음이 돌아섰구나. 낙담하며 밖에 나가 소주 몇 병을 마시고 와서는 소리쳤다. 그래, 갈 테면 가라! 나와 함께 있는 게 억압이고 고통이라면 넓고 자유로운 곳으로 떠나가라. 내게서 멀리멀리 떠나가라.

　청년 시절 영철은 천박한 사랑에 빠진 적이 있었다. 사랑은 누구에게나 고귀하고 아름다운 것이지 어찌 천박할 수 있냐고 반문할 수도 있겠지만 영철의 한때는 그랬다.

　인문계 고등학교를 졸업한 영철은 대학에 진학할 수 없었다. 어머니의 식당 일로 겨우 생계를 잇고 있던 터라 대학은 꿈도 꾸기 어려웠다. 몇 달 공무원 시험을 준비한답시고 학원엘 들락거리다 가능성이 희박하다고 판단해 군대에 입대했다. 제대 무렵 아예 말뚝을 박으면 생업에 도움이 되지 않을까 고민도 해보았으나 엄격한 규율과 상명하복의 경직된 조직문화보단 자유로운 사회가 좋았다. 밖에 나오면 뭐든지 할 수 있을 거란 자신감이 앞섰다. 하지만 제대 후 눈앞에 닥친 현실은 냉혹했다. 몇 달을 핀둥거리며 놀던 어느 날 군대 동기와 통화하던 중 아버지가 자동차 부품회사를 운영하고 있는데 거기서 일할 생각이 있느냐고 물어왔다. 물론 생산직이어서 일이 좀 고될 터이니 각오하고 와달라 부탁했다. 염치없이 집 안에서 게으름이나 피우며 밥이나 축내는 것도 하루 이틀이었다. 어머니가 남의 식당에 나가 늦게까지 일하고 파김치가 되어 돌아오는 처지에 식은밥 더운밥 가릴 때가 아니었다. 영철은 무작정 공장이 있다는 인천으로 달려갔다. 공장일은 주간반 야간반 두 조로 나뉘어 있어 이번 주가 주간이면 다음 주엔 야간 조로 투입되었다.

공장 옆 허름한 한옥에 월세를 주고 들어간 방은 대문을 지나 담장 안으로 길게 이어진 통로 끝에 보일러실과 붙어 있었다. 대문에서 주인집과는 반대 방향으로 돌아가다 45도로 꺾인 통로는 사람이 겨우 드나들 정도로 좁아터진 데다 침침하고 으슥하기까지 했다. 코딱지만 한 부엌을 드나들며 겨우 아침밥을 해결하고 나머지 두 끼를 공장에서 해주는 밥으로 때우곤 해서 퇴근 후 잠이나 자고 나오는 방이나 다를 게 없었다.

며칠 뒤 영철은 야근을 마치고 퇴근했다. 골방에 들어서자마자 피곤이 밀려왔다. 씻을 겨를도 없이 방바닥에 벌러덩 누워 등걸잠에 떨어졌는데 얼마를 잤을까, 잠결에 주인집 안방에서 천둥 치듯 고성이 들려오고 뒤이어 여자의 자지러지는 비명이 들려왔다. 주인집 안방과는 옆집처럼 제법 떨어진 거리임에도 기차 화통이라도 삶아 먹은 듯 몰아치는 사내의 악다구니와 여자의 숨넘어가는 소리가 귓가에 생생히 들려오는 통에 그만 잠에서 깨어나고 말았다. 주인집 사내가 아내를 구타하는 모양이었다. 조금 있자니까 여자가 우당탕탕 밖으로 뛰쳐나오는 소리가 들렸고 사람 살리라고 외치며 대문 밖으로 달아나는 소리가 들려왔다. 얼마 후 여자는 대문을 열고 집으로 돌아온 듯했고 집 안은 아무 일도 없었다는 듯 고요했다. 하지만 그런 소란이 하루로 그치는 게 아니었다. 사나흘에 한 번쯤 반복되었고 그때마다 여자는 비명을 지르며 밖으로 뛰쳐나갔다. 주간 조로 일을 마치고 돌아온 그날 저녁 역시도 비슷한 상황이 벌어졌다. 남편이 방바닥에 무언가를 내동댕이치는지 쿵 하는 소리가 들려왔고 뒤이어 여자가 비명을 질렀다. 남자는 만취해 있었던 모양으로 욕설을 퍼붓다가 횡설수설하다가 손에 잡히는 대로 물건을 내던지며 아내를 구타하는 듯했다. 여자는 이번에도 비명을 내지르곤 방문을 열고 밖으로 뛰쳐나왔다. 하지만 여느 때처럼 대문 밖으로 뛰쳐나가는 소리는 들려오지 않았다. 영철은 그녀가 급한 나머지 맨발로 집을 나섰을 거라 짐작했다. 영철은 TV를 켜고 방바닥에 모로 누워 아홉 시 뉴스를 시청하고 있었다. 어느 순간 부엌에서 여자의 가느다란 신음이 들려왔다. 전설의 고향에서나 나옴 직한 처녀 귀신이 음침한 부엌에 자리를 잡고 있다가 밤이 깊어지자 본색을 드러낸 건 아닌가 싶어 영철은 머리숱이 쭈뼛 곤두섰다. 차마 부엌문을 열 용기조차 나지 않았다. 뉴스보다는 문 하나 사이의 좁은 부엌 쪽에 온 신경이 쏠렸다. 여인의 작은 흐느낌이 끊기는가 싶다가 이어지고 이어지다간 끊겼다. 몇 번이나 이어지다가 별안간 신음이 뚝 그쳤고 뒤이어 콜록콜록 기침 소리가 들렸다. 이건 처녀 귀신이 아니라 사람인 게 확실했다. 영철이 자리에서 일어나 살그머니 부엌문을 열었다. 좁은 부엌 한구석에서 얼굴을 감싸 안은 채 쪼그리고 앉아 흐느끼던 여인이 깜짝 놀라 몸을 일으켰다.

세를 줄 때 영철에게 방을 직접 안내해 주었던 주인집 여인네였다. 부엌 바닥에 옹송그리고 앉아 훌쩍이는 여인의 몰골은 살아 숨 쉬는 귀신이나 다를 바 없었다. 머리가 산발인 데다 눈두덩이와 볼이 무엇에 맞았는지 멍 자국과 부어오른 상처가 선명했다.

"볼 낯이 없네요. 죄송해요."

여인이 구부정히 몸을 움츠린 채 바들거리며 서 있다가 속삭이듯 짧게 내뱉고는 부엌 바닥에 털썩 주저앉았다. 영철이 부엌으로 뛰쳐나가 여인을 부축했다. 남편에게 밤낮으로 맞고 사는 여인이 딱하기도 하고 가엾기도 했다. 백주건 한밤중이건 시도 때도 가리지 않고 매질하는 남편이나 멀쩡한 정신으로 맞고 사는 여인이나 두어 세기 뒤처진 세상에 살다 온 사람들처럼 어리숙해 보였다.

그날 이후로 주인집 여인은 남편의 폭력이 있을 때마다 대문 밖으로 달아나던 동선을 영철의 쪽방 부엌으로 바꿨다. 영철이 있을 때는 아예 방 안까지 들어와 남편이 잠들 때까지 쪼그리고 앉았다가 돌아가곤 했다. 대여섯 차례 같은 일이 반복될 즈음 영철이 방에 들어온 여인의 손을 잡고 왜 바보처럼 맞고 사느냐고 물었다.

"나락으로 떨어진 뒤로 저래요."

집주인 부부에게도 구구절절한 사연이 있었다. 남편은 건강 악화를 이유로 매물로 내놓은 친구의 방직공장을 인수해 사업을 시작했다. 유복한 가정에서 부모가 물려준 재산만으로도 떵떵거리며 호의호식하고 살아갈 수 있었던 남편이었다. 하지만 친구의 사업을 평소 관심 있게 지켜보았던 터라 방직공장을 인수해 키워나가다 보면 머잖아 대기업 회장님 소리도 들을 수 있겠단 생각에 덜컥 공장을 사버렸다. 사업엔 문외한이나 다름없던 사람이 졸지에 수백여 명의 종업원을 거느린 방직공장 사장이 된 것이다. 이 무렵엔 주문량을 미처 생산하지 못해 종업원들이 철야까지 할 정도로 호황을 누렸다. 여인이 남편과 만난 것도 이 무렵이었다. 남편은 이미 결혼해 아이를 둘씩이나 둔 가장이었지만 방직공장 경리로 일하던 여인과 눈이 맞아 불륜관계로 발전했다. 몇 달 지나지 않아 두 사람의 불륜관계가 들통나자 남편은 아내와 이혼하고 여인과 동거를 시작했다. 둘의 관계는 몇 해가 지나도 여전히 신혼처럼 사이가 좋았지만 잘나가던 섬유산업은 사양길로 접어들었다. 동종업계의 불황이 깊어지고 있을 즈음 사장은 위기가 기회라며 사업확장에 나섰다. 섬유산업의 호황에 대비할 작정으로 경쟁사를 인수했다. 이 과정에서 무리수를 둔 게 화근이었다. 불황이 끝모르게 깊어졌다. 돈줄이 말라버린 회사는 은행 빚에 시달리다가 종국에는 경매로 넘어가고 말았다. 고생을 모르고 온실에서 자라왔던 사장은 한 번 나락으로 떨어지자 재기는 고사하고 아예 자포자기하며 무너졌다. 구름 위 세상에서 눈 아래 세상을 내려다만 보고 살았던 사장은 천 길 만 길 밑바닥으로 추락한 자신의 처지를 비관하며 세상을 향해 욕을 퍼부었고 술을 마신 뒤 이유 없이 아내를 구타하기 시작했다. 장장 7년째 그래왔다는 거였다. 이제는 술에 취하면 아내를 구타해야 잠을 자고 깨어나면 미안해하며 사과하고 다시 취하는 게 일상화되었고 아내 역시 하루라도 맞지 않으면 오히려 불안한 지옥 같은 나날을 보낸다고 했다.

눈가가 촉촉해진 여인이 자리에서 몸을 일으킬 때 영철이 두 손을 꼬옥 감쌌다. 마흔이 훌쩍 넘은 여인이었지만 멍 자국과 붓기가 사라졌을 때의 자태는 아직 곱고 우아했다.

"얼굴에 멍 자국이 지워질 날이 없군요."

여인이 영철의 눈을 바라보며 엷게 웃었다.

"손이 따뜻하네요."

그날 저녁 주인집 여인은 영철의 품에 안겨 흐느꼈다. 여인은 불륜으로 남편을 만났는데 또다시 불륜녀가 되었다고 슬피 흐느꼈다. 영철은 어린애를 달래듯 여인을 다독이며 위로했다. 이렇게 시작된 둘의 관계가 1년 넘게 이어졌다. 다행히 아내를 구타하면 남편이 몇 시간 내내 곯아떨어지는 바람에 둘의 관계가 들통나는 일은 벌어지지 않았다. 하지만 언제까지나 이런 관계를 이어갈 수는 없는 노릇이었다. 모처럼 술에 취해 집에 들어온 날 여인이 영철의 방을 찾아왔다. 말투도 태도도 서로 부끄러움이 없이 다정하였으나 영철이 작심하고 물었다.

"우리 둘이 먼 곳으로 도망가서 살래요?"

여인의 얼굴에서 미소가 금방 사라지고 표정도 싸늘히 바뀌었다.

"가긴 어딜 가. 우리 사이가 불륜관계라는 걸 잊었어?"

"그러니까 이 지옥 같은 집에서 벗어나 자유롭게 살잔 말이에요."

여인이 고개를 절레절레 흔들었다.

"너 천박한 사랑에 빠져 제정신이 아니구나. 미쳤어."

"그럼 이런 골방에서 계속 숨어 지내잔 말이에요?"

"싫으면 너나 나가. 난 철딱서니 없는 너는 버려도 남편은 버릴 수 없어."

영철도 화가 솟구쳤다. 혹 누가 듣기라도 할까 버럭 소리칠 수는 없고 홧김에 알았다고 당장 짐을 싸겠다고 주섬주섬 옷가지를 챙기고 수선을 피우자니까 여자가 금방 누그러지며 영철에게 다가와 눈물을 글썽였다.

"미안해. 그렇게 흥분할 일이 아니고 내 말을 들어봐."

영철의 손목을 잡아 살살 달래어 방에 앉혀놓고 주인집 여인이 차분한 목소리로 자신의 속내를 털어놓았다.

"저 사람은 나를 위해 처자식을 버렸어. 천하에 나밖에 모르는 외톨이라고. 높은 곳에서 쿵 떨어져 정신 못 차리는 사람을 내가 매몰차게 팽개치고 간다면 그게 사람이야? 내가 저 이를 버리고 가버리면 셋이 모두 불행해지는 건 불문가지야. 난 그렇게 모질지 못해. 세상에 비밀은 없잖아, 나랑 같이 살면 불륜녀와 연 맺고 산다고 사람들이 평생 손가락질할 텐데 그런 모멸감, 열등감을 견딜 수 있겠어? 우리 지금처럼 그냥 지내자. 난 외로울 때 네가 옆에 있어 좋아. 너한테 노리개가 되어도 좋으니 그냥 내 옆에만 있어 줘. 천박한 사랑이라도 난 지금 이대로가 좋다고."

높은 세상에 살다가 나락으로 떨어진 그들 부부의 집에서 1년 넘게 천박한 사랑에 빠졌던 영철은 일주일쯤 지나 이사를 나왔다.

아내와는 결국 헤어졌다. 헤어질 때 둘은 각자의 의견을 존중하는 척하느라 내면 깊숙이 숨어 있던 감정을 겉으로 드러내기 어려웠다. 서로의 숨은 감정을 말해주듯 아내는 세 가지 약속을 하고 헤어지자 제안했다. 떠난 뒤에 서로 실컷 미워하기, 실컷 후회하기, 실컷 원망하기로. 좋았던 감정은 다 지워버리고 떠나간 상대방이 눈앞에 있다고 생각하면서 실컷 다투며 미워하고 욕하며 후회하고 화내며 원망하자고.

영철은 흔쾌히 응했다. 영철이 총각 시절 쪽방에서 짐을 쌌듯 아내도 짐을 싸 어딘가로 떠났다. 이후 노래방 도우미로 일하다 돈 많은 홀아비를 만났다는 뒷얘기가 들렸다. 얼마 동안은 다른 남자 품에 안기어 행복해하는 아내를 상상할 때마다 살이 떨릴 정도로 미운 감정이 살아났고 그녀를 만난 것을 후회했고 허공을 바라보며 원망했다. 과거 나락에 떨어진 방직공장 사장의 얼굴이 떠올랐다. 사장의 아내가 영철의 가슴에 안겨 외로움을 덜어내는 동안 술에 취해 세상모르게 곯아떨어져 자는 남자의 얼굴이 머릿속에서 자꾸만 어른거렸다.

 하지만 모두 지나간 일이었다. 이제 영철이 사는 세상은 예전과 비교할 수 없는 신세계였다. 그는 예전의 허접한 삶에서 벗어나 단숨에 상층부로 껑충 뛰어오른 까마득히 높은 세상에서 살고 있었다. 저 아래 밑바닥 삶은 오만가지 사연을 가진 사람들이 굴레와도 같은 작은 테두리를 한시도 벗어나지 못한 채 한평생 힘겨운 하루하루를 살아가는 것처럼 보였다. 불행은 늘 발뒤꿈치 뒤까지 따라와 치근거리지만 눈 씻고 여기저기 아무리 찾아도 행복은 도무지 보이지 않는 세상이기도 했다. 영철에게 다시 그곳으로 돌아가 이전의 삶을 살라 하면 그 순간부터 젊은 시절 지켜보았던 방직공장 사장의 피폐한 삶과 결이 맞아 그의 계보를 잇는 삶인 듯해 저절로 몸서리가 쳐졌다.

 그러나 그럴 일은 없었다. 다소 낯선 세상이긴 해도 이미 한 차원 높은 세상으로 붕 솟아올라 예전엔 언감생심 꿈꿀 수도 없었던 버킷리스트까지 만들어 하나씩 실천해 가고 있는 그였다. 이만하면 중산 계층으로 별안간 뛰어오른 사람에게 주어진 삶이 더없이 만족스러웠고 이 계층 세계에 무난히 적응해 가고 있다고 믿었다.

 그럼에도 불구하고 이제껏 아등바등 부대끼며 어울려 살던 사람들을 저 멀리 따돌리고 지금껏 살아온 세상에 등을 돌린 채 태연자약 살아갈 만큼 영철의 얼굴과 양심이 무디고 두껍지는 않았다. 무엇보다 그는 중산층 세계에 발을 들여놓기 전까지 전혀 생각지 못했던 부채 의식을 마음에 떠안고 사는 처지였다. 세상엔 어려운 처지로 내몰린 사람들이 얼마나 많던가. 처음엔 아무도 모르게 힘겨운 누군가에게 다가가 작게나마 도움을 주고 싶은 생각이었으나 그가 살던 임대아파트 주정뱅이에까지 소문이 난 만큼 공개적인 인사치레가 필요하다고 생각됐다. 심사숙고 끝에 영철은 언론사 한 곳을 찾아가 남들 다하는 방식으로 이웃돕기성금을 기부했다. 로또가 맞기 전엔 꿈에도 만져보지 못했던 큰돈이었다. 신문에는 영철의 사진과 미담 기사가 실렸다. 이 성금이 우리 주변 처지가 딱하고 도움이 절실한 분들에게 소중히 쓰이기를 바란다는 판박이 기사였다.

그날로 영철은 사회에 지고 있던 무거운 짐에서 헤어난 듯이 어깨가 한결 가벼워졌다. 하지만 그런 기분이 오래가지는 않았다. 여전히 전화를 걸어오는 사람들이 있었고 집 앞을 서성이거나 찾아오는 사람들이 있었다. 영철은 그런 구구절절한 사정을 이야기해야 할 곳은 개인이 아니라 관공서나 대기업, 구호단체가 아니겠냐며 짜증을 냈다. 이들의 하소연을 칼로 무 자르듯 거부하고 돌아서면 어깨너머로 올챙이 적 생각 못 하는 개구리라고 비아냥거리는 소리가 들려오는 듯했다. 언제까지 잘 먹고 잘사는지 옆에서 눈 똑바로 뜨고 지켜보겠다거나 밤길 조심하라는 섬뜩한 경고 같았다. 영철은 날이 갈수록 신경이 곤두서 낯선 사람들과 눈을 마주치기가 불편했다. 자다가도 창문 밖에서 인기척이라도 들려오면 금방 침입자가 들이닥칠 것만 같아

피신할 곳부터 찾아봤다.

　사람들을 경계하는 시각에 더 불을 지핀 건 외삼촌이었다. 어머니에게 전화번호를 알아냈다는 외삼촌은 통화하기 싫다는 영철의 첫마디를 듣자마자 호통쳤다.

　"하나뿐인 늙은 외삼촌만 쏙 빼놓고 먼 친척들 불러 잔치를 벌였다던데 소갈비가 목구멍으로 술술 넘어가더냐?"

　케케묵은 옛 감정이 살아나 영철도 듣고만 있지 않았다.

　"외삼촌 생각하며 먹었더니 맛깔나게 구워진 갈빗살이 혀에 착착 감기던데요."

　영철은 영철대로 외삼촌은 외삼촌대로 서로 감정이 상해 있었다.

　"여러 소리 필요 없고 너 얼마 전 불우이웃돕기 성금 냈다고 신문에 났더라. 이놈아, 그렇게 돈이 흔하면 어렵게 사는 친척들부터 챙기고 남을 돕든 거리에 뿌리든 해야지. 주제도 모르고 무슨 불우이웃돕기 성금이냐. 네 말대로 그래. 내가 외삼촌 노릇 잘못했다 쳐라. 그럼 하나뿐인 네 외숙모한테 차라도 한 대 뽑아줄 일이지, 그래야 동기간 우애도 돈독해지는 법이거늘. 어디 돈 쓸데가 없어 흥청망청 독지가 행세까지 하냐. 어리석은 것."

　영철은 헛웃음을 쳤다.

　"얼굴 참 두꺼우시네요. 내가 여태껏 끌던 차가 얼마나 낡았던지 보는 사람마다 다 똥차라고 조롱했어요. 난 그런 똥차를 타면서 목숨 걸고 매일 출퇴근했구요. 마치 외삼촌이나 외숙모가 한걸음에 달려와 쌈짓돈 꺼내 중고차라도 선뜻 사준 사람처럼 너무 태연하고 천연덕스럽게 자동차 애기를 꺼내시다니. 사람들이 그렇게 뻔뻔해도 돼요?"

"네 엄마와 나는 남매지간이다. 집안에 내세울 핏줄이라곤 외가밖에 없을 터인데 챙기려면 가까운 외가부터 찾아본 연후에 소고기를 사 먹든 기부하든지 했어야지. 어른인 외삼촌을 발뒤꿈치 때만큼도 생각 않고 저 잘난 복에 돈벼락 맞았다고 펑펑 써대다니, 너 그러다 삼 년도 못가 거덜이 날 것이다."

영철이 들어보란 듯 깐족거렸다. 언제부터 우리 엄마와 남매였고, 언제부터 그렇게 자상한 외삼촌이셨냐고, 내가 삼 년 안에 불알 두 쪽뿐인 알거지가 돼 거리에 나앉더라도 외삼촌 찾아가 아쉬운 소리 할 일은 없을 테니 걱정 끊으시라고, 팝콘이 튀듯 야멸차게 쏘아붙였다. 말귀를 알아들은 것일까, 시종 벋버듬하던 외삼촌의 목소리가 갑자기 유순해지는 것이었다.

"영철아. 내가 널 위해 하는 말인데 잘 들어라. 넌 아직 젊은데다 사회 경험도 턱없이 부족하잖니. 장담컨대 그 돈 지금처럼 물 쓰듯 써댔다간 이 해도 가기 전에 거덜이 날 것이다. 내가 안전하게 불려줄 테니 안심하고 그 돈 내게 맡겨라."

어처구니가 없어 영철이 크게 헛웃음을 쳤다.

"지금 제게 부탁하시는 거죠?"

"그래. 부탁이다. 다 너를 위해서야."

"와! 외삼촌이 내게 부탁을 다 하시고. 사람은 역시 돈이 있어야 대접받는군요. 하지만…"

영철이 잠시 말을 끊고 머뭇머뭇하였다.

"하지만이라니, 날 못 믿겠다는 거냐?"

"솔직히 말씀드릴게요. 외삼촌은 오래전부터 저희에게 신뢰를 잃었어요. 전 차라리 고양이에게 생선을 맡기는 편이 낫겠단 생각이 듭니다."

너무 직설적으로 내뱉은 당돌하고 솔직한 답이었다. 이미 돈은 쓸 곳에 다 썼으니 내 걱정하지 마시고 몸 건강히 잘 계시라 인사말이나 건네고 끊으려는데 다혈질인 외삼촌 버럭 언성을 높였다.

"요, 아직 대가리에 피도 안 마른 어린놈이 용케 로또나 맞았다고 안하무인이구나. 네가 지금은 호랑이 등에 올라탄 듯 기고만장하고 득의양양하다만 두고 봐라. 자고로 인불백일호요, 화무십일홍이라고 했다. 그 기세 언제까지 가는지 내 두고 보마."

영철도 지지 않았다.

"재물만 모은 줄 알았더니 문자도 잘 쓰시네요. 난 배우지 못해 그런 유식한 말은 모릅니다. 문자는 많이 배운 자식들한테나 쓰세요."

"오냐. 내가 사기꾼이나 꽃뱀을 동원해서라도 언제고 네놈 기세를 한 방에 꺾어놓을 테니 나중에 후회는 말거라."

아무리 욱기로 내뱉은 엄포라지만 외삼촌의 경고는 곱씹을수록 무시무시했다. 이 사달이 있은 뒤부터 영철은 외삼촌은 물론이고 사람들 만나기가 꺼림칙했고 벌건 대낮에도 자유로이 밖으로 나다니기가 두려웠다.

두부 공장을 다니기 전 영철은 몇 달을 당구장에나 다니며 소일한 적이 있었다. 그때 당구 7백을 치는 키가 후리후리하고 얼굴이 허여멀건 수형을 처음 만났다. 여자깨나 따름 직하게 잘생긴 체형이라 비단 여자뿐 아니라 남자라도 호감이 갈 만큼 외관이 수려한 친구였다. 마치 〈태양은 가득히〉란 영화에서 친구를 바다에 빠뜨려 죽이고 그의 애인을 유혹하는 알랭 들롱과 얼굴이 흡사했다. 하지만 그는 당구장에 와 소일하면서 암암리에 다른 일도 하고 있었다. 직업소개소에 다니는 친구로부터 전화가 오면 당구를 치다가도 큐대를 얼른 내려놓고 부리나케 어딘가로 달려갔다. 나중에 그로부터 직접 들은 바로는 다방 주인으로부터 얼마간의 소개비를 받고 시골에서 집 나온 소녀들을 다방 여종업원으로 취업시켜 준다는 거였다. 훗날 알려진 일이지만 말이 좋아 취업 알선일뿐 실상은 뒷돈을 받아 챙기고 집 나온 소녀들을 꾀어 다방에 팔아넘기는 일이었다. 뒤에서 건달을 고용해 종업원들이 도망치지 못하도록 감시하는 짓도 서슴없이 자행해 결국 인신매매범으로 체포되어 두어 차례 교도소를 드나들기도 했다.

이슥한 저녁 영철은 모처럼 자신의 상가건물을 둘러보기 위해 집을 나섰다. 대학가 주변의 요즘 상권 분위기가 어떤지, 다달이 월세를 내고 장사하는 세입자들의 상가도 먹고살 만큼 손님들이 드는지 한 바퀴 돌아보고 올 참이었다. 고깃집, 호프집, 카페, 제과점, 미용실, 꽃집, 실내포장마차, 노래방 등 온갖 상점들이 진을 친 대학가 후문 뒷골목 거리엔 담배를 피워물거나 초저녁부터 취해 있거나 저녁 한 끼를 때우고 2차를 향해 술집을 기웃거리는 젊은 학생들로 북적였다. 저녁때가 한참 지난 시간임에도 상가마다 서너 테이블씩 학생 손님들이 앉아 있는 모습이 보였다. 번화가와 좀 떨어진 자신의 상가건물에도 두어 팀씩 학생 손님들이 들어와 있는 걸 확인한 영철은 골목을 빠져나와 대로변으로 들어섰다. 크리스마스 시즌도 아닌데 상가 유리에 걸린 네온사인이 유난히 번쩍이는 호프집 앞을 막 지나치려는 찰나였다. 안에서 키가 훤칠하고 얼굴이 허연 사내 하나가 황급히 밖으로 뛰쳐나오는가 싶더니 영철에게 큰소리로 아는 체를 했다. 예전에 당구장에서 거의 매일 만났던 수형이었다. 수형이 오랜만이라고 반기며 악수한 손을 놓지 않고 호프집 안으로 잡아끌었다. 바쁘다고 핑계를 대도 소용없었다. 차도 집에 두고 왔겠다 못 이기는 체 호프집 안으로 끌려 들어간 영철은 치킨을 시켜놓고 맥주를 마시던 일행과 합석했다. 수형은 삼십 대로 보이는 야리야리한 여인 둘을 영철에게 소개했다. 한 명은 호프집 주인이었지만 수형과 내연관계로 보였고 한 명은 오늘 청주에서 왔다는 호프집 주인의 친구였다. 딱 한 잔만 마시고 가겠다고 들어간 자리에서 영철은 여자들이 번갈아 따라 주는 잔을 거부하지 못한 채 거듭 몇 잔을 받아마셨다. 청주에서 온 여자가 자리를 바꿔 앉자며 수형에게 양해를 구하고는 나비처럼 살포시 다가와 영철의 옆에 앉았다.

"유미예요."

영철에게 뻗어오는 시선이 맑고 다정했다. 영철은 작은 어깨 너머에서 솔솔 뿜어져 나오는 여인의 향기가 싫지 않았다. 악의라곤 찾을 수 없게 선한 눈빛과 가끔 엷은 미소를 지어 보이는 선홍색 입술이 마음에 들었다. 하지만 여자와 앉은 거리를 좁히다가 서로 허리와 어깨가 밀착될 때의 느낌이 마치 분위기에 맞는 명곡을 감상할 때처럼 감미로웠고 가슴마저 설렜다. 평소 사람 만나기를 꺼리고 주변을 경계하던 일상과는 사뭇 다른 밤이었다.

그건 어쩌다가 벌어진 영철의 방심이었고 일탈이었다. 술기운이 전신으로 녹작지근하게 잦아들자 영철은 하는 일 없이 당구장이나 드나들며 시간을 죽이던 예전의 영철이 아니란 듯 어깨가 꾸덕꾸덕해질 정도로 힘이 들어갔고 목소리도 당당하였다.

"1차도 2차도 모두 내가 쏘겠소. 우리 노래방이나 갑시다."

수형은 아직 영업시간이 남아 있어 같이 갈 수 없다며 발을 뺐다.

수형은 입가에 능글능글한 웃음을 흘렸다.

"둘이 잘 어울리는데 같이 노래방에 가 노래도 한 곡조씩 뽑고 블루스에 맞춰 스텝도 한 번 밟아봐."

수형이 등을 떠밀며 영철과 유미가 노래방에 가도록 부추겼다. 영철은 수형의 말이 더없이 고맙기만 했다. 사실 노래방 하면 예전 아내가 도우미로 일하다 헤어진 아린 기억이 남아 있어 맨정신엔 쳐다보기도 싫던 곳이었다. 둘은 근처 상가 빌딩의 지하에 있는 노래방으로 들어가 맥주와 과일 안주를 시키고 목이 터져라 노래를 불렀다.

"나 그 새끼랑 싸우고 집 나왔어."
"그 새끼가 누군데."
"누구긴. 방구석에서 매일 게임에만 미쳐 사는 찌질이지."

악의라곤 없어 보이던 유미의 눈매가 제법 싸늘했다. 영철은 유미가 찌질이라고 말한 그 사내가 아내와 헤어질 무렵 자신의 처지를 돌아보는 듯해 좀 꺼림칙했다. 하지만 영철은 대수롭지 않게 받아들였다. 세상엔 찌질이들이 넘쳐나기 때문이다. 아내의 마음을 빼앗은 돈 많은 홀아비란 사내도 지금의 자신처럼 오만했을 거란 생각이 미치자 영철은 마치 세상에 분풀이라도 하듯 우쭐거리며 목소리를 높였다.

"찌질이들은 세상과 싸우다 진 패잔병들이야. 더 독한 쓴맛을 봐야 정신을 차리지."

"맞아. 난 오늘 밤 그 지긋지긋한 찌질이를 잊고 오빠랑 실컷 즐기고 싶어. 그래도 되지?"

"오케바리. 이참에 멍청한 찌질이는 모두 잊고 임도 보고 뽕도 따고 도랑 치고 가재도 잡으면서 신바람 나게 유희를 즐기자. 자, 건배!"

영철은 술에 취해갔고 여자에 취해갔다. 흥이 절로 나 여자가 원하는 거라면 그게 무엇이든 다 들어주고 싶었다. 이미 잔뜩 취해 있었지만 유미가 주인을 불러 또 맥주를 시켰다.

"오빠, 나 오늘 만땅 취하고 싶어. 오빠 한 잔 나도 한 잔. 자, 우리 흠뻑 취하자고요. 건배!"

영철은 살갑게 다가와 생글거리며 건네는 잔을 거부하지 않았다. 가슴에 착착 안기며 코맹맹이 소리를 내뱉을 땐 볼에 입술을 들이밀었고 그녀는 아예 영철의 입술을 쪽쪽 빨았다. 영철은 거의 이성을 잃을 정도로 황홀했다. 유미가 영철의 어깨에 매달리며 졸랐다.

"오빠. 우리 여기서 이러지 말고 아늑한 곳으로 가자. 오빠 나 갖고 싶지?"

이미 가슴이 후끈 달아오른 영철은 마다하지 않았다. 즉시 노래방 주인에게 콜택시를 불러달라 부탁하고 방에서 나와 계산을 치렀다. 기다릴 필요도 없이 밖에 콜택시가 도착했다는 연락이 왔다. 두 사람은 오랜 연인 사이처럼 다정하게 팔짱을 끼고 노래방을 나왔다. 늦은 밤이었지만 훤한 대로변에 미리 택시 한 대가 그들을 기다리고 있었다. 둘은 택시를 타고 호수가 한

눈에 내려다보이는 전망 좋은 모텔로 들어갔다. 여자가 먼저 샤워를 끝내고 나오면서 영철에게 말했다.

"오빠도 빨리 씻고 나와. 나 안길 준비 됐어."

거리낌 없이 다가와 입을 맞추고는 영철의 등을 떠밀었다. 영철이 샤워장에 들어가 한참 씻다가는 빼꼼히 문을 열고 방 안을 내다보자니까 침대에 다리를 꼬고 앉은 유미가 누군가와 통화를 하고 있었다.

"나 지금 막 씻고 나왔어. 그래그래. 거기도 준비됐지?"

영철은 유미의 통화엔 별로 관심이 없었다. 빨리 씻고 나와 서로 몸을 얽고 뜨겁게 하나가 되고 싶은 생각뿐이었다. 이 무슨 횡재수인가 싶어 씻는 둥 마는 둥 대충 비누 거품을 닦아내고 달뜬 마음으로 욕실에서 튀어나왔다. 몸이 휘청거리고 정신마저 몽롱했으나 사나흘 굶주린 맹수가 코앞에서 먹잇감을 발견하기라도 한 것처럼 신바람이 났다. 단박에 유미를 끌어안고 이불 속으로 파고들었다. 등에 와 닿는 유미의 손길이 깃털처럼 부드러웠고 누운 얼굴은 달처럼 고왔다. 이것이야말로 밑바닥에 사는 찌질이들이 느낄 수 없는 오로지 아래를 내려다보며 사는 사람들만의 희열이고 특권이란 생각이 들었다. 살과 살이 착착 밀착하고 팔과 다리가 얽히어 더 뜨거워지려는 순간 밖에서 웅성웅성하고 씨근덕거리는 소리가 들려왔다. 유미가 자지러지게 놀라며 자리를 박차고 일어나 앉았다.

"밖에 찌질이가 찾아왔나 봐."

유미가 벗어 던졌던 속옷을 주섬주섬 챙겨 입고는 침대 위에 쪼그리고 앉아 바들바들 몸을 떨었다.

영철은 그때까지도 밖에서 무슨 일이 벌어지고 있는지 눈치채지 못했다. 영철이 들어올 때 분명 문을 잠갔는데 어쩐 일인지 야구방망이를 든 사내 둘이 쉽게 출입문을 열고 안으로 들이닥쳤다. 한 놈은 순식간에 침대로 뛰어 올라와 유미의 머리채를 낚아 쥐고 이리 채고 저리 채다가 방바닥에 쓰러뜨렸다. 곱고 매혹적이던 유미의 흰 얼굴, 뽀얀 가슴과 날씬한 몸매가 구겨진 종잇장처럼 방바닥에 나뒹굴었다. 몸을 들썩이며 흐느끼는 동작과 함께 유미의 산발로 흐트러진 머리카락이 들썩였다.

사내들은 이내 영철에게 야구방망이를 들이댔다. 목청 큰 놈이 남의 가정을 파탄시킨 놈이라고 윽박지르곤 영철을 꿇어앉히며 물었다.

"너 죽을래 살래."

살다가 이렇게 극악한 상황과 직면하다니, 눈앞이 깜깜해 어찌할 바를 모르고 쩔쩔매고 있는데 놈이 모텔방 바닥에 방망이를 내리꽂으며 다그쳤다.

"우리 가정 결딴냈으니 너 죽어야지?"

고개조차 들지 못한 영철이 바닥에 머리를 박고는 양손으로 얼굴을 감쌌다.

"미안합니다. 유부녀인 줄 정말 몰랐습니다."

말이 끝나기도 전에 한 놈이 발등으로 영철의 얼굴을 들어

올렸다.

"이 새끼, 그래도 양심은 있나 보네. 너 여자 잘못 건드렸어. 너 내 차 트렁크에 싣고 가 쥐도 새도 모르게 암매장시키는 건 일도 아니야."

영철은 끔찍하고 두려웠다. 곧 차에 싣고 어딘가로 데려가 암매장시키고도 남을 놈들 같아 손이 발이 되도록 엎드려 빌었다. 한 놈은 이 광경을 하나도 빼놓지 않고 휴대폰을 들이대며 영상으로 찍어대기까지 했다.

하지만 이건 모두 꽃뱀 유미 일당의 연기였다. 유미의 머리채를 흔들어댄 사내는 찌질이라던 남편인 듯했지만 믿을 수 없는 일이었다. 서로 작당한 사기꾼들이었기 때문이다.

이날의 꽃뱀 소동으로 영철은 졸지에 합의금 명목으로 5천을 날렸다. 처음엔 1억을 요구하며 며칠 샅바싸움을 하다가 큰 인심 쓰기라도 하듯 합의금을 절반으로 깎아주었다. 그날 일을 떠올릴 때마다 속에서 울화가 치밀어 당장 연놈들을 경찰에 신고해 콩밥을 먹이고 싶었으나 혹이라도 주변에 소문이라도 퍼질까 부담을 느낀 그는 액땜으로 돌리자고 다짐하며 입술을 질끈 깨물었다.

영철은 평원에 집을 짓고 무리를 이루며 살아가는 미어캣처럼 한 시도 경계를 늦춰선 안 된다고 작심했음에도 이런 해괴한 사건에 연루된 자신을 책망했다. 두부 공장에 취업한 이후 단 한 차례도 만난 적 없던 수형이 갑자기 앞에 나타났을 때 그자의 평소 미심쩍고 의뭉스러웠던 행실에 왜 의문조차 갖지 않았는지, 술을 권할 때 무엇 때문에 냉정히 뿌리치지 못했는지, 처음 만난 여자가 접근했을 때 어찌 그리 쉽사리 유혹에 넘어갔는지 분노하며 가슴을 치고 입술을 깨물었다. 문득 수형이나 유미가 외삼촌이 보낸 꽃뱀은 아닐지 의구심이 들기도 했지만 후회해 봤자 이미 지난 일이었다.

문득 정신이 들자 영철은 새로이 발을 들여놓은 계층에서 자칫 경계심을 늦추고 방심했다가는 모질고 혹독한 후환이 뒤따른다는 사실을 깨달았다. 바뀐 환경에 적응하기까지는 항시 과도기가 있고 치러야 할 통과의례가 있는 법이다. 영철은 꽃뱀 일당에게 당한 수모와 치욕을 여러 차례 곱씹다가 새로운 사회에 적응하기 위해 예방 백신을 맞은 것으로 아예 자가 진단을 해버렸다. 예방주사를 맞은 몸이 잠깐은 뻐근하기도 하고 미열이 동반되기도 하지만 나락으로 뚝 떨어진 예전 방직공장 사장의 피폐한 삶과 비교하면 그건 충분히 견딜 만한 고통이었다.

영철은 골프를 배우기 시작했다. 처음엔 야구동호회에 가입할까를 두고 고민하기도 했다. 하지만 야구가 다른 구기 운동보다 다소 격렬한 운동이란 인식에 얼마간 망설이다가 TV에서 골프아카데미를 몇 번 보고는 이거다 싶어 손뼉을 쳤다. 야구장에서만 느낄 수 있을 거라 믿었던 창공을 날아가는 작은 공의 긴 궤적을 골프장에서도 볼 수 있겠다고 생각하자 쾌재를 불렀다.

야구선수가 휘두른 방망이에 맞아 멀리 튕겨 나가는 공을 바라보는 재미보다는 본인이 휘두른 골프채에 맞아 까마득히 날아가는 공을 바라보는 일이 더 흡족하고 경쾌할 거란 생각에서였다.

영철은 더 머뭇거릴 필요 없이 곧바로 골프 연습장을 찾아갔다. 등록하자마자 세트로 골프채를 샀고 골프화에 모자며 복장까지 두루 갖추고 매일 연습장에 나가 스윙 연습에 몰입했다. 자세가 어설프고 멋쩍긴 해도 공장에서 두부판을 나르며 다져진 하체와 어깨의 단단한 근육이 사무실에 앉아 컴퓨터 자판이나 두드려 온 직장인들의 스윙보다는 훨씬 다부졌고 공의 궤적도 훨씬 컸다. 다른 초보자들보다 비거리가 우월했고 코치가 나이스샷이라고 치켜주면 어깨가 우쭐했다. 우드나 아이언, 야드, 오비, 라운드, 보기, 파, 버디, 이글, 알바트로스, 라이, 포섬매치 등 생소한 골프용어를 하나씩 배워가는 재미도 쏠쏠했다.

쉬는 날 방 안에 앉아 야구를 시청하던 습관도 바뀌었다. 꼴찌 팀 이글스의 경기를 보며 탄식하기보단 이기는 팀에 환호하는 쪽이 훨씬 속 편했다. 강팀은 역시 승리하는 법을 알았고 선수들 개개인의 기량도 감탄을 자아내게 할 정도로 우월했다. 이기는 경기에 익숙해 어쩌다 패하기라도 하면 오히려 다음 경기엔 반드시 이길 거란 확신과 믿음을 주는 것이었다. 특히 강팀은 초반에 먼저 점수를 낸 뒤 지고 있던 팀이 추격을 해와도 끝내 지켜내고야 마는 뚝심이 있었고 초반 점수를 내주고 내내 끌려가던 경기에서도 막판에 뒤집는 경기가 많았다. 이기고 있다가 역전패를 당해 축 처진 어깨를 보는 일에 이골이 난 영철로서는 명문 팀을 응원하기로 한 자신의 선택이 얼마나 현명했는지 흡족해했다. 어쩌다 패하더라도 다음 게임엔 반드시 승리할 거란 믿음을 주었고 어쩌다 패하면 오히려 개구리처럼 한 단계 더 도약하기 위해 몸을 움츠리는 과정이라고 생각했다. 꼴찌팀을 응원하는 팬으로서는 좀처럼 느낄 수 없었던 너그러움이었고 그런 너그러움은 삶에 활력과 여유를 제공했다.

  어느 날 영철은 골프 연습장에서 신입회원으로 들어온 낯선 여자와 마주쳤다. 삼십 중반으로 보이는 여자였다. 가느다란 몸매에 얼굴이 작고 예뻤다. 하지만 표정이 다른 여자들처럼 밝아 보이지 않았고 차갑고 우울해 보였다. 골프를 배우겠다는 의지보다는 골프채를 휘둘러 가슴에 맺힌 화를 삭이기라도 하려는 듯 골프공을 바라보는 눈매가 차디찼다. 처음엔 영철을 본 둥 만 둥 했고 영철 역시 그녀의 정갈한 미모에 자주 시선이 끌리기는 했지만 얼음처럼 차가운 표정 앞에서는 서먹한 거리를 유지할 수밖에 없었다. 특히나 외삼촌의 겁박, 그리고 얼마 전 꽃뱀에게 당한 수모의 잔상이 불쑥불쑥 떠오르곤 해서 낯선 여자와 접촉하는 게 일면 두렵기도 하고 부담스럽기도 했다. 특히 그는 사람을 늘 경계해야 한다는 자신과의 약속을 당분간 철저히 지킬 생각이었다. 꽃뱀 일당의 겁박과 사기꾼이나 꽃뱀을 동원해서라도 기세를 꺾어놓겠다던 외삼촌의 음흉하고 추악한 목소리가 여자를 볼 때마다 귓가에 윙윙거렸다. 하지만 여자는 다른 여자들, 일테면 표정이 해맑고 얼굴에 웃음이 떠나지 않는 서글서글한 여자들에게서는 느낄 수 없는 나름의 매력이 있었다. 데면데면하다가도 어쩌다 새뜻한 미소를 짓기라도 할 땐 얼굴에서 달빛과도 같은 광채가 비추는 듯했다.

혹시 저 여자가 외삼촌이나 수형이 보낸 꽃뱀은 아닐까? 아마 아닐 거라고, 꽃뱀이었다면 만나자마자 생글생글 눈웃음치며 접근해 왔을 테고 골프보다는 자신에게로 온갖 시선과 관심이 집중됐을 거라 생각하며 영철은 고개를 내저었다. 그럴 리가 없다고 확신하면서도 영철은 경계심을 유지해갔다. 하지만 관심이 없는척하면서도 먼저 시선을 가져가고 말을 거는 쪽은 대부분 영철이었다. 영철이 눈길을 가져가지 않고 말을 걸지 않고 접근하지 않으면 몇 달이 지나고 몇 해가 지나도 결코 가까워질 수 없는 사이처럼 보였다. 바람이 불지 않으면 호수가 아무리 깊어도 아무리 드넓어도 물결이 일지 않듯 두 사람의 밋밋한 관계 역시도 누군가가 바람의 역할을 하지 않으면 아무리 가슴이 후끈거리고 이글거려도 저절로 불을 지필 수 없을 것만 같았다.

어쨌거나 어둡고 차가운 표정 속에 감춰져 있다가 잠깐씩 앞니를 드러내며 웃는 여자의 미소는 화려하거나 요란스럽지 않다는 점에서 영철에게 더 매혹적으로 다가왔다. 이 여자의 미소는 끈끈이주걱이나 파리지옥, 네펜데스 같은 벌레잡이 식물처럼 누군가를 표적으로 삼아 끈덕지게 유혹해 오는 간교한 웃음이 아닌 것만은 확실해 보였다.

  한 달 이상이 지났을 즈음에서야 서먹했던 둘 사이가 가까워졌다. 스윙 자세와 퍼팅감각이 불안전하고 어설퍼 왕초보끼리의 고충을 이야기하다가 점차 시시콜콜한 화제로 대화를 나누기도 했다. 뜻밖에도 먼저 다가온 쪽은 영철이 아니라 여자였다.

  "우리 어디 카페라도 가 차 한잔 마실까요?"

  여자는 무슨 할 이야기가 있는 것처럼 보였다. 여자가 꽃뱀은 절대 아니라고 확신했던 영철은 그동안 자신에게 쳐놓았던 성벽을 다시 점검했다. 사기꾼이든 꽃뱀이든 그 무엇도 자신이 쌓은 성벽을 허물거나 침입할 수 없으리라. 내 성벽은 아직 철옹성처럼 견고해 설령 여자가 꽃뱀이라 해도 결코 스스로 무너지는 일은 없을 것이라 다짐하면서 영철은 여자와 함께 카페로 갔다.

  미연이라고 이름을 밝힌 그녀는 다른 여자들처럼 가까워지기 전에 상대방의 개인신상부터 파악하려는 얄팍한 속내를 드러내지 않았다. 예전에 만났던 여자들처럼 직장이나 재산, 학벌, 가정환경에 대해 시시콜콜 묻지 않았고 영철은 그게 마음에 들었다. 영철도 미연의 신상에 대해 궁금하기는 했지만 왠지 그것만은 금기로 여겨야 한다는 암묵적인 약속이 돼 있기라도 한 듯 굳이 묻지 않았다. 잠깐씩 침묵이 이어지면 서먹한 거리감이 느껴졌다.

  "첫 만남은 대개 이런 분위기죠?"

미연이 방긋 웃었다. 좀처럼 보기 어려운 파격에 가까운 웃음이었고 잠깐 어색하게 이어지던 침묵이 깨졌다. 영철이 빙그레 웃고는 미연의 눈을 똑바로 바라보며 물었다.

"혹시 수형이란 이름을 들어보셨어요? 그리고 정재석 씨를 아세요?"

이 여자가 두 사람이 보낸 꽃뱀이라면 느닷없는 영철의 물음에 얼굴색이 하얘지거나 표정에 금방 변화가 있으리라. 눈꺼풀도 손가락도 파르르 떨다가 곧 고개를 떨구겠지. 성깔깨나 있는 여자라면 실패를 자인하고 발딱 일어나 표독스레 쏘아본 뒤 냉큼 자리를 뜰 수도 있으리라. 하지만 미연은 고개만 갸우뚱거릴 뿐 얼굴색이 일절 변하지 않고 다소 생뚱맞은 질문이라는 듯 어리둥절해했다. 눈빛은 평온해 보였고 손이나 눈가의 잔주름이 떨리지도 않았다.

"수영이라고 했나요? 정재석 씨요? 유명한 유재석이란 이름은 알겠는데 정재석이란 이름은 첨 듣는데요."

영철은 안도했다. 미연에게 미안했고 머쓱해졌다. 오히려 영철의 얼굴이 붉어졌다. 미연을 바라보기 민망해 눈길을 거두고 고개를 떨구었다.

"그 사람이 누구죠? 제가 아는 사람인가요? 아님 저와 관련 있거나."

영철이 고개를 내저었다.

"수영이 아니라 수형이고요 혹시 아는 사이인지 궁금했거든요. 그리고 정재석 씬 제 외삼촌입니다. 미연 씨가 알 턱이 없겠지요."

더 의아해하는 미연을 향해 영철이 얼렁뚱땅 둘러댔다. 얼마 전 수형과 외삼촌이 여자를 소개해 주겠다고 전화했었는데 혹시 미연 씨가 그 주인공인가 싶어 물은 거라고.

"아직 미혼이세요?"

개인사에 관해서는 좀처럼 묻지 않을 것 같았던 분위기였지만 영철의 돌발 질문으로 시작된 대화가 각자 숨겨졌던 신상을 처음 끄집어내는 계기가 되었다. 그러나 첫 만남에서 자신의 신상을 너불너불 털어놓는다는 건 아직 거북스러웠고 불편했다.

"그럴 리가요."

영철은 결혼에 한 번 실패했다고 말하려다 결혼도 성공과 실패가 존재하는지, 행복하지 않더라도 이혼이란 절차 없이 죽는 날까지 함께 살아가는 게 결혼의 성공을 가늠하는 기준인지, 반대로 결혼이란 의식을 치르고 살다가 헤어져 각자의 길을 걷게 되면 실패라고 단정해도 되는지, 아마도 그건 아니겠다 싶어 나름 당당하게 대답했다. 자랑할 만한 일도 아니려니와 부끄러워할 이유 또한 없다는 생각에서였다. 미연도 더는 묻지 않았다.

"나도 궁금한 게 있는데, 오늘은 묻지 않을래요."

영철은 커피잔을 들어 한 모금을 마셨다.

"무척 궁금하지만 나도 오늘은 묻지 않을게요."

잠깐씩 이어진 침묵이 그렇게 어색하지는 않았다. 신상에 관한 이야기에서 골프 이야기로 화제가 바뀌자 잠깐씩 찾아오던 침묵 대신 미소가 흘렀다.

첫 만남 이후 둘은 자주 어울렸다. 간혹 영철은 미연에게 야구 이야기를 들려줬다. 늘 꼴찌팀 이글스를 응원하다가 최근에 강팀을 응원하면서 바뀐 심리상태, 일테면 너그러움과 자신감, 품격, 명문, 가치, 정상이란 단어들이 야구장을 떠나 일상생활에까지 영향을 미치고 있다고 설명했다.

"이글스 팬들이 배신자라고 욕하겠어요."

그녀는 대체로 수긍하면서도 영철의 아픈 곳을 찔렀다. 사실 강팀을 응원하면서도 이글스를 멀리한다는 건 불가능한 일이었다. 영철에게 이글스는 애증의 팀이었고 아픈 손가락이었기 때문이다.

"사실 이글스를 영원히 떠났다기보단 대안으로 강팀을 하나 골라 대리만족을 느끼는 정도죠."

그녀는 좋은 생각이라며 언제 한번 같이 야구를 직관하러 가자는 제안도 해왔다.

만남이 잦고 시간이 길어질수록 둘의 관계도 끈끈해지고 있었다. 영철은 어쩌다가 후끈 달아오르는 감정을 느끼기도 했다. 그러나 스스로 뜨거워지는 눈빛과 들썽이는 가슴을 경계했다. 상대방 역시 영철에게 마음의 문을 열려는 움직임이 전혀 없었던 것은 아닌 듯 보였지만 둘 사이엔 뭔지 모를 묘한 벽이 존재했다. 분명 더 가까워지고 뜨거워질 수 있었음에도 서로 상대의 반쯤 열린 마음의 문을 열기엔 부담을 안고 있는 게 확실했다.

영철은 매달 상가 세입자들로부터 받는 임대수익이 직장을 다닐 때 받던 월급보다 많았다. 생활비를 지출하고도 매달 말일이 다가오면 은행에 가 꼬박꼬박 적금을 부었다. 상가건물 지하엔 카페가 들어왔고 1층엔 마트가 2층과 3층엔 피씨방이 입점했다. 몇 달이 지난 뒤 영철에겐 고민거리가 생겼다. 지하에 들어온 카페가 장사가 안된다며 며칠씩 문을 닫는가 하면 통장으로 들어와야 할 임대료가 석 달째 밀려 있었다. 그와는 달리 1층 마트는 성업 중이었고 2층과 3층의 피씨방도 야간에는 빈 좌석이 없을 만큼 북적였다.

지하 카페 주인은 군대를 제대하자마자 부모를 졸라 가게 문을 열었으나 사회 경험이 일천한 데다 워낙에 게으르고 한눈파는 곳이 많아 보였다. 두어 달은 거짓말을 하다가 나중에는 전화조차 받지 않았다. 어쩌다 마주치는 날엔 장사가 안된다는 푸념만 늘어놓을 뿐 밀린 임대료 얘긴 꺼내지도 않았고 그렇다고 미안해하지도 않았다. 젊디젊은 카페 주인은 사진을 찍는다며 카메라를 메고 전국 방방곡곡을 떠돌다가 돌아와서도 가게는 뒷전이고 당구장에 가 살다시피 했다. 애초부터 장사엔 관심도 없어 보였다.

영철은 몇 차례 독촉 문자를 넣어도 보고 어쩌다 가게 문을 열면 작게나마 도움을 줄 생각으로 골프 모임 회원을 데리고 가 팔아주기도 했다. 하지만 여전히 가게는 썰렁했다. 문을 여는 날보다 닫는 날이 많은데다 어쩌다 문을 여는 날엔 주인 얼굴은 보이지 않고 아르바이트생으로 보이는 학생이 손님을 맞았다.

결국엔 영철도 화를 참지 못했다. 너그러움을 앞세워 상가가 죽이 되건 밥이 되건 매나니 수수방관할 수많은 없는 노릇이었다. 매달 부어 나가던 적금을 중도 해지하는 일쯤은 스스로 감당할 수 있지만 상가가 썰렁해져 건물의 가치가 떨어지는 일은 용인할 수 없는 일이었다. 영철은 밀린 임대료를 보증금에서 공제할 테니 하루속히 가게를 비워달라는 독촉 문자를 보냈다. 그 후로도 두어 달을 더 끌다가 자식에게 카페를 내준 부모가 찾아와 상가를 비우면서 골치 아팠던 지하실 문제가 해결되었다. 카페 자리엔 새로 곱창집이 들어왔다. 간혹 영철은 예전 셋방살이하던 시절 방세가 밀려 집주인에게 쫓겨났던 때가 떠올라 누군가가 자신에게 위해를 가하지는 않을지 걱정이 되기도 했다. 예컨대 상가건물 지하를 임대했던 젊은이가 앙심을 품고 찾아와 건물에 불을 지르지는 않을지, 주차해 둔 영철의 자동차 바퀴에 펑크를 내지는 않을지 여러 면에서 신경이 쓰였다. 그러나 그의 우려는 기우였고 이후에도 신변에는 아무 일도 벌어지지 않았다.

영철은 어엿한 건물주였다. 가진 자의 속성대로 영철 역시

암반 속에서 끊임없이 샘이 솟구쳐 오르듯이 새로운 욕망이 끓어올랐다. 자신의 상가건물 1층과 2, 3층에 임대한 가게들이 생각보다 많은 돈을 벌고 있다고 생각됐고 때를 봐 가겟세를 인상하거나 아예 그들을 내보내고 자신이 직접 가게를 운영해 보고픈 욕심이 생긴 것이다. 아직 계약 기간이 많이 남아 있어 당장 자기 욕구를 실현하기가 어려웠으나 기다리면 그때가 곧 도래하리라 믿고 있었다. 조물주 위에 건물주가 있고 착한 부자는 있어도 착한 건물주는 없다는 세간의 말에 동요되어 마음이 흔들릴 필요도 없었다. 영철이 살아온 세상은 더 가진 사람들에 의해 더 가진 사람들을 위해 돌아갔고 그런 흐름은 마르지 않는 강물처럼 언제나 변화무쌍했다.

영철은 이제 어지럼증에서 완전히 벗어났다. 바닥에서 껑충 솟아오른 높은 세상에서 아래를 내려다보는 즐거움도 익숙해졌다. 로또 1등 당첨자라는 주변 사람들의 시선을 대하는 방식도 다양해졌다.

영철의 가족들이 어려운 시절을 보내는 동안 그 누구도 다가와 손을 내밀지 않았듯이 스스로 다가가 손을 내밀 필요가 없었고 가까이 접근하려는 사람은 늘 의심하고 경계했다. 그건 영철뿐만이 아닌 유명 인사나 부자들이 주변 사람을 대하는 방식이기도 했다. 상대를 의심하고 경계하지 않으면 나를 보호해 주던 울타리에 구멍이 뚫리고 누군가가 허술해진 구멍을 기웃거리다가 울타리 안으로 불쑥 발을 들여놓을 거란 생각이었다.

주중에 영철은 미연으로부터 걸려 온 전화를 받았다. 매일 실내 골프장에서 만나 함께 어딘가로 나가던 동선과는 전혀 다른 것이어서 영철은 그녀가 정선 5일 장엘 가보고 싶다고 했을 때 잠시 머뭇거리며 망설였다. 분명 같이 가고 싶다는 의사표시였다. 혼자 갈 생각이었다면 굳이 이야기를 꺼낼 필요가 없었기 때문이다.
"오늘이 정선 장날인가요?"
"시장도 둘러보고, 거기 깊은 골짜기가 많거든요."
두 사람은 학곡리 인터체인지 입구 공터에서 만났다. 미연은 타고 온 차를 공터 주차장에 대고 영철의 차로 바꿔탔다. 차는 곧바로 고속도로로 진입해 원주 방향으로 향하다가 영동고속도로로 접어들었다. 주말을 맞아 서울에서 영동지역으로 내려오는 차들이 도로 위에 가득했다. 그나마 고속도로를 빠져나와 영월 쪽으로 향하는 도로는 한산했다.
영철은 미연이 혹 자신을 카지노로 유인하는 건 아닐까 싶어 몇 번을 망설인 끝에 물었다.
"기왕 정선까지 온 김에 카지노 구경이나 하고 갈까요?"
미연이 빙그레 웃고는 고개를 저었다.
"정선엔 골짜기가 정말 많거든요. 예전에 우리 할아버지가 사셨던 항골이란 마을도 그중 한 곳이에요. 화전을 일구고 사셨다는데 지금은 트레킹 코스로 개발돼 등산객들이 많이 오르내린다네요."

카지노는 싫고 항골이란 마을을 가보고 싶단 뜻처럼 들렸다.
"항골? 첨 들어보네요. 거기 가고 싶어요?"
"아뇨. 그냥 차를 타고 이 골짜기 저 골짜기를 돌고 싶네요."
골짜기는 좁고 깊었다. 산과 강을 돌아 나가는 깊은 골짜기마다 칼로 벤 듯한 된비알이 나타났다. 골짜기 사이로 흐르는 강물이 고요하다 못해 쓸쓸했다. 협곡을 돌아 나가면 곧 길이 끊기고 막막하고 아득하게 높은 천 길 절벽이 앞을 가로막을 것만 같은데 용케도 굽이를 벗어나면 또 다른 굽잇길이 나타나곤 했다. 어디를 가도 벽이고 어디를 가도 산이고 골짜기였다.
"안도리 지도리란 말 혹시 들어봤어요? 순우리말이거든요."
영철은 처음 들어보는 말이라 고개를 갸우뚱했다.
"우리나라 지명 중 최고 긴 이름을 가진 마을이 이곳 정선에 있어요. 안도리지도리다래미한숨바위란 마을이죠."
"골짜기처럼 지명이 길긴 하네요."
"열세 자예요. 바위로 된 비탈길이 하도 좁고 험해 지어진 이름이래요. 바위를 안고 도는 길을 안돌이라 하고 등지고 도는 험한 길을 지돌이라 하는데 다람쥐도 가다가 멈춰 한숨을 지었다 해서 안도리지도리다래미한숨바위라고 불렸다네요."
영철이 빙그레 웃으며 고개를 끄덕였다. 마침 하늘을 찌를 듯 치솟은 암벽과 강물 사이로 뻗은 도로변에 넓은 공터가 보였다. 영철이 차를 세우고 밖으로 나가 담배 한 대를 피워물었다.

"정선이 고향이세요?"

"이곳에서 몇 해 말단공무원을 했었어요."

"정선 하면 예전에 고향이 정선인 친구한테 들은 이야기가 생각나네요. 골짜기가 하도 좁고 깊어 앞산과 뒷산 능선 사이에 빨랫줄을 걸어도 된다고요."

"마을 사람들은 골짜기마다 빨래 대신 한을 널었지요. 첩첩산중에 감옥살이 같은 오지의 삶이 오죽했겠어요."

"한때는 광부들이 막장 인생을 살았다죠? 제 친구 할아버지도 갱 속에 들어가 탄을 캤었대요. 온 나라를 떠들썩하게 했었던 사북사태도 직접 겪었다네요."

"이젠 상전벽해가 됐어요. 정선으로 상징되던 아우라지, 탄광촌, 정선아리랑 대신 이젠 카지노가 정선의 상징이 됐고요."

한 굽이를 넘자니까 치렁치렁 얽힌 산 사이로 또 강이 나타났다. 산을 넘고 강을 건너다녔던 옛사람들은 목적지에 이르기 전까지 얼마나 많은 고초와 절망을 느끼고 살았을까, 왜 이 막다른 첩첩산중에 와 자리 잡고 살았을까. 옛사람들의 힘겹고 고달팠을 삶이 눈에 그려지자 숨이 멎을 듯 갑갑함이 몰려왔다. 그때 조용히 눈을 감고 있던 미연의 입에서 애절한 노랫가락이 흘러나왔다.

눈이 올라나 비가 올라나 억수장마 질라나

만수산 검은 구름이 막 모여든다
아리랑 아리랑 아라리요
아리랑 고개 고개로 날 넘겨주게

정선아리랑은 1절에서 멈췄다. 옆을 돌아보니 미연의 눈가가 촉촉했다. 죽을 때까지 험한 고개를 수없이 오르내리고 오른 고개 수만큼 강을 건넜을 옛사람들이 적울로 남은 한을 한 소절씩 토해내듯 미연의 아리랑은 구성지고 애달팠다.

영철은 전수자 뺨치게 부른 미연의 정선아리랑을 2절과 3절까지 연이어 듣고 싶단 생각이 들었으나 더 불러달라고 부탁할 분위기는 아니었다.

두 사람은 5일장이 열리는 장터로 갔다. 찹쌀떡처럼 쫀득쫀득한 상인들의 억양과 거친 듯하면서도 질박한 사투리가 인파로 북적이는 장바닥에 낭자했다. 영철은 이곳 사람들의 억양이 깊고 높고 험한 오지의 지형과 유사하단 생각에 흥미를 느꼈다. 이미 도시 언어에 익숙해진 미연도 가끔은 이곳 사람들의 억양에서 완전히 벗어나지는 못하고 있단 생각이 들었다. 도시에서 태어나 학습 받고 성장한 사람처럼 세련된 언어를 구사하다가도 간혹 중간 음을 생략한 채 저음과 고음만을 섞어 말하는 듯한 어조가 그것이었다.

산골 내륙 깊은 골짜기 안으로 볼거리 먹을거리를 찾아온 수

많은 인파에 섞여 두 사람은 시장 한 바퀴를 돌았고 인근 식당에 가 곤드레 정식으로 점심을 먹었다.

연포마을 뼝대를 보러 가자던 미연은 중간에 차를 세우게 하고 좁다란 골짜기에 강변이 바라보이는 카페로 들어가 차나 한 잔씩 하자고 제안했다.

커피를 시키고 카페의 통창으로 보이는 강변을 바라보던 미연이 영철의 눈을 가만히 들여다보며 말했다.

"내 주변에 그런 사람이 있을 줄 몰랐어요. 로또 1등에 당첨됐다면서요?"

영철은 소스라치게 놀랐다. 그동안 실내 골프장을 드나드는 그 누구에게도 털어놓은 적 없었던 비밀이었는데 미연이 어떻게 알고 있었단 말인가. 이 여자가 정말 외삼촌이 보낸 꽃뱀인가?

"어떻게 알았냐고요? 실내 골프 연습장에서 영철 씨가 보이지 않으면 다들 뒤에서 웅성웅성해요. 영철 씨 자신만 모를 뿐이죠."

영철은 사실을 인정했다. 그동안 뒤에서 수군거렸을 사람들을 생각하자 얼굴이 화끈거렸다.

"소문이 참 넓게도 퍼졌네요."

"좁은 땅에서 비밀을 감출 방법은 없더라고요."

그 말은 미연 자신도 남에게 드러내고 싶지 않은 비밀이 있었지만 이미 들춰졌다는 뜻이기도 했다.

"미연 씨 등 뒤에선 누구도 웅성거리지 않던데요."

"다행이네요."

미연이 냉소를 지었다.

"이곳 정선에 오니 고향에 온 것처럼 마음이 평온하지 않던가요?"

영철은 어디를 가건 산이고 어디를 가건 깊은 골짜기뿐인 이곳이 막막하고 갑갑하기만 할 뿐 평온하지는 않아 고개를 가로저었다.

"난 어딜 가든지 사방이 꽉 막힌 곳보다 사방이 탁 트인 곳이 좋아요."

"이 첩첩산중엘 왜 같이 오자고 했을까요?"

마침 주문한 커피가 나왔다. 영철은 미연이 이곳까지 온 이유가 자신과는 전혀 관계없는 일이라 생각했고 당연히 모르겠단 투로 고개를 저었다.

"사람도 세상 살다 보면 누구나 감추고 싶고 숨기고 싶은 사연들이 무수히 많을 텐데 이렇게 첩첩이 산이고 사이사이 골이 깊다면 그 안에 숨겨진 비밀은 또 얼마나 많을까요. 골짜기에 터를 잡고 사는 사람들도, 풀 한 포기, 나무 한 그루, 바위 하나에도 우리가 모르는 깊은 사연이 있을 테고 어쩌다 날아와 수풀에 둥지를 튼 작은 새들도 저마다 사연을 갖고 있겠죠? 나도 영철 씨도 그동안 살면서 겪었던 사연을 입 꾹 다물고 함구해 왔듯이 말이에요."

영철은 미연의 말에 대체로 수긍했다. 커피 한 모금을 마시며 묵묵히 듣고만 있는데 미연이 눈을 깜박이며 물었다.

"난 꼭꼭 숨기고 있던 내 비밀을 누군가에게 털어놓고 싶었어요. 영철 씨도 비밀이 많은 남자라서 꽤 힘들겠구나 싶어 들어주고도 싶었고요."

"내가 그렇게 보였나요?"

"우린 그동안 여러 번이나 만났는데 왜 서로 무심한 척했을까요. 성숙한 남녀끼리 만났는데도 그냥 야구 얘기나 하고 골프 얘기나 하는 그런 사이로 정말 아무런 감정을 느끼지 못했던 걸까요?"

"그러게요."

"아직 사람의 발자국이 닿지 않은 여기 어느 골짜기처럼 우리네 삶도 사연은 깊고 많은데 서로 무심해 모르고 있었거나 혹시라도 허물이 만천하에 드러날까 두려워 깊은 골짜기에 영영 감추려고 했던 게 아닐까요? 일테면 난 후자에 속해요. 나도 허물이 있고 사연이 많거든요."

"듣고 보니 나 역시 두 가지 전부 해당되네요."

이렇게 이야기가 시작되자 미연은 자신이 남편의 불륜과 폭력으로 갈라선 이혼녀란 사실을 털어놨다. 아홉 살 된 딸과 함께 살고 있고 현재 시청 6급 공무원으로 재직 중이라고 고백했다.

영철도 미연이 이곳까지 자신을 데리고 온 의도를 뒤늦게 깨닫고 혹시나 했던 오해를 풀었다.

"난 로또에 당첨된 뒤부터 누군가를 의심하는 습벽이 생겼어요. 금방 전만 해도 미연 씨가 꽃뱀이 아닐까 의심했거든요."

"꽃뱀? 기분이 참 묘하네요."

미연의 표정이 굳어지는 걸 보고 영철은 아차 싶었다.

"아하, 미안해요. 이게 수형이란 놈과 외삼촌 때문입니다. 처음 만날 때 물었던 이름 혹시 기억나세요?"

영철은 꽃뱀에게 당했었던 이야기는 차마 꺼내지 못하고 서둘러 자린고비 외삼촌 이야기를 시작했다. 어려울 때 여동생이 어머니와 함께 대학 등록금을 빌리러 갔다가 거절당했던 일부터 로또에 당첨된 후 전화로 말다툼한 일까지 들려주자 시무룩해 있던 미연이 고개를 주억거렸다.

"로또에 당첨된 사람들 대부분이 아마 나처럼 불안해하며 하루하루를 살고 있을 겁니다. 그러니 나를 망상장애나 편집증 환자 취급은 하지 말아요."

미연은 고개를 돌려 도로를 따라 이어진 길고 깊은 골짜기를 뚫어지게 바라보았다. 마치 골짜기가 들려주는 그동안 꺼내놓지 못했던 가슴 시린 사연을 조용히 들어주고 있는 듯한 표정이었다. 너무 골똘하고 진중해서 영철도 골짜기 깊은 곳으로 고개를 돌렸다. 눈길이 골짜기를 따라가자 우쭐한 산이 시야를 가리고 산 어깨너머로 또 다른 산이 나타나 장막을 쳤다. 도대체 이곳엔 산이 몇이고 골짜기가 몇이나 될까. 그때 정선의 산과 골짜기에서 신음과도 같은 소리가 영철의 귀에 들려오는 듯했다. 검은 광부의 삶을 살았던 사람들의 한숨, 암울한 갱 속에 묻힌 이들의 비명, 더 디딜 공간이 없어 여기저기 헤매다가 그래도 마지막 한 자락 희망을 품고 찾아와 막장의 삶을 살다 간 사람들의 거친 숨소리가 골짜기 깊은 곳, 수풀에서 바위에서 개울에서 들려오는 듯했다.

자신도 모르게 골짜기 먼 곳에 멍하니 눈길이 가 있는데 미연이 영철의 손을 두 손으로 꼬옥 잡았다. 따뜻하고 고왔다. 영철 역시 눈을 거두어 강을 마주 보며 앉은 미연의 곁으로 좀 더 가까이 다가가 앉았다. 미연이 영철의 가슴에 어깨를 기대었다. 영철이 미연의 작은 어깨에 손을 올려놓으며 당겨 안았다. 하지만 미연은 쉽게 무너지지 않았고 마치 카페 앞 강물 뒤로 솟은 까마득한 절벽처럼 도도했다. 미연이 몸을 비틀어 빼며 잠시 흐트러졌던 자세를 수습했다.

"일어나요, 우리 연포마을 뼁대 보러 가야죠. 거기 절벽이 정선 최고의 절경이에요."

영철은 머쓱했다. 뼁대를 보러 가자는 말이 한편으론 또 다른 사연을 만들러 가자는 소리처럼 들려왔다. 몇 산을 넘고 몇 굽이를 돌아 이곳까지 왔던가. 두 사람 사이에도 첩첩산중 계곡에서 흘러내리는 물처럼 아직 들춰지지 않은 사연이 흐르고 있었다.

진화대원 김기경의
어느 봄날

"장마철 기상청에서 경보 발령하는 거 아시죠? 예를 들자면 호우주의보, 호우경보, 이런 거 말입니다. 산불도 몇 가지 위험 단계가 있는데 아시는 대로 설명해 보시겠습니까?"

내가 산불진화대 경력이 몇 해째인데 그깟 산불경보 4단계 정도도 모를 줄 알고? 어젯밤에도 메모해 두었던 예상 문제지를 두 시간 족히 훑고 왔는데 거기 생각대로 면접시험관이 방금 물어온 문제의 해답이 들어 있었다. 김기경은 게뚜더기 눈을 껌벅이면서 마스크를 써 감춰진 입가에 은근한 미소를 지었다.

"있지요. 관심 단계, 주의 단계, 경계 단계, 그리고 동시다발적으로 옮겨붙은 산불이 대형산불로 번질 우려가 있을 때 심각 단계를 발령합니다. 특히 양간지풍 영향을 많이 받는 영동지방에선 대형산불이 자주 발생하는데 큰불이 날 때마다 심각 단계가 발령되곤 합니다."

김기경은 아예 면접관 앞에서 기상 전문용어인 양간지풍까지 들먹이며 어깨를 으쓱했다. 면접시험관은 고개를 끄덕이곤 이번엔 나란히 앉아 있는 네 명의 응시자들을 향해 산불의 유형을 각자 한 가지씩만 대답하라고 말했다. 맨 오른편에 앉았던 박두선이 머뭇거림 없이 수간화라 답했다. 그중 젊은 나이에 더펄이 별명을 가진 최태성이 잠깐 고개를 갸우뚱거리다가 퍼뜩 답 하나가 떠오른 듯 얼른 지중화라고 말했고 아랫배를 쑥 내밀고 앉았던 윤정구가 굵은 목청으로 지표화라고 답했다. 이제 답변해야 할 사람은 그중 연장자인 안달수 씨였다. 그는 일흔 넘게 살아오는 동안 태를 묻은 방동리 밖으로 이사한 적 없는 서면 토박이였다. 봄부터 가을까지 해 뜨면 논밭에 나갔다가 해가 져 어둑어둑해질 무렵에야 지친 몸을 끌고 집으로 돌아오는 천생 농사꾼이었다. 비록 얼굴 가득 쭈글쭈글 접힌 주름으로 인해 나이가 들어는 보여도 농사로 단련된 걸음걸이나 동작은 젊은이 못잖게 빠릿빠릿했다. 면접시험 직전 치러졌던 체력검증에선 물이 가득 담긴 2리터 페트병 여섯 개가 든 등짐을 지고 선수들이나 뛰던 종합운동장 네 바퀴를 거뜬히 돌았다. 그것도 젊은 응시자들을 모조리 따돌리고 선착으로 들어온 터여서 면접시험쯤은 대수롭지 않게 생각하고 있었던 모양이었다. 그러나 막상 면접관 앞에 앉고 보니 딱 부러지게 답을 못하고 그만 횡설수설하였다.

"아, 그게 우산을 펼친 것 같이 낭구 꼭대기 잎사귀에 붙어 타들어 가는 거지요. 내가 까마구 괴길 삶아 먹었는지 머릿속에서 뱅뱅 돌기만 할 뿐 그 녀석의 산불 이름이 입 밖으로 도통 튕겨 나오질 않네요. 그 뭐더라…. 암튼지간에 다른 산불 이름은 옆에서 개똥이다 쇠똥이다 다들 답을 했구 낭구 꼭대기 잎사기에 불이 붙어 무섭게 타들어 가는 거 그저 하나만 남았지요?"

안달수 씨가 혓바닥으로 마른 입술에 침을 발라가며 어릴 적부터 써온 특유의 영서권 토착 사투리가 섞인 어투로 횡설수설 답하기는 하였으나 면접관이 원하는 답변이라기보단 얼렁뚱땅 얼버무린 장광설이었다.

"맞습니다. 나무줄기가 타는 걸 수간화라 하고 산 지표면에서 자잘한 나무들이 타는 불을 지표화, 낙엽 같은 부산물이 두텁게 쌓인 땅속으로 타들어 가는 걸 지중화라 합니다. 그리고 말씀하신 대로 나무 상층부에 붙은 불을 수관화라고 하지요."

젊은 면접관 하나가 더 기다리던 답을 듣기 어렵다고 판단한 모양으로 빙그레 웃어넘겼다.

"맞어유. 수관화! 근데 왜 산불 이름이 몽지리 한문이래유. 줄기불, 잎사기불, 땅거죽불, 땅속불 뭐 그런 식이면 이해가 쉬울 텐데…."

면접관 한 명이 그러게요, 하면서 씨익 웃어넘기고는 산불진화대원으로 지원하게 된 동기를 하나 더 물었다.

"돈도 벌구유, 뭣보담두 우리 동네서 산불 나면 지가 젤루 먼저 달려가 끌 생각에 지원했지유."

그렇게 산불진화대원 시험에 지원한 열다섯이 3개 조로 면접시험을 치른 게 1월 하순이었는데 벌써 한 달 하고도 보름이 지나 있었다. 같이 면접을 치렀던 네 명은 요행히 모두 합격했고 지원자 열다섯 명 중 다섯이 면접에서 떨어지고 여섯 명이 더 합격해 총 열 명이 2월부터 산불진화대원으로 근무를 시작했다.

김기경이 면접시험관 앞에서 답했던 양간지풍이란 산불용어는 울진과 동해에 대형산불이 발생해 피해가 날로 커지면서 방송기자와 리포터들로부터 단골 용어로 등장하고 있었다. 양양과 고성의 옛 지명인 간성 해안을 따라 대형산불을 몰고 다닌다는 이 국지성 강풍은 올봄에도 어김없이 나타나 걷잡을 수 없게 피해 규모를 늘려갔다. 영동지역에 연이어 발생한 산불의 피해 규모는 축구장 크기로 계산되어 아침저녁 뉴스 시간마다 긴급특보로 보도되었다.

하지만 영동지역에만 산불 발생 위험이 도사리고 있는 게 아니었다. 영서권에도 양간지풍 못지않게 거친 바람 패거리가 들판에서 마을로 마을에서 골짜기로 골짜기에서 산등성이로 이 마을에서 저 마을 고삐 풀린 망아지처럼 휘젓고 다녔다. 마을에선 허접한 비닐봉지나 스티로폼 쪼가리 같은 쓰레기들이 수선스럽게 나뒹굴었고 아직 물이 덜 오른 활엽수들이 촘촘히 우거진 야산에는 나무 가랑이 사이로 연탄불에 구워진 쥐포처럼 돌돌 감긴 낙엽 부스러기들이 어떤 놈은 생강나무 가지에 걸리고 어떤 놈은 빗자루질에 쓸려가듯 허공으로 날아가고 어떤 놈은 고주박 엉치에 얻어맞고 튕그러지다 바스러지고 어떤 놈은 오소리가 파놓은 구덩이 속으로 기어들고 남은 놈끼리는 엉켜 뒤섞이고 채이면서 쫓기듯 산속을 헤매고 다녔다.

김기경이 눈뜨기가 무섭게 일어나 마을 곳곳을 누빈지도 두어 시간 족히 되었다. 안보리를 돌아 나왔고 당림리를 거쳐 골 깊은 덕두원과 방동리까지 돌고 나니 몰고 온 포터 짐칸엔 아침 내내 주워 모은 폐지들이 제법 그들먹하게 쌓였다. 기껏 수거한 폐지들이 운행 중에 혹여 바람에라도 날릴세라 밧줄로 단단히 묶고 있는데 몇 걸음 앞에서 마을 토박이로 공직에 있다가 두어 해 전 퇴임한 이 국장이 느적느적 자전거 페달을 밟으며 다가오고 있었다.

"아침 운동 가세요?"

이 국장과 눈이 마주치는 순간 김기경은 고무 밧줄을 움켜쥔 채 넙죽 허리를 수그렸다.

"새벽에 나와 벌써 폐지 한 차를 가득 실었구먼."

이 국장이 포터 옆에 와 자전거를 세웠다. 시청에서 국장 자리 달고 현직에 있을 땐 민원이건 애경사건 마을 일이라면 자기 일처럼 발 벗고 나서서 힘을 써주어 퇴직하기 전이나 후에도 이웃들로부터 평판이 좋았다.

"예. 국장님도 건강하시죠?"

"그럼. 이번 봄에도 산불진화대 반장으로 일한다며?"

"다들 도와주신 덕분이죠."

"도와주긴 누가 뭘 도와줘. 다 자네가 근면한 덕이지. 오늘도 조반 먹고 출근해야겠구먼. 어서 가보시게."

막 자전거 핸들을 바로 잡으려던 이 국장이 멈칫하고는 주머니에서 무얼 꺼내 김기경 앞에 내밀었다. 아침부터 고생이 많다고, 가다가 해장국이나 사 자시고 출근하라며 건네는 1만 원짜리 지폐 한 장이었다. 엉겁결이라 이걸 받아야 할지 말아야 할지 잠시 머뭇거리다가 큰형님뻘 되는 점잖은 마을 어른의 성의를 무시하는 것도 도리가 아니어서 넙죽 받아 들었다.

사실은 지난밤 꿈자리가 뒤숭숭해 집을 나설 때부터 마음이 편치 않았다. 어젯밤 그는 까마귀가 마을 곳곳으로 떼 지어 날아다니는 꿈을 꾸었다. 하고많은 날짐승 중에 하필이면 까마귀라니, 까치나 꿩, 원앙, 기러기, 봉황이라면 또 모를까, 집 앞에 날아와 까악까악 짖어대기라도 하면 재수 없다고 가래침부터 뱉고 보는 흉조 까마귀가 아니던가. 하지만 식전부터 이 국장으로부터 1만 원짜리 지폐 한 장을 받고 나자 전날 꾸었던 꿈이 공돈을 얻을 길몽이 아니었을까 되짚어 보게 되는 거였다.

몇 달 전에도 길거리서 우연히 이 국장과 마주친 적이 있었다. 인사나 하고 돌아서려는데 집수리하다 남은 고철이 좀 있다고 시간 될 때 와 싣고가란 거였다. 고철값이 오르는 추세인 데다 고물을 주우러 다니는 사람이 어디 그뿐이겠는가. 마다할 이유가 없어 이튿날 포터를 몰고 이 국장 댁으로 찾아갔다. 새로 수리한 집 한켠에 그득히 쌓아놓은 고물 더미가 그를 반겼다. 철근동아리부터 철제울타리, 하우스 파이프, 개비하기 전 사용했던 알루미늄제 대문 등 이것저것 싣고 나니 포터의 짐칸에 덧댄 널빤지 상단부까지 너끈히 채워졌다. 고물상에 내다 팔면 진화대 이틀 치 일당은 족히 될 법했다. 김기경이 깔끔하게 주변을 정리해 놓고 고물을 모아준 성의 표시를 하기 위해 차 안 사물함에 넣어둔 지갑을 꺼내려는데 안에서 나온 이 국장이 봉투 하나를 불쑥 내밀었다. 쓰레기를 처리해 줘 고맙다면서 집에 가 애들하고 치킨이나 두어 마리 시켜 먹으라며 내민 봉투 속에는 일만 원짜리 지폐 다섯 장이 들어 있었다. 고물을 줍기 위해 10년 가까이 서면 이 동네 저 동네를 누비고 다녀도 모아준 고물을 내주고 돈까지 쥐여주는 사람은 이 국장이 처음이었다. 이 양반이 퇴직하고 감투 욕심이 솟구쳐 훗날 지방선거에라도 출마하기 위해 환심을 사려는 심사가 아닐까, 의구심이 들기도 하였다. 하지만 그건 이 국장의 후덕한 인품을 모독하는 과도한 비약이란 생각에 고개를 설레설레 흔들며 마음 깊이 감사한 마음을 받아들였다. 일가친척도 아니고 단지 이웃 어른일 뿐이었지만 형제지간보다 후한 온정을 베풀며 살아가는 이 국장이 어찌나 고맙던지 김기경은 잠깐 눈시울이 붉어지고 말았다.

  이날 아침 이 국장으로부터 일만 원을 받아 들고 집으로 돌아오는 길에 김기경은 먼발치에서 형 김기억의 뒷모습을 보게 되었다. 집 앞 텃밭을 오가는 것으로 보아 밭갈이하기 전 밑거름을 치는 모양이었다. 이미 형과는 10년 넘게 등지고 살아온 남보다 못한 사이여서 눈에 얼핏 스치는 형의 모습이 반가울 리 없었다. 개도 거들떠보지 않는 그놈의 돈이 문제였다. 돈 앞에서는 부모고 형제고 뵈는 게 없던 형이었다. 먼발치에서 일하는 형이 반갑기보단 만 원권 지폐 한 장을 덥석 건네주는 이 국장만큼도 정이 안 가는 형이었다. 고루한 성격 탓일까, 벌써 10년 세월이 훌쩍 지났건만 형만 떠올리면 금방 울화가 치밀었다.

그 무렵 김기경은 형 집에서 분가해 이곳저곳 전전하다 형편이 점점 어려워졌고 여기저기 거처할 곳을 알아보던 중에 겨우 방동리 안막에 비어 있던 집 한 채를 얻게 되었다. 남의 문중 땅 무덤 옆에 지어진 묘막이었다. 집세를 내지 않는 대신 가을에 시제를 지내주고 문중 묘에 풀이 자라지 않게 벌초나 해주는 조건이었다. 결혼한 아내가 병약한 몸으로 딸을 낳고는 골골하고 있었는데 젊디젊은 나이에 앓아누운 작은며느리 처지가 하도 딱해 어머니가 묘막까지 와 병구완을 해주고 있었다.

형은 자신의 이익을 챙기는 일에는 그 상대가 설령 형제간이라 해도 일절 양보하는 법이 없었다. 아버지가 세상을 뜬 뒤 물려받은 방동리 안막 임야를 처분해 분배하는 과정에서 서운한 감정이 쌓여갔다. 형은 방동리 임야가 등기부상 아버지 명의로 올라가 있긴 해도 절반 이상은 자신이 젊은 시절 7년 동안이나 건축배관공으로 일해 모은 돈을 투입해 산 땅이란 점을 내세웠다. 김기경 역시 그 사실을 모를 리 없었다. 형의 말이 틀린 소리는 아니었지만, 당시 식구 중 누구 하나 빈둥거리지 않았고 애면글면 힘을 보탰다. 김기경도 형이 배관공으로 일할 무렵 군대를 다녀왔고 제대 후엔 아버지와 함께 도지로 남의 땅을 얻어 착실히 농사를 지었다. 가족들이 흐트러지지 않고 똘똘 뭉쳐 힘을 보탠 덕분에 어려운 시절 식구들이 거리로 나앉지 않았고 형이 밖에 나가 번 돈과 집에 근근이 모아둔 돈을 보태 마련한 땅이었다.

어느 날 부동산에 내놨던 땅이 외지인에게 팔렸단 소문이 김기경 귀에까지 들려왔다. 하지만 형은 시치미를 뚝 떼고는 언제부터인지 김기경과 거리를 두기 시작했다. 결국 땅이 팔렸다면서요? 하고 김기경이 먼저 물었다. 금방 얼굴이 붉으락푸르락해진 형이 그래, 하고 퉁명스레 답하곤 또 묵묵부답이었다. 답답한 심정을 참다못해 재차 물었다.

"얼마에 팔렸어요."

"너도 알다시피 후미진 골짜기에 돌각사리가 지천이고 쭈뼛쭈뼛 너설까지 솟은 땅이 아니더냐. 그 땅을 무엇에 쓰겠냐. 그나마 눈먼 외지인한테 팔린 게 요행이지."

그깟 후미진 골짜기에 처박혔던 너설땅이라니, 비록 몇 군데 바위옹두라지가 박혀 있긴 해도 산 옆구리로 폭포수 소리가 기운찬 계곡을 끼고 있는 땅이었다. 덩어리가 크고 경사도가 완만해 돈 있는 자들이 툭하면 찾아와 도리깨침을 삼키며 형에게 치근거리는 꼴을 김기경도 몇 차례나 지켜본 바 있었다. 서울에서 외제 차를 끌고 물어물어 찾아와 땅을 보고 간 이들 숫자만 헤아려도 다섯 손가락을 훌쩍 넘길 정도였다. 어쨌거나 땅이 팔렸으면 얼마에 팔렸다고 계약서까지 보여주진 못하더라도 날을 잡아 막걸릿잔이라도 나눠 마시며 동생 몫으로 얼마간 챙겨주리라 믿었는데 막상 땅이 팔리고 나니 형의 태도가 백팔십도 돌변하는 것이었다. 참다못한 김기경이 형을 불러 앉혀 놓곤 에둘러 고충을 털어놓다가 뜬금없이 물었다.

"형, 내 이름이 김기경, 맞지요?"

"애가 자다가 봉창 두드리나."

형이 어처구니없다는 듯 헛웃음을 쳤다.

"대답을 좀 해봐요. 내 이름이 개똥이도 아니고 쇠똥이도 아니고 김기경이 맞지요?"

"왜 멀쩡한 이름을 냅두고 더럽게 똥을 들먹이냐. 어느 놈이 널더러 김기경이 아니고 개똥이라 부르더냐?"

"그래요. 마을 사람들이 나더러 김기경이 대신 아무개 집 묘지기로 부르기에 하는 소리요."

김기경이 길게 한숨을 내쏟고 형 앞에서 신세타령을 늘어놓았다. 형이 집 없는 설움을 아느냐고, 거처할 집이 없어 남의 묘막에 들어가 살다 보니 친구들마저 묘지기로 부른다고, 묘막이 제아무리 구중궁궐 아방궁이라 해도 비 새고 다 쓰러져 가는 오두막일지언정 내 집이 최고가 아니겠냐고, 당장 마을로 내려와 묘지기란 이름 대신 김기경으로 살고 싶다고 하소연했다. 말이 나온 김에 하루라도 빨리 묘막에서 벗어날 수 있도록 도움을 달라 청하였다. 사실 도움이 아니라 의당 동생 몫을 계산해 달라는 요구를 예를 갖춰 에둘러 표현한 말이었다. 형은 의외로 선선히 응하고 다음 날 저녁 무렵 묘막으로 김기경을 찾아와 돈뭉치를 건네주었다. 하지만 그의 몫이랍시고 들고 온 돈이 집칸이나 장만할 돈으로는 가당치도 않은 금액이었다. 아무리 땅을 헐값에 처분했다 한들 시내 나가 집 서너 채 이상 살 돈은 너끈한 금액일 터인데 동생 몫으로 건네준 돈은 사글세 보증금으로도 부족한 액수였다. 낙심천만한 김기경은 서운한 감정을 숨길 수가 없었다. 이미 결혼해 각자 가정을 꾸린 상태였고 연로한 어머니가 산후더침으로 시름거리는 작은며느리의 구완을 하겠다고 찾아온 뒤 아예 눌러앉게 되면서 형은 어머니를 부양하는 짐까지 덜게 된 거였다. 이런저런 딱한 처지를 감안해 구석진 동네 내 집 한 칸이나마 구할 수 있게 선뜻 도움을 줄 수도 있으련만 형은 동생의 실낱같은 바람을 나 몰라라 외면해 버렸다. 게다가 한 번 성깔이 나면 낮술 취한 주정뱅이처럼 안하무인인 형수가 더 눈엣가시였다. 형제가 한자리에 모인 아버지 제삿날 작심한 듯 어머니가 큰아들을 향해 다그친 적이 있었다.

"대체 네 동생이 쓰다 버린 목두개비냐 내다 버린 무거리냐. 하나뿐인 동생이 지낼 집 한 칸이 없어 알거지 신세로 여기저기 기웃거리다가 겨우 남의 무덤 묘막 한 채 얻어 혼령들이랑 살고 있거늘 형 된 네가 언제까지 남의 집 불구경하듯 뒷짐만 지고 있을 거냐?"

그 말이 끝나기가 무섭게 옆에서 듣고 있던 형수가 상에 차려지던 제수 음식을 밀치고는 먹을 콩으로 알고 덤비난 식으로 대뜸 시어머니를 향해 언성을 높였다.

"어머님, 이 양반이 친척들 먹여 살리는 은행장이에요? 어머니가 언제 작은아들 필요하면 내주라고 큰아들한테 목돈 맡기신 적 있으세요? 우리 집이 돈 찍어내는 공장도 아니고 도깨비방망일 숨겨둔 것도 아닌데 왜 뜬금없이 이한테 손을 벌리세요."

이미 모지락스럽고 무람없는 큰며느리의 행실이 꼴사나워 병구완을 구실삼아 작은아들네 집으로 들어갔던 어머니는 눈을 부라리며 쏘아대는 며느리를 향해 시어미에게 무슨 말투가 그러냐며 노여워했지만, 그 말에 녹신하게 주저앉을 형수가 아니었다. 여기에 형은 간장 부은 음식에 소금을 뿌리듯 데퉁스러운 목소리로 오금까지 박았다.

"젠장헐. 내가 돈이 어딨수. 겨우 달팽이처럼 집 한 채 쓰고 있을 뿐인데 이 집이 그렇게도 탐이 나거든 기둥뿌릴 뽑아가든지 서까래를 뜯어가든지 맘대로 하시우."

오가는 말 한마디마다 비수였고 살 속 깊이 박히는 가시여서 늦은 밤 두렛상에 차려지던 제수 음식조차 거른 채 식구들이 쌩한 분위기로 헤어져야 했다. 그날 밤 형의 집을 나서 묘막까지 걸어오는 길에 어머니는 망할 놈의 새끼가 마누라 치마폭에 휘둘려 아예 당달봉사가 됐다고 한탄했다. 사실 형수보다도 형수의 말을 거들며 툭툭 내뱉는 형의 말투가 김기경에게는 더 큰 상처로 남았다.

 이런 멸시와 천대를 당하고도 비빌 언덕이라곤 유일한 혈육인 형밖에 없었다. 김기경은 아내의 병시중에 치여 더는 버티기가 어려웠다. 아내는 증세가 점점 심해져 병원을 내 집 안방 드나들 듯했고 이따금 품이나 팔아 연명하는 김기경으로선 매일 눈앞에 절벽이 막아선 듯 암울했다. 자고 일어나 일당벌이라도 할 요량으로 길을 나서면 내딛는 걸음이 천 길 낭떠러지 같았다.

 몇 날을 끙끙거리며 궁리한 끝에 김기경이 용단을 내렸다. 물에 빠져 허우적거리는 처지에 무얼 더 망설이겠는가. 살기 위해선 깃털이건 지푸라기건 팔을 뻗어 잡아보잔 생각에 마지막으로 형을 한 번 더 찾아가 무릎을 조아렸다. 된서리 맞은 쑥대처럼 풀죽은 목소리로 집안 형편을 털어놓고 애걸복걸 도움을 청하였는데 역시나 형 내외의 시선은 바늘을 찔러도 피 한 방울 나지 않을 만큼 차갑기만 했다. 안에 들이지도 않은 채 소 닭 보듯 데면데면하고 부부끼리 딴전을 부렸다. 그러거나 말거나 김기경은 형의 바짓가랑이를 붙잡고 늘어졌다. 고추밭에 가 농약을 치고 왔던지 형의 바짓가랑이에선 독한 제초제 냄새가 났다.

"마누라가 다 죽게 생겼수. 훗날 내가 반드시 벌어 갚겠으니 제발 병원비만이라도 좀 융통해 주시오."

김기경은 악착같이 매달렸다. 손을 씻기 위해 수돗가로 가는 형의 바짓가랑이를 무르팍이 까이도록 끌려가면서도 놓지 않았다.

"이놈아. 너 지금 흥부전 읽다 왔냐 놀부전 읽다 왔냐. 니 마누라 병들었음 비럭질을 하든 도적질을 하든 가장인 네가 책임질 일이지 왜 아닌 밤중에 홍두깨 내밀듯 엉뚱한 곳엘 찾아와 허접한 넋두리냐. 일 없다."

부창부수라고 옆에 있던 형수도 그냥 넘어가질 않았다.

"사지는 멀쩡해 가지고 젊은 나이에 뭐 할 일이 없어 걸핏하면 형한테 찾아와 손바닥을 비비시우. 형이 정주영이유, 이병철이유."

마음 같아선 형의 목덜미를 틀어쥐고 방 안에 뛰어들어 식구들 보는 앞에서 강도짓이라도 하고 싶었다. 하지만 어쩔 도리가 없었다. 갑자기 땅 판 돈으로 고래실 땅을 사둔 것도 아닐 터였다. 은행이든 장롱 속이든 어딘가에 뭉칫돈을 보관하고 있을 거란 사실은 하늘이 알고 땅이 알고 삼척동자라도 다 아는 사실이었다. 그러나 형은 막무가내였다. 시침을 뚝 따고는 다시는 눈앞에 얼씬도 말라고 등을 떠밀었다. 복장이 터지고 눈알이 뒤집힐 노릇이었다. 그렇다고 빚 받으러 온 사람처럼 안방 문을 벌컥 밀치고 들어가 방바닥에 드러누울 참도 아니고 그저 땅이 꺼져라, 한숨만 푹푹 내쏟다가 씁쓸히 발길을 돌릴 수밖에 없었다. 마지막 희망이라고 생각했는데, 희망이 꺼지자 김기경은 다리에 힘이 쑥 빠져나갔다. 한숨 소리만큼 절망도 깊었다.

돌아오다가 신세가 한스럽고 눈앞이 깜깜하여 더는 살아갈 용기도 이유도 없다고 생각한 그는 됫병 소주 한 병을 사 목구멍에 들이부으며 사람 발길 뜸한 방동리 안막을 찾아들었다. 금세 술기운이 전신을 휘감아 몸뚱이가 갈지자로 비척거리는 와중에 발길에 채이는 무언가가 있었다. 길을 가로질러 매끄럽게 뻗은 칡 줄기였다. 그는 주변을 두리번거리다가 주먹만 한 돌멩이 두 개를 주워 땅바닥으로 뻗은 칡 줄기를 끊으며 중얼거렸다.

ㅡ산신령님도 내 처지를 아시고 더 살아 무엇하냐고 이 세상 하직할 기회를 주시는구나.

남은 술병을 들어 벌컥벌컥 들이키다 길바닥에 내동댕이친 그는 끊어낸 칡덩굴을 질질 끌면서 가까운 곳에 영험한 자태로 서 있는 늙은 소나무를 향해 걸어갔다. 마지막으로 담배 한 대를 피워물고 늙은 어머니, 병 든 마누라, 어린 자식의 얼굴을 떠올리자니 뜨끈한 눈물 줄기가 볼을 타고 흘러내렸다. 남은 식구들이 불쌍하나 도리가 없었다. 못난 가장 때문에 식구들이 고생하는데 가장이 사라지면 산 사람은 어떻게든 살아가리라. 내가 죽어버리면 아무리 매정한 형이라지만 설마 두 조카 밥이야 굶기랴. 그래 죽자. 어차피 죽을 목숨 고생고생하다 죽느니 이참에 죽어버리자. 이승과 저승의 갈림길에서 죽음을 선택하고 결단을 내린 그는 벌써 혼령이 빠져나간 사람처럼 몸이 축 늘어졌다. 그의 머릿속엔 수많은 잡념, 일테면 삶에 대한 절박함이나 곤궁한 삶, 혼자 힘으로선 도저히 헤어날 길이 없는 역경, 외로움, 노여움, 원망, 증오, 설움 같은 이때껏 머릿속을 촘촘히 채우고 있던 시름들이 하얗게 지워져 갔다. 이제 이승에서 마지막 남은 하나의 갈망이 있다면 그것은 죽음이었고 지금껏 살아오는 동안 두렵게만 느껴지던 죽음이 마치 정다운 벗이라도 되는 양 친근하게 다가오고 있음을 알았다. 그는 다 태운 담배꽁초를 발바닥으로 비벼 끈 뒤 망설임 없이 굵은 서낭목을 오르기 시작했다. 한 아름도 훨씬 넘는 소나무여서 취중에 나무를 안고 오르기가 생각만큼 쉽지 않았다. 술기운도 술기운이려니와 두어 아름이나 되는 민틋한 나무밑동에서부터 팔을 뻗은 위치까지 무엇 하나 손에 잡히는 게 없었다. 김기경은 기다랗게 끊어놓았던 칡 줄기를 입에 물고 나무를 오르다가 거푸 미끄러지는 바람에 가슴팍이 소나무껍질에 쓸려 불에 덴 듯 얼얼했다. 그는 신고 있던 낡은 구두를 벗어 수풀 속에 휙 던져버리고 아등바등 애를 쓰고서야 겨우 손이 닿은 옹이까지 오를 수 있었다. 이제 마지막 남은 힘을 쏟아 멋들어지게 밖으로 굽어나간 나뭇가지에 칡을 단단히 묶고 올가미를 지어 목에 두르기만 하면 그만이었다. 그리고 이후에 벌어질 일은 생각해 무엇하랴. 나무에 오른 이상 주저하고 망설일 필요가 없었다. 목에 두를 올가미를 만들고 매듭을 묶기 위해 온몸에 힘을 주려는 순간, 술기운 탓이었을까, 서낭목을 욕보이려 한 대가였을까, 눈 깜짝할 사이에 그만 발을 헛디뎌 한 길이 넘는 나무 밑으로 쿵 떨어지고 말았다.

 김기경이 정신을 차렸을 땐 밤이 지나 벌써 날이 훤히 밝은 이른 새벽이었다. 이슬이 내린 데다 기온도 초여름 날씨치곤 서늘해 전신에 추위가 몰려왔다. 어느 순간 뒷머리와 엉치뼈에서 전해지는 미세한 통증을 느꼈다. 아직 술기운이 가시지 않아 정신이 혼미했지만 깨어나 누운 자세로 그는 하늘을 올려다보았다. 그러나 하늘은 한 조각도 보이지 않았다. 거대한 소나무 몸뚱이만 눈에 한가득 들어왔다. 소나무는 유독 푸르렀고 모든 가지와 잎새가 선명했다. 신기 있는 마을 사람 누군가로부터 서낭목이란 이름을 얻게 된 늙은 소나무는 옹이투성이에 굵고 자잘한 가지들이 신묘하게 엉기고 뒤틀려 있었다. 그럼에도 아래로 꺾이는가 싶다가 바로 서고 꼬이고 뒤틀리다가 민틋이 제 모양을 찾아가는 모양새가 정수리 끝까지 쭉 이어졌다. 밑동부터 허리춤까지 나선형으로 다닥다닥 붙어 있는 두툼한 겉껍질은 손에 검을 쥔 한파가 겨우내 망나니 춤을 추며 공격해 와도 기개가 꺾이기는커녕 더 꿋꿋이 기개를 뽐낼 것만 같았다. 마디 중간중간 혹처럼 불거진 옹이들도 그것이 상처의 흔적이라기보단 오랜 세월 축적된 삶의 지혜처럼 보였다. 하나씩만 보면 나약하게 보이는 나슬나슬한 잎새들 역시도 비바람이나 눈보라를 두려워하기보단 많이 시달릴수록 단단해진다는 사실을 증명해 주는 듯 결기가 곤두서있고 낱낱이 청청했다. 맨바닥에 누워 멍하니 소나무를 올려다보고 있던 김기경은 갑자기 머리숱이 쭈뼛 곤두섰다. 한순간 시야에 한가득 들어와 박히던 소나무 잔가지와 잎새에서 푸르고 흰 광채가 번득이는 걸 느꼈다. 자리에서 벌떡 일어나 앉은 김기경은 앞뒤 생각할 겨를도 없이 소나무 앞에 넙죽 엎드려 큰절을 올렸다. 거의 무의식 상태에서 눈 깜짝할 사이에 벌어진 일이었다. 갑자기 종아리가 채찍을 맞은 것처럼 후끈거렸고 가슴이 더워지면서 목덜미와 어깻죽지에서 울끈불끈 힘이 솟구쳤다. 나약함을 꾸짖으며 종아리에 매를 친 소나무가 넙죽 엎드린 그를 측은히 여기고는 꿋꿋한 기개와 의연한 결기를 몸 구석구석에 전달해 주는 느낌이었다. 이 짧은 순간 김기경은 오랜 수행 끝에 깨우침을 터득한 구도자처럼 몸이 가뿐해졌고 정신이 맑아 왔다. 간밤 소나무를 오르다 바닥으로 쿵 떨어지기는 했지만 엉덩잇살에 든 멍 자국을 빼면 특별히 다친 곳도 없는 듯했다. 그는 전날 자기의 목을 옭아매려고 끊어 놓았던 칡을 서낭나무 앞에 둘둘 말아 놓은 뒤 다시 태어나게 해준 고마운 마음을 담아 한 번 더 넙죽넙죽 두 번 큰절을 올렸다. 돌아서려니 맨발이었다. 그는 수풀 속에 휙 집어 던졌던 구두를 한 참 동안이나 뒤져 찾아 신은 뒤 서둘러 묘막으로 돌아왔다.

  이때부터 김기경의 인생이 전환점을 맞았다. 몇 해 뒤 노모가 세상을 떴고 아내 역시 시름시름 앓는 와중에도 딸아이 하나를 더 낳은 뒤 끝내 허약한 몸을 이겨내지 못하고 그의 곁을 떠나갔다. 그에겐 거듭된 시련이었지만 그때마다 그날 새벽 방동리 안막 죽음 문턱에서 보았던 서낭나무가 무시로 눈앞에 어른거렸다. 곳곳에 옹이가 박힌 소나무는 과거의 아린 상처가 훗날엔 되려 나무의 중심을 잡아주는 등골뼈 역할을 해내고 있었듯이 노모와 아내가 곁을 떠나며 입은 자신의 상처 역시 다 아물고 난 뒤엔 심신을 떠받치는 단단한 옹이가 되어 있을 거라 믿으며 꿋꿋이 버텨냈다. 핏기라곤 없이 차갑기만 하던 표정에선 모닥불을 쏘이는 듯 온기가 돌았고 그 작고 갸름한 눈동자에선 때론 광선 같은 불꽃이 일기도 했다. 발걸음도 바뀌었다. 남이 한두 걸음 걸을 때 그의 발걸음은 서너 걸음 이상 앞서갔다. 낡은 포터 한 대를 얻어 어린 두 딸을 태우고 다니며 진종일 고물을 수거해 내다 팔았다. 도지로 빌린 논밭에 농사도 지었다. 아이들이 자라 학교에 들어갈 즈음부터는 봄가을로 시험을 치러 산불진화대원 일을 시작했다. 이제 김기경은 예전의 그가 아니었다. 다른 사람들 보기에 저 사람이 예전 김기경이 맞냐 되물을 정도로 바뀐 건 목청이 커지고 입이 수다스러워진 점이었다. 그는 길을 지나다가 만나는 사람 특히 동네 어른들을 대할 때면 한 옥타브 목청을 높여 안녕하시냐, 어디 일 보러 가시냐 머리를 넙죽 조아리곤 건강해 보인다는 둥 영화배우처럼 옷차림이 맵시가 있다는 둥 너스레로 환심을 샀고 사람들은 그런 김기경을 천시하거나 고까워하지 않았다.

"자네 입에선 꿀이 흘러. 볼 때마다 달달한 소릴 들려주니 내 귀가 즐겁네."

서로 죽이 맞다 싶으면 월송리 뉘 집 소가 암송아지를 낳았고 방동리 누가 술에 취해 밤길을 걷다 봇도랑에 넘어져 이마가 까이고 금산리 뉘 집 맏아들이 이번에 박사가 되었고 서상리 누가 외지 사람에게 땅을 팔았고, 안보리 누구네는 텃밭에 감자 대신 고사리와 나물취를 심어 톡톡히 재미를 보았다고 한참 동안 잡담을 늘어놓은 뒤에야 다시 가던 길을 재촉하곤 했다. 김기경의 달라진 삶에 대해 마을 사람들의 태도 또한 호의적으로 바뀌었다. 애옥살이 삶을 벗겠다고 꼭두새벽에 일어나 농사일로 고물 줍는 일로 산불진화대원으로 어둠이 농익을 때까지 동분서주 뛰어다니는 모습이 마을 어른들 눈에 일견 대견함으로 비추어 감자 심고 난 뒤 밭에 버려진 골판지박스를 손수 모아주거나 마을 노인정에 나뒹구는 소주병과 잡다한 고물들을 챙겨두었다가 김기경이 지나갈 때 불러 포터에 실어주는 노고를 마다하지 않았다.

서면에 뿌리내리고 살아온 사람치고 산비탈 후미진 터나 얕은 개울가를 제외하면 대개의 주택과 마을이 배산임수 지형의 명당 터란 자부심을 갖지 않은 이가 없었다. 박람강기한 식자층은 물론이고 평생을 농사만 짓고 살아온 이도 좌청룡이 어떻고 우백호가 어떻고 북현무 남주작에 산세, 지세, 수세를 논하다가 그중 방동리 신 장군 묘지가 으뜸이라 명토 박고 다음으로 금산초등학교를 꼽는 것이었다. 여기에 학교 주변 마을인 금산리부터 월송리, 신매리, 서상리, 방동리 일대가 명당의 기운이 서렸는데 호수 건너 춘천 심장부인 봉의산이 안위해 주고 그 너머 동으로 마적산, 남으로 대룡산과 금병산, 서편에 명산 삼악산이, 북에선 계관산, 가덕산, 북배산의 산세가 마을의 길흉화복을 두루 주관해 준다고 믿었다. 더하여 대룡산에서 솟은 기운찬 아침 햇살이 우주의 기운을 몰고 와 매일 쏘여준다고도 믿었다. 그 총기를 받은 아이들이 학문의 이치를 쉬 깨우쳐 도시로 나가 훗날 입신양명으로 금의환향하리란 믿음 역시 확고했다. 마을 사람들의 기대대로 누구누구 집 아이가 타지로 유학을 떠나가 이름이 기억에서 가물가물 지워질 즈음 어느 날 복지센터 입구나 통행이 잦은 길목엔 누구누구 집 자식이 박사학위를 취득했다는 축하 현수막이 팔락팔락 나부끼는 것이었다.

하지만 제아무리 동네 이름이 박사마을이고 천하의 명당이라 해도 누구나 다 총기가 서려 학문에 심취하고 나아가 양명의 길을 걷게 될 수는 없는 노릇이었다. 몇 집 건너 한 집씩 박사가 배출되어 마을과 출신학교의 이름을 빛낸다지만 그 몇 집 축에 들지 못하는 아이들은 타관 아이들과 크게 다를 바가 없었다. 아무리 좋은 대학을 나왔어도 모두가 교수에 의사에 판검사가 되는 건 아니었다. 회사원으로 공무원으로 장사꾼으로 농사꾼으로 일하거나 어느 집 자식은 귀향해 소를 기르고 혹은 실직해 집에 와 빈둥거리거나 젊은 나이에 주정뱅이가 되어 이른 아침부터 행인과 시비가 붙는 경우도 종종 있게 마련이었다. 우주의 기운이 서렸다는 대룡산에서 넘어온 아침 햇살을 이마에 쏘이고 자랐어도 똑같이 여섯 해 동안 개근하며 명당 터로 알려진 금산초등학교 교문을 들락거렸어도 어떤 이유에선지 제각기 다른 인생을 걷게 되는 거였다.

산불진화대원 김기경 역시 몇 집 건너 한 명씩 배출되는 박사 축에 들지 못한 금산초등학교 출신자 중 한 명이기도 했다. 물론 그의 동기 중에도 면사무소 앞 큰길가에 박사학위 취득을 알리는 축하 현수막의 주인공이 된 친구도 있기는 했지만, 시청이나 도청 공무원이 된 친구, 장사로 제법 큰 돈을 벌어 춘천에 건물 몇 채를 소유한 친구, 교사나 직업군인이 된 친구, 아예 소식이 끊긴 친구도 있었고 심지어 병을 앓다가 혹은 교통사고를 당해 이미 죽은 친구도 손에 꼽을 정도였다.

김기경의 가정환경이 친구들보다 썩 좋지 않았단 사실은 굳이 설명할 필요도 없을 것이다. 그의 어머니는 서른다섯 되던 해 청상과부가 되어 올망졸망 남은 어린 자식들을 홀로 돌봐야 했다. 눈뜨면 하늘이 무너진 듯 아뜩하고 눈감으면 땅이 꺼진 듯 허허로워 채 하루도 버티지 못하고 주저앉았을 테지만 그의 어머니는 무너지지 않았다. 누구 앞에서 팔자타령, 신세타령이나 늘어놓을 만큼 한가한 적이 없었고 그럴 겨를도 없었다. 돌아서서 한숨 짓고 숱하게 눈물을 쏟았을지 몰라도 자식들 앞에 서만큼은 한순간도 나약한 모습을 보이지 않았다.

어느 날부터인가 김기경은 어머니가 수레를 끌고 청과물 도매시장에 가 사과를 떼다 시장에 내다 파는 모습을 목격하게 되었다. 그런 어머니가 애처로워 보여 뒤에서 수레를 밀고 어머니를 따라다녔다. 노점 곁에 쭈그리고 앉아 어머니의 사과가 다 팔릴 때까지 기다리는 수고도 마다하지 않았다. 간혹 시장바닥에 솔솔 솟구치는 사과향기는 연필 깎을 때 풍기는 흑연 냄새보다 좋았고 사람들이 번잡하게 오가는 왁자한 장바닥이 교실보다 배울 게 많다고 느껴졌다. 군대에 다녀온 김기경이 어릴 적 어머니를 따라다니며 얼치기로 배운 장사 기술을 믿고 덜컥 과일 도매상을 열었다가 몇 해를 못 버티고 거덜이 나고 말았는데 훗날 묘막살이 신세로 전락한 이유도 여기에 있었다.

어쨌든 김기경은 박사마을에 살면서도 자신이 박사가 되지 못한 현실을 비관하거나 어머니가 사과향기에 취한 자신을 왜 학교에 끌고 가 학문에 심취하도록 이끌지 못했을까 원망하지도 않았다. 높은 나무에 오른 자가 아래를 내려다보는 재미처럼 스스로 오르지 않고 밑에서 높이 오른 자의 아찔한 모습을 지켜보는 재미도 나름 쏠쏠했기 때문이다.

새벽부터 이 마을 저 마을을 돌며 포터 짐칸에 골판지박스며 책, 고철 등 잡다한 고물을 가득 채워 온 김기경은 집에 가 두 딸과 서둘러 아침밥을 먹고 아홉 시가 되기 전 마을 복지회관 1층에 있는 진화대 사무실로 출근했다.

대원들은 벌써 출근해 차를 마시며 TV를 시청하고 있었다. 대원들의 이목이 쏠린 TV 화면에는 기자가 동해안 산불 현장에 직접 나가 불길에 휩싸인 주택을 조명하고 있었다. 잿더미로 폭삭 내려앉은 주택에선 채 꺼지지 않은 불길이 연기와 함께 타오르고 있었고 학교로 대피한 피해지역 주민들은 울먹이며 기자의 인터뷰에 겨우 답하고 있었다.

"어떤 정신 나간 사람이 토치를 들고 산에 가 불을 질렀대요. 동네 사람들이 저를 무시한다고 홧김에 불을 질렀다는데 용의자 모친이 아들이 지른 불을 피하려고 급히 뛰어가다 넘어져 죽었다네요."

뉴스를 보던 금산리 박두선이 어처구니없다는 듯 볼멘소리를 내뱉고는 피식 웃었다. 그중 최고 연장자인 안달수 씨가 화면에서 걱정스러운 눈빛을 거두지 못한 채 대꾸했다.

"벨 미친놈이 다 있네. 화딱지 난다구 승질머리 참지 못하구 너나 나나 불을 싸지르면 세상에 산이고 집이고 남아날 게 하나나 있을까. 가뜩이나 울진산불로 나라가 어수선한 판에 동해까지 저 난리니 참 큰일일세."

"그나저나 저기 투입된 진화대원들 불 꺼질 때까지 생고생하게 생겼네요."

"저렇게 성난 산불을 진화대원이 뭔 재주로 끄겠어. 그깟 등짐펌프나 달랑 메고 산에 올라가봤자 계란으로 바위 치기지."

안달수 씨가 남의 일 같지 않다는 투로 혀를 찼다. 그럴만했다. TV 화면 속 산불은 강풍이 몰아칠 때마다 포탄이 날아와 터지듯 덩치 큰 불덩이가 이 산에서 저 산으로 거침없이 옮겨 다니며 세를 키우고 있었다. 재래식 장비에 의존한 채 초대형 산불 현장에 투입된 진화대원들이 고군분투하고 있었지만 누가 봐도 역부족이었다. 어차피 헬기를 동원하거나 비가 내려야 주불이 잡힐 모양이었다.

"진화대원 하루 일당이 얼마인지 국회의원들이 알기나 할까요?"

정치인들이 앞다투어 화재 현장을 방문하자 박두선이 불쑥 물었다.

"매일 티격태격 쌈박질이나 할 줄 알지 저깟 놈들이 우리가 최저임금 받고 일한다는 사실을 개뿔이나 뭘 알겠어. 지금도 봐. 산불 현장에 가 피해자들 잔뜩 모아놓구 사진이나 찍으며 쇼하구 자빠졌잖아."

안달수 씨가 오만상을 찌푸리며 투덜거렸다.

반장 김기경도 가만히 앉아만 있지 않았다.

"그나저나 여기도 걱정이네요. 바람이 아침부터 예사롭지 않고 최근 몇 해 동안은 그럭저럭 산불이 없어 편안했는데 올봄엔 춘천에서 규모는 작아도 벌써 서너 차례나 산불이 발생했잖아요. 우리 서면에도 예전 한 해 일곱 차례나 산불이 발생할 정도로 산불 발생 빈도가 잦은 지역이라 대원님들 모두 바짝 긴장하셔야 합니다. 진화차로 대민홍보 나가시다 혹시 산과 인접한 곳에서 불법으로 소각하는 현장이 목격되면 이웃이라고 절대 봐주지 마시고 즉석에서 사진 찍고 적발보고서를 작성해 올리세요."

"매일 진화대가 동네 드나들며 소각하지 말라고 나팔을 불고 댕기는데도 개중에는 뭔 똥배짱인지 겁도 없이 산 밑에서 소각하는 사람이 더러 있더구먼. 그런 사람은 달려가 주의를 주면 되려 큰소리치고 적발보고서 작성할 땐 배를 째란 듯 똥배짱을 부리더구먼."

"그럴 땐 절대 싸우지 마시고 112에 신고를 하세요."

김기경과 다른 조에 속하는 안달수 씨가 고개를 주억거렸다. 김기경이 속한 1조는 오전 진화차를 타고 금산리, 서상리, 신매리, 월송리, 오월리 등을 돌며 홍보 활동에 나서고 2조는 산불 발생 시 즉각 현장에 출동할 수 있는 대기조로 자리를 지키게 되었다. 오후엔 2조가 진화차에 올라 방동리, 현암리, 덕두원리, 당림리, 안보리 일대를 돌고 1조는 대기조로 남아 사무실을 지키게 되었다.

이날 오전엔 반장인 김기경이 진화차를 몰고 주민홍보에 나섰다. 소방대원과 흡사한 진화대 복장 차림의 1조 대원들은 총 다섯이었다. 앞 좌석엔 운전하는 김기경이 탔고 조수석엔 박두선이 뒷좌석엔 윤정구와 두 명의 대원이 탔다. 김기경은 주로 운전에 집중했고 나머지 대원들은 밖을 내다보다가 누가 어디에서 불을 놓는지, 어디서 연기가 솟구치는지를 차창 너머로 주시했다.

봄엔 비닐 덮인 밭이랑 속에서 주먹 덩이만 한 햇감자들이 여물고 가을엔 한 아름씩 자라난 배추포기들이 행여 속살이 보일세라 서둘러 가슴 여미기에 바빴던 널찍널찍한 들판은 아직 이른 봄이라 황량했다. 매년 감자꽃이 피고 배춧잎이 이랑을 덮던 농협 앞 들판을 지나는데 조수석에 타고 있던 박두선이 입을 열었다.

"만두 파먹고 오곡밥 파먹었으니 이제 서면 농사꾼들은 기지개 켜고 밭에 나올 시기네요."

그의 말대로 밭 언저리나 텃밭을 낀 농가 주변엔 얼마 전 이장에게 신청했던 퇴비들이 트럭에 실려 와 몇 더미씩 쌓여 있었다. 들판이 겉보기엔 황량했지만 알게 모르게 한 해 농사가 시작되고 있는 시기였다. 박두선보다 연배가 낮은 윤정구가 맞받았다.

"형, 저기 허수네 밭에 허수 아버지가 나와 새 쫓고 있네요. 비쩍 말라 갈비뼈만 앙상한 걸 보니 만두는커녕 몇 달 내내 굶고 있나 보우. 형이 모셔다 주안상이라도 차려놓고 잘 대접해 주시우."

윤정구의 눈길이 머문 곳은 빈 밭 모퉁이에 금방 쓰러질 듯 기울어 있는 허수아비였다. 마을 선후배이면서도 여러 해 동안 진화대원 일을 해와 넉살로나 이죽거리는 말투로나 둘은 죽이 잘 맞았다. 듣고만 있을 박두선이 아니었다. 콩이라고 하면 팥이라 하고 장군 하면 멍군하는 식이었다.

"네가 모셔다 하룻밤 재워드리고 잘 대접해라. 혹시 누가 아니. 감복한 신령님이 잠결에 로또 당첨번호라도 찍어주실지."

"난 평생 수절하신 홀어머니가 계시는데 어찌 자식 된 도리로 허수네 아버질 방에 들이겠수. 형이야말로 혼자 사는 처지니 모셔다 주안상 차려놓고 주거니 받거니 하면서 의형제를 맺든 수양아버지를 삼든지 하시구랴."

운전석에서 두 대원의 농짓거릴 듣고 있던 김기경이 딱하다는 듯 가로막고 나섰다.

"같은 값이면 농 한 마딜 지껄여도 박사마을 품격에 맞게 떠들어라. 나이 쉰 안팎 먹었건만 뭔 사람들 입이 그렇게 유치해."

"기경이 형이 이해하슈, 쟤 정구는 나이가 마흔 넘도록 아직 장가를 못 간 아이라서 철이 없고 나는 애당초 박사마을 돌연변이 아니오."

"운전하는 사람 정신 사납게 자꾸 말대꾸하지 말고 뉘 집 노인네가 논밭에 나와 소각하는지, 어디서 연기 솟구치는지나 찬찬히 내다봐."

박두선은 반장 김기경의 제지에 무어라 한 마디 더할 것처럼 입술에 침을 바르다가는 금방 체념하고 홍보 방송이 낭랑하게 울려 퍼지는 창밖으로 시선을 옮겼다. 전국 곳곳에서 산불로 난리를 겪는데 어떤 정신 나간 사람이 이 비상시국에 불을 피우겠냐, 그런 불평이 담긴 시선이었다.

대원들을 태운 진화차는 골짜기가 깊은 툇골에 진입해 저수지 상류까지 돌았다. 몇 해 전 마을 노인이 밭두렁을 태우다 산불로 번지는 바람에 시와 면 진화대가 총출동해 난리를 겪었던 곳이기도 했다. 몇 굽이나 돌아 툇골을 빠져나오기 직전 두어 곳에서 희뿌연 연기가 목격되었다. 대원들이 바짝 긴장해 현장을 찾아가자 두 곳 모두 농가주택 화목보일러 연통에서 쏟아져 나오는 연기였다.

진화차는 차량 두 대가 겨우 교차하는 툇골 진입도로를 빠져나왔다. 골짜기를 벗어나자마자 반듯반듯하게 경지정리가 된 널따란 논배미들이 눈앞에 펼쳐졌다. 마을 이름에서 언뜻 달과 소나무가 떠오르는 월송리 마을이었다. 마을 뒷산엔 이름과 어울리게 사철 푸른 소나무가 숲을 이루고 있어 대원들이 늘 경계하는 곳이었다.

진화차가 월송리로 막 들어설 즈음 도로 맞은편에서 진청색 포터 한 대가 쏜살같이 달려오는 게 보였다. 김기경이 운전하는 진화차를 분명 확인했을 터인데도 포터는 뽀얀 먼지를 일으키며 휙 지나쳐 갔다. 김기경은 방금 옆을 스쳐 지나간 포터가 누구 차인지, 운전자가 누구인지 단박에 알 수 있었다. 형 김기억이 조수석에 형수를 태우고 지나갔던 것이다. 동생이 진화차를 운전하고 있다는 소문을 분명 들었을 터이고 지나치는 과정에서 차창으로 붉은 진화복을 걸친 동생의 옆모습을 보았을 터인데도 형은 경적 한 번 울리지 않은 채 그냥 휙 지나치는 것이었다. 김기경도 애써 무시하고 모른 체 했다. 박두선이 김기경의 형 김기억이 사라지는 포터를 돌아보며 물었다.
"형, 지금 지나간 차가 기억이 형님 차 같은데 맞지요?"
김기경이 고개를 끄덕였다.
"맞아. 두 내외가 인삼밭 보러 가는 모양이다."
박두선은 형제끼리 길거리에서 만나도 알은체하지 않고 지나치는 게 좀 이상해하는 눈치였지만 이미 두 형제간 서먹해진 사이를 잘 알고 있는 터여서 더 묻고 싶어도 짐짓 무심한 척했다.
과거 남보다 못한 관계로 악화되었던 김기경과 형 김기억의 관계도 다소간 회복되지 않았을까 추측할 수도 있겠지만 사실은 그렇지 못했다. 서낭목 옹이 안에 핏덩이같이 검붉은 관솔덩이가 숨어 있듯 김기경이 형으로부터 받았던 아린 상처는 여전히 가슴팍에 커다란 응어리로 남아 있었다.
어느덧 김기경의 살림도 형편이 피어 어디에 가 손 내밀지 않아도 될 즈음 설상가상 형제간 사이가 더 버그러지게 된 결정적 사건이 터졌다. 아침부터 추적추적 비가 내리는 날은 그에게 하루쯤 쉬라고 하늘이 주는 선물과도 같은 휴일이었다. 그의 일상이 일 년 삼백육십오일 늘 활력이 넘치는 것만은 아니었다. 아무리 강골로 변했다지만 그도 사람이었다. 궂은날엔 날씨만큼이나 그의 마음도 울적해지곤 했다. 죽은 아내의 얼굴이 어른거렸고 한평생 고생고생하다 저승길로 떠나간 어머니의 얼굴도 떠오르게 마련이었다. 비 오는 날 그 울적한 기분을 소주 두어 병으로 실어 보내려는데 얼굴에 도연히 술기운이 돌자 피붙이 형이 그때 도움을 주기만 했어도 어머니와 아내가 현대 의학 도움을 받아 쉬 세상을 떠나진 않았을 거란 생각이 들었다. 그건 형을 원망하면서 그동안 수도 없이 떠오르던 울분이기도 했다. 그러나 이날은 노여움이 머리끝까지 치밀어 홀로 삭이기가 힘겨웠다. 날이 어두워 아이들이 저녁잠에 빠져든 시각 그는 포터를 몰고 형의 집으로 향했다. 막 저녁상을 물리고 드라마를 보기 위해 거실 소파에 앉았던 형 내외는 불식간에 들이닥친 김기경이 반가울 리 없었다. 야심한 밤에 웬 행차냐고 퉁명스레 묻고는 내내 데면데면했다. 흔한 커피 한 잔 내줄 기미도 없이 소파에 앉아 TV 화면에만 정신을 팔았다.

"팔자 좋은 김기억 씨!"

미간을 찌푸리며 김기경이 삐딱한 시비조로 형의 이름을 불러제꼈다. 검불에 불붙듯 하는 괄괄한 성깔의 형이 가만 듣고만 있을 리 없었다.

"뭐라고? 김기억 씨? 이놈이 갑자기 어디 가서 말 **뼈다귀**를 핥다가 왔나, 김기억이 동네 강아지 이름인 줄 아냐? 어디다 대고 감히 김기억 씨야."

"당신 이름이 김기억 씨 아냐? 그럼 김기똥인가 김오줌인가."

"이런 빌어먹을 새끼. 몇 해 묘막살이를 하더니 갑자기 머리통에 귀신에 씌었나 보구나. 왜 별안간 불쑥 나타나 용천지랄이냐."

"흥, 명색 장남이란 자가 어머닐 남의 무덤 묘막에서 돌아가시게 해놓구선 뭘 잘했다고 꺼드럭거리시나. 족제비도 낯짝이 있다고 동네 창피한 줄 아셔야지."

"이 새끼가 술에 취한 거야, 미친 거야. 미쳤으면 정신병원엘 가야지 어딜 남의 집에 겨들어 와 패악질이냐."

"패악질 좋아하시네. 동기간도 모르고 형제도 모르고 제 어미도 모르는 후레자식이 패악질을 했으면 했지. 누가 패악질했다고 되려 큰소리야. 어머니 돌아가신 뒤 장마철 되면 정수리에 벼락 떨어지지는 않을까 두렵지 않습디까?"

형 김기억이 자리에서 벌떡 일어나 김기경의 멱살을 잡아 흔들었다. 깡마른 체구에 취기가 어지간히 오른 몸이라 형이 멱살을 잡아 뒤로 밀치면 거실 벽면에 뒤통수가 닿을락 말락 했고 앞으로 당기면 햇볕에 그을린 까무잡잡한 김기경의 이마가 맥없이 형의 코앞까지 끌려오곤 했다. 김기경은 힘으로야 형을 당해낼 재간이 없어 아예 몸 가누기를 포기한 채 입과 눈빛으로만 맞장구쳤다.

"혼자 잘 먹고 잘살다 보니 힘이 항우장사가 되셨네. 어디 맘대로 해보슈. 그 몰인정한 수전노, 자린고비께 또 돈 빌려달라고 아쉬운 소리 좀 해볼까? 아이고! 더럽고 치사하고 아니꼬와

차라리 오줌통에서 허기 끄려다 똥통에 빠져 죽을지언정 당신한테 두 번 다시 손 내밀 일은 없을 거요."

"그거 듣던 중 반가운 소리다. 몇 년 동안 고물 주우러 다니더니 이제 배때기가 기름이 꼈나 보구나. 배때기 든든하면 됐지, 뭐가 또 아쉬워 술 처먹고 오밤중에 남의 집 겨들어와 게걸게걸 주정질이냐. 혹 우리 집에 고물이라도 훔치러 온 거냐?"

"부모 형제 나 몰라라 방치하고도 방구깨나 뀌며 사는 김기억 씨가 얼마나 잘 사는지 내 두 눈으로 확인하러 왔수. 신수가 여전하시네. 피붙이가 수년 만에 찾아와도 맹물 한 잔 건네는 건 고사하고 닭 모가지 비틀듯 멱살이나 잡고 흔들다니. 이러고도 당신이 사람이야? 어디 그 잘난 힘으로 개 패듯 두들겨 패든지 보리타작하듯 메쳐 죽이든지 맘대로 해보슈."

여기까진 그래도 좋았다. 오만상을 찌푸린 채 두 눈을 모들뜨고 소파에 앉았던 형수가 발끈해 바닥에서 몸을 일으키고는 김기경 앞으로 바짝 다가와 콧구멍에 손가락이라도 쑤셔 넣을 듯 상앗대질하며 대들었다.

"이게 보자 보자 하니까 안하무인이 따로 없네. 니가 형에게 뭘 해준 게 그리 많아 평생 따라다니며 괴롭혀. 술 처먹었으면 곱게 집에 겨들어가 네 활개 뻗구 자빠져 잠이나 잘 것이지, 어디 지랄할 곳이 없어 형 집에 와 뗑깡질이야."

형의 멱살잡이에 끌려다니다 몸에 힘이 쭉 빠진 김기경은 형수의 앙칼진 목소리가 들려오자 술이 확 깰 정도로 정신이 들었다. 게다가 삿대질로 날아오는 형수의 손가락이 쏠 듯 날아오는 벌 같았다. 김기경은 술기운에 더 오기가 발동했다.

"누가 내 형이고 누가 내 형수인데. 당신들이 형 자격 형수 자격이 있다고? 아이고 지나가던 소가 웃을 일이요. 부창부수라고 두 사람 어쩜 그렇게 찰떡궁합이고 천생연분일까. 엑기, 여보시우. 내가 장담하건대. 이다음 당신들 자식들한테 버림받고 천벌 받을 거유. 왜냐고? 인간사는 다 인과응보 아니요. 당신들이 부모 형제 대하는 교육을 애들한테 몸소 실천했으니 자식들이 보고 듣고 배운 그대로 따라 할 것 아니요. 그러니 김기억 씨 내외 노후가 과연 평안하시고 행복하실까?"

퍼붓는 악담에 화가 뻗친 형이 김기경을 소파에 밀치고는 오른쪽 뺨을 후려갈겼다. 그러고도 분이 풀리지 않아 다시 멱살을 틀어쥐고는 김기경의 몸을 질질 끌고 밖으로 나갔다. 악담을 듣고만 있을 형수도 아니었다. 되로 받고 말로 갚아주겠다는 듯 악을 썼고 당장 까무러치기라도 할 듯 번주그레 상기된 입술을 파르르 떨었다.

"저게 무슨 동생이야. 애초부터 의절하고 사갈시하길 정말 잘했지. 저걸 혈육이랍시고 보살폈더라면 은공을 웬수로 갚았을 종자였지."

대문 밖으로 끌려 나와 내팽개쳐진 김기경은 겨우 몸을 추스른 뒤 타고 왔던 포터에 올랐다. 막 시동키를 돌리려니까 아직 화를 참지 못해 숨을 할딱이고 있던 형수가 바짝 차 운전석까지 다가와 소리쳤다.

"너 지금 음주운전 하려는 거 맞지? 잘됐다. 내가 경찰에 신고할 테니 면허 취소되면 내일부터 고물 줍는 일 다 한 줄 알아라."

이때 김기경이 차에서 내려 집까지 걸어만 갔어도 더 큰 사달이 벌어지진 않았을 일이었다. 여자의 악담엔 오뉴월에도 서리가 내린다고 했던가, 술기운에 오기까지 겹쳐 몰강스럽게 내지르는 형수의 악담을 그만 까맣게 잊고 말았다. 아예 액셀러레이터를 밟고 형의 집을 나서기 전 한마디 더했다.

"생전에 어머니가 하신 말이 있수. 내 눈에 흙 들어가도 느성 앞에 가 아쉬운 소리 말거라. 그놈은 바늘로 찔러도 피 한 방울 안 나올 인정머리라곤 새 오줌만큼도 없는 도척 같은 놈이다. 성이란 생각은 아예 개나 줘버려라, 이렇게 말이우. 오늘 의절하고 사갈시하길 잘했단 얘길 듣고 나니 어머니 말씀이 귀에 쏙 들어오우. 김기억 씨. 내가 다른 건 몰라도 어머니 생전 부탁은 꼭 들어드릴 테니 두 내외 잘 먹고 잘살다 가시우."

그렇게 씨불이곤 차를 몰아 집으로 향하는데 채 5분이나 지났을까, 차 앞 도로에서 불빛이 번쩍거렸고 그제야 아뿔싸! 정신을 차리고 보니 이미 엎질러진 물이요 깨진 독이었다. 지서에서 순찰차를 몰고 온 경찰 둘이 그의 포터를 가로막고는 음주측정기를 차창 안에 불쑥 들이밀었다.

면허취소에 적잖은 벌금까지 납부하고도 이듬해 연말 생계형

사면을 받기 전까지 김기경은 근 1년 동안 고물 줍는 일을 중단해야 했다. 어쨌거나 그 일이 있고부터 김기경과 형의 관계가 더는 좋아질 수 없게 되었다.

김기경이 운전대를 잡은 진화차가 홍보 음향을 내뿜으며 월송리 저수지 쪽으로 들어섰다. 월송리는 춘천 시내가 한눈에 다 들어올 정도로 사방이 탁 트인 마을이다. 널찍한 농지 한가운데 물을 가득 채운 저수지에선 때마침 봄 햇살을 반기는 윤슬이 은하수처럼 반짝이고 있었다. 저수지에 천연기념물 수달이 살고 있다는 현수막이 몇 계절이나 비바람에 시달렸던지 거뭇거뭇 때가 끼고 나무에 매인 끈이 늘어나 허리춤이 축 처진 채 걸려 있는 게 보였다. 마을 중심도로이긴 해도 행여 버스라도 나타나면 그중 넓은 노변 공간을 찾아 길을 비켜줘야 겨우 지나치는 좁다란 도로였다. 어느 곳에나 들판 끝에는 병풍처럼 마을을 에두른 산이 자그마한 골짜기와 집 몇 채씩은 거느리고 있게 마련이다. 월송리 마을 등 뒤에도 수풀 우거진 산이 끝모르게 이어져 있어 산불 발생 위험이 늘 도사리고 있었다. 간간이 마을 사람 중 누군가가 집 밖에서 쓰레기를 소각한다는 신고가 들어와 몇 차례 출동한 적이 있었던 마을이기도 했다.

집 몇 채를 품은 골짜기로 진입하기 위해 막 핸들을 꺾으려는 찰나였다. 골짜기 어귀에서 바람결에 따라 허공으로 날아오르는 흰 연기 꼬리가 보였다. 박두선이 먼저 보고 손가락을 가리키며 투덜거렸다.

"누군지 제정신이 아니구만. 지금 때가 어느 땐데 어느 미치광이가 산 밑에서 소각을 하냐구."

박두선의 시선을 향해 윤종구의 눈길도 따라갔다.

"형. 저런 사람들이 있어야 우리 산불진화대가 밥값을 하는 거유."

"제발 좀 답답한 소리 그만 해라. 속담에 누울 곳 봐가며 발을 뻗으란 얘기도 있잖니. 요즘 테레비만 켜면 산불 얘긴데, 어쩜 세상 물정을 몰라도 저렇게 모를까."

"그렇긴 하네요."

세상에 무감각한 누군가가 주택 뒤 텃밭에서 마늘가리를 모아 태우는 모양이었다. 황소 혓바닥만 한 불꽃 몇 점이 차 안에서도 빤히 내다보였다. 그나마 바람은 호수 쪽 금산리나 서상리, 신매리 쪽보다는 훨씬 잠잠했다.

박두선이 운전석 우측에 장치된 경고 스위치를 눌렀다. 진화차 머리맡에서 금방 경고등이 번쩍거렸고 조용했던 골짜기에 삐용삐용 경고음이 울려 퍼졌다. 소각 현장에 도착하자 김기경은 적발 보고서를 챙겼고 뒷좌석에 앉았던 다른 대원 하나가 현장 촬영을 위해 안주머니에서 휴대전화를 꺼내 들었다. 박두선과 윤정구는 진화차 위에 올라 물이 담긴 등짐펌프 두 개를 꺼내 하나씩 어깨에 멨다. 현장에는 50대로 보이는 건장한 체구의 사내가 경고음이 울리거나 말거나 관심도 없다는 듯 집안에서 내온 쓰레기와 밭 주변에 무더기로 쌓였던 나뭇개비들을 한 아름씩 안아다 불을 놓고 있었다. 텃밭엔 지난봄에 심어 가꾼 포도나무 몇 그루와 동해를 입어 마른 삭정이를 달고 있는 감나무 몇 그루, 마디에 가시가 솟은 꾸지뽕나무 서너 그루가 가느다란 그림자를 세운 채 봄볕을 쏘이고 있었다. 밭과 경계를 이룬 둑에는 지난해 늙은 개복숭아와 뽕나무를 가지치기해 쌓아둔 삭정이가 어지럽게 흩어져 있었다. 밭둑과 산이 접해 있는 곳이라 자칫 강풍이라도 몰아쳐 옮겨붙는 날엔 금방 대형산불로 번질 여지가 충분했다.

 50보쯤 떨어진 진화차량에서 연신 경고음이 울리고 붉은 진화복을 걸친 대원들이 다섯이나 우르르 몰려갔지만 사내는 눈 하나 꿈쩍 않고 하던 일을 계속했다. 소각 중에 대원들이 현장으로 달려가면 불을 놓은 사람은 겁에 질려 잠시 어찌할 바를 모르고 쩔쩔매다가 부랴부랴 수돗가에서 받아온 물을 끼얹으며 불 끄는 시늉이라도 하게 마련이었다. 그에 비하면 이 사내는 현실감각이 좀 떨어져 산불의 위험성을 전혀 인식하지 못하고 있거나 짐짓 무심한 척 대원들을 외면하는 눈치가 분명했다. 김기경이 사내에게 다가가 한심하다는 듯 물었다.

 "사장님, 요즘 뉴스 안 보세요? 지금 영동지방이 대형산불로 난리인 거 잘 아실 텐데 이거 너무하시는 거 아닌가요?"

 혹 낯이 익은 사람은 아닐까 싶어 김기경이 사내 가까이 다가가 얼굴을 흘끔 바라봤다. 서면 토박이는 분명 아니었다. 이

마을에 김기경이 모르는 사람이라면 그건 최근 외지에서 굴러들어온 어중이떠중이 중 하나가 확실했다. 외지에서 들어온 사람이 아니라면 오늘은 이 동네 내일은 저 동네, 마을 구석구석을 샅샅이 누비며 고물을 줍는 그를 몰라볼 사람이 거의 없었기 때문이다. 이 낯선 사람, 게다가 첫인상도 구순한 기색이라곤 찾아볼 수 없는 키만 껑충한 사내가 소각 현장에서만큼은 토박이를 대할 때보단 부담이 적었다. 뻔히 아는 처지에 산림보호법 조항을 들이밀며 불법 소각행위로 이웃에게 과태료를 물게 할 때 느끼곤 했던 사사로운 감정에서 좀 더 자유로웠기 때문이었다.

사내는 앞에 다가와 선 김기경의 얼굴을 본 둥 만 둥 하고 뉘 집 개가 짖었냐는 식으로 딴전을 피웠다. 집 뒤란에 너절하게 쌓여 있던 고춧대까지 안아다 불더미 위에 넝큼 얹는 것이었다. 갑자기 바람이라도 몰아쳐 불길이 산으로 옮겨붙기라도 하는 날엔 월송리를 품고 있는 뒷산이 잿더미로 변하는 건 예견된 사실이요 불문가지였다.

불길이 순식간에 부풀어 올랐다. 불길이 한 길도 넘게 치솟고 뭉글뭉글 솟구치는 연기도 하늘 높이 치솟았다. 진화대원들이 더는 멀뚱히 지켜만 보고 있을 상황이 아니었다. 김기경이 소리쳤다.

"정구, 두선이 너희들 불구경 왔냐? 얼른 등짐펌프 메고 와 불부터 끄라고."

함께 온 대원들이 일사불란하게 행동을 개시했다. 한 사람은 소각 현장을 문서로 입증하기 위해 연신 휴대폰을 들이대며 사진을 찍었고 한 명은 갈퀴를 들고 현장으로 달려왔다. 두 명은 메고 온 등짐펌프의 손잡이를 위아래로 작동시켜 불더미 위에 물줄기를 쏟아부었다. 수동식 펌프인 까닭에 분사력이 신통치 않고 채운 물의 양도 겨우 20리터여서 초기 진화에나 사용하는 재래식 장비였다. 밭둑을 가득 채웠던 검불과 삭정이, 마른 고추 섶 위로 활활 타들어 가던 불길 위에 물줄기가 쏟아지자 불길 자지러지는 소리와 함께 몸집을 키운 연기가 뭉실뭉실 밭 주변으로 퍼져나갔다.

"이것들 봐라. 어디서 불개미처럼 시뻘건 복장을 하고 떼거리로 몰려와 남의 일에 훼방이야. 너희들 대체 뭐 하는 놈들이냐."

대원들이 출동해도 눈길 한 번 주지 않던 사내가 쩌렁쩌렁 고함을 내지르며 김기경 앞으로 다가왔다. 사내의 눈빛이 서늘했지만 김기경은 한 발자국도 물러서지 않았다.

"뭐 하는 놈들? 말씀이 좀 심하시네요. 왜 처음 보는 사람한테 다짜고짜 욕설입니까."

개자식, 어디서 싸라기 밥만 처먹다 왔나, 욕이 목울대까지 기어 올라오는 걸 참고 있는데 사내가 성큼성큼 다가와 꺼져가는 연기를 내뿜고 있는 나뭇개비들을 걷어찼다.

"너희들이 지금 욕 처먹을 짓을 하고 있잖아. 뭐 하는 놈들인데 남 일하는 데 찾아와 훼사를 놓는 거야."

"그걸 몰라서 묻는 겁니까? 지금 전국이 불바다잖아요. 나라 전체가 대형산불로 비상시국인데 산을 코앞에 둔 밭둑에서 사장님이 지금 불법으로 소각하고 있잖아요."

"나라에 돈이 썩어 문드러지나 보네. 아까운 국민 혈세 써가면서 자기 밭에 소각하는 것까지 참견하고 지랄들이니 정부에서 할 일도 참 더럽게 없구나."

방귀 뀐 놈이 성낸다고 혈세까지 들먹이며 툭툭 내뱉는 언사가 괘씸하고 역겨워 김기경도 은근히 부아가 치밀어올랐다. 그래도 고성을 섞으며 사내와 말싸움을 벌였다간 골짜기가 떠나갈 듯 와자해지면서 큰 사달이 날 것 같았다. 가시 돋친 설전 대신 지그시 입술을 깨물고 참아보는 거였다.

사내가 씨불이거나 말거나 박두선과 윤정구는 등짐펌프에 담아 온 물을 남김없이 쏘아 활활 타오르던 불길을 잡았다. 불은 진화차에 실려 있던 등짐펌프 두 개를 더 가져다 뿌리고서야 얼추 꺼졌다. 비록 불길이 꺼지기는 했지만 채 열이 식지 않아 잿더미에서 솟구쳐 오른 수증기가 밭 주변과 인근 산으로 뿌옇게 기어다녔다.

적발보고서를 작성하는 절차가 아직 남아 있었다. 개망나니같이 게걸대는 말투로 보아 사내가 소각을 자인하고 적발보고서 작성에 필요한 인적 사항을 순순히 답해 줄 것 같지 않았다. 게다가 누가 언제 소각이 금지된 어느 구역에서 불법으로 소각

행위를 했다고 적은 보고서 말미에 자필 서명까지 받아야 하는데 결코 호락호락한 상대가 아니었다. 아니나 다를까, 잠시 숨을 고른 사내 앞에 적발보고서를 작성하겠다고 소각현장 주소지를 묻는 김기경에게 사내는 어림도 없단 투로 콧방귀를 뀌고는 다짜고짜 욕설을 퍼부었다.

"야 이 씨브럴 놈들아. 지금이 5공 전두환 시대냐? 울 뒤에 불 좀 놓은 게 뭔 중죄라고 써라 마라 지랄들이야. 난 읽을 줄도 모르고 쓸 줄도 모르니까 느덜 하고 싶은 대로 맘대로 해 봐라."

"협조할 생각이 없단 뜻입니까?"

"귀가 먹었냐? 너희들 맘대로 하라고."

"불법 소각행위로 적발된 이상 협조해 주셔야죠. 마지막 부탁입니다. 인적 사항을 대세요."

김기경이 다른 대비책을 예고하듯 단호히 채근하였다.

"꼴값 떨고 있네. 이것들이 팔뚝에 완장 하나 달았다고 눈깔에 뵈는 게 없구나. 세상에 코로나가 창궐하다 보니 감자바위 촌놈들까지 미쳐 돌아가네."

"협조 못 하시겠다는 뜻인가요?"

"웃기고 자빠졌다. 등에 붙은 글씨는 뭐냐. 산불전문진화대? 그것도 벼슬이냐?"

고성에 막말에, 안하무인에 조롱까지 퍼붓고 있었다. 더 참고 설득하려 해도 말이 통할 상대가 아니었다. 김기경이 결단을 내렸다.

"좋습니다. 협조 안 해주신다는 뜻으로 알고 바로 경찰에 신고하겠습니다."

김기경이 사내의 코앞에서 보란 듯 휴대폰을 꺼내 들고는 112 통화버튼을 눌렀다. 여기가 춘천 서면 월송리 어디쯤이고 지금 이곳 주민 한 사람이 밭둑을 태우다 적발되었다. 보고서 작성을 위해 협조를 부탁하는 과정에서 상대방이 고성으로 소란을 피워 행정처리가 불가능하니 빨리 출동해달라는 신고였다.

아무리 무뢰한에 모리배라 해도 공권력 앞에서만큼은 대개 꼬리를 내리고 잉걸불처럼 이글이글 솟구치던 화도 응당 수그러들게 마련인데 사내는 오히려 그 표정부터 달랐다. 붉으락푸르락하던 얼굴색이 갈라놓은 박속처럼 하얗게 변하면서 바르르 몸을 떨다가는 고삐 풀린 망아지처럼 돌변하였다. 이리로 껑충 저리로 껑충 기괴하게 고성을 내지르고 발광하다가 어느 순간 부리나케 집 안으로 뛰어 들어갔다.

그러거나 말거나 대원들은 막바지 현장 정리를 시작했다. 대원 두엇은 잔불 정리에 나섰고 박두선과 윤정구는 등짐펌프를 원래 있던 진화차에 옮겨 실은 뒤 현장으로 돌아오는 중이었다. 우악한 말투만 삼갔어도 경찰을 부르는 일은 없었을 터였다. 좋은 첫인상은 임금님 셋째딸도 채가는 날개라지 않았던가. 우악한 첫인상을 떠올리며 김기경은 절레절레 고개를 저었다. 바로 그때였다. 대문 안으로 들어갔던 사내가 오른손에 낫 한 자루를 감아쥐고는 눈앞에 보이는 건 무엇이라도 도려낼 듯 휘두르며 김기경에게로 다가오는 거였다.

"경찰에 신고를 해? 이 무식한 촌놈들이 외지에서 왔다고 텃세를 부리나. 비겁하게 경찰 부를 거 없이 네놈들이 죽든지 내가 죽든지 사생결단을 해보자."

사내의 손아귀에 잡힌 허연 낫 날이 입에서 험한 말이 툭툭 튀어나올 때마다 오른쪽에서 왼쪽으로 왼쪽에서 오른쪽으로 위에서 아래로 아래에서 위로 번갈아 날았다. 그의 돌연한 낫질에 포도나무의 잔가지 목이 싹둑 잘려 밭고랑에 떨어졌고 동해를 입고 말라죽은 채 붙어 있던 감나무 삭정이는 날이 무디었던지, 낫질이 서툴렀던지 뎅겅 부러지면서 사내의 오른쪽 허벅지를 때리고 이내 바닥으로 떨어졌다. 위압적인 낫질을 그치지 않은 채 사내가 대여섯 걸음 앞으로 다가오자 김기경은 머리숱이 쭈뼛 섰다. 허연 낫 날이 금방 자신의 몸뚱이 어딘가로 날아들 것만 같았다. 여기서 줄행랑을 쳐 안전한 위치로 몸을 피해야 할지, 어르고 달래야 할지, 아예 사내 앞에 무릎이라도 꿇어야 할지, 아니면 같이 덤불처럼 얽혀 몸싸움이라도 벌여야 할지 어떤 결단이 필요해 보였다. 김기경은 이 긴박한 순간 지난밤에 꾸었던 까마귀 꿈이 눈에 어른거렸다. 과연 길몽은 아니었구나. 머리숱이 쭈뼛 서는데 어느결에 예전 죽음 문턱에서 보았던 방동리 안막의 우람한 소나무가 떠올랐다. 서낭나무가 지금껏 살아오는 동안 낫을 든 사내처럼 무람없이 달려드는 거센 폭풍우와 눈보라를 대체 몇 차례나 겪었을까. 한 발짝도 물러서지 않은 채 도도하게 혹은 기품 있게 자리를 지키고 서 있던 소나무가 김기경의 마음을 가라앉혔다. 다른 대원들을 돌아보니 잔불 정리를 하던 두 사람은 벌써 열 걸음쯤 물러나 엉거주춤한 상태였고 박두선과 윤정구는 경찰이 출동하기엔 너무 이른 시간이었음에도 골짜기 입구에 자꾸 시선을 가져가고 있었다.

결국 김기경은 결단을 내렸다. 인생을 살다 보면 이런 위기가 어디 한두 번뿐이랴. 목소리 큰 놈치고 겁 없는 자 없고 흉기 들고 덤비는 놈치고 비겁하지 않은 자 없다고 집까지 뛰어 들어가 쟁기를 들고나올 정도의 인간이라면 심약한 자가 틀림없을 터였다. 어쩌면 우뚝하게 서 있는 김기경의 모습은 사내에겐 범접할 수 없는 서낭목처럼 보일 수도 있을 터였다.

"낫을 들고 내게 오는 이유가 뭡니까. 그 낫 흉기인 거 아실 텐데."

"나무 모가지가 잘리는데 사람 모가지라고 별수 있겠냐? 이 놈들아 할 일 없으면 집구석에서 구들장 짊어지고 낮잠이나 자빠져 자든지. 왜 남의 밭에 겨와 감 놔라, 대추 놔라, 참견이야. 어제 숫돌에 갈아 둔 낫이 제대로 갈렸는지 네 놈한테 시험 좀 해야겠다."

사내는 눈매를 매섭게 내리깔고 김기경을 향해 다가오다가 획획 낫을 휘두르며 지껄였다. 나무 모가지가 요렇게 싹둑 잘리는데 떠들고는 낫을 오른편에서 왼편으로 휙 날리고, 사람 모가지라고 씨불이곤 왼편에서 오른편으로 휙 돌리고, 별수 있겠냐고 지껄이곤 오른편 무르팍에서 왼 어깨 쪽으로 휘두르고, 이놈들아, 떠벌이곤 왼 어깨 쪽에서 오른쪽 정강이 쪽으로 내리휘두르다가 마침내는 적발보고서를 든 채 진화대 복장을 한 작달막한 키의 김기경이 꼿꼿이 서 있는 코앞까지 다가와 말이 끝날 때까지 같은 동작으로 휘두르는 거였다. 사내가 콧잔등 앞에 와 있었으나 김기경의 자세는 흐트러지지 않았다. 미동도 하지 않고 강단지게 딱 버티어 서서 가소롭다는 듯 냉소를 짓고 있는 김기경을 흘낏 바라본 사내가 일순 무르춤했다. 그 눈빛이야말로 낯선 사람을 보면 대청마루를 주저앉힐 듯 짖어대던 개가 한 발자국 다가서면 꽁무니를 빼고 물러서는 유약한 눈빛이었다. 약한 이들을 굴복시켜 부족함을 채우고 강한 이에 아첨해 이득을 취하는 모리배가 어디엔들 없으랴.

김기경이 두 다리에 힘을 주며 사내 앞으로 아랫배를 쑥 내밀었다.

"해보셔. 남자가 칼을 뽑았으면 무라도 베어야지. 낫까지 갈아두고 우리가 오길 기다렸나 본데 원하는 곳 어디든지 내드리다. 배를 가를 거요. 목을 자를 거요. 원하면 뭔 짓이든 해 보슈."

움찔 물러서는 사내 앞에 한 발자국 더 바짝 다가가 자라목을 뽑아 내밀었다.

"왜 못하셔. 내 배가 솥뚜껑으로 보이슈? 내 목이 전봇대로 보이슈? 왜 못 하냐구. 어서 맘대로 해보시요."

짐작한 대로 사내는 목 터지게 짖다가 다가서면 꼬리를 샅에 감아 사리고 물러서는 처마 밑 개처럼 주춤주춤 뒷걸음질 치다가는 어깨를 축 늘어뜨린 채 뒤돌아서는 것이었다. 또라이 새끼라는 둥, 재수 없는 놈이라는 둥, 깽값 물어주기 싫어 물러선다는 둥, 내뱉는 목청은 여전히 우렁찼으나 좀 전까지 살의 등등하던 위세는 이미 서리 맞은 호박잎처럼 푹 꺾이어 있었다. 터덜터덜 밭 아래로 내려간 사내는 아예 집으로 들어가 나오지 않았다.

경찰이 출동하고 사건이 수습된 건 그로부터 한 시간 족히 지난 점심시간 무렵이었다. 경찰이 육하원칙에 따라 써달라고 내민 진술서에 사건 개요를 작성해 주었고 합의할 뜻이 있는지를 물었다. 사는 골짜기가 다르고 사는 집만 다를 뿐 같은 동네 사람이라 굳이 사건을 확대할 필요가 없다고 생각한 김기경은 사내가 정중히 사과해 오면 기꺼이 받아주겠다는 의사를 밝혔다. 김기경의 진의를 파악한 경찰이 중재를 위해 사내의 집으로 들어갔다. 채 몇 분 지나지 않아 어깨를 축 늘어뜨린 사내가 집 밖으로 걸어 나왔다. 낫을 들고 협박한 죄질로 보건대 공무집행 방해는 물론이고 살인미수라는 무시무시한 죄명으로 입건될 게 뻔한 이치였다. 경찰이 사내를 찾아가 위법 내용을 알아듣도록 설명한 모양이었다. 용을 써가며 세 치 혓바닥으로 독설을 퍼붓는 것도 모자라 낫까지 들고나와 망나니 칼춤 추듯 무엇이든 베고 자를 위세로 덤벼들던 사내가 날개 부러진 새처럼 추레한 몰골로 김기경 앞에 다가와 주절주절 변명을 늘어놓았다. 의부증 심한 아내가 왜 귀가가 늦었냐고 밤새껏 닦달하는 바람에 심한 언쟁을 벌이게 되었고 날이 새기가 무섭게 가출하듯 서울에서 이곳 농장까지 달려와 화가 아직 풀리지 않은 상태였다고 고개를 수그렸다. 화는 화로 다스리랬다고 지난해 가지치기해 밭둑에 쌓아두었던 삭정이들을 모아 태우던 중 때마침 진화차가 출동해 설전을 벌이다가 욱하는 성질을 참지 못해 본의 아니게 대원들께 추하고 부끄러운 행동을 저질렀다며 사과했다.

　김기경은 사내의 해명이 용서의 이유가 될 만큼 진실성이 있어 보이진 않았다. 행동거지가 오죽 개차반이었으면 마누라가 밤새껏 닦달하랴 싶었다. 경찰들이 지켜보는 앞에서 체면이나 염치 따윈 개나 먹으란 듯 내던지고 대원들을 향해 고두백배 잘못을 비는 사내의 비위도 눈엣가시처럼 거슬렀다. 그러나 개인끼리의 감정은 내려놓고 사내가 적발보고서를 작성해 주는 조건으로 사건은 마무리되었다.

　현장을 벗어난 대원들은 진화차에 올라 서둘러 사무실로 향했다.

　"기경이 형은 참 배짱도 좋수. 제정신 아닌 그놈이 홧김에 정말 낫을 휘두르기라도 하면 어쩌려고 목을 내미시우."

　조수석에 탄 박두선이 엄지손가락을 들어 보이며 김기경을 치켜세우고는 고개를 내저었다.

"나를 이제껏 버티게 해준 유일한 무기가 강단이다. 강단마저 없었다면 이 왜소한 체격에 달랑 불알 두 쪽뿐인 인생이 어찌 이 험한 세상에서 살아남을 수 있었겠냐고."

"지금 시골은 젊은 나이에 진화대원으로 들어온 우리도 문제지만 어중이떠중이 몰려와 물 흐려놓는 저런 사람들이 더 큰 문제라고요. 저렇게 몰려오는 사람 중 누가 사기꾼인지 폭력배인지, 도둑놈인지 우리가 어떻게 알겠어요. 동네마다 저런 개망나니들이 들어와 자리 잡으면 농촌이 도시와 뭐가 다르겠냐고요."

"외지인이라 해서 이 사람 저 사람 다 싸잡아 욕하는 건 역시 형답수. 삭막한 도시에 환멸을 느껴 주말에 경치 좋고 공기좋고 물 좋은 곳에 들어와 힐링하겠다는 사람을 저런 모리배와 섞어 욕하는 건 심한 비약이에요."

뒷좌석에 앉았던 윤정구가 농조로 박두선의 말꼬리를 달았다.

"힐링 좋아한다. 종로에서 뺨 맞고 한강에 가 눈 흘긴다구 도시에서 상처받았으면 도시에서 풀든지 병원엘 가든지 해야지 왜 농촌에 들어와 한 풀겠다고 난리냐 이 말이다. 경치 좋고 물 좋고 공기 좋은 곳에 와 똥오줌이나 싸대고 쓰레기나 내다 버리고 막돼먹은 인성으로 동네 사람들 협박이나 해대는 게 힐링이란 말이냐?"

"오이 호박에도 굴타리 먹은 놈 있고 잘 여문 벼 이삭도 쭉정이 한둘은 있게 마련이오. 미꾸라지 한 마리가 물 흐린다고 많은 외지인 중에 망나니 한 놈이 낫자루 휘둘렀다고 다른 외지인까지 싸잡아 비난할 일은 아니잖수."

"굴러온 돌이 박힌 돌 빼는 건 좋은데 굴러온 돌이 하필 똥물에 튀긴 돌이니 하는 얘기다."

"다른 사람 입에서 그런 말 나오면 내가 수긍하겠는데 두선이 형이 하는 말이라 동의하기 어렵수."

"얘는 외지인한테 술 됫박이라도 얻어먹었나. 왜 별안간 외지인 변론이야. 내가 너한테 내 말 수긍해 달라고 부탁이라도 했냐? 어째 말끝마다 토를 달고 대꾸냐."

만나기만 하면 콩이네 팥이네, 옥신각신하는 둘이 영 못마땅해 김기경이 두 사람 말을 잘랐다.

"너희 두 놈은 전생에서 무슨 철천지원수 사이였냐? 애들도 아니고 사사건건 티격태격 아웅다웅하니, 눈꼴이 시려 더는 못 볼 지경이다. 마을 사람들이 진화대원을 우습게 보는 이유도 다 너희들처럼 철없는 대원들이 많기 때문이야. 젊은 놈들이 하고 많은 일자리 다 걷어차고 진화대에 들어와 두어 해 동안 백팔십 일 겨우 채워 실업급여나 타 먹잖아. 젊은 사람들이 나라 곳간이나 축내고 있으니 연세 드신 어른들 눈에 한심해 보이는 거라고."

윤정구가 발끈했다.

"기경이 형은 화살을 왜 우리한테 겨누시오. 돈 없고 빽없는 나 같은 민초가 진화대원으로 들어와 국가와 고향을 위해 헌신하고 있는데 어느 어른이 한심하다고 뒷말을 합니까."

"진화대원으로 일하면 뭐하냐고. 기껏 일해 번 돈 사나흘 후엔 술집에 가 몽땅 털리고 와 다음 달 월급 나올 때까지 빈 손가락만 빨고 있잖아. 제발 나잇값을 해라. 이번 봄 진화대 일 끝나면 술집으로 가지 말고 1년 상시근무가 가능한 일자릴 찾아봐."

"내 몸에도 명색 박사마을 피가 흐르는데 이 나이에 남의 밑에 들어가 굽실거리며 월급 생활을 하란 말이오? 이젠 진화대가 내 평생직장이려니 생각하고 열심히 체력 단련해서 봄, 가을 진화대에 들어와 산불이나 끄러 다닐 거요."

"그러다 방구석에만 갇혀 사는 골방쥐로 늙게 되면 결국엔 세금에 얹혀사는 수급자 신세밖에 더 되겠냐. 한 살이라도 더 젊었을 때 직장 잡아 매달 저축도 하고 연금도 붓고 해서 서서히 노후를 대비해야 여자가 나타나도 냉큼 잡지. 언제까지 총각 딱지 달고 살 거냐."

윤정구는 한마디도 지지 않았다. 김기경의 말이 채 떨어지기도 전에 맞받아쳤다.

"그게 지금 우리 마을 현주소예요. 구석구석 외지인 들어와 요지마다 자리 잡고 원주민 행세하고요, 땅 판 사람들은 사업한답시고 이것저것 손댔다가 거리에 나앉고요, 농사꾼들은 농협 융자 주머닛돈처럼 받아 썼다가 매년 눈덩이처럼 불어나는 빚에 치여 시달리고 있고요. 늙다리 사내들은 아가씨가 없어 뻔질나게 시내 유흥업소나 드나들고요, 마을엔 허리 꼬부라진 노인네들이 빈집 지키며 오늘내일 요양원 가실 날만 기다리고 있고요, 황량한 마을 도로엔 선글라스 낀 투기꾼들이 어디 급매물로 나온 땅덩어리 없나 걸근대며 찾아다니고요. 돈도, 땅도, 배운 것도, 마누라도 없는 늙다리 총각으로 썩고 있는 나 윤정구는 유서 깊은 서면 박사마을 산림 지켜내기 위해 진화대원 완장 차고 이 골짜기 저 골짜기 누비고 있다 이 말입니다."

마을 현실을 손금 보듯 꿰고 있는 윤정구의 뼈 있는 넋두리에 조장인 김기경은 물론 윤정구와 툭하면 옥신각신해 온 박두선마저 아무런 대꾸가 없었다.

소각 현장에서 옥신각신 실랑이가 벌어지고 경찰이 출동해 적발 보고서까지 작성하다 보니 이미 늦은 점심시간이었다. 진화대 사무실로 돌아오기 무섭게 대원들은 근처 식당을 향해 서넛씩 흩어졌다. 몇은 볶음밥을 먹겠다며 서면반점으로 향했고 몇은 집밥 밥상으로 차려내는 한식 식당 태봉골로 향하고 있었다.

하지만 김기경은 점심시간이 더 분주했다. 새벽에 마을을 돌며 포터에 모아 온 고물을 짧은 점심시간 동안 시내 거래처에 내다 판 뒤 집에 와 늦은 점심을 먹고서야 오후 근무시간에 맞춰 진화대 사무실로 들어설 수 있었기 때문이다.

김기경은 진화대 주차장에 세워 둔 포터를 몰고 서둘러 시내로 향했다. 아직 강바람이 찬 신매대교를 내달리고 인형극장을 돌아 이제는 이름마저 사라진 옛 자양강 하류와 우듯벌 사이로 뚫린 대로를 내달렸다. 차창 우측으로 육림공원의 놀이시설이 스쳐 지나가는 걸 김기경은 애써 외면했다. 예전 어느 해 봄날 아내와 아이 둘을 데리고 처음이자 마지막 나들이를 왔던 곳이다. 아내는 놀이기구를 타거나 오래 걷거나 할 몸 상태가 아니었다. 아내를 그늘 밑에 쉬게 하고 김기경이 딸아이 둘을 데리고 이곳저곳을 기웃거렸다. 함께 꼬마 기차를 탔고 옆에 붙어 있는 동물원에도 갔다. 동물원에는 갑갑한 철망 안에서 호랑이 한 마리가 어슬렁거렸고 어둠침침한 굴속에서 반달가슴곰 두 마리가 기어 나왔다. 딸아이들이 부채처럼 펼친 공작새의 화려한 날개에 반했다가 동전만 한 눈알을 뙤룩이는 부엉이에 빠져 있을 때 먼발치에서 사람들이 모여 웅성웅성하였다. 그의 아내가 누워 쉬던 곳이었다. 두 아이를 양팔에 안고 김기경이 헐떡이며 뛰어갔다. 아내는 무르팍을 끌어안은 채 진땀을 흠뻑 쏟으며 맨땅에 쓰러져 있었다. 마침 가족과 함께 공원에 왔던 택시 기사가 신속히 병원까지 이송해 주어 객사의 화는 면했지만, 아내는 그 뒤 닷새를 채 넘기지 못하고 병원에서 눈을 감았다. 시내를 드나들 때마다 공원 놀이시설이 자꾸 눈길을 잡아끌어 차창밖에 슬몃슬몃 시선을 주다 보면 아내의 그 가녀리고 창백했던 마지막 모습이 눈에 자꾸 어른거렸다. 그때마다 자신도 모르는 사이에 피를 토할 듯 한숨이 쏟아졌고 파도와도 같은 회한이 밀려왔다. 일찌감치 큰 대학병원엘 데려갔더라면 구만리 길 창창한 나이에 엿가락 부러지듯 쉬 단명하진 않았을 터였다. 병원 문턱이 제아무리 높기로서니 지금 사는 형편만 되었어도 기필코 아내를 살렸을 것이다. 병원 문턱을 내 집 문지방 넘듯 드나들게 해서라도 아내가 병상에서 일어나 집으로 돌아올 수 있게 했을 터였다.

강단지게 살겠노라 작심하고 벌처럼 개미처럼 쉬지 않고 일해 이제 자신의 명의로 월송리 초입 요지에 반듯한 토지를 매입하고 식솔들 함께 살 집까지 장만하였지만 오래전 사별한 아내를 생각할 때면 가엽고 애련하여 가슴이 뭉그러지는 듯 아려왔다.

차는 벌써 소양2교를 건너 의암호수를 낀 강변로를 내달리다가 주택가 옆 골목을 벗어나 늘편한 나대지 한가운데로 들어섰다. 과거 연탄을 찍어내던 공장 한쪽 모퉁이에 골판지 더미와 철 스크랩이 후즐근하게 널려 있는 고물상이 보였다. 김기경이 몇 해 전 거래를 튼 뒤 거의 매일 내 집처럼 드나드는 고물상이었다.

김기경은 출입구를 들어서자마자 계근대에 차를 세우고 시동을 껐다. 고물상 사장과 짧게 인사를 나누고 사무실 벽면에 뜬 계량 숫자를 확인한 뒤 다시 차를 옮겨 짐칸에 실렸던 골판지 박스 덩어리들을 하차시켰다. 계산기를 두드린 사장이 금고에서 고무줄에 묶인 돈뭉치를 꺼내와 그중 만 원짜리와 천 원짜리 지폐 몇 장씩을 세어 건넸다. 김기경은 때가 타고 쪼글쪼글 구김이 간 지폐를 받아 주머니 속에 깊숙이 찔러넣었다. 빨리 집에 돌아가 얼요기로 점심을 때우고 사무실로 달려가 오후 근무를 시작해야겠기에 마음이 급해졌다. 서둘러 차에 오르려는데 고물상 사장이 소리쳤다.

"아무리 바빠도 커피 한 잔은 자시고 가야지."

그래도 김기경이 운전석에 올라타며 시동을 걸었다.

"바빠요."

돈을 계산해 준 고물상 박 사장은 김기경의 차보다 몇 걸음 빠르게 출입구까지 걸어와 박카스 한 병을 건네주었다.

"쉬엄쉬엄 다녀."

"사장님, 요즘 어찌나 바쁜지 오줌 누고 뭐 볼 시간도 없어요."

"마누라도 없으면서 그까짓 거 보면 뭐 하려고. 오줌이나 잘 나오면 그만이지."

"잘 보살펴야 나중에 임자 만나면 야무지게 써먹지요."

박 사장이 빙그레 웃고는 진중한 어투로 말했다.

"요즈막엔 고철 가격이 하루마다 오르는 추세야. 기왕이면 폐지보단 고철을 수집해야 돈이 되지."

기왕이면 돈이 되는 고철을 수거하는 게 낫겠다는 박 사장의 조언이 김기경의 귀에 쏙 들어와 박혔다. 그러잖아도 노후된 하우스대를 철거해 주었으면 하는 부탁을 두어 군데서 받은 적이 있었다. 더 미룰 일 없이 이번 주 쉬는 날 현장에 가 하우스대를 뽑아다 하나하나 용접기로 절단해 고철로 내다 팔면 골판지를 주우러 여기저기 돌아다니는 수고도 덜고 벌이도 제법 쏠쏠할 것 같았다.

고물을 내다 팔고 차를 돌려 왔던 길을 되돌아가는 시간이 김기경은 늘 익숙하고 흐뭇했다. 차 안에서 커피 대신 박카스를 따 벌컥벌컥 들이킨 김기경은 호수를 낀 강변로를 내달렸고 소양강처녀상을 지나 소양2교를 건넜다. 신매대교까지 곧게 뻗은 대로를 내달리다 보니 어느결에 다시 육림공원 앞을 지나치게 되었다. 갈 때 잠시 무너져 내려 허전했던 마음이 어느결에 강단진 김기경으로 돌아와 있었다.

오후엔 2조가 진화차에 올라 순찰을 나가고 아침나절 순찰을 나섰던 1조는 사무실에서 대기했다. 언제 어느 곳에서든 산불이 발생했다는 신고가 접수되면 대기조가 즉시 현장에 투입되어 진화 작업에 돌입해야 했다. 의암호를 경계로 서북향 지형인 서면은 춘천댐 상류에 외딸게 떨어진 북쪽의 오월리부터 경기도 가평과 등을 맞댄 안보리까지 수려한 강변도로를 따라 실타래처럼 길게 이어진 지형이다. 진화차로 오월리와 안보리까지의 이동 거리가 40분 이상 소요될 만큼 긴 거리였다. 즉 진화차는 오월리에 가 있는데 안보리에서 산불이 발생하는 날엔 초기 진압은 고사하고 진화대가 도착하기도 전에 산 하나쯤은 이미 잿더미가 되고도 남을 먼 거리였다. 이를 방비하기 위해 한 조는 진화차에 올라 감시활동과 함께 방송으로 대민홍보에 주력하고 나머지 한 조는 산불 발생 시 즉각 현장에 투입돼 초기 진화할 수 있도록 사무실에서 상시 대기했다.

TV에선 영동지방에서 발생한 산불을 속보로 내보내고 있었다. 화마가 휩쓸고 지나가 잿더미로 남게 된 피해 면적이 자그마치 축구장 1만 개를 넘어섰음에도 아직 주불이 잡히지 않았다고 실시간 보도되고 있었다. 앵커는 태풍 버금가는 거센 폭풍이 연신 몰아치고 있어 인력으론 아예 불길을 잡을 수 없다며 기상대를 연결해 언제 비가 내릴 것인지를 물었다. 예보관은 고기압이 어쩌고 저기압이 저쩌고 들먹이다가 결론에 이르러서는 수일 내로 비가 내릴 가능성이 극히 희박하다며 그 이유를 능란한 솜씨로 기상도까지 그려가면서 설명하고 있었다.

대기실에 앉아 뉴스를 보고 있던 김기경은 동해산불이 남의 일 같지 않았다. 산불 현장이 화면에 등장할 때마다 붉은 진화복을 걸치고 연기 자욱한 불구덩이에 뛰어들어 사투를 벌이고 있는 진화대원들의 모습이 꼭 내 집 뒷산에서 벌어지는 일 같았다. 일곱 해 전쯤이던가, 서면에서도 한 해 무려 일곱 차례나 산불이 발생한 전례가 있었다. 한밤중 험한 산세로 유명한 삼악산에서 산불이 발생해 이틀 만에 세 차례나 산 정상까지 오른 것도 이 해였다. 툇골 저수지 초입 야산에서 발생한 산불은 친구 어머니가 밭둑을 태우다 산으로 번져 진화대가 출동했었다. 친구 어머니는 그날의 실수로 동네에서 산불할미란 별명까지 얻게 되었고 그때 부과된 벌금을 아직도 분할로 갚아가고 있다는 소문이 돌았다.

  점심 식사 때 딸이 끓여준 콩 국물을 과하게 먹은 탓일까, 소변이 마려워 대기실 의자에서 엉덩이를 떼려는데 진화복 상의 주머니에 넣어두었던 휴대폰이 울렸다. 애니고등학교에서 청소원으로 일하고 있는 재훈 어머니로부터 걸려온 전화였다. 재훈이는 금산초등학교 동창이어서 막역한 친구 사이였다. 그동안 모아둔 책과 박스가 재활용 창고에 가득 차 더는 쌓아둘 공간이 없다면서 오늘 중으로 치워달라는 부탁이었다. 서너 달 전에도 꼼꼼한 손 매무새로 다발다발 묶은 책 꾸러미를 한 차 가득 실어낸 적이 있었다. 마누라와 사별하고 가진 것이라곤 맨몸뚱이뿐인 홀아비 신세지만 새벽엔 고물을 줍고 낮엔 진화대원으로 일하면서 딸 둘을 키워 대학까지 보냈단 얘기는 이미 그가 사는 월송리는 물론이고 서면 최고의 번화가랄 수 있는 금산리, 신매리, 서상리, 덕두원리, 심지어 외딴 구석빼기 외주물집에 홀로 사는 귀 어두운 노인에게까지도 다 알려진 사실이었다. 청소하면서 한두 묶음씩 분리해 모아두었던 책과 박스를 서너 달에 한 번꼴로 실어내야 했는데 기왕지사 열심히 일하는 사람에게 도움을 주는 게 옳단 생각에 아들 재훈에게 전화번호를 물어 연락해 온 거였다.

"기왕이면 땀 흘려 열심히 일하는 사람 도와주는 게 맞지. 전에 가져간 나그넨 알고 보니 소문난 노름쟁이래. 남이 공들여 모아둔 책을 팔아 기껏 노름밑천으로 쓴다는 게 말이 돼? 망할 놈."

학생들이 휴지통에 내다 버리는 책이며 박스며 폐지들을 재활용 창고에 차곡차곡 모았다가 특별히 김기경이란 이름을 기억하고 불러주는 그 성의가 얼마나 고맙던지, 재활용 창고에 가득 쌓인 책을 모두 차에 싣고 주변 청소까지 깔끔히 해주고는 다음 날 찾아가 화장지 한 타래와 2만 원을 건네자 재훈 어머니가 손사래를 쳤다. 난 여기서 월급 받으니 부수입은 부정한 돈이라고, 버려지는 책이 재활용되고 그걸 가져가 어려운 사람 생활비에 보태면 서로 좋은 일이라며 화장지만 받고는 2만 원을 극구 사양하며 돌려주는 것이었다.

김기경은 진화대 일이 끝나는 대로 달려가 창고를 깨끗이 비워 주겠노라 답하고 전화를 끊었다. 고물상에서는 폐지보다는 고철이 돈이 된다고 말했지만 바람난 수캐처럼 이 동네 저 동네 옮겨 다니지 않고도 한곳에서 폐지 한 차를 채울 수 있다는 건 어쩌다 찾아오는 행운이기도 했다.

순찰 나갔던 2조가 돌아오자 삼악산 능선 서녘 하늘을 불그레 물들이던 해도 이우는 중이었다. 김기경은 근무일지를 썼고 오전에 있었던 소각 현장 적발 보고서까지 첨부해 면사무소 산불담당자에게 넘겨줬다. 정각 여섯 시 퇴근 시간에 맞춰 대원들은 하나둘씩 각자 집으로 돌아갔다. 이미 주위에 검실검실 어둠이 밀려오는 중이었다. 호수 건너 춘천시가지 중심에 우뚝 솟은 아파트단지에서 창으로 새는 불빛들이 보석처럼 반짝이고 있었다. 그 불빛들이 김기경은 때론 시샘이 날 정도로 부러웠었다. 걱정거리라곤 없는 부유한 집들의 행복한 저녁이 불빛으로 새고 있다고 생각했다. 식구들의 터지는 웃음소리와 풍성하게 차려진 밥상, 부잣집 아이들의 재잘거림, 어느 부부의 행복한 잠자리가 아파트 창으로 반짝반짝 새고 있다고 생각했었다. 하지만 이제는 김기경의 집에서도 저녁이면 불빛이 반짝였다. 아이들과 저녁을 함께 수 있었고 가끔은 치킨과 함께 캔맥주를 마실 수도 있었다. 자매끼리 도란도란 나누는 이야기들도 이제는 그의 창에서 빛이 되어 반짝일 거란 생각에 그는 저녁이 마냥 즐거웠다.

김기경은 서둘러 애니고등학교로 향했다. 명당 터로 알려진 금산초등학교 뒤편이어서 진화대 사무실과의 거리가 멀지 않았다. 그러나 가는 중에 방금 헤어졌던 안달수 씨로부터 전화가 걸려 왔다.

"동생, 시방 어디야?"

법 없이도 살 호인인 그는 꽤 오래전부터 김기경을 동생으로 예우해 주고 있었다.

"애니고등학교에 폐지 수거하러 가는 중이에요."

"그거 내일 하면 안 될까? 지금 퇴근길에 닭갈빗집 앞에서 호진이를 만났는데 자네한테 긴히 할 얘기가 있다고 하네."

"퇴계동에서 부동산 하신다는 호진이 형님요?"

"동생도 아는 사이구먼. 웬만허면 폐지 수거하는 일은 내일루 미뤄뻐리구 어여 닭갈비 집으로 내려와."

그럴 수는 없는 일이었다. 이미 오늘 저녁으로 재활용 창고를 비워주기로 약속까지 했는데 이것도 사업이라 특별히 배려해준 고객의 신뢰를 저버린다면 거래가 끊긴 노름쟁이나 별반 다를 바 없는 거였다. 김기경은 두어 시간 이후로 약속을 미루고 포터를 애니고등학교 재활용 창고에 바짝 들이댔다. 혼자서 한 차나 되는 책 꾸러미를 옮겨 실으려니 막막하였다. 이번에도 집에 있는 딸에게 지원요청을 하는 게 좋을 듯싶었다. 큰딸은 아직 회사에서 돌아오지 않았을 것이다. 작은딸은 전문대학을 나온 뒤 취업이 쉽지 않아 헤어 디자이너를 꿈꾸며 미용학원엘 다니는 중이었다. 작은딸은 도와달라는 부탁을 하자마자 10분도 채 되지 않아 자전거를 타고 나타났다. 이제 갓 전문대를 나온 어린 몸이어서 단단히 묶인 묵직한 책 다발을 들어 나르기가 수월치 않음에도 딸은 무거운 다발은 안고 작은 다발은 양손에 한 묶음씩을 들어다 포터 짐칸에 실었다. 이미 한두 번 해본 솜씨가 아니어서 책을 옮겨 싣는 동작이 재고 야무졌다. 어렸을 때는 아이들을 어디에 맡길 곳이 마땅찮아 포터 조수석에 태우고 다니며 고물을 모았다. 좁은 차 안이 놀이터이자 공부방이 되기도 했다. 힘에 겨울 땐 하루하루의 삶이 매사 고빗사위여서 한숨이 강을 이루고 절망이 장벽을 쳤으나 시간이 흘러 지나온 길을 돌아보니 자라나는 아이들이 짐이 아니라 버팀목이었고 희망의 불빛이었다. 아이들은 잘 자라 큰아이가 제힘으로 중소기업에 취직해 2년째 출근하고 있었고 작은딸도 아빠가 쉬지 않고 일하는 모습을 보고 자라서인지 허투루 시간을 낭비하지 않고 자기 앞길을 준비하고 있었다.

 딸아이 도움 덕에 재활용 분리창고에 그들먹 쌓였던 책더미는 한참 만에 포터 짐칸으로 옮겨졌다. 책 묶음이 절반을 넘었고 부피가 큰 폐지 묶음도 여러 다발이어서 차 옆구리에 덧댄 널빤지 상층부까지 가득 채웠다. 어두운 밤길을 딸아이 홀로 돌아가게 할 수 없어 짐칸에 자전거를 얹어 집에까지 태워주고는 다시 차를 몰아 약속장소인 주유소 옆 닭갈빗집으로 향했다. 벌써 얼큰히 술기운이 오른 탓에 테이블에 둘러앉은 술꾼들의 너털웃음이 문밖 멀리까지 튕겨 나왔다. 닭갈빗집엔 같은 진화대원인 안달수 씨와 김기경에게 긴히 할 얘기가 있다는 현암리 이호진이 와 있었고 서상리에 사는 박상천이 동석해 있었다.

 김기경이 자리에 앉자마자 안달수 씨가 술잔을 내밀었다.

 "어여 한 잔 받아."

 집에 돌아갈 때 운전대를 잡아야겠기에 주저주저하는데 안달수 씨가 소주잔을 마주친 뒤 김기경이 마실 때까지 기다렸다.

 "차를 끌고 왔어요."

 "여기 음주했다고 자네 형수처럼 신고할 사람 아무도 없어.

시동생이 집에 와 주정 좀 했다고 경찰에 신고하는 형수가 김기억 마누라 빼고 누가 있겠냐고."

안달수 씨는 김기경의 형 김기억과 이웃이자 죽마고우였다. 그들 형제의 불화를 일찍부터 알고 있었던 안달수 씨가 권주가를 부르듯 형수의 음주신고 일화를 들춰냈고 김기경은 술잔을 마주쳐 주며 씨익 웃어넘겼다.

"집이 코앞인데 몇 잔 마시고 운동 삼아 걸어가면 될 일 아닌가."

오랜만에 만난 호진이 형도 잔을 권하는데 더는 사양하기가 어려웠다. 하지만 그들이 권하는 잔마다 두꺼비 파리 삼키듯 날름날름 받아마실 요량이 아니었다. 내일 새벽 일이 있다는 핑계를 구실삼아 마시는 척 시늉이나 해가면서 입술만 축일 뿐이었다. 그렇게 술잔이 서너 순배 돌고 빈 소주병이 좌탁 위에서 대여섯 병 비워지자 너나없이 어지간히 취해갔다.

"오전에 소각 현장에서 실갱이가 있었다며?"

옆 좌석 안달수 씨가 오전에 벌어졌던 사건 내막을 들은 대로 얘기한 모양이었다. 동석한 박상천이 김기경에게 잔을 권하며 빙그레 웃었다.

"생전 꿈이라곤 꾼 적 없었는데 엊저녁 꿈에 웬 까마귀가 떼로 나타나 동네방네 날아다니며 짖어대더라고요. 까마귀가 흉몽이라 해서 꺼림칙했는데 결국 그 사달이 났지 뭐겠어요."

"까마귀 꿈이 흉몽이긴 하지."

"액땜한 셈 쳐도 되겠죠?"

"이 사람아, 까마귀 흉몽까지 꾼 사람이 수수깡처럼 비쩍 마른 몸으로 웬 깡인가. 낫 들고 펄펄 뛰는 놈 앞에 목까지 들이댔다며?"

"눈을 얼핏 보니까 파랗게 겁에 질려 있더라고요. 이제껏 배짱 하나 믿고 깡으로 살아온 내가 어디서 막 굴러먹다 온 놈 엄포에 아이구 형님. 제가 죽을죄 지었습니다, 하고 설설 기겠어요?"

김기경이 어깨에 힘을 잔뜩 주며 으쓱했다. 주석에 동석한 일행도 김기경의 강심장에 고개를 절레절레 흔들었다. 흉몽의 불안감은 낮에 벌어진 소각 현장 실랑이로 이미 기억에서 모두 지워진 것처럼 보였다.

닭갈비에 사리를 얹고 밥까지 볶아 저녁 식사까지 해결해 가면서 그럭저럭 세상 살아가는 얘기로 주석이 파하나 싶었는데 호진이 형이 김기경의 왼 어깨를 툭 치며 취한 얼굴을 들이미는 거였다.

"이보게 기경이. 자네 대체 언제까지 홀애비로 살 거야. 내 쥔애비가 돼줄까?"

술잔에 입술만 적셨던 터라 아직 말짱한 정신이던 김기경은 호진이 형의 제안이 싫지 않았다.

"저 같은 홀아비한테 관심 둘 만한 여자가 있을까요?"

"짚신도 짝이 있다는데 자네처럼 멀쩡한 사람이 어디가 어때서?"

얼근히 오른 안달수 씨가 맞장구를 쳤다.

"서면 버덩부터 골짜구 구석빼기 다 찾아댕겨두 자네 같은 진국 찾기 어렵지."

낯이 뜨거워진 김기경이 농을 쳤다.

"형님들, 밤일 안 한 지 열일곱 해가 지났어요. 멀쩡한 남자라 믿고 왔다가 밤에 사내구실도 못 하면 그 후환을 어쩌시게요."

"이 사람아, 마른 장작이 잘 탄다고 깡마른 자네 몸을 보니 검불만 봐도 불꽃이 튀겠네. 한창나이에 설마 밤일까지 잊었을까."

"말씀은 고맙네요. 허나 이담에 두 딸 시집이나 보내 놓고 그때도 사내구실 할 능력 되면 한번 생각해 보죠."

안달수 씨가 헛웃음을 치며 반박했다.

"메뚜기도 한철이라 하잖던가. 자네도 아직은 팔팔하나 찰나처럼 지나가는 게 세월이야. 벌써 옆머리가 허옇고 눈두덕 위 패인 주름골에 낟알을 심궈도 뒷박 수확은 너끈하겠네."

"형님, 겨우 쉰 중반이에요. 아직 차붓소처럼 씽씽하다구요."

"자고 나면 예순이야. 예순을 넘겨보게. 사랑받겠다고 찾아온 색시가 첫날 저녁부터 옆에 누운 새신랑이 골골하면 무슨 생각을 하겠어. 병수발하다 나중에 송장 치울 생각까지 하면 미화가 아니고서야 제정신 가진 어느 여자가 나이 든 사내한테 시집을 오겠냐구."

애기인즉 호진이 형의 처제 중 하나가 몇 해 전 상처하고 딸 하나를 기르고 있었는데 언제부턴가 우울증을 앓아 고생하다가 겨우 안정을 찾아간다는 거였다. 시내 집도 있고 남편이 들어둔 보험금도 타 생활이 여유로운 편인데 밤만 되면 안정을 찾지 못하고 비관하며 술을 마시고는 새벽까지 운다는 거였다. 어디 바깥출입이라도 하면서 운동도 하고 사람들과 접촉해 친분을 쌓아가면 좋으련만 딱하게도 스무 살 무렵에 교통사고로 왼쪽 다리를 다쳐 걸을 때 절름거리는 지체장애인이라는 거였다.

하나뿐인 언니가 우연찮게 김기경의 소문을 듣고 은연중 애기를 해줬더니 그 뒷얘기를 자꾸 묻더란 거였다.

"관심 가져주시는 건 고맙지만 사실 전 아직 준비가 안 됐어요."

외로움에 지친 남녀끼리 늦게라도 짝을 찾자는데 따로 준비할 게 무어냐고 묻는 안달수 씨에게 김기경이 죽은 아내가 너무 불쌍히 떠나 다른 여자는 거의 잊고 지낸다는 솔직한 답을 들려주었다.

갑자기 분위기가 숙연해지자 동석한 서상리 박상천이 어디서 들은 얘기라며 김기경에게 도지땅 얘기를 꺼냈다.

"서상리 큰 은행나무 옆 논 2천 평이 도지로 나왔는데 자네 혹 그 땅 부칠 생각 있는가? 예전 같으면 인삼 농사짓겠다고 너도나도 달라붙을 텐데 인삼 심어 재미 봤다는 사람이 없으니 땅이 나와도 소 닭 보듯 하네그려."

"경수네 논이군요. 경수 그놈이 제 2년 후배잖아요. 건설회사 차려 한때는 승승장구했었는데 마누라와 동업자가 눈이 맞았다잖아요. 두 연놈이 바람난 것도 모자라 전 재산을 빼돌려 동남아로 튀는 바람에 경수가 폐인으로 떠돌다가 교통사고로 죽었다죠. 부모한테 상속받은 땅이 여기저기 꽤 많았었는데 몇 해 전 경매로 나오자마자 외지인들이 싹 쓸어갔다던데요."

"나도 부동산 하는 친구한테서 들은 소식인데 땅 주인이 서울 사람이래."

"혹시 땅 주인이 직불금도 타게 해준대요?"

"글쎄. 그걸 모르겠네. 내 한번 알아볼까?"

"직불금까지 타게 해준다면야 밑져야 본전인데 제가 생각해보죠."

박상천이 즉석에서 휴대폰을 꺼내 친구 사이라는 부동산중개인과 너나들이로 통화하고는 툴툴거렸다.

"니미랄, 손 안 대고 코 풀 작정이었구먼."

"직불금은 아니라죠?"

예상했다는 듯 김기경이 물었다.

"직불금 받아 재산세 내면 그만이라네."

"니미럴. 논에서 베 대신 금이 열리나. 논 2천 평에 뭔 재산세가 수백만 원씩 나온다고 엄살이야. 직불금 못 준다면 그깟 놈의 논 묵어 자빠지거나 말거나 내견저 둬."

안달수 씨가 찰찰 넘치게 찼던 소주잔을 단숨에 비웠다. 농민들에게 직불금을 주는 목적이 땅을 경작하는 농민의 소득을 보전해 주고자 국가에서 지원해 주는 보조금인데 이걸 땅 주인 되는 자가 독수리 씨암탉 채가듯 날름 후려 먹는다는 건 벼룩의 간을 내먹는 좀도적이나 다름없는 짓이었다. 모름지기 은을 가지면 금을 탐하고 초가집 가지면 기와집을 탐하는 게 사람의 욕심이라, 땅 가진 자 탓할 바 아니라지만 내 땅에다 농사를 지어 먹자 하여도 가을 곳간엔 알곡 대신 빚더미만 쌓여가는 판국이 아니던가. 김기경 역시 남의 땅을 도지로 빌려 농사짓는 처지라 직불금에 민감할 수밖에 없는 처지였다.

"법이 물러터져서 그래요. 직불금을 땅 주인이 가로채는 건 엄연한 불법인데 처벌이 엄하지 않으니까 땅 주인 배만 불려주는 거잖아요."

평생을 농사꾼으로 살아온 안달수 씨도 땅 사놓고 오르기만 바라는 투기꾼들의 몰염치가 어제오늘 얘기가 아니라며 거들었다.

"농사꾼 고충을 알면 투기꾼이 아니지. 얼굴에 눈 두 개, 귀 두 개 달렸으면 지난해 감잣값이 똥값이어서 질바닥에 내다 버린 것하며, 처녀 허벅지만 하게 쭉쭉 빠진 무 배추가 판로가 막혀 밭에서 생채로 얼어 터지는 꼴을 똑똑히 지켜봤을 것 아닌가. 쌀값은 또 어떻고. 니미럴, 우리 애가 전에 인력시장에 나가 한 일주일 알바를 댕겨 팔십만 원을 벌어왔는데 계산해 보니까 쌀이 네 가마여. 내가 여름 내내 버드래에 있는 우리 논에서 거두는 쌀이 겨우 스무 가마 남짓이라구. 우리 애가 한 달만 벌면 너끈히 사는 쌀을 나는 봄부터 가을까지 논바닥 겨댕기며 그 생고생을 했더라 이 말이네. 농사꾼만 물정에 어둡고 미화인 세상이 돼버린 거야. 실정이 이런데도 돈독 오른 투기꾼이 도지 준 땅 직불금까지 넘보는 건 거지 똥꾸녕에 낀 콩나물까지 빼먹겠단 심보가 아닌가."

열 시가 넘어섰음에도 아직 술자리는 파할 기미가 보이지 않았다. 닭갈비에 우동 사리에, 밥까지 시켜 저녁을 해결했지만, 맨정신에 술꾼들과 어울려 시국 타령까지 듣고 있기가 지루했던 김기경은 담배라도 피울 겸 잠시 밖으로 나왔다. 닭갈빗집 출입구 옆에 쭈그리고 앉아 라이터를 켜고 막 담뱃불을 붙이려는데 멀리서 시끌벅적 사이렌을 울리며 달려오는 불자동차가 보였다. 김기경은 정신이 번쩍 들었다. 뉘 집에 화재라도 났나 싶어 큰길가로 뛰어나가 동네를 두리번거렸으나 가로등 너머는 온통 깜깜했고 시야로는 무엇하나 확인하기가 어려웠다. 그가 머뭇거리는 사이 벌써 불자동차는 그의 앞을 쌩쌩 지나쳐 내달리다가 갑자기 대로에서 멈칫거린 뒤 신숭겸 장군 묘지가 있는 방동리 쪽으로 방향을 틀어 쏜살같이 달려가는 거였다. 그것도 한 대가 아니라 꼬리에 꼬리를 문 차량이 예닐곱 대 이상 앵앵거리며 지나갔다. 하지만 어디서 난 불인가 확인할 필요도 없었다. 붉은 대형불자동차가 그의 시야에서 채 사라지기도 전에 주머니 속 휴대폰이 울어댔다. 면사무소 산불담당자로부터 걸려 온 전화였다. 방금 방동리에서 산불 발생 신고가 접수돼 소방서 차량이 출동 중이니 신속히 비상 연락망을 가동해 산불진화대원을 전원 소집하라는 전화였다. 전화를 끊자마자 김기경은 2조 조장에게 전화해 산불담당자로부터 통지받은 내용을 설명하고 대원들이 전원 진화대 사무실로 출동하도록 조치한 뒤 자신도 1조 대원 네 명 모두에게 일일이 전화를 걸었다. 언뜻 그놈의 꿈이 또 생각났다. 까마귀가 떼로 나타나 동네를 휘젓고 다니던 꿈이 산불을 암시한 흉몽이었음을 직감한 김기경은 방동리에 난 산불이 자칫 동해산불처럼 대형산불로 번지지는 않을까 눈앞에 닥칠 앞일을 걱정하며 가슴을 졸였다. 얼굴에 술기운이 질척한 안달수 씨가 닭갈빗집에서 뛰어나와 당장 출동하겠다고 진화대 사무실로 달음박질쳤다. 술기운에 출동했다가 자칫 화를 당할 우려가 있어 김기경이 앞을 막아섰으나 펄쩍 뛰었다.

"허, 이 사람. 내가 예전에 말술을 마시고도 근화동 갱변에서 금산나루까지 헤엄쳐 온 체력 아니던가. 비록 나잇살은 먹었어도 진화대원 체력검증에서 한창나이 젊은 응시자들을 몽땅 따돌리고 1등으로 뛰어 들어온 거 동생이 두 눈으로 똑똑히 봤잖았나. 그깟 쐬주 몇 잔에 몸뚱이 비틀거리거나 횡설수설할 내가 아닐세."

그러나 멀쩡한 정신에도 주의가 필요한 산행이었다. 어둡고 가파른 산에 오르는 것도 버거울 텐데 해당사그리하게 취한 몸으로 불구덩이 속에 뛰어들어 진화 작업까지 펼치는 건 아무래도 무리였다. 아예 출동을 막는 게 반장에게 주어진 책무이기도 했다.

"형님을 위해 드리는 부탁이니 곡해는 마시고 오늘은 집에 들어가 쉬세요."

눈빛이 머루레해 보이는 데다 목소리조차 취기가 느껴져 호소하듯 달래보았지만 안달수 씨는 막무가내였다.

"동생, 안강쇠란 말도 못 들어 봤는가? 우리 집 대들보가 꺾이면 꺾였지 내 고집은 못 꺾어. 안씨 고집이 꺾이면 순흥안씨 가문의 수치라구."

그는 성큼성큼 화장실로 들어가 세면대에 찬물을 틀어 요란하게 세안을 하고는 사물함에 비치된 장갑과 헬멧, 헤드랜턴을 챙기고 있었다. 보기에 딱하고 염려가 되어 이러시면 안 되는데, 이러시면 안 되는데, 말끝만 흐리고 있는 김기경을 향해 안달수 씨가 쐐기를 박는 거였다.

"여보게, 산불 난 곳이 어디인가? 방동리, 우리 동네 뒷동산일세. 방동리에 붙은 산이란 산은 어릴 적부터 매주 밟듯 누볐어. 어느 산등성이에 백힌 바윗덩어리가 몇 개구 어느 봉우리에 뻗은 소낭구가 몇 그루인지까지도 손금 보듯 훤하다네. 아무리 칠흑 같은 오밤중이라 해도 방동리 뒷산이라면 사향노루처럼 겅정겅정 뛰어댕길 수 있다 이 말이네. 내 몸뚱이 내가 알아서 잘 간수하고 자네 시키는 대로 고분고분 따를 것이니 걱정

붙들어 매시게."

오히려 몸가짐이며 각오가 김기경보다 더 찬찬하고 당찼다. 먼지가 뽀얗게 내려앉은 등짐펌프를 하나씩 챙겨 수돗가에 가 물을 채우고 안전화 끈까지 단단히 조여 매며 출동 채비에 여념이 없는 거였다. 더는 어쩔 도리가 없었다.

김기경은 열쇠함에 보관 중이던 키를 꺼내 들고 면사무소 주차장에 세워둔 진화차를 몰고 와 사무실 앞에 대기시켰다. 좀 있자니까 비상 출동 연락을 받은 대원들이 자전거를 타고 혹은 차를 몰고 진화대 사무실로 모여들었다.

"올해 월급 공으로 받는가 했더니 제대로 밥 값하게 생겼네."
"역시 세상에 공짜로 주는 밥은 없는 모양이유."

박두선이 느물거리며 사무실로 들어서자 먼저 와 있던 윤정구도 맞장구쳤다.

발등에 불이 떨어지기는 면사무소 직원들도 마찬가지였다. 산불담당자가 벌써 현장에 달려가 위치를 알려왔고 산업계장과 면장도 김기경에게 전화해 진화대원들의 빠른 출동을 독려했다. 이미 소방서에서 출동한 데다 마을 자체에서 결성한 의용소방대가 있고 동네마다 산불감시원들이 있지만 누가 뭐라 해도 면 소속 산불진화대가 현장에 출동해 진화 작업을 펼쳐야 면사무소에서도 체면이 서게 마련이었다. 게다가 시 산불진화대와 공조해 조기에 주불을 진화하는 일이 중요했다. 소방서와 시 진화대가 도착해 산불을 진압한 뒤, 면 진화대가 뒤늦게 나타나

거나 아예 출동조차 하지 못한다면 진화대의 존립 자체에 의문을 제기할 것이고 문책 또한 면하기 어려운 일이기도 했다.

하지만 진화대원들은 열 명 모두 30분 내 사무실에 도착해 출동 채비를 마쳤고 즉시 방동리 산불 현장으로 향했다.

현장에 들어서기 전 그들은 산 중턱에 활활 번지는 둥근 불덩이를 보았다. 깜깜한 산 중턱, 그곳이 거의 매일 드나들던 눈에 익은 산이기는 하나 밤이 깊은 데다 하필 산세가 험한 능선 줄기여서 오르기도 전에 정신이 아뜩하였다. 강풍을 탄 불길이 남쪽의 삼악산이나 북쪽의 화학산으로까지 번지는 날엔 동해 산불 못지않게 심각한 대형산불로 번질 여지도 충분했다.

"불 띠가 얇은 걸 보니 산불이 바닥을 기는 모양이네."

안달수 씨가 술기운이 거나하게 도는 얼굴을 손바닥으로 비비며 중얼거렸다.

"저긴 잣나무 숲인데 바람이 변수네요. 침엽수림이라 바람에 불길이 상단부로 옮겨붙으면 인력으론 끌 재간이 없을 겁니다. 천상 헬기 지원을 받는 수밖에."

"시방 헬기가 영동지방으로 몽땅 날아가 씨가 말랐을 텐데 여기까지 지원할 여력이 있을까?"

"늦은 밤이니까 바람이 잦아들기를 바라야죠."

김기경의 바람이었지만 무엇보다 현장에 투입해 화세가 어느 정도인지를 파악하는 게 급선무였다. 자칫 바람이 거세지기라도 하면 방동리에서 시작된 산불이 춘천, 화천, 경기도 가평으로 연이어 번질 수도 있는 거였다. 덩치를 키운 불 머리가 산을 넘는 중에 행여 성깔 매서운 재넘이라도 만나 세를 합하는 날엔 방동리 골짜기마다 매운 연무가 진을 치고 거센 불덩이가 파도치듯 출렁일 것은 자명한 이치다. 만일 불기둥이 방동리 안막을 지나 석파령을 넘을 적에 화적떼처럼 주위를 떠돌던 부채바람까지 가세하면 그건 사람이 더 이상 앞길을 가로막지 말라는 경고일 수도 있다. 왜냐하면 불 쓰나미로 변신한 화세가 남서로는 덕두원을 지나 삼악산 능선을 집어삼키고 북서로는 화악산 등줄기인 계관산, 북배산, 가덕산 휘하의 장엄 웅대한 수백 수천 골짜기와 그 아래 모세혈관처럼 가늘가늘 내리뻗은 능선까지 초토화시키는 최악의 대형산불로 번질 수 있기 때문이다.

김기경은 제발 바람이 잦아들어 산불이 조기 진화되기를 간절히 바라면서 현장으로 차를 몰아갔다. 현장에 도착해 소방차 사이로 진화차를 몰아가려니까 여간 혼잡한 게 아니었다. 어지간한 공간을 찾아 진화차를 들이댄 김기경은 시장바닥 같은 현장을 돌다가 면장과 산불담당자 그리고 시 진화대 관계자들을 만나 서면 진화대가 투입해야 할 위치와 진화방식을 묻고 왔다. 대원들은 등짐펌프를 짊어진 채 장갑과 헬멧, 헤드랜턴을 착용하고 출동 지시를 기다렸다.

"산 중턱에 벌써 시 진화대가 투입돼 지금 막 진화 작업을 시작했답니다. 이미 소방호스를 끌고 올라가는 중이라 우리 진화차는 투입되지 않아도 된답니다. 다만 전 대원이 등짐펌프를 비롯해 갈퀴와 장갑, 헬멧 등 장비를 챙기고 현장으로 출동해 신속히 진화선을 구축하라는 지시입니다. 보시다시피 산이 가파르고 험합니다. 언제든지 위에서 돌이 구르거나 넘어질 우려가 있으니 다치지 않도록 조심 또 조심하십시오. 이동 시엔 독자 행동보다는 필히 같은 조원끼리 움직이면서 교육받은 대로 진화 작업에 참여해 주시기 바랍니다."

산에 오르기 직전 김기경이 대원들을 모아놓고 유의 사항을 전달했다. 마침내 서면 산불진화대원들은 산불이 발생한 어두운 산속 현장으로 출발했다. 계곡을 낀 좁다란 포장도로를 지나치자 너른 주차장과 여러 종류의 나무와 잔디가 가꾸어진 꽤 고급스러워 보이는 정원이 나타났고 정원 뒤로 세 채의 펜션 건물이 앞을 가로막았다. 펜션 앞 정원과 산불이 발생한 뒷산 초입까지는 소방서에서 나온 대원들이 벌써 비상등을 주렁주렁 달아놓아 온 주변이 대낮처럼 밝았다. 펜션 뒤에 설치된 철제울타리 밖은 잣나무가 울창하게 솟은 험산이었다.

불은 펜션 철제울타리 안팎 어디쯤에서부터 시작된 게 확실했다. 철제울타리 주변에 띠를 두르고 접근을 차단한 소방대원들이 무전기를 든 채 서성였고 아마도 펜션 가족들인 듯한 사람들이 밖에 나와 몇 걸음 뒤에서 소방관 뒤를 졸졸 따라다녔다.

서면 진화대원들은 펜션 울타리 쪽문을 넘어 산으로 향했다. 대원 중 두어 명은 산불 진화 작업 경험이 전혀 없는 햇병

아리 대원이어서 경험 많은 대원이나 조장 뒤를 따랐다. 김기경이 극구 출동을 막았던 안달수 씨도 이미 진화 작업에 여러 번 참여한 경력이 있었다. 분명 얼근하게 취한 상태였으나 어두운 데다 헬멧에 마스크까지 쓰고 있어 술 취한 티가 눈에 드러나지 않았다. 스스로 취한 모습을 보이기 싫었던지 등짐펌프를 짊어지고 선두에 서서 잰걸음으로 부리나케 산을 오르고 있었다. 하지만 막상 길이라곤 찾을 수 없는 가파른 비탈이 앞을 가로막자 등짐펌프를 멘 어깨는 소금 가마니를 짊어진 듯 처지기 시작했고 숨소리도 점차 거칠어졌다.

산을 한참 오르던 김기경은 헬멧에 장착된 헤드라이트를 통해 산의 지형을 꼼꼼히 살폈다. 벌써 뒷동산 하나를 집어삼킨 불길은 산허리에 불띠를 남겨둔 채 화두가 험한 능선 위로 이동하고 있었다.

땅거죽 위에 켜켜이 쌓였던 마른 낙엽은 모두 잿가루로 변해 대원들이 발자국을 뗄 때마다 뽀얀 먼지를 일으켰다. 굴뚝 안에 들어오기라도 한 것처럼 숲을 채우고 있던 연기 냄새가 콧속으로 물씬물씬 풍겨왔다. 순식간에 불길이 휩쓸고 지나간 자리엔 아직 꺼지지 않은 잔불이 연기를 모락모락 피워올리며 번득였다. 산철쭉의 암팡진 뿌리들이 타고 있었고 지난 가을내 그리고 겨우내 바람에 쓸리고 산짐승 발굽에 차이다가 겨우 바위 틈새를 비집고 들어와 쌓였던 낙엽도, 너구리가 파먹은 벌집 구덩이 속으로 굴러온 묵은 낙엽과 우묵한 구렁텅에 켜켜이 쌓인 낙엽 더미에도 불길은 비켜서지 않은 채 산허리를 야금야금 점령해 가고 있었다.

시에서 긴급 투입된 전문진화대원들은 기동력을 앞세워 산중턱에 붙은 불띠를 따라가며 진화선 확보에 나섰고 일부는 기민한 걸음으로 화두를 쫓아 능선으로 향했다.

서면 진화대원들은 시에서 나온 대원들과는 반대 방향인 좌측 불띠를 따라가며 진화선 확보에 나서기로 했다.

반장 김기경은 대원들을 인솔해 화두 방향인 좌측 능선으로 향했다. 숨을 헐떡이며 얼마간 오르자 헤드랜턴 불빛 너머로 가파른 능선이 나타났다. 마을 뒷동산 치곤 산세가 제법 험하고 어둠까지 짙어 한 걸음을 떼면 때론 서너 걸음씩 미끄러져 쉽게 접근하기가 어려웠다. 등 뒤 대원들에게 조심하라고 몇 차례 주의를 주면서 간신히 언덕을 오르는데 2조에 있어야 할 더펄이 최태성이 어느 사이 1조에 섞여 있었다. 김기경이 발을 헛디뎌 서너 걸음 미끄러지는 순간 더펄이가 어두운 숲을 헤치고 나가 선두에 서고는 곰처럼 능선을 향해 기어올랐다.

"어떤 정신 나간 놈이 오밤중에 불을 싸질러 늙은이를 새빠지게 고생시키는 거야. 니미랄, 옆에 있으면 다리몽댕일 꺾어놓고 싶구먼."

턱 밑까지 차오른 숨을 거칠게 몰아쉬며 안달수 씨가 투덜거렸다. 선두와는 서른 걸음쯤 처진 거리였다.

"힘드시면 등짐펌프는 내려놓고 오세요. 당장은 진화선 확보잖아요. 갈퀴를 지팡이 삼아 짚고 천천히 올라오세요."

김기경이 언덕 아래를 내려다보며 소리쳤다.

"염려 말게. 예전에 겨울만 되면 지게에 나뭇단 짊어지고 아침저녁 오르내리던 산이야."

안달수 씨가 좀 처지기는 했으나 걱정할 필요까진 없어 보였다. 김기경은 다시 산을 오르기 시작했다.

낙엽층에 붙은 불이 산허리 아래로 혹은 능선 쪽으로 긴 띠를 두른 채 타고 있어 가까이 접근하면 연기와 함께 뜨거운 열기가 후끈 몰려왔다. 그나마 바람이 종적을 감춘 건 다행이었다. 오전만 해도 금산리 일대로 불어온 바람이 예사롭지 않았었다. 양간지풍이 설악산 능선에서 패가 갈려 한쪽은 동해안으로, 또 한쪽은 영서 내륙으로 넘어왔던 모양인지 마을회관 옥상에 내걸린 태극기가 하도 맹렬히 휘날려 활처럼 깃대가 휘었고 인삼밭 덮개가 뜯어져 서너 발씩 하늘로 치솟으며 펄럭거렸다. 거리에선 치마를 입은 여인네들이 자칫 봉변이라도 당할까 싶어 걷는 동안 치맛자락 여미기에 바빴고 동네 앞 너른 의암호에선 고요하던 수면이 금방 갈아놓은 밭고랑처럼 파도가 굽이쳤다. 걸핏하면 이집 저집 지붕 위를 넘나들다가 마을회관 앞 전봇대에 날아와 악을 쓰고 짖어대던 까마귀들조차 날갯짓하기가 힘에 겨워 어딘가로 피신해 있을 만큼 모진 바람이기도 했다.

바람이 잠들기를 바라던 진화대원들의 갈망을 선선히 들어주기라도 한 것일까, 숲에는 잠시 땀을 식힐 만한 잔바람조차 불어오지 않았다.

 능선을 목전에 두고 김기경이 마지막 된비알을 올라설 즈음이었다. 몇 해 전 사태가 났던 비탈 상층부에서 검은 물체 하나가 김기경 앞으로 데굴데굴 굴러떨어지는 것이 보였다. 처음엔 사위가 어두워 그 검은 물체가 된장독처럼 보였다가 바윗덩이처럼 보였다가 멧돼지가 굴러오는 것처럼 보이기도 했다. 그대로 우두커니 서 있다간 구르는 물체에 들이받혀 자칫 계곡 아래 개울까지 함께 구르기 딱 십상이어서 무의식중에 걸음아 나 살려라, 서너 발자국 뒤로 물러서게 되는 거였다.

 그러나 된장독 같기도 하고 바윗덩이 같기도 하고 멧돼지 같기도 한 그 물체는 지난여름 아름드리 잣나무가 거센 폭풍우를 견디지 못하고 쓰러지면서 생겨난 커다란 구덩이 속으로 쿵 하고 처박혔다. 걸음아 나 살려라, 뒷걸음쳤던 김기경이 굴러 내려온 물체가 사람이란 사실을 알게 된 순간 급박하게 잣나무 밑동을 향해 달려갔다. 헤드라이트 불빛에 드러난 형체는 등짐펌프를 짊어지고 앞서 오르던 덜렁이 최태성이었다. 산사태로 떨어져 나간 흙더미 속에 간신히 뿌리를 걸치고 자생하던 여린 철쭉나무 가지를 잡았다가 뿌리가 뽑히면서 벌어진 사고였다. 거의 무방비상태에서 언덕 아래로 데굴데굴 구르던 최태성은 잣나무가 뽑히면서 생겨난 옴폭한 흙구덩이 안으로 안기듯 떨어졌고 요행히 구덩이 안에 낙엽이 폭신하게 쌓인 데다 메고 있던 등짐펌프가 보호구 역할을 해준 덕에 목이 꺾이거나 어깨뼈가 뒤틀리는 큰 사고로 이어지지는 않았다.

 김기경이 다가가기도 전에 최태성이 오뚜기처럼 발딱 일어나 고개를 위아래로 휘젓고 허리와 팔다리를 구부려 가며 몸에 탈이 생겼는지를 점검했다. 다행히 몸에 이상이 있는 것 같지는 않았다. 황급히 다가간 김기경이 어디 다친 데는 없냐고, 정말 괜찮냐고 다그치며 물었다.

 "괜찮아요."

 최태성은 아무 일도 없었다는 듯이 자신이 굴러떨어졌던 비탈길을 다시 오르기 위해 등짐펌프를 고쳐 맸다. 숨을 헐떡이며 다가온 박두선이 안도하며 농을 쳤다.

 "산불 끄다 애 잡겠다."

 어깨에 등짐펌프를 멘 최태성이 새둥우리처럼 폭신한 구덩이를 내려다보며 안도했다.

 "이 구덩이가 받아준 덕분에 무사했네요."

 구덩이가 없었더라면 그 뒤에 벌어졌을 불상사는 상상만으로도 아찔했다.

 "태성아, 너 참 운도 없다. 아예 저 아래 개바닥까지 굴러가 떨어졌더라면 이참에 병원 침대에 벌러덩 드러누워 통집 편하게 산재 급여나 따박따박 받아먹을 텐데 왜 하필 그중 가장 안전한 구덩이로 굴러가 안기냐."

 최태성이 반응이 없자 윤정구가 다가와 넉살을 떨었다.

 "내가 몇 바퀴 구르고 누워 있을 테니 형이 증인이 돼 줄 거유?"

"넌 너희 집 안방에나 가서 굴러라. 너나 나나 가진 재산이 있니, 마누라가 있니. 그렇다고 부어 둔 연금이 있니. 몇 달 누워 있으면 면사무소에서 찾아가 수급자로 선정해 줄 거다. 매월 통장으로 꼬박꼬박 수급비 꽂아줄 테니 네 형편과 수준에 딱 어울리겠다."

"아이고 두선이 형. 내 얼굴에 수급자 팔자라고 씌어 있기라도 하오? 내가 아무리 밉상이라고 수급자가 뭔 말이오. 앞으로 십 년 안에 누가 먼저 수급자로 나앉는지 두고 봅시다."

윤정구가 발끈했다. 박두선 역시 한 마디도 지지 않았다.

"수급자가 어때서. 네 눈엔 수급자들이 나랏돈이나 갉아먹는 세금충이로 보이냐? 아무리 멀쩡한 사람이라 해도 떠밀려 오는 세파가 험하고 풍상고초가 견디기 어려우면 쉽게 지치는 법이다. 그 사람들도 한때는 꿈을 품고 뜨겁게 살던 이들 아니었겠냐."

둘 간에 다시 입씨름이 시작될 모양이었다. 결국 김기경이 나서서 말이 씨가 되는 법이거늘 듣기 좋은 소리 다 버려두고 또 입방정이나 나불거린다고 면박을 주고서야 조용해졌다.

우여곡절 끝에 대원들은 산 능선 화두까지 접근했다. 메뚜기 이마처럼 생긴 뒷동산 하나를 이미 검은 잿구덩이로 만들어 놓은 산불은 뒤로 이어진 더 높고 더 험한 산의 중심부로 방향을 틀고 있었다.

한참 만에야 어둠을 뚫고 헐떡이며 가파른 언덕을 올라왔지만 잠시라도 앉아 쉬거나 망설일 겨를이 없었다. 대원들은 지고 온 등짐펌프를 한 곳에 내려놓고 불띠를 따라 길게 늘어선 뒤 잡목에서 떨어져 쌓인 낙엽층을 긁어내렸다. 각자 열댓 걸음 사이를 두고 진화선 구축에 나선 것이다. 진화선 구축요령에 대해선 10년 이상 경력이 말해주듯 대원들 대부분 실전경험이 충분했고 신규 대원들도 얼마 전 진화 교육을 수료한 바 있어 꿔다 놓은 보릿자루처럼 멀뚱거리거나 쭈뼛거릴 여유가 없었다. 열과 연료, 공기가 산불의 3대 요소라고 이론교육을 받았던 대원들이었다.

매해 봄마다 새로운 잎이 돋아 자라고 가을에 가선 묵은 잎새들이 떨어져 쌓이면서 아름드리 잣나무 밑에는 산불의 3요소 중 하나인 연료, 즉 낙엽층이 시루떡처럼 켜켜이 쌓여 있었다. 대원들은 눈앞에서 후끈후끈 타오르는 불덩어리와 맞서며 각자 손에 들고 온 갈퀴로 낙엽을 긁어내렸다. 대원들이 지나간 자리엔 봇도랑처럼 긴 띠가 만들어졌다. 낙엽층이 제거되면서 연료가 사라진 진화선 밖으론 불이 옮겨붙지 않았고 대원들이 지나간 자리마다 불길이 잡혀가고 있었다.

불이 번진 지역은 벌건 대낮에도 햇빛보기가 어려울 만큼 아름드리 잣나무들이 울창하게 들어찬 숲 지대였다. 낮에 몰아쳤던 강풍의 위세가 꺾이지 않았더라면 바닥에 누워 타던 불이 잣나무 상층부로 옮겨붙으면서 인력과 재래식 장비로는 도저히 끄기 어려운 대형산불로 번질 수도 있었는데 그나마 바람이 고이 잠들어 있어 천만다행이었다.

김기경은 반장의 직분을 내세워 대원들 앞에 나가 잔소리를 늘어놓거나 뒷짐 지고 주변을 서성거릴 입장이 못 되었다. 대원들이 산불과 안전거리를 유지하고 있는지, 혹시라도 자던 바람이 깨어나 작업 중인 대원들 앞으로 덤벼들지는 않을지, 현장까지 달려온 시청 지휘 본부에서 별도의 작업지시가 하달되는지, 여기저기 신경 쓸 일이 많았다. 그렇다고 손 놓고 우왕좌왕할 작정도 아니어서 일사불란한 대원들 틈에 섞여 갈퀴로 낙엽을 긁어내렸다. 시청 직원과 경찰들도 산을 오르락내리락하며 무전기로 현재 추정되는 피해 면적과 산불의 진행 방향, 진화율 등을 수시로 파악해 보고하고 있었다.

김기경이 보기에도 대원들의 진화선 구축 작업은 순탄했다. 작업을 더디게 하는 쓰러진 고사목이나 너덜겅 지대도 아니어서 불띠를 따라 나무 아래 층층이 쌓인 낙엽만 신속히 긁어내리면 굳이 헬기의 힘을 빌리지 않고도 오늘 밤중 자체 진화가 가능할 듯싶었다. 산불과 대치하면서 어깻죽지가 뻐근해지도록 갈퀴질하는 김기경에게 최태성이 겅둥거리며 다가왔다.

"불덩어리가 목구멍으로 넘어갔어요. 혹시 물 좀 가져오셨나요?"

"금방 죽을 고빌 넘기고도 아직 덜렁거리냐? 정신 좀 차려라."

"목구멍으로 불이 들어갔다고요."

김기경이 진화복 주머니에서 아직 마개조차 따지 않은 작은 페트병 하나를 얼른 꺼내 최태성 앞에 내밀었다. 마개를 틀자마자 고개를 발딱 젖힌 최태성이 생수 한 병을 순식간에 비운 뒤에서야 휴, 하고 숨을 몰아쉬었다. 산불과 안전거리를 확보하지 않고 맞서다가 벌어진 일이었다. 김기경이 헤드랜턴으로 최태성의 얼굴을 유심히 살폈다. 다행히 콧등에 숯검정이 스친 자국 외엔 화상을 입거나 기진맥진 지쳐 보이는 기색은 아니었다.

"이래서 현장경험이 중요하다는 거야. 진화 장비가 등짐펌프하고 갈퀴만 챙기면 되는 줄 알았지? 타는 불길과 겨루면서 주머니에 물 한 병 안 넣고 오다니 도대체 무슨 배짱이야."

"아, 오늘 일진 사납네요. 두 번씩이나 죽을 고빌 넘겼잖아요."

"그러니까 덜렁이 소리 안 들으려면 매사에 제발 조심하라고."

작업이 끝난 경계선 안에서는 연료가 제거된 지점에서 불길이 사그라들고 있었다. 대원들이 불덩어리와 정면으로 맞서며 작업한 연료 제거 효과가 제대로 먹혀들고 있었다. 산불이 지나가는 길목에 손수레 하나쯤 지나갈 만한 넓이로 길게 파인 진화선 안에서는 한두 곳에서 강아지 혓바닥만 한 크기의 잔불로 남았다가 제풀에 사그라들었다. 작업 진도도 순탄했고 효과도 만족스러웠다. 이제 산 아래 화미 쪽에서 산 중턱을 향해 올라

오는 본청 진화대와 진화선을 연결하면 화두의 기세가 꺾이면서 주불이 잡히는 거였다.

　산 능선 우측을 돌아 나오는 시청 진화대의 작업반경이 길어 아직 양쪽 진화선끼리 맞닿기엔 이른 시간이었다. 동작이 민첩하고 조직적으로 빠릿빠릿 움직이는 본청 대원들이 아직 눈에 보이지 않는다는 건 오른편 산허리 쪽 산불 발생 면적이 그만큼 넓다는 사실을 말해주고 있었다. 그러나 산불 범위가 넓어 좀처럼 맞닿을 기미가 보이지 않던 진화선은 시 진화대와 면 진화대원들이 두어 시간 족히 작업을 벌인 끝에 마침내 정상 부근에서 서로 만났다. 본청 진화대는 선두에서 진화선을 구축하는 작업조와 뒤에서 분사기를 쥔 총잡이가 강력한 물줄기를 쏘아 진화선 안에 갇힌 불덩이를 제압하는 두 개의 조로 나뉘어 진화작업을 해오고 있었다. 수백 미터의 호스를 중간중간에서 끌어주던 작업조는 무전기로 서로 교신하며 정상까지 올라와 화두를 향해 거센 물줄기를 쏟아부었다.

　소방호스를 동원한 시청 진화대가 우측 골짜기 발화지점부터 화두 근처까지 산불을 제압하며 올라왔고 김기경을 비롯한 서면 진화대원들 역시 좌측 능선 화두 근방까지 진화선 구축 작업을 완료해 마침내 주불 진압이 임박해 있었다. 화두 부근엔 사람들로 북적였다. 진화대원들을 비롯해 시와 소방서 간부들까지 출동해 주불이 진압되는 현장을 직접 눈으로 확인하고 있었다. 이미 마지막 퇴로마저 끊긴 주불의 화두는 위세가 꺾일 대로 꺾여 호스에서 내뿜는 물줄기를 당해내지 못했다. 현장엔 타닥타닥 불티 튀는 소리가 잦아들었으나 제복 입은 진화대원들이 연신 긁어대는 갈퀴 소리, 무전기 교신 소리, 호스로 뿜어져 나오는 물총 소리, 불꽃이 화염을 토하는 소리, 머리 위에서 앵앵거리며 떠다니는 드론 소리, 연기를 흡입하고 쿨럭거리는 대원들의 기침 소리가 섞이면서 마치 장바닥처럼 시끌시끌하였다.

마침내 주불이 진압되었다. 그러나 아직 산불이 주변으로 번질 가능성은 얼마든지 열려있었다. 작은 불씨라도 숨어 있다가 변덕 심한 바람을 타고 건조한 낙엽층으로 옮겨붙기라도 하면 재발화된 불길이 다시 세를 키워 주변 산을 잿더미로 만들 수도 있는 거였다.

그러나 소방서와 시청에서 출동한 전문진화대원들의 신속한 대응과 어둠 속에서 구르고 넘어지고 긁히면서도 각자의 역할을 묵묵히 해낸 서면 진화대원들의 출동 덕분에 한밤중 발생한 방동리 산불은 모두 진화되었다.

마침내 시청 전문진화대원들이 하나둘씩 하산하기 시작했다. 뒷불 정리는 서면 진화대 몫으로 남았다. 동력 펌프가 뿜어내는 소방호스의 수압에 맞아 주불이 진압되기는 했지만, 불길이 훑고 간 자리엔 마른 그루터기들이 모락모락 연기를 피우는 중이었고 잿더미 속에 숨어 있던 불씨도 아직 곳곳에 살아남아 있었다.

시청 진화대원들을 내려보내고 능선에 모였던 서면 진화대원들은 자신들이 긁어낸 진화선에 아무렇게나 주저앉아 잠시 휴식을 취했다. 짙은 밤 비탈진 산을 헐떡헐떡 기어올라 화염을 내뿜는 산불과 맞선 대원들이었다. 불티 소리가 귀를 가득 채웠고 시뻘건 화선과 연기가 눈을 어지럽혔다. 정신없이 갈퀴질한 끝이라 전신이 땀으로 흠뻑 젖었고 팔다리가 녹신해지면서 몸이 금세 나른해졌다.

대원들은 조장 김기경과 다른 두 명의 조원이 챙겨온 물로 목을 축였고 몇은 헬멧과 등짐펌프를 내려놓기 무섭게 맨바닥에 드러누웠다.

잠시 휴식을 취한 대원들이 엉덩이를 툭툭 털고 일어나 열댓 보쯤 사이를 두고 일렬횡대로 길게 늘어서서 등짐펌프에 담긴 물 한 방울까지 모두 쏘아 붓고서야 잔불 정리가 마무리되었다.

방동리 산불은 동산 하나를 다 태우긴 했어도 진화대원들의 빠른 출동과 기민한 대처로 세 시간 반 만에 완전히 진화되었다. 마침내 서면 진화대원들도 하산했다. 발화지점으로 추정되는 펜션 주위엔 이미 소방차들이 철수한 뒤였고 시청 진화대와 면사무소 직원 몇 명만이 남아 뒷정리를 하고 있었다.

하산한 대원들은 누구랄 것도 없이 새까만 굴뚝새 꼴이었다. 잔불 정리를 위해 등짐펌프에 지고 온 물을 남김없이 쏘아대는 바람에 안전화는 잿국물에 범벅이 되었고 진화복에서는 그을음 내가 진동했다. 대원들 얼굴엔 너나없이 숯검정에 긁힌 자국이 선명했고 잿가루를 들이마신 콧구멍은 굴뚝이나 다름없었다.

김기경의 얼굴도 별반 다르지 않았다. 대원들은 상대방 얼굴을 바라보다가 서로 낄낄거리며 멋쩍어했다.

그까짓 콧구멍이 잿구덩이가 되었거나 말거나, 목구멍이 연기에 절은 굴뚝이 되었거나 말거나 대원들은 면사무소 직원이 상자로 가져다주는 박카스를 따 벌컥벌컥 들이키고는 펜션 정원에 설치된 고급 벤치에 앉아 몸을 쉬었다.

면장이 아직 현장에 남아 잔불이 모두 제거되었는지 보고를 받았고 인원 점검까지 마치고서야 진화대원들 수고 덕분에 초기 진화에 성공할 수 있었다며 공을 돌렸다. 마지막엔 김기경을 따로 불러 무어라 수군거린 뒤 대원들 앞에 와 거듭 머리 숙여 감사 인사를 하고 주차장 쪽으로 빠져나갔다.

"오늘 늦은 밤까지 정말 고생 많으셨다고 면장님께서 내일 점심을 사시겠답니다."

윤정구가 반들반들한 눈을 힐끗거리며 김기경의 말꼬리를 잡았다.

"오늘이에요, 내일이에요. 날이 바뀌어 헷갈리잖아요."

"아, 내 정신 봐라. 내일이 아니라 오늘이네요. 오늘 점심은 면장님이 저 아래 양지말 식당에서 녹두삼계탕을 사신답니다."

이미 날이 바뀌고 한 시가 지나 있었다.

펜션 주인으로 보이는 사람이 면장의 뒤를 졸졸 따라다니다가 서면 진화대 앞으로 다가와 수고했다고 허리를 숙였다.

"사장님이 쓰레기 태우다 실수하셨어요?"

김기경이 물었다. 최근 외지에서 이사 와 펜션 사업에 뛰어들었음 직한 낯선 사내가 펄쩍 뛰었다.

"웬걸요. 안에 있다가 밖에서 무슨 이상한 소리가 나길래 뛰쳐나와 봤더니 벌써 뒷산에 벌겋게 불길이 번졌더라고요."

"펜션 뒤 쓰레기장에서 불이 시작된 모양이던데요."

"아니에요. 지금 동해지역에 산불이 발생해 세상이 온통 뒤숭숭한데 내가 미치지 않고서야 산 턱밑에서 쓰레기를 태우겠어요. 소방대원들이 발화지점 감식을 마쳤으니까 조만간 화인이 밝혀질 테죠."

펜션 주인의 말대로라면 원인 미상의 산불인 셈이었다. 진화차를 세워둔 길목으로 안달수 씨와 나란히 내려오던 길에 김기경이 고개를 주억거렸다.

"골짜기가 미어터지게 이 사람 저 사람 들어오는 것도 모자라 이젠 외지에서 산불까지 이사를 오나 보네요."

"뭐니 뭐니 해도 오늘 초동 진화의 공은 바람이 아니겠나. 바람이 크게 한턱냈네. 아침나절까지 온 동네를 뒤집어 놓던 된바람이 이렇게 잠잠할 수가 있냔 말이야. 우리 대원들도 산골짜기도 방동리 주민들도 바람 덕을 톡톡히 봤어."

어쨌거나 대원들의 임무는 끝나 있었다. 자차로 출동한 대원들은 가져온 등짐펌프와 헬멧, 장갑, 헤드랜턴 등을 챙겨 차에 싣고 진화대 사무실로 향했다.

김기경도 조원들을 진화차에 태우고 방동리 길을 내달렸다.

"오늘은 느직하게 출근해도 되겠죠?"

피로가 몰려왔던지 박두선이 늘어지게 하품을 쏟아내며 물었다.

"이제 집에 들어가 씻고 나면 방바닥에 누울 새도 없겠수. 바로 출근해야 할 시간이잖아요."

윤정구도 맞받았다.

"면장님도 산불담당자도 우리 혀 빠지게 고생한 거 현장에서 꼬박 지켜봤는데 출근 좀 늦기로서니 설마 뭐라 하겠냐. 열 시쯤 출근하자고."

그렇게 말하면서도 김기경은 매일 새벽 해오던 고물 수거 작업을 오늘만큼은 쉬어야겠다고 생각했다. 집에 달려가 샤워기를 틀어 매캐한 연기에 섞인 땀 찌꺼기를 벗겨내고 숯검정투성이인 진화복과 안전화까지 빨아 널다 보면 눈 붙일 시간도 부족할 것 같았다.

그럼에도 까마귀 떼가 날아들던 흉몽이 자꾸 떠올랐다. 짧은 봄밤 기왕이면 다홍치마라고 까마귀보다는 봄볕 내려앉는 집 안으로 외로움에 지친 원앙이나 한 마리 후루룩 날아드는 꿈을 꾸었으면 하고 바랐다. 원앙이든 기러기든 길몽을 꾸게 되면 그동안 겨울 억새처럼 메말랐던 홀아비 가슴에도 달고 붉은 꽃물이 흠뻑 번질 것만 같았다.

그의 가슴에도 이미 봄이 와 있었다.

이 책에 실린 작품 〈광주리〉, 〈짓고땡〉, 〈진화대원 김기경의 어느 봄날〉은 의암호를 품은 춘천시 서면 일대 여러 마을이 주요 배경입니다. 현지에 사시면서 직접 보고 듣고 겪은 오래전 일화의 기억을 마치 어제 있었던 일처럼 가닥가닥 떠올려 들려주신 한현석 노인회장님, 서정일 님, 경기익 님, 강선구 님, 박두원 님, 경기육 님, 윤종구 님, 조은정 님, 최태순 님, 그리고 故 조남일 님께 감사드립니다.

더불어 중편 〈어느 날 점프〉의 소재를 들려주신 최현철 님께도 감사드립니다.

이정우 님이 겪으신 일화 한 토막도 너무 흥미롭고 탐이 나 작품(짓고땡)에 가져다 썼습니다.

여러분의 이야기가 작품 속에서 비타민이 되었고 맥을 뛰게 했습니다.

거듭 감사드립니다.

여러분의 행복한 삶을 기원합니다.

짧은 서평

 안병규 작가의 이번 작품집 《광주리》에는 우리 농촌 현실을 풍자하고 고발하는 강한 메시지가 담겨있다. 《광주리》에 등장하는 마을과 등장인물이 오늘날 우리 농촌에 닥친 현실이고 아픔이기도 하다. 초고령화 시대에서 발생하는 가족 붕괴가 결국 농촌만의 문제가 아닌 사회 전체를 비추고 있는 거울임을 암시한다.
 여기에 더하여 안병규 문학이 지닌 또 하나의 매력은 작가가 자기만의 문체를 유려하게 구사하고 있다는 점이다. 《광주리》에서 그의 어휘와 문체가 금방 건져 올린 물고기처럼 펄떡거리는 장면이 수도 없이 목격된다. 작품 곳곳에서 춘천 고유의 방언을 찾아내 문어체와 구어체를 적절하게 섞어 기록하고 있고 작품마다 거침없이 구사하는 어휘와 탄탄한 문장이 등단 37년 차 작가의 힘을 느끼게 한다.

단언컨대 독자들은 이 책에 함께 수록된 〈짓고땡〉, 〈어느 날 점프〉, 〈진화대원 김기경의 어느 봄날〉 등을 통해 천생 이야기꾼인 안병규 작가가 풀어내는 언어의 마력에 푹 빠져들 거라 확신한다. 더 부연하자면 이 작품집은 작가의 영감으로 창조한 등장인물을 통해 우리 시대 춘천 사람들의 아리고 감동적인 이야기들을 차곡차곡 쌓아놓은 감성 보따리이기도 하다. 이제 독자들께서 안병규 작가의 감성 보따리를 풀어 한 작품씩 감상할 기회다.

원태경(시인, 현 김유정문학촌 촌장)